U0946737

勵耘语言學刊

2020年第1辑

（总第32辑）

北京师范大学文学院 主办

中 华 书 局

图书在版编目(CIP)数据

励耘语言学刊.2020年.第1辑/北京师范大学文学院主办. —北京:中华书局,2020.6
ISBN 978-7-101-14595-3

Ⅰ.励… Ⅱ.北… Ⅲ.①中国文学-文学研究-丛刊②汉语-语言学-丛刊 Ⅳ.①I206-55②H1-55

中国版本图书馆CIP数据核字(2020)第097596号

书　　名	励耘语言学刊(2020年第1辑)
主 办 者	北京师范大学文学院
责任编辑	白爱虎　俞国林
出版发行	中华书局 (北京市丰台区太平桥西里38号　100073) http://www.zhbc.com.cn E-mail:zhbc@zhbc.com.cn
印　　刷	北京瑞古冠中印刷厂
版　　次	2020年6月北京第1版 2020年6月北京第1次印刷
规　　格	开本/787×1092毫米　1/16 印张19¼　插页2　字数372千字
国际书号	ISBN 978-7-101-14595-3
定　　价	128.00元

《励耘语言学刊》编委会

（按姓氏笔画排列）

目　录

◎文字学研究

◎音韵与语音学研究

◎训诂与词汇研究

◎小学专书研究

◎语法研究

◎辞书研究

◎文字学研究

说“柰”*

赖怡璇

（中山大学中国语言文学系）

提要：楚文字有一月名“柰”，最早见于春秋晚期器“留篙钟”，字形从亦从示，葛陵简此字从夜旁，《楚居》证明“柰”必于夜间举行，楚简“柰”依其“夜祭”之义，或即读为“夜”，“夜”与“亦”于字形、字音皆有关，秦简作“夕”应是将“亦”（“夜”）声字改为“夕”，将罕用字改为常用字，同时记音与标义。本文并整理楚简中与夜祭相关简文，夜祭祭祷时间虽以柰月为多，但只要是占卜的吉日皆可祭祷，对象为先祖人鬼与神祇皆可。

关键词：楚月名；柰；夜祭

楚文字有一月名“柰”，见于“夏柰”、“冬柰”、“屈柰”、“远柰”四个月份，“柰”字葛陵简另作“寏”，朱德熙先生指出天星观的“屈柰”可与睡虎地秦简《日书》秦月十一月“屈夕”对照，“夕”与“亦”古籍常为互文①。葛陵简“寏”字形结构一般认为是“亦”与“夜”的音近互换，此说当然可行，然而“柰”的造字本义或许与“夕”、“寏”之间有字义的连系，进而促使楚文字以“柰”表示秦简的“夕”。

饶宗颐先生引《尚书大传》之说，认为一年之末即为“夕”，故睡虎地秦简十月称楚冬

---

* 基金项目：本课题研究得到高校基本科研业务费中山大学青年教师培育项目（编号：20WKPY117）资助。

①朱德熙：《留篙屈柰解》，《方言》，1979 年第 4 期，收入氏著《朱德熙文集（五）》，北京：商务印书馆，1999 年，第 113—114 页。

夕,十一月称楚屈夕,十二月称楚援夕①。饶先生之说仍有商榷空间,《尚书大传》:"岁之夕,月之夕。",郑玄注"自九月尽十二月,为岁之夕"。楚简月名有"夕"名的唯十至十二月,与郑玄之说有一个月份的差距,同时与郑玄文中"一年之间,得作为'朝、中、夕'三段划分"有别,李守奎先生亦指出"包山、九店等楚简中称'䀠柰',字当秦简之'夏夕',此月即非年之终,又非夏之终"②。因此饶说不可从。

"柰"字见于楚系金文"䣄篙钟"与"大市量"二器,"大市量"为战国中期的楚器③。学者对于"䣄篙钟"的时代意见分歧,《信阳战国楚墓出土乐器初步调查记》依形制和铭文认为是春秋时物埋葬于战国楚墓中④,刘彬徽先生从器形考虑认为是战国中期⑤,顾铁符先生、马承源先生、李学勤先生与吴镇烽先生、董珊先生等学者依铭文"晋人救戎于楚境"史事,将年代定为春秋楚昭王时期⑥。邹芙都先生与张连航先生以铭文形体角度,认为"楚""晋"等字皆是战国中期特色,非春秋晚期的修长形体⑦。铭文的字形确实与战国文字较为接近,但就记载的史事而言,学者对于铭文史事考释皆于理有据,"䣄篙钟"当为春秋晚期器为宜。

"䣄篙钟"可见目前最早的"柰"字,依据相对应的秦月名,学者皆将"柰"读为"夕","柰"为夜间祭祀,清华壹《楚居》简5:

> 惧其主,夜而内㞸,氏今曰柰=(柰,柰)必夜

①饶宗颐:《秦简日书中夕(柰)字含义初探》,《饶宗颐二十世纪学术文集》卷三,台北市:新文丰出版股份有限公司,2003年,第431—440页。

②李守奎:《江陵九店楚墓〈岁〉篇残简考释》,《古籍整理研究学刊》,2001年第3期,第43页。

③唐友波:《"大市"量浅议》,《古文字研究》第22辑,北京:中华书局,2000年,第130页。

④中央音乐学院民族音乐研究所调查组:《信阳战国楚墓出土乐器初步调查记》,《文物》,1958年第1期,第15—16页。

⑤刘彬徽:《楚国有铭铜器编年概述》,《古文字研究》第九辑,北京:中华书局,1984年,第346页。刘彬徽:《楚系青铜器研究》,武汉:湖北教育出版社,1995年,第237页。

⑥顾铁符:《信阳一号楚墓的地望与人物》,《故宫博物院院刊》,1979年第2期,第76—80页。马承源主编:《商周青铜器铭文选(四)》,北京:文物出版社,1990年,第426页。李学勤:《论"景之定"及有关史事》,《新出青铜器研究(增订本)》,北京:人民美术出版社,2014年,第363—365页。吴镇烽:《竞之定铜器群考》,《江汉考古》,2008年第1期,第82—89页。董珊:《救秦戎铜器群的解释》,复旦网,2011年11月16日。董珊:《救秦戎铜器群的解释》,《江汉考古》,2012年第3期,第87—94页。

⑦邹芙都:《楚系铭文综合研究》,成都:四川大学历史文化学院博士论文,2004年,第75—76页。邹芙都:《楚系铭文综合研究》,成都:巴蜀书社,2007年,第119—121。张连航:《楚地出土材料中的纪年》,《古文字与上古汉语研究论稿》,北京:中国社会科学出版社,2014年,第138—140页。

简文明确记载“桼祭”必于夜晚举行，李学勤先生将《楚居》本句理解为“这种夜祭的习俗，成为楚国特有的传统，称为‘桼’”，楚国将秦简的“夕”都写为“桼”，表示“桼”意即夕祭①。陈伟先生认为此处的“夕”指“是祭祀前夕检视牺牲的仪式”②。罗琨先生以殷礼为基础，指出商代即有夜祭传统，认为李学勤先生说法较为可行③。楚国的夜祭另体现于《楚辞・九歌》中，李大明先生、黄灵庚先生、萧兵先生皆已详细考证④，李学勤先生对于“桼”字理解较为合适。

春秋晚期的楚地表夜祭之字从亦从示，学者认为“亦”读为“夕”当然是可行的，但或许楚文字的“桼”本读为“夜”，加“示”旁表祭祀义，《说文》：“夜，从夕，亦省声”“夜”“亦”二字于形、音上皆有关系，楚简可见二字通假，如清华贰《系年》第二十三章即以“亦”读为“夜”，而此种用字习惯可上溯至甲骨文时期，李宗焜师将部份甲骨文的“亦”读为“夜”，例如“大亦”即读为“大夜”，可能指深夜或后半夜⑤，若此，则“桼”为夜祭本字，即读为“夜”，葛陵简作“桼”与“𥜿”二形，葛陵简改从夜不仅是声符通用，亦为义化现象⑥。曾宪通先生指出“云梦秦时属南部，原为楚之故地，……说明秦时云梦一带仍沿用楚历。”⑦以时代以及地区性而言，楚月名“屈桼”即为秦月“屈夕”的本字，至秦代的楚故地，“桼”从“亦”声改为“夕”，将罕用字改为常用字，同时记音与标义。

从夜的“桼”仅见于葛陵简，葛陵简“𥜿”与“桼”共出现 48 例，4 形较为残泐，余下 44 形可分为三类：

1、(8 例) 2、(11 例) 3、(25 例)

第 1 类从亦，第 3 类从夜，较有争议的为第 2 类。乙一 31+25 出现第 1 和第 3 类，形体分

①李学勤：《论清华简〈楚居〉中的古史传说》，《中国史研究》，2011 年第 1 期，第 57 页。

②陈伟：《清华简〈楚居〉“梗室”故事小考》，武汉大学简帛网，2011 年 2 月 3 日。

③罗琨：《〈楚居〉“桼必夜”与商代的“夕”祭》，《出土文献》第四辑，上海：中西书局，2013 年，第 38—48 页。

④李大明：《〈九歌〉夜祭考》，《辞赋研究》，北京：商务印书馆，2006 年，第 212—223 页。黄灵庚：《〈九歌〉与简帛文献举例》，《楚辞与简帛文献》，北京：人民出版社，2011 年，第 195—196 页。萧兵：《楚辞的文化破译：一个微宏观互渗的研究》，武汉：湖北人民出版社，1991 年，第 523—529 页。

⑤李宗焜：《论卜辞读为“夜”的“亦”——兼论商代的夜间活动》，《“中央研究院”历史语言研究所集刊》，第 82 本第 4 分，2011 年 12 月，第 577—599 页。

⑥“文字义化”为田炜老师观点（2019 年 2 月 21 日）。

⑦曾宪通：《楚月名初探—兼谈昭固墓竹简的年代问题》，《中山大学学报（哲学社会科学版）》，1980 年第 1 期，第 98 页。

别为、，前者从亦后者从夜，属同一书手不同的用字。第 2 类的“亦”形另见上博二《民之父母》简 3“”，高佑仁先生依葛陵简字形认为《民之父母》此字应为“夜”①，程鹏万先生依据铭文“”（朱家集铸客大鼎，《集成》2480）形体，认为此形上从亦，再于亦字上加了“夕、肉”两个偏旁②。“夜”为从夕、亦省声之字，朱家集铸客大鼎于下方已从夕，因此上方从亦为宜，此种上下结构的“夜”字亦可见于包山简、清华简等，当然此字无法完全排除下方的“夕”形为增加义符的可能性。第 2 类可视为第 1 类“亦”形的增繁或为第 3 类的草写。

罗琨先生指出商人即有夜祭传统，杨华先生整理出土文献夜祷记载，认为除葛陵简之外，夜祭亦见于天星观简、九店简以及江陵岳山秦墓 M36《日书》③。杨华先生引用九店简 56 号墓简 44 的“君昔受某之塱芳粮”文句，将“昔”读为“夕”，认为与夜祷有关，学者已将“昔”改隶为“向”④，因此九店简夜祷无关。江陵岳山秦墓整理者指出 M36 号墓与睡虎地时代相近，其墓葬特色与楚墓相同⑤。杨华先生所引岳山秦墓简文为“田大人丁亥死，勿以祠之”（壹 VIII），“勿”字原释为“夕”，陈伟主编的《秦简牍合集》依红外线改隶为“勿”⑥。因此出土文献中可见以“夕”、“昏”二字记录的夜祷记载，仅见于天星观与葛陵简中。

夜祭的月份，楚简中的“柰”见于冬柰，屈柰，远柰和夏柰（以下四个月份统称“柰月”），若“柰”为夜祭，《楚辞·九歌》祭祷神祇、人鬼皆于夜，那么楚地是否皆于这四个月份举行祭祷呢？确切于柰月傍晚进行祭祷的例证，仅见天星观简 44“黄芓以溙蓍為君□□，見於白朝，含（今）夕□□□柰甲午之夕，禱白朝特牛、犝，樂之，贛。”简文完整记载柰月傍晚以乐献祭诸神，可与《太平御览》版本的《楚辞章句·九歌序》载“于夜必作乐鼓舞以乐诸神”对应，葛陵简虽有以“昏”、“夕”二字表示的祭祷时间，但相关简文皆未能见祭祷的月份。

①高佑仁：《谈战国楚系“夜”字的一种特殊写法》，孔子 2000 网，2005 年 4 月 3 日。

②程鹏万：《释朱家集铸客大鼎铭文中的“鸣腋”》，武汉大学简帛网，2005 年 11 月 27 日。

③杨华：《楚人“夜祷”补说》，《简帛》第十辑，上海：上海古籍出版社，2015 年，第 79—84 页。

④周凤五：《九店楚简〈告武夷〉重探》，《“中央研究院”历史语言研究所集刊》，第七十二本第四分，2001 年 12 月，第 954 页。

⑤湖北省江陵县文物局、荆州地区博物馆：《江陵岳山秦汉墓》，《考古学报》，2000 年第 4 期，第 537—563 页。

⑥武汉大学简帛研究中心，荆州博物馆编；陈伟主编：《秦简牍合集. 叁》，武汉：武汉大学出版社，2014 年，第 103—104 页。

战国楚地卜筮祭祷简虽多,但可确定“祭祷月份+祭祷方式+祭祷对象”的完整记载不多见①,葛陵简仅存六例,五例于萗月祭祷,但零248远萗与䢼层并列,祭祷对象为人鬼:

乙一28:夏䔷之月,己丑之日,以君不怿之故,就祷灵君子一猎;就祷门、户屯一羖;就祷行一犬。壬辰之日【祷之。】

乙一4+10+乙二12:夏䔷之月,己丑【之日】,以君不怿之故,就祷陈宗一猎。壬辰之日祷之。

乙一17:夏䔷之月,己丑之日,以君不怿之故,就祷三楚先屯一牂,瓔之兆玉,壬辰之日祷之。

甲三5:▨□萗赛祷于荆王以逾,训至文王以逾▨

零248:▨□远萗、䢼层赛祷▨

袁金平先生曾依据《楚居》简文认为夜祭的对象仅是祖先神②,葛陵简乙三60+乙二13“▨巳之昏荐,且祷之地主。”“地主”为神衹,《国语·越语下》:“皇天后土,四乡地主正之。”韦昭注:“乡,方也。天神地衹,四方神主,当征讨之。”因此夜祭对象应是祖先神与神衹皆可,传世文献例证如《楚辞·离骚》:“巫咸将夕降兮,怀椒糈而要之。”洪兴祖先生指出“神降多以夜”③,汤炳正先生认为《离骚》此节“要巫咸”、“降百神”当为祭祷“鬼神”之事④,可见楚地的夜祭对象为人鬼或神衹,与先祖无必然关系。

葛陵简乙四43于夏层、亯月祭祀自然神“▨夏层、亯月寋祷大水佩玉兆。择日于屈萗▨”后文择屈萗之月进行某事,可能亦为祭祷之事,然而简文残断难以证实。

包山简、天星观的卜筮祭祷部份记载详细,包括前辞、命辞、占辞、祷辞和第二次占辞五部分⑤,简文中的月份大多指占卜时间,记载祭祷月份材料不多⑥,包山简仅见于以下

①简文多处出现月份记录,但因释文残缺,无法判断用于卜筮或祭祷,故仅取确定为祭祷记录简文,释文与竹简拼合依陈伟等著:《楚地出土战国简册[十四种]》,北京:经济科学出版社,2009年。

②袁金平:《〈左传〉“夕室”考辨—读清华简〈楚居〉小札》,《深圳大学学报(人文社会科学版)》,2012年第29卷第2期,第57页。

③洪兴祖:《楚辞补注》,北京:中华书局,1983年,第37页。

④汤炳正:《从包山楚简看〈离骚〉的艺术构思与意象表现》,《文学遗产》,1994年第2期,第7页。收入氏著:《汤炳正论楚辞》,上海:上海科学技术文献出版社,2008年,第277页。

⑤湖北省荆沙铁路考古队:《包山楚简》,北京:文物出版社,1991年,第12页。

⑥占卜之日与祭祷之日为不同时期,可参杨华:《新蔡楚简所见祭祷礼仪(二则)》,《古礼新研》,北京:商务印书馆,2012年,第323—325页。

二简,皆于槧月祭祷,对象为先祖人鬼:

简 205:冬槧之月癸丑之日,罷祷于昭王。

简 206:冬槧之月癸丑之日,罷祷于文平夜君、郚公子春、司马子音、蔡公子家,各特豢,馈之。

天星观简见十例,其中四例于槧月祭祷①:

1-2:择良日冬槧赛祷惠公特豢,馈之。

29:择日冬槧赛祷宫地主一羖,择日冬槧至尝于社特牛。

39:远槧之月,举祷杙一犆,五差各一牂,后土一牘。举祷大水一犆,吉玉,璧之。

44:今夕□□□槧甲午之夕,祷白朝特牛

六例于其他月份祭祷:

13-2~13-3:择良日爨月,举祷杙一犆,司命、司祸各一牂,后土一牘。举祷犬、大水一犆。择良日献马赛祷卓公顺至惠公大牢

28:择良日八月赛祷劳□特豢,酒食。

78:择良日爨月,举祷杙一犆

92:三月,赛祷杙一犆,司命、司禤

155:秋三月,择良日赛祷白朝特犒

楚历无“三月”一词,简 92 的“三月”可能为简 155“秋三月”的残文,应指秋天的三个月份。九店简 56 号墓简 41 记载“凡吉日,利以祭祀、祷祠”,“吉日”即天星观简的“良日”,天星观中冬槧、远槧、八月、爨月、秋三月、献马皆可为祭祷月份。望山简 1 号墓简 10“爨月丁巳之日,为悼固举祷柬大王”,此简是唯一记载祭祷月份的简文,祭祷对象为先祖人鬼,祭祷月份则为爨月。

就季节来看,李家浩先生以九店简《日书》为依据,认为荆尸、夏尸、亯月为春季,夏槧、八月、九月为夏季,十月、爨月、献马为秋季、冬槧、屈槧和远槧为冬季②,楚简中可见祭祷月份:

①释文出自朱晓雪:《天星观卜筮祭祷简文整理》,武汉大学简帛网,2018 年 2 月 2 日。

②李家浩:《包山祭祷简研究》,《简帛研究二〇〇一》,桂林:广西师范大学出版社,2001 年,第 27 页。

月份	出处	次数	对象
夏层、亯月(春季,同一支简)	葛陵	1	大水
夏栾(夏季)	葛陵	3	三楚先、灵君子、陈宗
八月(秋季)	天星观	1	劳□
爨月(秋季)	天星观、望山	3	祙、柬大王
献马(秋季)	天星观	1	卓公顺至惠公
冬栾(冬季)	包山、天星观	5	昭王、惠王、文平夜君、郚公子春、司马子音、蔡公子家、地主、社
屈栾(冬季)	葛陵	1	未知
远栾(冬季)	葛陵、天星观	2	祙、五差、后土、大水

相关的祭祷简见于上述四个坟墓,时代皆为战国中晚期①,几乎没有时代区别,但包山二例皆于冬栾祭祷先祖,葛陵简则是于春季祭自然神,栾月祭祷人鬼,望山是爨月祭祷人鬼,而天星观不论祭祷事由、月份、对象、祭牲皆未见规则,难以判别。目前楚简虽然能见月份+祭祷的记载不多,整体而言祭祷时间的确有集中于栾月的趋势,简文于春秋二季祭祀,或为不当祭的淫祀之风,抑或是祭礼非夜祭。

袁金平先生认为《楚居》简文即是促成楚人夜祭传统的源由②,罗琨先生与牛鹏涛先生指出商、周即有夜祭礼俗,以“栾”为夜祭专名虽是楚人创造,但与商、周以“夕”记录夜间祭祀不可说毫无关系③。后者之说较为平实,《山海经·大荒西经》、《楚辞·离骚》与《楚辞·天问》皆指出《九歌》是夏代乐舞,李大明引用文献证据得出夏之《九歌》为郊祀乐舞,夏之郊祭于昏时,亦为夜祭④。不论从甲骨文或文献皆可知楚人夜祭有其源由,虽

①葛陵简为战国中期,宋华强认为墓葬年代下限为公元前401至公元前395年,包山楚墓约公元前316年下葬,望山简1号下葬时代约公元前339年至公元前299年,天星观公元前340年左右。宋华强:《新蔡葛陵楚简初探》,武汉:武汉大学出版社,2010年,第134页。湖北省荆沙铁路考古队:《包山楚简.序言》,第1页。潘灯:《论望山桥楚墓出土文字及其下葬年代》,复旦网,2015年5月14日。湖北省荆州地区博物馆:《江陵天星观1号楚墓》,《考古学报》,1982年第1期,第111页。

②袁金平:《〈左传〉“夕室”考辨—读清华简〈楚居〉小札》,第57页。

③罗琨:《〈楚居〉“栾必夜”与商代的“夕”祭》,第45页。牛鹏涛:《清华简〈楚居〉的记史特征》,《古籍整理研究学刊》,2014年第4期,第30—33页。

④李大明:《〈九歌〉夜祭考》,第219页。

楚简的祭祷月份以亯月为多,但仍只要是占卜的吉日皆可祭祷。

感谢田炜教授、林清源教授审阅指导

2019 年 7 月 30 日初稿

2020 年 4 月 22 日改定

Explanation“亯”

Yi-Syuan Lai

(Sun Yat-sen University)

Abstract:“亯” is one name of month in Chu script, which was initial found on “䣄篙钟”in late period of the Spring and Autumn, it' s font with Yi(亦)&Shi(示) ,the font is with Ye(夜)in Ge Ling(葛陵)bamboo slip,the record of Chu Ju(楚居) proved that the“亯”is held at night,the “亯”is read as Ye(夜) based on the meaning of night sacrifice & pray, the font and pronunciation of Ye(夜)&Yi(亦) is related, which is read as“Xi(夕)”in Qin bamboo slip in common and record it' s pronunciation & meaning as well. We organize the related of night sacrifice & pray from Chu bamboo slips, the time frame of sacrifice and pray were held in the moth of “亯”most of time, but it can be held in the good timing of divination, which are forancestors, human, ghost and god as well.

Keyword:Month name of Chu period;亯;Night sacrifice and pray.

试论行、草书影响下的异写字及其衍生现象*

李洪智

（北京师范大学艺术与传媒学院）

提要：今文字阶段的正规字体（隶书、楷书）与并行的变异字体（行书、草书）相互影响，在行、草书对正规字体的影响下，今文字阶段产生了大量的异写字，行、草书与此类异写字之间的关系复杂多样。不仅如此，基于行、草书影响下的异写字还存在着衍生新的异写字形的现象，值得关注的是类推衍生、直线衍生、发散衍生以及逆推衍生等四种方式。因行、草书的影响而产生的异写字不过是为数众多的异写字中的一个组成部分，通过对其观察可以发现，异写字虽然纷繁复杂，并非无规律可循，揭示衍生现象是梳理异写字之间关系的一个重要途径，值得进一步研究。

关键词：行书；草书；异写字；衍生

汉字进入今文字阶段，逐渐形成正规字体（八分、楷书）和相应的变异字体（行书、草书）的明确分野①。在并行发展的过程中，正规字体和变异字体必然相互影响，彼此都留下了这种影响的痕迹。就变异字体而言，它对八分、楷书所产生的影响，充分表现在笔形形态、笔顺、构件写法以及结体等诸多方面。而本文要强调的是，在变异字体的推动下产生的异写字及其衍生现象则是这种影响的另外一个重要表现。

一、行、草书影响下的异写字及不同表现

按照王宁先生汉字构形学的观点，共时汉字之间的构形关系包括两种情况，即异构

* 本文在成文过程中得到了王宁先生、齐元涛教授、孟蓬生教授的指导，谨致谢意。

①王宁先生认为："汉字字体在今文字阶段形成了正规字体和变异字体的差异。一般把隶书、楷书称作正规字体，行书、草书称作变异字体。"（参见王宁：《汉字构形学导论》，北京：商务印书馆，2015 年，第 3 页）

字与异写字。“形体结构不同,而音义都相同、记录同一个词、在任何环境下都可以互相置换的字,称作异构字。”①例如:“泪—淚”在造字思路上不同,“綫—線”的示音构件不同,“迹—跡”的表义构件不同,等等。“在同一体制下,记录同一个词,构形、构意相同,仅仅是写法不同的字样,称作异写字。”②举例来说,“朵”和“朶”二字没有构形、构意上的不同,只是写法略有区别,就是一对异写字。异构字与异写字的根本区别在于,每一组异构字的构意都有或多或少的差别,而异写字虽然存在形体上的差异,但构意并没有改变。“从社会普及用字的角度上看,这是一种对全社会文化普遍交流不利的现象。”③但是,一直到楷书阶段,异写字都“屡禁不绝”。异写字产生的原因多种多样,本文所讨论的由于受到行、草书的影响而产生异写字就是其中之一。需要说明的是,由于行、草书是基于快速书写的实用目的而出现的,为了达到这样的目的,保留构形理据显然不是优先考虑的,所以行、草书字形理据丧失严重,因此,尽管它与正规字体(隶、楷)字形之间存在一定程度的对应关系,但仍较为复杂。换言之,由于形体简略,行、草书不可能与正规字体的构件一一对应,因此,下文我们经常采用“局部”一词,所谓“局部”包括构件、笔画组,甚至是笔形。

具体来说,因受到行、草书的影响而产生的异写字包括如下几种情况:

1.1 某行、草书字形局部正体化后被用来替换正规字体中相对应的那个局部,替换后的字形变成了原来字形的一个异写字。需要注意的是,这种正体化之后的构件并非规范汉字构件系统的一员,可以认为是一个新造构件(或称为记号构件)。例如:

“屈”的构件“出”在草书中写作“[illegible]”,楷化后替换“出”,于是形成异写字“[illegible]”④。

在隶草中⑤,参与构字的“止”常常写为“[illegible]”⑥,如居延新简中“足”作“[illegible]”,“起”作“[illegible]”。这个写法正体化后广泛参与构形,不仅正字中有它影响过的痕迹(如“从止在舟上”的“前”上部的构件“止”变为“䒑”就是典型的例子),而且由于它的参与,出现了大量的异写字。比如说“歲”在汉简八分书中有异写字“[illegible]”。“楚”在隶书中有一个异写字“[illegible]”,显然,其中部件“疋”的写法是受了隶草的影响,横画以下的部分实际就是基础部

①王宁:《汉字构形学导论》,北京:商务印书馆,2015 年,第 154 页。

②王宁:《汉字构形学导论》,北京:商务印书馆,2015 年,第 151 页。

③王宁:《汉字构形学导论》,北京:商务印书馆,2015 年,第 162 页。

④本文所引字形皆有出处,包括历代书法经典、民间墨迹、石刻以及《隶辨》《碑别字新编》等工具书,出于行文简洁的考虑,所引字形不一一注明出处。

⑤本文所说“隶草”是指隶书时代的草书。

⑥“止”在汉字中是一个常用构件,在隶草与今草中的写法有所不同,但都在正体化之后参与构形,出现大量的异写字。

件“止”草书写法隶定后的写法。楷书中“足——”“是——”“定——”“徒——”“從——”，其中的“”都是部件“止”的行、草书写法楷化而成的，可视为隶书异写的延续。

“止”在楷书阶段的行、草书中常常写作“”，楷化后变为“止”的异写字“”，再参与到其他字的构形中去产生相应的异写字，如“正——”就是如此。

“竹字头”在行、草书中常常写作“”（与上文所述“止”在隶草中的写法形似），所以，“答”的行书字形为“”，于是“竹字头”写法楷化后形成异写字“”。同样原因，“符”有异写字“”。

“悉”行书作“”，可以看出，构件“采”省略了上面的撇，变为“米”，“米”的行、草书写法楷化处理后写作“”，再参与构形，就出现了异写字“”。毛远明认为，此异写字形的产生，是“悉”的构件“采”发生讹变，“上撇丢失”，变成“米”后，“下面的撇捺拉直成一横”的结果①，由于没有认识到行、草书在其间的作用，这样的解释未免有失牵强。

《说文》：“御，使马也。从彳，从卸。”“卸，舍车解马也。从卩、止、午。”可见“卸”的左半部分原本在古文字中是“午”和“止”，到了楷书阶段已经不可切分，是汉字由古文字向今文字演变后笔势化的结果，可以看作是楷书字形的一个基础部件。“御”的行书字形为“”，中间的基础部件楷化之后，出现了异写字形“”。

“鶯”的草书字形为“”，上部两个“火”化为三点，于是产生异写字“鴬”。“營”的草书字形为“”，于是，形成异写字“営”，“螢”的异写字“蛍”的产生与此同理。

“與”的行书写法为“”，受此写法影响，“與”产生异写字“”，左上角的笔画组（由古文字手形演进而来）化为两竖。

“事”在行书中可以写作“”，中间的“口”写为两点（这是行、草书中常见的处理方式），此写法正体化后变为“亊”，成为“事”的一个异写字。

在隶草中，“走之底”常写作“”，此写法又往往被正体化为“”，于是“述”的写法“”就成了汉碑中的写法“”（《鲜于璜碑》）的一个异写字。尽管我们今天所能看到的汉碑中“走之底”大多写作《鲜于璜碑》“述”的样子，但是“”的写法在汉简正规字体中并不罕见。而且，这种写法沿袭到后世的碑刻中，如东晋《好大王碑》中“道”作“”，《爨宝子碑》中“邈”作“”都是如此。

1.2 因A字局部行、草书写法与正规字体中B字部件形似而直接改换。例如：

①毛远明：《汉魏六朝碑刻异体字研究》，北京：商务印书馆，2012年，第638页。

"摩"的草书写法为"𢉉",其中的构件"林"草化后与"艹"形似,于是替换成"艹"产生异写字"𢉉"。

"工"参与合体字的构形时,其行、草书写法往往与"丫"形似,如"恐"行书写作"忎"就是如此,基于此,"鞏"产生了一个异写字——"𦋈",基础构件"工"直接写为"丫"。

"横"的行书写法为"横",其中构件"木"的写法与"扌"形似,于是"横"产生了异写字"擴"。"構"的异写字"搆"以及"機"的异写字"携"的产生都是同样的缘故。

"收"的隶草字形为"収",此字构件"丩"被正体化之后,隶书"收"产生了一个异写字"plays",这个字形后来传承到楷书中,写作"收"。

"整"的行书字形为"整",左上角的基础构件"束"写法与正规字体中的"牙"形似,于是"整"产生了异写字"𤿺"。

"鳌"的草书写法为"鳌",构件"未"写法同样与正规字体中的"牙"形似,于是"鳌"产生异写字"鳌"。

"俊"行书写作"俊",构件"夋"上面的两个短笔形由于中间有牵丝连带,看起来连成一横的样子,"夋"加上这一横,与"友"形近,于是形成异写字"俊"。

"氣"在行书中写作"氣",其中构件"米"的写法与"未"相近,于是,产生异写字"氣"。

1.3 A 字的行、草书字形局部与 B 字的行、草书字形局部相同或形似而直接将正规字体 A 字局部改换为 B 字局部。

例如:

"止"的行、草书写法"止"与"山"的行、草书写法"山"(怀素《自叙帖》)几无区别,基于此,包含构件"止"的字常常将"止"改换为"山",从而产生异写字,如"歲——嵗""耻——耻""歸——歸""武——武"等。

《正字通·水部》:"淂,今俗以淂为得。""淂"实际是"得"的一个异写字,这个异写字形的来历与"得"的行书字形"淂"相关,其"双人旁"的写法与"氵"的行书写法形似,有了这样的前提,把"彳"直接改换为"氵"便可以理解了。再如"復"在北魏写本《贤愚经卷第二》中写作"溴",隋代《宫人陈氏墓志》中作"湞",同属此例。

"船"的草书字形为"船"右侧构件的写法与"公"的草书写法"公"一致,于是,产生异写字"舩"。同理,"沿"产生异写字"沿","鉛"产生异写字"鈆"。

"覆"的草书写法为"覆",构件"覀"的写法与"雨字头"的草书写法一致(如"雲"作

“雲”），于是，将构件“覀” 改换为“雨”，从而出现异写字“覆”。

“踅”的草书写法为“踅”，部件“足”的草书写法与“之”的草书写法混同，于是，直接将“足”更换为“之”，形成异写字“𨒿”。

“勞”的行书写法为“劳”，上部两个“火”的写法与“比”的行书写法“比”形似，于是直接以“比”代替两个“火”而形成异写字“劳”。

1.4 某构件的行、草书写法发生变异后再正体化而产生异体字。与前述第一种情况不同的是，这种情况是构件在行、草书中的写法发生了变异之后又正体化的，而第一种情况则是直接将行、草书局部正体化。

东汉《史晨碑》中“觀”写作“觀”，《西狭颂》中“懽”写作“懽”，两个字的直接构件“雚”上部的“艹”为“亠”所取代，原因何在？除了草书的影响之外，别无他解。“草字头”在草书中本来写作“艹”，还可写作“艹”，如“获”（獲）就是如此。但是，在快速书写过程中，横画上面的两个笔形很容易连起来，甚至变得很短促，这样的话就会出现两种变异结果：其一，由“艹”省变为“亠”，将点独立出来再正体化之后就写作“亠”，所以，“觀”产生了异写字“觀”。同样原因，“莊”产生异写字“庄”；其二，由“艹”省变为“十”，如“落”（落）就是如此。“寬”产生异写字“寛”就是这个原因。同理，“喜”有异写字“喜”，“善”有异写字“善”，中间的“十”皆由“艹”省变而来。

以上就是我们总结出的由于受到行、草书的影响而产生异写字的几种情况。总而言之，由于正规字体与变异字体相互影响的缘故，正规字体中的很多异写字都可以从行、草书中找到根源。而且，晋唐之际当楷书逐步趋于成熟的时候，出现了类似隶变期间那样的字形歧异纷呈的局面，应该说这种局面的出现同行、草书有着密切的联系。汉字繁多，有的字典收字数量庞大，其中很多都是异写字，受到行、草书影响而出现的异写字所占份额不低。

二、行、草书影响下的异写字衍生现象

前文说过，“止”在不同阶段的行、草书中写法不同，被正体化后形成异写字。比如说，“止”在隶草中的写法“乙”正体化之后参与构形，“從”产生了异写字“従”。我们发现，这个产生异写字的过程并未停止，在这个字形基础上增加一个点，又出现了一个新的异写字“従”。同样，“定”因受行、草书影响而出现异写字“㝎”，在此基础上将中间的横

画改换为点，衍生出新的异写字“㞢”。我们可以把这个产生新的异写字形的过程看作是基于行、草书的影响而产生的连锁反应，也可称其为异写字的“衍生现象”。

行、草书影响下的异写字衍生现象非常复杂，本文只选择值得关注的四种情况加以论述：类推衍生、直线衍生、发散衍生、逆推衍生。

2.1 类推衍生。因受到行、草书的影响而产生异写字不是偶然的、孤立的现象，常常呈现出系统性。某个部件出现异写，也会随之带到它所参与构形的其他合体字中去，从而出现类推衍生现象。例如：

“從”衍生出异写字“従”，同一种情况的其他字也衍生出同一种类型的异写字，如“徒——[illegible]”“起——[illegible]”“趙——[illegible]”等。

部件“止”改换为“山”形成异写字的现象极为普遍，如“此——[illegible]”“徙——[illegible]”“歷——[illegible]”“路——[illegible]”“蹤——[illegible]”“齒——[illegible]”“齡——[illegible]”等都是如此。

这种类推充分说明，因受到行、草书影响而产生异写字，绝非孤立的、偶然的现象。

2.2 直线衍生。指的是衍生出的不同字形因相互关联而可以形成序列。例如：

“獲”的异写字“[illegible]”右上角的部件“[illegible]”是“艹”的草书写法楷化的结果。前文说过，“止”在隶草中的写法形似“[illegible]”，于是“獲”衍生出右上角为“止”的异写字“[illegible]”，“止”和“山”之间的关系前文已经交代过，于是又出现新的异写字“[illegible]”。左上角的部件由原本的“艹”变为最后的“山”，跨度之大，令人匪夷所思，如果不能认识到行、草书在其间所起的作用的话，这个衍生过程只能生硬解释。

“御”因受到草书影响而形成异写字“[illegible]”，中间构件是草书楷化的结果，在此基础上，中间部件加上一点，形成新的异写字“[illegible]”（部件“亻”变为“彳”不属于本文讨论的对象），然后，因中间部件与“去”形似，又直接改换为“去”（与右侧部件合为“却”），又形成新的异写字“[illegible]”。将这三个异写字串联起来，其间的衍生过程可得一目了然：

[illegible]——[illegible]——[illegible]

再如，楷书中含有构件“方”的字往往有从“扌”的异写字，如“族——[illegible]”，这其实是经历了一个草书影响下的异写字衍生过程。“方”在草书里写作“[illegible]”，最先可以楷化为“才”，因“才”与“扌”形近，于是有些从“方”的字便又衍生出从“扌”的异写字。如“於”的异写字“[illegible]”就衍生出新的异写字“扵”。但衍生并未到此结束，因“扌”与“丬”形近，于是又衍生出“[illegible]”，这显然是一个连锁反应。如果我们把这个过程看作是多米诺骨牌效应的话，那么推倒第一枚骨牌的外力无疑来自于行、草书。

在直线式衍生中，有一种颇为有趣的草化与正体化的递接现象。我们知道，部分草书字形由异写字草化而来，而非正字，如“趨”的草书字形“[草书]”是由异写字“趍”草化而来，“慚”的草书写法“[草书]”由其异写字“慙”草化而来。而有一些字并未到此为止，而是继续将草书字形的局部正体化后参与构形，从而产生新的异写字，即我们所说的递接现象。例如，由于受到草书的影响，“歡”产生了异写字“[异写字]”，其草书字形“[草书]”即由此异写字草化而来，经过这次草化，左上角的局部变成了形如“六”的样子，正体化后再参与构形，衍生出新的异写字“[异写字]”。

直线式衍生往往通过改换笔形或增减笔形来实现，而增减笔形的结果，有时会逐步改为另外一个形似构件。如“岱”衍生出“岱”，在此基础上增加一个横画后衍生出新的异写字“岱”，右侧变为“武”，原本“从山代声”的形声字经过衍生形成的异写字构形理据完全丧失。

2.3 发散衍生。即基于草书的影响而按不同方向各自衍生出新的异写字形。发散式衍生常常与直线式衍生交织在一起。例如上文讲到的“船”字因草书字形“[草书]”右侧构件的写法与“公”的草书写法“[草书]”一致，于是，产生异写字“舩”。其实，其右侧构件的草书写法与“工”的草书写法也形似，所以，产生异写字“舡”，由于这个异写字是沿另外一个方向而形成的，所以我们称其为发散式衍生。再如，上文提到“於”字异写字的直线式衍生，其中“[异写字]”的写法又可以衍生出异写字“[异写字]”，这就属于发散式的衍生了。另外，直线衍生的“御”字序列中，“[异写字]”因右侧两个构件与“印”形似，于是衍生出新的异写字“[异写字]”，同样属于发散式衍生。由此可以想见，如果把一个常用字的异写形体全部联系起来的话，会形成一个庞大的树形，当然，这棵树的枝杈之间也会相互纠缠，足见异写字之复杂。

2.4 逆推衍生。与前述因受到行、草书影响而产生异写字的第三种情况相关。在这种情况下，将正规字体 A 字局部改换为 B 字局部。其实，有些异写字的形成并未到此为止。因为基于行、草书的影响已经在正规字体中这两个局部之间建立起关联，A 不仅可以改换为 B，B 也可以反过来改换为 A，从而衍生出新的异写字，这就是我们所谓的“逆推衍生”。例如：

前文说过，由于行、草书的作用，部件“止”常常为“山”所替换。基于此，部件“山”也常常为“止”所替换，从而衍生出异写字，形成“逆推衍生”。如“仙”草书楷化后出现异写字“[异写字]”，由于右侧构件的写法与“止”的草书楷化字形相同，于是再进一步衍生出“[异写字]”。同理，“岳”也形成了这样的逆推衍生序列：

岳——[异写字]——[异写字]

再如，“垂”字早在汉隶中就已经有了下部形似“山”的写法，一直延续至楷书，作

“垂”，于是衍生出异写字“垂”（同理，“埵”有异写字“埵”），再进一步衍生出异写字“垂”，下部明确写成了“止”。

前文也说过，部件“辵”的汉代草书写法可正体化为“乚”，其形态恰好与楷书的竖折笔形“乚”相似，于是我们在楷书中可以看到为数不少的把“乚”改写为“走之底”的字例。如“匪”作“逬”，“匠”作“近”，“匹”作“迊”，“匣”作“逥”，等等。

早在汉代草书中，部件“寸”与“刂”就混同为“⺈”，这一直持续到今草阶段，如含有构件“寸”的“对（對）”“封（封）”和含有构件“刂”的“列（列）”“利（利）”等。这直接导致了部件“寸”与“刂”经常互换而形成异写字。于是，“剋”有一个异写字为“尅”，“冠”也产生了一个异写字“冠”。

通常情况下，笔画组“亠”与“人”在行、草书中写法一致，如“文”作“文”，“午”作“午”，这两个笔画组之间的联系就此建立起来。于是，“抗”出现异写字“抗”，“顔”出现异写字“顔”。在逆推衍生的作用下，“海”出现了异写字“海”，“臨”出现异写字“臨”。

再如，构件“灬”在行、草书中往往写为一横，如“無”作“無”，于是，“無”出现异写字“無”。同理，“爲”产生异写字“爲”，“魯”产生异写字“魯”，“盡”产生异写字“盡”。“灬”由此与横画建立起关联，于是，横画有时可以逆推写为“灬”，从而衍生出异写字。如“極”写作“極”就是如此。

以上就是四种基于行、草书影响下的异写字衍生方式。我们发现，受到行、草书影响下的不同局部又往往可以在同一个字中“排列组合”，从而衍生出更多的异写字，例如“權”的异写字“權”“権”“擢”“擢”等就是如此。

显而易见，受到行书的影响而滋生的异体大多都是异写字。但是，却有一小部分受到行、草书影响过的异体属于异构字。例如：

“奇”（从大，从可）的草书写法为“奇”，其中构件“大”的写法形如“七”，于是以“七”换“大”，形成异体字“竒”，可以将“七”看做声符，构形模式发生变化，属于异构字。

“風”（从虫，凡声）的草书写法为“風”，中间部分与“云”的草书写法“云”形近，于是更换为“云”，产生异写字“凨”。如果我们把其中的“云”看做“雲”的初文或“雲省形”的话，那么，“凨”就可以看作是“風”的异构字了。不仅如此，“凨”还参与了其他字的构形，如“飘”（从风，票声）可以写作“飘”。

“喜”因受草书的影响而出现异写字“喜”，在此字形基础上增加横画就衍生出异构字“喜”（下部变为“吉”）。同理，以“喜”为声符的“熹”字也由异写字“熹”衍生出了异构字“熹”。

由于在行、草书的作用下衍生出异构字不是本文讨论的重点，所以不作过多介绍。

通过对行、草书影响下而产生的异写字及其衍生现象的观察和研究，我们可以得出如下几点结论：

第一，因行、草书影响而产生的异写字及其衍生现象呈现出普遍性，许多行、草书正体化的构件都广泛地参与构形，甚至在构件写法上都保持着高度的一致性。

第二，尽管基于行、草书影响而出现的异写字大多出自于民间写手笔下（或刻手刀下），由于文化层次不高的缘故，异写字的衍生带有一定的随意性，但是，并非无规律可循，前文所做分类即可以说明问题。不仅如此，因行、草书的作用而在一些构件之间形成了近乎固定的密切关联，如“山”与“止”，“辶”与“乚”，“方”与“扌”，等等。尤其值得一提的是，异写字的衍生中，受到草书影响的局部总会向一些形似的常见构件演化，甚至有的异写字转化为异构字。这说明，民间写手（或刻手）仍有意无意地维系着汉字的表意特征以及汉字的文化品格。

第三，尽管写手、刻手付出了努力，但是有一点是毋庸置疑的：这种基于草书的影响而出现的异写字构形理据丧失严重。如“齒”本来是形声字，声符是“止”，而其在草书影响下的异写字将“止”替换为“山”，虽然形符依然保留，但理据还是有所丧失。这样的例子很多，不必赘举。另外，“木”和“扌”是汉字中较重要的两个部件，因行、草书的缘故导致它们之间的替换势必使得一部分依靠这两个构件别异的字出现混同。

第四，异写字产生的原因多元，其间的关系也错综复杂，我们认为，揭示衍生现象是梳理异写字之间关系的一个重要途径，值得进一步研究，至于本文所讨论的行、草书的影响不过是诱发异写字衍生现象的一个原因而已。但是，仅仅通过这样一个角度即可以看出，行、草书对于正规字体构形的影响不容小觑，它是导致今文字阶段异体丛生且构形理据严重丧失的一个重要原因。而且，从历代的民间写本、碑刻来看，基于行、草书影响下而产生的异写字广为流传，有着深厚的群众基础。这一方面成为今文字阶段正字法出现的一个重要原因，另一方面也为汉字向符号化方向迈进起到了一个推动作用。

Different Character Forms and their Derivative Under the Influence of Running Script and Cursive Script in Chinese Calligraphy

Li Hongzhi

(Beijing Normal University)

Abstract: At the latter development stage of Chinese calligraphy, the regular fonts(the official script and the standard script) and their parallel variant fonts (the running script and the cursive script) interact with each other. The influence exerted by the variant fonts on the regular ones has brought into many different character forms, which can be classified into multiple types and are in a complicated relationship with the variant fonts. Besides, the different character forms, under the influence of running script and cursive script also have their deviants, which mainly come in four ways, analogy deriving, linearity deriving, divergence deriving and reverse deriving. Although these different character forms are only a part of numerous derivate writing ways, the study can unveil us their rules in spite of their complexity. Therefore, the study on the derivative phenomena of Chinese calligraphy proves to be an important way to sort out the relationships among different character forms. This project is well with further exploration.

Keywords: running script; cursive script; different writings; derivation

◎音韵与语音学研究

再论敦煌韵书残卷 P 二〇一七之性质*

张茜茜　丁治民

（温州商学院基础教学部；上海大学文学院）

提要：P 二〇一七为敦煌韵书残卷，对其性质的考定，各家观点不尽相同。姜亮夫、潘重规两位先生定为陆法言原书，周祖谟先生定为“增训加字”类，关长龙先生定为“笺注”类。我们通过 P 二〇一七与 S 二〇五五和裴务齐本东韵前五纽在增加韵字、韵书底本、韵字排序与增加训解等方面比较，认为周祖谟先生的观点更接近事实。

关键词：P 二〇一七；S 二〇五五；裴务齐本；四家观点

P 二〇一七为敦煌韵书残卷。对其性质的考定，主要有姜亮夫、潘重规、周祖谟与关长龙四位先生，但诸位先生观点不尽相同，这就有再讨论的必要。

姜亮夫先生（1955）认为“P 二〇一七为陆法言原书韵目”，其跋有三个论据，主要论据是一百九十三韵与韵字①。其论证见附注（1）。

潘重规先生（1972）于“P 二〇一七为陆法言原书韵目跋”案语中对 P 二〇一七性质同姜先生，只不过列举数例姜先生的抄录讹误现象②。

周祖谟先生（1983）指出：

---

* 本文得到国家社科基金重大项目（19ZDA316）与国家社科基金冷门“绝学”和国别史研究专项（19VJX126）资助。初稿承蒙熊桂芬、吴葆勤、董建交、赵晓庆四位先生赐正，特致谢悃。文中失误，概由作者负责。

①姜亮夫：《姜亮夫全集·瀛涯敦煌韵书卷子考释》，昆明：云南人民出版社，2002 年，第 295-298 页。

②潘重规：《瀛涯敦煌韵辑新编》，台北：文史哲出版社，1972 年，第 45-46 页。

"笺注本切韵"的特点"是以陆法言书为底本,而文字训解有增加,注文中兼有案语,大抵都是依据许慎《说文解字》笺注形体异同,或增广义训。"

"增训加字本切韵""在收字方面,这一类大都比前一类多。前一类虽然也是就陆书有所增加,但性质是笺注,重点在於以《说文》订补《切韵》,这一类则着重於增修。或增训,或增字,取材较广,而不以《说文》为限。其中在注文上虽然也有接近於前一类的地方,如伯二〇一七和斯六〇一三等写本,但毕竟有所不同。①"

伯二〇一七,周祖谟先生定为"增训加字本切韵",主要论据为增加韵字与训解②。其论证见附注(2)。

关长龙先生(2008)认为 P 二〇一七是"切韵笺注"类,主要论据也是一百九十三韵③。其论证见附注(3)。

我们赞同周祖谟与关长龙两位先生都认为伯二〇一七成书时间晚于斯二〇五五的观点。我们再沿着两位先生的思路从斯二〇五五、裴本与伯二〇一七前五组增加韵字、韵书底本、韵字排序与增加训解比较中再深挖:

斯二〇五五东韵有三组增加字,即蒙组十一加二、蘱组一加一、葼组十二加一,且三组均在东韵的后部分;三钟一组增加字,即重组二加一;四江一组增加字,即窓组三加一;五支四组增加字,即移组十加一、縻组三加一、提组四加一、离组十三加一④。从前五韵可以看出斯二〇五五增加字的纽及所增加韵字数均较少,只有蒙纽加两字,其他只加一字。伯二〇一七虽存东韵的东、同、中、虫、终五纽,且多残缺。但东韵东纽就增加字,即"二加一"。从这一点也可以看出,伯二〇一七成书时间当晚于斯二〇五五。"同"纽注释虽残缺,但关先生恢复韵字数构成形式,即"□六加□",具体的数字虽难以确定,但把表示底本韵字数是多少再增加多少韵字数这层意思表达得很清楚。伯二〇一七东韵"同"字标数字作"□六加□"中的"六"是确定的,即伯二〇一七东韵"同"纽底本韵字数的尾数是为六⑤。裴本底本韵字尾数也为六,这一点两者同。斯二〇五五东韵"同"纽有十八个韵字,未增加韵字。伯二〇一七东韵前五纽就有两纽增加韵字。裴本东韵前五纽的增加字为:东纽二加二、同纽十六加六、中纽三加一、蟲纽三加四、终纽十加二。裴本东韵共三十

①周祖谟:《唐五代韵书集存》,北京:中华书局,1983 年,第 73 页、第 217 页。

②周祖谟:《唐五代韵书集存》,1983 年,第 856-858 页。

③张涌泉:《敦煌经部文献合集》,北京:中华书局,2008 年,第 2675 页。

④周祖谟:《唐五代韵书集存》,1983 年,第 150 页。

⑤张涌泉:《敦煌经部文献合集》,2008 年,第 2684-2685 页。

二纽，其中增加字有二十一纽，未增加字共十一纽[①]。从此可以推测三书纽的增加字是递增的，斯二〇五五纽的增加字是最少的，裴本是最多的，伯二〇一七是介于两书之间。即伯二〇一七每韵各纽增加韵字数应会多于笺注本《切韵》的斯二〇五五，但要少于裴本。

从纽增加韵字的角度看，伯二〇一七既不同于斯二〇五五，也不同于裴本。

现再把裴本、斯二〇五五与伯二〇一七“同”纽的韵字开列于下：

斯二〇五五	同	童	僮	铜	桐	峒	⿰豸同	硐	䑼	烔	曈
裴本	同	童	僮	铜	桐	峒	狪	硐	䑼	烔	曈
伯二〇一七	同……(筩)僮童……										

筒	瞳	⿰同瓦	罿	犝	筩	潼					
筒	瞳	⿰童瓦	罿	犝	潼	橦	⿰羊童	衕	⿰革童	筩	
……(洞)瞳⿰革童											

斯二〇五五与裴本两书“⿰豸同、狪”两字形符、“⿰同瓦、⿰童瓦”两字声符不同，但《集韵》两组字各为异体，且两书释义相同[②]。裴本前十六字与斯二〇五五前十六字同，但第十七、十八两字不同。

斯二〇五五十八个韵字，没有增加韵字，其底本就是十八个韵字；裴本的底本原为十六个韵字，增加六个韵字。这是否可以说明裴本与斯二〇五五两书“同纽”的底本不是同一个底本。

伯二〇一七同纽现存七个韵字，其中五个为字头，二个为注释中组词的语素，“洞”字就是二个注释中组词语素中之一。“洞”字在斯二〇五五与裴本中均未见。

从同纽看三书的底本，伯二〇一七既不同于斯二〇五五，也不同于裴本。

伯二〇一七现存五纽，现把各纽的韵字及次序与斯二〇五五、裴本做一比较：

斯二〇五五	東(二)涷同(十八)童僮銅桐峒⿰豸同硐䑼烔曈筒瞳⿰同瓦罿犝筩潼中(三)衷忠蟲(四)沖种盅终(十)衆泈潀炵螽⿱雨衆鼨蔠
伯二〇一七	東(二加一)涷涷同(□六加□)……(筩)僮童……(洞)瞳⿰革童中(三)衷忠蟲……炵泈柊鼨潀⿱雨衆……

①周祖谟：《唐五代韵书集存》，1983 年，第 537-539 页。

②[宋]丁度：《集韵》，上海：上海古籍出版社，2017 年，第 12 页。

续表

裴本	東(二加二)凍辣涷同(十六加六)童僮銅桐峒狪硐艢烔曈筒瞳瓹罿犝潼橦撞衕鼜箽中(三加一)忠衷芇蟲(三加四)沖种盅螤惢爞终(十加二)衆泈潨㚇螽蠠鼨蔠柊䶱鼨臱

伯二〇一七东纽“東(二加一)”中第二韵字应为“凍”,所加“一”当为“涷”,裴本同,而“凍”字,斯二〇五五无。伯二〇一七同纽之“箽”在“僮童”两字前,三字相连,而斯二〇五五在倒数第二字、裴本为最后一字;伯二〇一七同纽之“洞”,斯二〇五五、裴本均无;伯二〇一七同纽之“曈”为倒数第二字,而斯二〇五五、裴本均在“烔、筒”两字之间,应是在底本十六字之内,不是裴本所增加字;伯二〇一七同纽之“鼜”为该纽最后一字,斯二〇五五无,裴本为该纽倒数第二字;伯二〇一七(终)纽之“㚇”在“泈”字之前,而斯二〇五五与裴本在“泈潨”两字后,三字相连,应是在斯二〇五五、裴本底本十字之内,不是裴本所增加字;伯二〇一七之终纽之“柊”字,在“泈”“鼨”之间,斯二〇五五无,而裴本在“蔠”“䶱”之间。

从三书前五组韵字排列次序看,伯二〇一七既不同于斯二〇五五,也不同于裴本。

周祖谟先生把伯二〇一七东纽三字训解与斯二〇五五、裴本进行比较,结论为“凡本书中所有的字或训解不见於笺注本二的,又大都见於裴本《切韵》。”我们再把“中、衷”两字的训解与斯二〇五五和裴本进行比较:

	斯二〇五五	伯二〇一七	裴本
中	按《说文》“和也”,陟隆反;又陟仲反。三。	陟隆反。三。中央;和。又陟仲反,当。	按《说文》“和也”。
衷	按《说文》“衷,褻衣也”。	善;又衷衣。	按《说文》“衷,褻衣也”。

从“中”“衷”二字训解可以看出,伯二〇一七不再引用《说文》,而是直接列出引伸义。两字的训解不仅不见于笺注本二的,也不见于裴本,而且不见于笺注本二与裴本多为引伸义,如“中”之“中央”“当”、“衷”之“善”,这些都是从本义引伸出的新义、常用义。从中可以看出伯二〇一七的训解有改革传统韵书的倾向,欲摆脱长孙讷言笺注本韵书的束缚,这具有一定创新的意义。

从增加训解的角度看,伯二〇一七既不同于斯二〇五五,也不同于裴本。

从增加韵字、韵书底本、韵字排序与增加训解等角度可以断定伯二〇一七与斯二〇五五和裴本应均不是同类。周祖谟先生定伯二〇一七为增训加字本《切韵》类,我们认为周先生的观点更应是接近事实。

附注：

(1)"按陆生韵目无完整存于代而可考者,然 S 二六八三、巴黎未列号之乙 JIVKT5、S 二〇七一诸卷,及本之陆氏而出入极微之 P 二〇一一、S 二〇五五卷当可推知。试以本卷韵目与诸卷所存韵目或由韵字所推知之韵目一一加以比较,几无一字之出入。而与 S 二〇五五卷尤无爽失。S 二〇五五卷为长孙笺注本。长孙之于陆书,盖有文字注语之增益,而无韵部声音之更易,此证一也。又陆氏无上声'广'、去声'嚴'二韵,S 二〇七一卷无之,本卷亦无之,是亦保存陆氏原书之证二也。是凡故 S 二〇七一、P 二〇一一诸卷所论韵部之特点,凡可指为陆氏之旧者,本卷皆一一具备,学者交互参观,可以详知,无特论述。然 S 二〇七一'先''仙'以下韵目都数之次,另起一二之数。而本卷'先'为二十七、'仙'为二十八,承上'山'韵为次,盖平声字多。长孙笺注,增益卷帙,分为两卷,因而都数亦另独立。而陆生原书,虽为卷亦五,而'删''山''先''仙'之相次,实含音理比邻类连之作用,决无割为两截之理。长孙为临文而设,分之固不妨陆生为审音而作,必无分立之理。P 二〇一一卷尚仍相次,而又四声韵目骈列卷首,最合音理,其必为陆生之旧式盖无可疑,其证三也。"

(2)"此残卷存陆法言《切韵》序、平上去入四声韵目和平声东韵的一部分,细字精抄,极为工緻。陆序自'支脂鱼虞共为不韵'始,其上残阙。陆序前有无其他序文不可知。四声韵目中平声最完整,上去入三声略有残损。所记平声为五十四韵,上声为五十一韵,去声为五十六韵,入声为三十二韵,合计为一百九十三韵。平声韵目廿六山之后,继之以廿七先,以迄五十四凡为止,不分上下。韵目的叙次和反切都与笺注本一、笺注本二(斯二〇七一和斯二〇五五)相合。很清楚,这是陆法言书的系统。现在唐本《切韵》中保存陆法言一百九十三韵韵目最完整的就是这个写本了。

不过,这个写本还不是陆法言原书。陆书上声'拯'韵无反语,笺注本一(斯二〇七一)'拯'字注云:'无反语,取蒸字上声。'王仁昫《刊谬补缺切韵》同,而本书韵目拯下'之艿'(姜抄同於斯二〇七一,误)这是其他唐写本韵书中所没有的。只有宋夏竦《古文四声韵》所据《唐切韵》'拯'音'之𠩄',与此相近。其次本书'東'字下云:'德红反。二加一。'是韵内已有增加字。又书中'東'字、'中'字下都先出反切,后出一纽字数,最后出本字的训解和又音,根据笺注本二(斯二〇五五)推证,此类训解和又音列於反切和字数之后的,一定是后来增加的。所以说这还不是陆法言的原书。

本书字下的注文比较多。每字的训解大体介乎笺注本二(斯二〇五五)和裴务齐正字本《刊谬补缺切韵》之间。例如:

東纽'東'德红反。二加一。《说文》:春方也。又动也。从木,从日。又云从日在水中。笺注本二作'德红反,二。按《说文》:春方也。动也。从日。又云从日在水中。'裴本《切韵》作'按《说文》:春主東方也。万物生动也,从木,从日。又云从日在水中。德红反,二加二。'

'涷'冰。又东送反。笺注本二无此字。裴本《切韵》作'水也。又多贡反。'

'涷'水名。又瀧涷,霑也。笺注本二作'水名'。裴本《切韵》作'瀧涷,水名。'

……

从以上这些例子可以了解这个残卷是笺注本二和裴本《切韵》之间的一部书。笺注本二所有的字,本书都有;凡本书中所有的字或训解不见於笺注本二的,又大都见於裴本《切韵》。只有'同'纽的'洞'字和注文'……皃,又洪洞,县名'(正文'洞'字缺,只存注文的一部分)不见於裴本《切韵》。本书的作者和年代虽不可考,但是它在唐本韵书的地位是可以确定的。它应当属於增字本《切韵》一类,年代当在笺注本二之后。"

(3)"底卷编号为伯二〇一七,存一残纸,单面抄。有陆法言《切韵序》八行又二残行、四声韵目十七行(其中上、去、入有残)及东韵字四残行。韵目与正文'一東'间未标卷名及韵数等,盖承前韵目字而省或脱,大韵起始处提行,大韵标序字高出一格书写。从所存四个小韵(其中'蟲'字注文残)的情况推证,其小韵首字的注文体例为字头-反切-小韵字头数-加训,此与长孙讷言笺注本《切韵》体例一致。

本件《索引》定名为《写本切韵残卷》,《宝藏》、《索引新编》同。《周韵》通过与《笺七》《裴韵》的收字、训解情况进行比较,认为底卷是介於二书之间的一部书,'它应当属於增字本《切韵》一类,年代当在笺注本二(长龙按:即《笺七》之后),因据以拟题作'增字本《切韵》残卷'。考底卷收字虽多於《笺七》,然其序文后未附他序,而且其东韵'同'字标数字作'□六加□'(《笺七》作'十八',《裴韵》作'十六加六'),明其或与长孙笺注无关,然其分部仍为一百九十三韵,仍属《切韵》原书体系,是其当为《切韵》笺注风气中较晚的产物,今拟名作《切韵笺注》(九),简称《笺九》。"

参考文献

[宋]丁度:《集韵》,上海:上海古籍出版社,2017 年。

姜亮夫:《瀛涯敦煌韵辑》,上海:上海出版公司,1955 年。

姜亮夫:《瀛涯敦煌韵书卷子考释》,杭州:浙江古籍出版社,1990 年。

姜亮夫:《姜亮夫全集·瀛涯敦煌韵书卷子考释》,昆明:云南人民出版社,2002 年。

潘重规:《瀛涯敦煌韵辑新编》,台北:文史哲出版社,1972 年。

张涌泉:《敦煌经部文献合集》北京:中华书局,2008 年。

周祖谟:《唐五代韵书集存》,北京:中华书局,1983 年。

On the Nature of the Remnant Volume P2017of *Dunhuangyunshu*

Zhang Qianqian; Ding Zhimin
(Wenzhou Commericial College; Shanghai University)

Abstract: P2017 is the remnant volume of Dunhuangyunshu , the exploration of the nature of the book, there appear different viewpoints. Mr. Jiang Liangfu and Mr. Pan Zhonggui hold that it is the original book written by Lu Fayan, while Mr. Zhou Zumu holds it belongs to the category of additional characters, and Mr. Guan Changlong views it as the category of notes. By comparing P2017 and S2055 and the first five initial consonants in their adding characters, the master copy of the rime dictionary ,the order of rhyme characters and additional explanations of Peiben, we hold that Mr. Zhou Zumu's view is closer to the truth.

Keywords: P2017; S2055; Peiben; viewpoints of the four scholars

再论晚唐五代西北方音疑母的演变*

邓　强

（昆明学院人文学院）

提要：高田时雄和李建强据敦煌汉藏对音都发现唐五代西北方音疑母出现了变化的迹象，邵荣芬考察敦煌俗文学中的别字异文则认为唐五代西北方音疑母与影母、喻母不分；蒋冀骋重新考察了邵荣芬所用的材料，认为疑母与云、以、影等母不分的观点不可信；黎新第运用了一些新的材料重新研究，认为疑母还未完全丧失独立性。本文穷尽考察十五卷《英藏敦煌社会历史文献释录》中晚唐五代写卷里疑母字与云、以、影三母字之间代用的别字异文，从相混比例、韵摄分布、等第分布三个不同的角度分析，认为晚唐五代西北方音里疑母与云、以、影三母都有一定程度的相混，但相混程度不高，它并没有发展到与云、以、影三母混而不分的程度，而且声母发生变化的疑母字并未遍及大部分有疑母字的韵摄，只有部分疑母三等字发生了明显的声母脱落的变化，一等字的声母只是露出了变化的痕迹，据现有材料尚未见疑母二等和四等字声母发生变化的迹象。

关键词：敦煌；别字异文；晚唐五代；西北方音；疑母

一、引言

前修时贤根据汉藏对音、别字异文、音注、韵文等材料已经揭示出很多唐五代西北方音现象，为敦煌文献的整理提供了音韵学上的理论支撑，更为汉语语音史和汉语方言史

* 本文为教育部人文社会科学研究规划基金项目“《资治通鉴释文》音系研究”（16XJA740001）的阶段性成果。匿名审稿专家及庞光华教授、赵家栋博士、陈静毅博士曾为本文提出宝贵意见，谨此致谢。文中若有疏误，概由作者本人负责。

的构建和完善做出了重要贡献。尽管目前唐五代西北方音的研究成果已经十分丰富，但这方面仍有许多可以挖掘之处，有些方音现象尚未被揭示，有些方音现象的研究还有继续深入的必要。如对疑母的研究，罗常培据 5 种汉藏对音文献将疑母构拟为鼻冠塞音 ŋg；高田时雄扩大了材料的范围，运用 14 种汉藏对音进行研究，将疑母也构拟为类似的声母 *^{ŋ}g①，但高田时雄注意到了《阿弥陀经》《天地八阳神咒经》中疑母字"愿"对 wen，《寒食篇》中疑母字"原"也对 wen，指出"这是疑母字声母脱落的记载"②；李建强在辨析藏文字母འ的各家转写时，也提及了疑母的变化："在《寒食篇》《阿弥陀经》《天地八阳神咒经》中，疑母字'原愿'对应藏文含འ的音节，这说明新的语音演变已经开始发生了。"③邵荣芬考察敦煌俗文学中的别字异文，认为"疑、影两母和喻母不分"④，但与疑母相关的例证只有疑、云代用 1 例，疑、以代用 9 例，且有不可靠的例子。蒋冀骋在重新考察了邵荣芬所用别字异文后指出："从邵氏的举例来看，'疑云相代'仅一例，'疑以相代'能够成立的仅 4 例，'影云相代'仅 3 例，说他们'不分'，难以令人相信。"⑤黎新第在《敦煌愿文集》和《敦煌诗集残卷辑考》中又找到一些疑母字与云、以、影、微等母的代用例 13 条，指出："在唐五代西北方音中，疑母已经开始与云、以二母以及影、微二母相混，并且已经程度不轻。"又认为"但反过来，似乎也不能说当时当地汉语方音中疑母已经完全失去独立性。"⑥

从前人的研究中可以发现对音里反映疑母变化的例子很少，敦煌俗文学写卷中疑母与其他声母代用的例子也不多，对于唐五代西北方音中疑母的变化情况，黎新第与蒋冀骋都提出了与邵荣芬不同的观点，蒋、黎两位先生的看法比较接近，都认为疑母尚未发展到与云、以、影等母混而不分的地步。近 40 年来，一大批新校注的敦煌文献逐步问世，标注出大量的别字异文，为我们进一步研究唐五代西北方音提供了参考，这些材料中有许多与疑母相关的别字异文，使我们有条件对唐五代西北方音中疑母演变的问题做进一步

①高田时雄：《敦煌资料による中国语史の研究：九·十世纪の河西方言》，东京：创文社，1988 年，第 109 页。
②高田时雄：《敦煌资料による中国语史の研究：九·十世纪の河西方言》，第 91-92 页。
③李建强：《敦煌藏汉对音文献中的字母འ》，载《汉藏佛学研究：文本、人物、图像和历史》，北京：中国藏学出版社，2013 年，第 90 页。
④邵荣芬：《敦煌俗文学中的别字异文和唐五代西北方音》，载《邵荣芬音韵学论集》，北京：首都师范大学出版社，1997 年，第 296 页。
⑤蒋冀骋：《近代汉语音韵研究》，长沙：湖南师范大学出版社，1997 年，第 34 页。
⑥黎新第：《敦煌写本别字异文所见唐五代西北方音疑母》，载《田野春秋——庆祝詹伯慧教授八十华诞暨从教五十八周年纪念文集》，广州：暨南大学出版社，2011 年，第 217 页。

的研究。本文拟利用新的材料，从多个角度，用不同的方法对晚唐五代西北方音疑母演变的实际情况再做一考察，以期对疑母的演变获得更多且更为细致的认识。

二、晚唐五代敦煌写卷中疑母与云、以、影三母的同音代用情况

邵荣芬等学者研究唐五代西北方音所使用的敦煌文献别字异文主要出自敦煌俗文学写卷，所用写卷类型单一，范围较窄。实际上敦煌文献的别字异文除了俗文学写卷中有，在大量的其他类型写卷中也有。郝春文主编的《英藏敦煌社会历史文献释录》按照敦煌写卷的流水号排列，不按内容分类排列，其中既有前人使用过的变文、曲子词、愿文、诗歌等写卷，也有前人未曾用到的公文、历书、类书、地志、蒙书、医药、杂抄等写卷，这些写卷中有不少与疑母相关的同音代用例，对于研究唐五代西北方音疑母的发展演变有重要价值。

据笔者考察，十五卷《英藏敦煌社会历史文献释录》中疑母与云、以、影三母的代用例主要集中在晚唐五代的写卷里。考虑到这一点，本文拟利用《英藏敦煌社会历史文献释录》中晚唐五代写卷里的别字异文只对晚唐五代时期西北方音的疑母做一整体考察，祈请专家指正。对于晚唐五代写卷抄写年代的确认，本文主要参考《英藏敦煌社会历史文献释录》写卷中的年号及书中"说明"对抄写年代的判断，若无此类信息则参考有关敦煌写卷年代考证的论著论文。对于别字异文，该丛书都是在正文中打括号将其正字注出，相同内容有不同写卷的在校记中指出其他卷子的别字异文。本文参考邵荣芬《敦煌俗文学中的别字异文和唐五代西北方音》一文的研究方法①，只选取《英藏敦煌社会历史文献释录》注出的具有确切语音关系的别字异文，并与原卷子仔细核对。为了避免纷扰，保证研究的准确性，不列参考例，对于一些并不十分可靠的别字异文一律不取，主要包括：意义两通的别字异文、属于异体关系的别字异文、疑为涉上下文而误的别字异文、形体近似的别字异文、疑为省形的别字异文、个别有疑而暂不能确认有确切语音关系的别字异文。

兹根据疑母与云、以、影三母的代用类别将同音替代例与所在原句及校记开列如下②。

①邵荣芬：《邵荣芬音韵学论集》，第 280–285 页。

②下文在列出代用原句时，如果原文中是在替代字后的括号里写出正字，那么本文照录，不再列出校记；如果原文中就是正字，而在校记中指出其他相关写卷的别字异文，那么本文先照录原文，再列出校记，以展示其他写卷的别字异文。列出的《英藏敦煌社会历史文献释录》原句里( )中的字为正字，但不是句中所有正字与替代字之间都是同音关系，也有形讹、省形等原因造成的，有的则属于意义两通的情况；少数字加有〔 〕，是根据他本或上下文补充的字，本文谨照录原文，不作改动。另，本文适当使用繁体字。

2.1 疑、云代用

云母字“遠”替代疑母字“元”①：

（1）奉请天蓬天蓬、久（九）遠（元）煞同（童）、五丁都司、高雕北翁、七征（政）八灵、太上号（浩）凶。（《大部禁方》，第十三卷第106页）

疑母字“严”替代云母字“炎”：

（2）严（炎）帝裂血，北斗斫（燃）骨。（《大部禁方》，第十三卷第106页）

云母字“曰”替代疑母字“月”：

（3）叫（皎）叫（皎）明曰（月），解（浮）云影之。清清之水，冬夏有时。（《韩朋赋》，第十四卷第380页）

云母字“有”替代疑母字“遇”：

（4）诸佛在心头，如（汝）此（自）不能求，甚（慎）物（勿）灵（令）希（虚）有（過），急手早勤修。（《大乘净土赞》，第十五卷第235页）

校记：“有”，丙本作“遇”②，当作“過”，据甲、乙、丁、戊、己本改。（第十五卷第241页）

2.2 疑、以代用

疑母字“元”替代以母字“缘”：

（5）侧子由空净，悟则无所缘，坐卧空消（霄）里，超出里（离）人天。（《大乘净土赞》，第二卷第225页）

校记：“缘”……丙、戊本③作“元”。（第二卷第228页）

以母字“夜”替代疑母字“業”：

---

①有一些内容相同的不同写卷在多个卷次中都有校录，如在甲写卷正文里已经用括号指出某字的别字异文，而在乙写卷的校记中也指出了甲写卷中存在这一别字异文，诸如此类的情况本文只录其中1次，不重复统计。

②本字“過”与“遇”形近，丙本“遇”为“過”之形讹，而此处“有”又是“遇”的同音替代字。

③此例计为“元”与“缘”代用2次。

(6)……如来上(尚)自入涅槃,凡夫宿夜(业)谁能保。(《禅门十二时》,第二卷第 312 页)

以母字“已”替代疑母字“语”:

(7)和上语悟幽师:“莫说闲言语,永淳年不吃泥傅饪。”悟幽闻语失色。(《历代法宝记》,第二卷 519 页)

校记:“语”①……甲本作“已”。(第二卷第 560 页)

以母字“逾”替代疑母字“愚”:

(8)近鲍者丑(臭),近兰者香;近愚者闇,近智者良。(《太公家教》,第五卷第 188 页)

校记:“愚”……癸本作“逾”②……(第五卷第 211 页)

以母字“已”替代疑母字“宜”:

(9)欲致斯道,有懵厥由。宜陈推步之方,以广询求之路。(《兔园策府》,第七卷第 480 页)

校记:“宜”……甲本作“已”。(第七卷第 491 页)

疑母字“遇”替代以母字“与”:

(10)其日遇(与)天赦、岁德、月德、天恩、母仓并者,修之无妨。(《甲申岁(公元九二四年)具注历日》,第十二卷第 24 页)

以母字“延”替代疑母字“严”:

(11)浴室延(严)净,离非道之往来;消息斋餐,泯六贼之邪视……(《甄别求斋政学沙弥尼为上中下三品判稿》,第十二卷第 393 页)

以母字“以”替代疑母字“语”:

(12)目连闻以(语)③,更往前行。(《大目乾连冥间救母变文》,第十三卷第 15 页)

---

①此“语”字指“悟幽闻语失色”中之“语”。

②“逾”,原卷写作俗字“辶愈”,为方便行文,今改为正字。

③《英藏敦煌社会历史文献释录》第十三卷第 6 页、第 8 页、第 9 页、第 13 页都有“目连闻语”的语句。

2.3 疑、影代用

疑母字“遇”替代影母字“抑”：

(13)若造恶者，劝令断恶；当遇(抑)恶扬善。(《诸经要略文》，第四卷第95页)

疑母字“言”替代影母字“焉”：

(14)玉女泉县西北七十里，按(蛟)龙曾穴此也。唐贞观，刺史张孝恭(嵩)铸铁燿之，龙乃兑(脱)出。手赐子孙，今长安有龙舌代(氏)见存，今有子孙宫(官)在言(焉)。(《沙州志》，第四卷第170页)

疑母字“拟”替代影母字“一”：

(15)孋景(影)红颜越众希，素胸连脸柳眉低。拟(一)笑千花羞不拆，□芳非(菲)……(《云谣集杂曲子》，第六卷第362页)

表1：疑母与云、以、影三母代用例中替代字与本字的《广韵》反切及音韵地位①

代用类型	替代字	《广韵》反切及音韵地位	正字	《广韵》反切及音韵地位
疑、云代用	遠	云阮切(云、阮合三上)	元	愚袁切(疑、元合三平)
	严	语軿切(疑、严开三平)	炎	于廉切(云、盐开三平)
	曰	王伐切(云、月合三入)	月	鱼厥切(疑、月合三入)
	有	云久切(云、有开三上)	遇	牛具切(疑、遇合三去)
疑、以代用	元	愚袁切(疑、元合三平)	缘	与专切(以、仙合三平)
	夜	羊谢切(以、禡开三去)	业	鱼怯切(疑、业开三入)
	已	羊己切(以、止开三上)	语	鱼巨切(疑、语开三上)
	逾	羊朱切(以、虞合三平)	愚	遇俱切(疑、虞合三平)
	已	羊己切(以、止开三上)	宜	鱼羁切(疑、支开三平)
	遇	牛具切(疑、遇合三去)	与	余吕切(以、语开三上)
	延	以然切(以、仙开三平)	严	语軿切(疑、严开三平)
	以	羊己切(以、止开三上)	语	鱼巨切(疑、语开三上)

①《广韵》中没有云母(喻三)，云母是后来从匣母中分化出来的，但为了表述方便，参考邵荣芬的研究，在列中古音韵地位时将《广韵》匣母合口三等字声母称为“云”。

续表

代用类型	替代字	《广韵》反切及音韵地位	正字	《广韵》反切及音韵地位
疑、影代用	遇	牛具切(疑、遇合三去)	抑	於力切(影、职开三入)
	言	语轩切(疑、元开三平)	焉	於乾切(影、仙开三平)
	拟	鱼纪切(疑、止开三上)	一	於悉切(影、质开三入)

以上材料中疑、云代用4例4次,疑、以代用8例9次,疑、影代用3例3次,共15例16次。疑母与云、以、影三母都是牙喉音声母,具备因音代用的条件,但本文的代用例只有"曰云月合三入月疑月合三入"[①]"逾以虞合三平愚疑虞合三平"属于中古同一韵的字之间的代用,其他的都属于中古不同韵之间的代用,有以下几类情况,需要分别说明[②]。

1. 同摄重韵代用:严疑严开三平炎云盐开三平、元疑元合三平缘以仙合三平、已以止开三上宜疑支开三平、遇疑遇合三去与以语开三上、言疑元开三平焉影仙开三平

据邵荣芬研究,敦煌俗文学中的别字异文里有大量同摄重韵代用的例子,如仙、元代用4例5次,支、之代用33例75次,鱼、虞代用10例10次等,邵先生认为当时西北方音"仙、元、先合并"[③]"止摄各韵不分"[④]"鱼、虞一部分字不分"[⑤],邵先生的材料里虽然没有严、盐代用例,但也有咸摄其他韵的代用,其中一等韵覃、谈代用5例22次,二等韵咸、衔代用1例4次。罗常培对《开蒙要训》音注的研究也显示唐五代西北方音里同摄重韵存在大规模的相混[⑥]。

2. 遇摄与流摄代用:有云有开三上遇疑遇合三去

遇摄与流摄代用在邵荣芬文中也有,但都是尤韵系唇音字与虞韵系字的代用,共4例4次,邵先生说:"尤、虞唇音合并和《唐五代西北方音》的各种材料都相合(《唐蕃会盟碑》里未见尤韵唇音字)。汉藏对音尤韵唇音都作-u,而其它声母都作-iu,似乎也可以给

---

①在前的是替代字,在后的是本字,替代字和本字右下角的是其中古音韵地位,下同。

②除了韵母之间有差异,本文一些例证的替代字与正字之间还存在声调的差异。邵荣芬通过调查研究现代人写别字的情况,认为"别字的资料不宜于拿来作为观察声调改变的工具",指出:"据此,我们在利用敦煌别字、异文材料上还需要补充说明一点,那就是当我们利用敦煌别字、异文来观察声母和韵母的时候,声调不同的例子也包括在内。"参见邵荣芬:《敦煌俗文学中的别字异文和唐五代西北方音》,第284页。笔者赞同邵先生的意见,对声调有异的例子与声调相同的例子做同样处理,不再讨论代用中的异调问题。

③邵荣芬:《邵荣芬音韵学论集》,第316页。

④邵荣芬:《邵荣芬音韵学论集》,第300页。

⑤邵荣芬:《邵荣芬音韵学论集》,第305页。

⑥罗常培:《唐五代西北方音》,第94-122页。

这里的尤韵作注脚。"①本文的材料是尤韵系喉音字与虞韵系牙音字的代用,与邵先生文中材料的表现不同,罗常培和高田时雄关于汉藏对音的研究也都未发现有尤韵系牙喉音字与虞韵系字混同的现象,但据笔者考察,《英藏敦煌社会历史文献释录》里存在多条这样的代用例:有云有开三上雨云麌合三上(第六卷第431页)、旧群宥开三去具群遇合三去(第十五卷第258页),还有尤韵系喉音字同鱼韵系字代用的:於影鱼开三平有云有开三上(第二卷第553页)、忧影尤开三平如日鱼开三平(第五卷第166页)、如日鱼开三平悠以尤开三平(第十三卷第77页)、有云有开三上与以语开三平(第十三卷第339页),看来这并非偶然,唐五代西北方音里应该存在少数尤韵系牙喉音字与虞、鱼二韵系字相混的现象。

3. 止摄与鱼韵代用:已以止开三上语疑语开三上、以以止开三上语疑语开三上

由于汉藏对音里鱼韵字有许多对 i,与止摄开口字的对音相同,所以罗常培据4种汉藏对音将唐五代西北方音脂、之、支三韵开口、微韵和鱼韵之半归为"i韵"②。邵荣芬在敦煌俗文学别字异文里也找到29条鱼韵字与止摄开口各韵字的代用例,邵先生说:"汉藏对音鱼韵一部分字和止摄开口合并,都作-i。这里鱼和止摄开口相通,正好和对音相合。"③别字异文和对音都反映唐五代西北方音鱼韵一部分字与止摄开口相混。

4. 咸摄阳声韵与山摄阳声韵代用:延以仙开三平严疑严开三平

据邵荣芬研究,敦煌俗文学中的别字异文中有5例咸摄与山摄代用的例子④。周大璞在敦煌变文用韵中也发现几个"谈添"部(-m)与"寒先"部(-n)通押的例子,周先生认为这透露出了-m尾变化的消息⑤。罗常培等研究汉藏对音的学者的研究较少涉及到-m尾消变的问题,但实际上据《敦煌吐蕃汉藏对音字汇》,一些字的对音已经透露出咸摄-m韵尾变化的迹象,如"暂"对 sen⑥,"凡"除了对 bam,还对 ɦban⑦,韵尾所对与山摄阳声韵字相同。可见唐五代西北方音里-m已出现与-n尾相混的现象。

5. 阴声韵与入声韵代用:夜以禡开三去业疑业开三入、遇疑遇合三去抑影职开三入、拟疑止开三上一影质开三入

邵荣芬文中有15条阴入代用例,邵先生比较谨慎,没有肯定这是入声韵尾开始消失

---

①邵荣芬:《邵荣芬音韵学论集》,第314页。

②罗常培:《唐五代西北方音》,第32页。

③邵荣芬:《邵荣芬音韵学论集》,第309页。

④邵荣芬:《邵荣芬音韵学论集》,第319-320页。

⑤周大璞:《〈敦煌变文〉用韵考》,《武汉大学学报》,1979年第5期。

⑥周季文、谢后芳:《敦煌吐蕃汉藏对音字汇》,北京:中央民族大学出版社,2006年,第72页。

⑦周季文、谢后芳:《敦煌吐蕃汉藏对音字汇》,第16页。

的表现[①]。徐朝东综合考察敦煌诗歌、变文、曲子词的押韵,并结合别字异文,认为:"唐五代时期西北或河西地区方音中,入声韵尾已经出现消失的迹象。"[②]黎新第利用了更多的敦煌文学类写卷来考察唐五代西北方音入声韵尾的问题,发现《敦煌愿文集》《敦煌诗集残卷辑考》和《王梵志诗校注》等有 42 条阴声韵字与入声字的代用例,经过详细论证,黎先生指出:"唐五代西北方音中的入收声已趋向消失。"[③]前修时贤的研究都说明唐五代西北方音的入声韵尾已发生了变化,本文的阴入互代例反映出同样的音变。

根据分析可知,如果结合唐五代西北方音的实际情况来看,以上这几类代用里中古不同韵的字实际都具备相通的条件,它们都属于因音代用。

三、晚唐五代西北方音疑母的演变

本文疑母与云、以、影三母的代用例共 15 例 16 次,它们出现在不同类型的写卷中,有医药、变文、赞文、佛经、类书、蒙书、历书、地志、曲子词等,而且出自不同抄写者之手,可以保证材料的真实性和可靠性。在不同类型的写卷中多次出现了疑母与云、以、影三母的代用例,说明这并不是偶然现象。《开蒙要训》中有一条直音是用疑母字给以母字注音:榆,虞[④]。这也可与别字异文相印证。那么接下来的问题是晚唐五代西北方音的疑母具体发展到一个什么程度了呢? 是已经完全与云、以、影三母合流,还是只有一部分疑母字的声母发生变化? 笔者认为应该是后一种情况。理由有三点。

3.1 从相混比例来看,疑母与云、以、影三母相混的程度并不高

邵荣芬认为唐五代西北方音疑母已不再独立,"疑、影两母和喻母不分",例证有:1. 疑、云代用:阮远;2. 疑、以代用:姚尧、缘原、葉業、元缘、语与、御喻、業葉、语以、语余,共 10 条例子[⑤]。邵先生依靠举证得出了疑母与影、喻(云、以)二母不分的结论。据笔者统计,敦煌写卷不仅有疑母与云、以、影三母的代用例,而且还有这几个声母大量的本类字之间的代用例及它们与其他声母的代用例,可以统计这几类声母的各种代用例,在此基

①邵荣芬:《邵荣芬音韵学论集》,第 322-325 页。

②徐朝东:《敦煌韵文中阴入相混现象之考察》,《语言科学》,2011 年第 4 期。

③黎新第:《入收声在唐五代西北方音中应已趋向消失——敦煌写本愿文与诗集残卷之别字异文所见》,《语言研究》,2012 年第 3 期。

④刘燕文:《敦煌写本〈字宝〉、〈开蒙要训〉、〈千字文〉的直音、反切和异文》,载《语苑撷英——庆祝唐作藩教授七十寿辰学术论文集》,北京:北京语言文化大学出版社,1998 年,第 53 页。

⑤蒋冀骋经过仔细考核后指出以上例证中能够成立的仅 5 例。参见蒋冀骋:《近代汉语音韵研究》,第 32-34 页。

础上计算反映疑母与云、以、影三母相混的别字异文所占的比例，通过量化考察来判断疑母与云、以、影三母的相关度，从这个角度重新认识疑母与这三个声母的关系。

前文已经罗列了疑母与云、以、影三母之间的代用例，现将与这几个声母相关的其他代用例列出。

1. 疑、疑代用：吴吾（一 317_2、319）①，误忤（一 319，十三 504、514_8），宜疑（二 354），语义（三 24、30，八 237、266，十三 521_3，十四 398），拟仪（三 187，十一 463，十二 104），义拟（三 195，十三 355），语议（三 502），危遇（四 152），宜议（四 155，十五 530），义语（五 193，九 321，十四 383），仪宜（五 307，十一 305），仵误（五 309），虞隅（六 358），疑宜（八 8、228），悟误（十一 60、74_2），义御（十一 61），岸玩（十一 461、481），愿遇（十三 272），鱼疑（十三 508），遇危（十三 515），乐恶（十四 159、183_2），语御（十四 453）。

2. 云、云代用：为谓（一 253，二 295_2，九 118，十一 247，十五 13、51、56、67、79、85），为违（二 47、562，五 324_9，七 277，九 322、334，十四 389，十五 86），远院（二 99），谓雨（二 270），谓苇（二 272），又有（二 275、554，十三 8，十三 356），有友（二 401，六 15，八 265，十三 518，十四 381、391、450、455），有又（二 537、558，四 330，六 22、23，十二 297、421，十四 421、423），曰越（三 52），有右（三 186，八 8，十二 373，十三 248、355），右有（三 195，十一 472、481、509_2），为闱（三 474），为于（四 157），禹宇（五 92，七 480），谓苇（六 42），韵晕（六 361），有祐（六 373），有雨（六 431），位谓（七 174），越曰（七 442），为位（七 453，十五 86），友有（八 77、250_2），谓为（一 221，八 80_2，十五 28_2、75），右又（八 136），为围（八 346），宇禹（十一 225），往王（十一 491_8、492_9），羽雨（十四 392_3、454），为衞（十五 78）。

3. 以、以代用：羊杨（一 55，十一 256），毓育（一 98），以与（一 143、347、419，二 93、187、264、269_2、316，三 24、28、185、190，四 94，五 151_2、153、169、272，六 24_2、37、40_3、49_5、330、373，七 275，八 1、94、252、288，九 247，十一 217_3、255、460、462、466、477_3、482_3、493_5，十二 378、421，十三 351、517，十四 65、383，十五 308、543），以已（一 202、349，二 263、271_4、37，五 100、107，六 24，八 236、271_2、288_3、291，十一 302、315、486，十二 487，十三 11、21、25、53、54、64、71_2，十四 448、450、453），已以（一 340，二 55、502、503、504、505、514、515_2、557，四 5、327、328_2，八 288，十二 435，十三 2、3、38_3、40、59、68、81、269），由犹（一 349，二 266、279、313、507、536，三 39、45、52，四 1、168_2，五 158，九 243、323、337_6，十一

①代用例中在前的是替代字，在后的是本字；括号里一、二、三等数字为代用例所在《英藏敦煌社会历史文献释录》的卷次，括号中的阿拉伯数字是代用例所在该卷的页码，如果某个代用例在某页中多次出现，就在页码的右下角标出次数，如果仅有 1 次则不标，下同。

321、398，十二 2、93、161，十三 3、18、23、26、40_2、59_2、70、79、139_2、504、515_8，十四 159、183、469、499），阎盐（一 341），由游（二 91_2），餘移（二 99，十三 48），犹由（二 229、275、545，六 9、47_4、48_2，七 448，十二 2，十三 77，十五 27、238、240_2），与以（二 254_2、276_4，三 24、192、478_2，四 45、155，五 126、187_2、192、197、198、204_2，六 26、50、336，七 272、387，八 79、249，十一 287_3、295、476，十三 142、144、145，十四 379、386_3），缘沿（二 266），夜也（二 276，六 50，八 93，十三 511_4、520_6），也夜（二 327，三 474，五 188，八 31），已与（二 352，三 195，十一 472，十三 356，十四 483，十五 308），犹遊（二 358），与豫（二 396_2），餘唯（三 192），耶也（三 194），以异（三 498，五 186，九 313），以易（三 517），易亦（四 67），耶爷（四 86），欲以（四 93），亦已（四 154_2），姚飖（四 164），异预（四 424），与已（六 37，十一 386、503，十三 145），遊由（六 47_2），夜野（六 356），野夜（六 378，十二 485），异与（十一 29），艳焰（八 52、302），与隃（八 183_2），以预（八 233），以誉（八 252_2），誉餘（八 305），由遊（十一 304），遊犹（十一 399），由悠（十一 247，十三 30_2、77_2），营盈（十一 247），唯遗（十一 263_2），餘与（十一 462、465、490_5，十三 350），胤孕（十一 464_2、473、488_5、512_2，十三 350），引孕（十三 356），餘由（十二 84），余与（十二 88、105），疫育（十二 424），异易（十三 6、146），游由（十五 238_2），油猷（英十五 516）。

4. 影、影代用：爱蔼（一 93_2），晏按（一 358），委畏（五 331_2，六 26），壹一（二 277、294_2、296，四 424、425，六 52，八 6，十一 483、485、491_2、514、516，十三 519_4），依於（二 535，三 195、196，五 224_2、317，八 344，十一 503_2、505，十三 353、354，十五 227），於依（三 193，八 30、233、247、260、289_2，十 276，十一 503_5，十三 354、520），一益（三 428），应英（五 123），意衣（五 170），恶厄（五 205），衣於（五 207、313、317，六 117，八 260，十三 356），恶污（五 311、335_2），於衣（五 313_3、317_2，十一 66，十四 453），煙咽（六 25），瓔英（七 167），咽煙（七 408，十三 62、73），邕雍（七 487），优幽（八 283），音荫（十一 247），幽幼（十一 305），伊於（十一 512，十三 356），倚一（十一 513），鷖莺（十二 486），衣一（十三 34、85），於一（十三 85_3），因音（十三 337_2），意倚（十三 504、515_6），影映（十四 52），衣邑（十四 380），於邑（十四 390），邀要（十四 458_2），腰妖（十五 167_2）。

5. 云、微代用：网往（二 357_2，十 392），闻为（五 157），亡王（八 304）。

6. 云、以代用：员缘（一 350，二 228），唯为（二 358_4，五 157，七 168，十三 55），为唯（二 366，四 88_2、330，五 224_2，十一 466、491、492，十三 510），谓唯（三 189，十一 491），为踰（三 474，八 31），以矣（三 541、572，五 205，六 372，八 269），惟为（五 62，十三 10、51），矣以（五 197），矣馀（五 219），矣与（五 325、十五 14），犹雨（六 432），遊雨（六 432），为维（七 446，十五 533），有犹（八 289），为惟（八 97、241，十二 162），违逾（十 473，十一 512），缘圆（十

三 335),为与(十三 514),矣已(十五 28_3)。

7. 云、影代用:於为(一 254,三 573,九 331_3),有幼(一 289、442),为於(二 254),为畏(二 535),於有(二 553),谓尉(四 166_2),谓喂(七 159)。

8. 以、日代用:汝以(一 385,十一 473、514,十五 239),而与(二 58),汝与(五 156),以汝(二 228_3,六 39_2),如以(八 284,十四 144,十五 239),而以(十五 239)。

9. 以、微代用:唯微(二 357)。

10. 以、匣代用:萤盈(三 187_2)。

11. 以、影代用:忧悠(三 55),与於(十一 468、501_4),於以(八 257),忆奕(八 284),亦一(十一 461、480_5,十三 139),羊殃(十四 384),衣移(十四 497、499),幽由(十五 238)

12. 影、日代用:於如(二 257,三 26),忧如(五 165_3、166)。

13. 影、微代用:椀蔓(二 265),望枉(五 157),物恶(十四 39)。

在本文考察的材料范围中,疑母与云母之间的代用 4 例 4 次,疑、云二母所有代用共 95 例 245 次,这包括疑、疑代用 22 例 53 次,疑、云代用 4 例 4 次,疑、以代用 8 例 9 次,疑、影代用 3 例 3 次,云、云代用 29 例 108 次,云、以代用 19 例 50 次,云、影代用 7 例 13 次,云、微代用 3 例 5 次。疑母与云母之间的代用数占疑、云所有代用数的比例为 4:95≈4.2%(例),4:245≈1.6%(次)。

在本文考察的材料范围中,疑母与以母之间的代用 8 例 9 次,疑、以二母所有代用共 123 例 489 次,这包括疑、疑代用 22 例 53 次,疑、云代用 4 例 4 次,疑、以代用 8 例 9 次,疑、影代用 3 例 3 次,以、以代用 51 例 334 次,以、云代用 19 例 50 次,以、影代用 8 例 19 次,以、日代用 6 例 15 次,以、微代用 1 例 1 次,以、匣代用 1 例 1 次。疑母与以母之间的代用数占疑、以二母所有代用数的比例为 8:123≈6.5%(例),9:489≈1.8%(次)。

在本文考察的材料范围中,疑母与影母之间的代用 3 例 3 次,疑、影二母所有代用共 89 例 216 次,这包括疑、疑代用 22 例 53 次,疑、云代用 4 例 4 次,疑、以代用 8 例 9 次,疑、影代用 3 例 3 次,影、影代用 32 例 106 次,影、云代用 7 例 13 次,影、以代用 8 例 19 次,影、日代用 2 例 6 次,影、微代用 3 例 3 次。疑母与影母之间的代用数占疑、影二母所有代用数的比例为 3:89≈3.4%(例),3:216≈1.4%(次)。

以上三类代用,疑与云、疑与以、疑与影代用的数量占两类声母代用总数的比例都比较低,除了疑、以代用例数的比例在 5%以上,其他全低于这个比例,且三种类型代用次数的比例全都不到 2%,说明疑母与云、以、影三母的关系并不密切。若据以上比例认为疑母不再独立,与云、以、影三母不分,是难以令人信服的。

3.2 从韵摄分布来看，许多韵摄中疑母字的声母尚未出现变化

本文疑母与云、以、影三母代用的例证所牵涉到的疑母字共有 10 个：元、严、月、遇、业、语、愚、宜、言、拟。这 10 个字属于山、咸、遇、止四摄，从疑母在音系中的分布来看，中古有疑母的韵摄除了本文材料中出现的 4 个以及邵文中的效摄以外①，通、江、蟹、臻、果、假、宕、梗、曾、流、深等 11 个韵摄也有疑母字，这些韵摄中有疑母字的韵则更多，兹统计胪列如下：

通摄：东、钟、屋、沃、烛

江摄：江、觉

蟹摄：咍、灰、佳、皆、齐、贿、骇、荠、代、泰、队、卦、怪、祭、霁

臻摄：痕、魂、真、欣、轸、隐、吻、恩、震、焮、没、质、迄、物

果摄：歌、戈、哿、果、箇、过

假摄：麻、马、祃

宕摄：唐、荡、养、宕、漾、铎、药

梗摄：耕、清、迥、敬、净、劲、陌、麦、昔、锡

曾摄：蒸、证、职

流摄：侯、尤、幽、厚、候、宥

深摄：侵、寝、沁、缉

以上共有 11 个韵摄，75 个韵，十五卷《英藏敦煌社会历史文献释录》的别字异文里未见这些韵摄中的韵里有疑母字与云、以、影等声母字相混的可靠例证，这些韵未显示出疑母字的声母出现变化的迹象。从本文例证也可以发现有一些韵摄虽然出现了疑母字与其他声母的代用，但只牵涉到该摄中很少的几个韵，如山摄元韵的疑母字"元"与云母字代用，"言"与以母字代用，月韵的"月"与云母字代用，但山摄的其他韵，如寒、桓、山、删、仙、先、缓、潸、产、狝、阮、铣、翰、换、谏、线、霰、曷、末、鎋、黠、薛、屑等未出现疑母字与其他声母代用的例子，咸、遇、止三摄的情况与山摄类似。从目前掌握的材料看，疑母的变化在当时的西北方音里并未涉及到大部分有疑母字的韵摄和韵，未遍及大部分的音节，所以疑母的变化还未发展到成熟的阶段。因此，尚不足以得出疑母与云、以、影三母混而不分的结论。

---

①邵荣芬《敦煌俗文学中的别字异文和唐五代西北方音》一文中疑母与云、以二母的代用例涉及到了效、山、咸、遇、止五摄的疑母字。黎新第《敦煌写本别字异文所见唐五代西北方音疑母》一文中与云、以、影、微四母代用的疑母字所属的韵摄有止摄、遇摄、山摄。

3.3 从等第分布来看，只有疑母三等字的声母出现了明显的变化，疑母一等字只是露出了声母变化的痕迹

笔者穷尽考察了十五卷《英藏敦煌社会历史文献释录》中的别字异文，未发现有可靠的反映疑母一、二、四等字变化的别字异文，但在《敦煌诗集残卷辑考》找到 2 条疑母一等字与微母三等字的代用例：无吴、悟无①，《敦煌愿文集》中也有同样类型的代用 1 例：五无②。这类例子很少，且牵涉到的也仅为 3 个遇摄模韵系的疑母一等字“吴”“悟”“五”，这几个例子说明遇摄疑母一等字也露出了声母变化的痕迹，至于其他大部分韵摄里的疑母一等字声母是否发生变化，现在还不清楚，因此目前还不能说疑母一等字的声母已经完全脱落而不存在了。据黎新第研究，《敦煌变文集》《敦煌曲子词集》《敦煌愿文集》《敦煌诗集残卷辑考》中有大量三等韵字与四等韵字的代用例，黎先生指出：“从分布韵摄看，已见于遇、蟹、止、效、咸、深、山、臻、梗、曾诸摄，阴声、阳声、入声各韵。因而可据以推测，在当时的汉语西北方言中，三、四等韵母相混已接近完成。”既然三等韵与四等韵存在大规模的相混，那么按理疑母三等的声母发生了变化，疑母四等的声母也应该出现相应的变化，但十五卷《英藏敦煌社会历史文献释录》中却没有疑母四等字与云、以、影等声母字的代用例，也没有疑母四等字与疑母四等字的代用例，邵荣芬等学者的研究中也无疑母四等字的代用例。笔者查阅《广韵校本》，发现疑母四等字绝大多数是非常用字，甚至生僻字，常用字非常少③，因此敦煌写卷中难以见到与疑母四等字相关的代用例就不足为怪了。由于欠缺例证，且生僻字的读音变化一般相对滞后，目前还不宜认为晚唐五代西北方音疑母四等的声母也发生了与疑母三等同样的变化，若再认为疑母四等字的声母已完全脱落，那么结论就危险了。

本文疑母与云、以、影三母的代用 15 例 16 次，所牵涉到的疑母字全都是三等字，因此现在可以明确的是只有疑母三等的声母发生了明显的变化。本文材料中疑母本类字之间的代用共 22 例 53 次，其中疑母三等字之间的代用 16 例 31 次，例数同疑母三等字与云、以、影三母的代用相当，可见晚唐五代西北方音疑母三等字与云、以、影三母的三等字相混程度比较深。谨慎一点说，疑母三等相当一部分字的声母应该已经脱落而与云、以、影三母相混了。

---

①徐俊：《敦煌诗集残卷辑考》，北京：中华书局，2000 年，第 769 页、第 884 页。黎新第《敦煌写本别字异文所见唐五代西北方音疑母》一文也有这两例。

②黄征、吴伟：《敦煌愿文集》，长沙：岳麓书社，1995 年，第 582 页。黎新第《敦煌写本别字异文所见唐五代西北方音疑母》一文也有此例。

③周祖谟：《广韵校本》，北京：中华书局，2011 年。

另外，值得注意的是出现变化的疑母三等字应该还存在旧读。本文例证中与云、以、影三母相混的有 10 个疑母三等字，这些疑母字虽然出现了不少与云、以、影三母字的代用，但实际上有一些疑母字是与本类字的代用更为频繁，“语”与以母字代用 2 次，而与本类疑母字代用 13 次；“拟”与影母字代用 1 次，而与本类疑母字代用 5 次。这两个疑母三等字与以、影母字代用的次数远少于它们同疑母字代用的次数，应该说明疑母三等字的声母虽然已经发生了变化，但一些字新的读音还不够稳固或使用不够普遍，还没有发展到与以、影母字反复多次代用的程度，而疑母三等本类字之间却可以反复多次地代用，次数远多于它与以、影母字的代用，这当是疑母三等一些字的旧读势力仍然较强的缘故。

四、结语

邵荣芬据敦煌俗文学中的别字异文认为：“云、以合并，而疑、影既都和云代用，也和以代用，可见疑、影也已经合并进去了。”邵文可靠的例证仅有 5 条，且疑、云代用例及疑、以代用例中的疑母字也都是三等字，黎新第文中疑母与云、以、影三母代用的例证也都是疑母三等字，仅有 3 条疑母一等字与微母字的代用，没有反映疑母二、四等字变化的例子，本文的例证绝大部分也都是三等字，所搜集到的反映疑母一等字变化的例子与黎文相同，就目前所见到的材料来看，邵先生“疑、影两母和喻母不分”的观点需要修正。在研究对音的学者里，高田时雄和李建强都提及了疑母的变化，两位学者所用汉藏对音材料里声母出现变化的山摄阳声韵字“原”和“愿”正好也都是疑母三等字，可见对音和别字异文两类材料反映出的语音现象基本一致，不同的是别字异文反映此类变化的材料更多，不仅有山摄字，也有咸、遇、止等摄的疑母三等字；不仅有阳声韵字，也有阴声韵和入声韵的疑母三等字。别字异文中发生变化的还有少部分疑母一等字，这是汉藏对音材料里没有的。

笔者利用更多的别字异文在前修时贤研究的基础上继续探索，确证了晚唐五代西北方音疑母已开始演变的语言事实，从相混比例、韵摄分布和等第分布三个方面辨析了疑母与云、以、影三母的关系，揭示出疑母发生变化的字类及其发展进程，获得了对晚唐五代西北方音疑母演变问题更进一步的认识。可以得出结论：晚唐五代西北方音里疑母与云、以、影等母有一定程度的相混，但相混程度不高，它并没有发展到与云、以、影等母混而不分的程度，疑母的变化并未遍及大部分有疑母字的韵摄，只有一部分疑母三等字发生了明显的声母脱落的变化，疑母一等字声母只是露出了变化的痕迹，尚未见疑母二等字和四等字声母发生变化的迹象。

On the Evolution of theInitial of Yi(疑) in Late Tang and Five Dynasties

Deng Qiang

(Kunming University)

Abstract:Takata Tokio and Li Jianqiang(李建强) both found signs of changes of the initial of Yi(疑)of northwest dialect in the late Tang and the five dynasties(晚唐五代) according to Dunhuang's Sino-Tibetan transliteration. Shao Rongfen's investigation of the special ghost words in Dunhuang's popular literature shows that northwest dialect in the late Tang and the five dynasties(晚唐五代) did not distinguish between the initial of Yi(疑) , Ying(影) and Yu(喻). This article examines the special ghost words in the 15 volumes of *Interpretation of Dunhuang Social and Historical Documents in English Collections* (《英藏敦煌社会历史文献释录》)and analyzes them from three different angles to obtain new viewpoints: It is believed that the initial of Yi(疑) of northwest dialect in the late Tang and the five dynasties(晚唐五代), mixed with the initial of Yun(云), Yi(以) and Ying(影) to a certain extent, but the degree of mixing is not high. Only initial of some third-class characters of the initial of Yi(疑) has changed to fall off. It has not developed to the degree of mixing with the initial of Yun (云), Yi (以)and Ying(影). The initial of Yi(疑) is still independent as a whole.

Keywords:Dunhuang(敦煌); ghost words; Late Tang and five dynasties(唐五代); Northwest dialect; the initial of Yi(疑)

◎训诂与词汇研究

郑玄“礼者体也”释义*

吴　飞

（孔子研究院、北京大学哲学系）

提要：郑玄“礼者，体也，履也”一语，成为历代以来标准的“礼”字训诂，特别是其中的“礼者体也”一训，更为后世所广泛采用。但究竟该如何理解“体”字？笔者考察了“礼”“体”“身”“血”等字的训诂，指出“体”本有二义，一指身体之肢体，一指这些肢体所组合之总体，三《礼》中与礼相关的体，皆应从这二义的相互关系中来理解。

关键词：郑玄；礼学；身体

一、礼者，体也，履也

郑玄《礼序》云：“礼者，体也，履也。统之于心曰体，践而行之曰履。”孔颖达《礼记正义》、贾公彦《周礼正义》均有引用，使之成为礼字的标准释义。以体和履训礼，皆为典型的声训，郑玄也解释了其因声求义之理据：统之于心和践而行之。一般认为，二训分别基于《小戴礼记》中的《礼器》和《祭义》等篇，但在汉代训诂学传统中，郑玄应是首次将二训放在一起。

《白虎通德论》：“礼者，履也，履道成文也。”许慎《说文》：“礼，履也，所以事神降福

---

* 拙文写作中，得到陈鸿森、石立善、邓声国、孟琢、赵金刚先生的帮助，以及凯风公益基金会的支持，谨致谢忱。

也。”皆以履为训。今本《周易》的履卦,在马王堆帛书本中即为礼卦,也可证明,礼、履二字互通,不乏用例。

从字源来看,甲骨文中有豊字,王国维先生解为“象二玉在器之形”,为礼之本字,“盛玉以奉神人”。王先生又谓:“盖推之而奉神人之酒亦谓之醴,又推之而奉神人之事通谓之礼”①。由豊演化为醴与禮(礼),其字义显然更加自然、直接。《说文》的“所以事神致福也”,说的正是此义,孙雍长先生指出,这是《说文》中仅见的声训兼义训的三例之一②,较之《白虎通德论》中的“履也,履道成文也”,其说更长。

而根据文字演化来看,醴与禮之从豊,显然比体之从豊更自然,也应该更早出现。对体(體)字而言,豊才仅仅是声旁。以体训礼,在文字学上未必很有道理,然在郑氏之前,除《礼器》等《礼记》文本外,亦见于纬书《春秋说题辞》:“礼者体也,人情有哀乐,五行有兴灭,故立乡饮之礼,终始之哀,婚姻之宜,朝聘之表,尊卑有序,上下有体,王者行礼,得天中和”“礼者体也,礼所以设容明天地之体也。”③郑玄接受了“体也”之训,将它与“履也”之训并列。但对履之义训,却在前人的基础上有所修正和提升。《白虎通德论》和《说文》虽然都以履训礼,但前者并未言及践履,后者的“事神降福”已经与“践履”相关,但尚未点明,而郑氏的“践而行之”之训,应即来自《祭义》“礼者,履此者也”与《仲尼闲居》“言而履之,礼也”。自从郑氏确立此训之后,践履便成为对此的标准训释。

郑氏将“体”放在“履”之前,使此二字之训构成一个意义体系。郑氏的弟子刘熙在《释名》中说:“礼,体也,得其事体也。”张舜徽先生谓:“《释名》者,所以绍郑学余绪而发挥光大之者也。”④由此可以看到一个演化的顺序:从以履训礼,到体、履二训,再到仅以体训礼,对体字之训越来越强调。郑玄对体字之训的重视,应与刘熙类似,不过,他并未放弃履字之训,而是以这两个字构成了对礼的基本理解,在“统之于心”和“践而行之”之间,搭建起其礼学体系的出发点。

体与履相关,经籍中亦有其例。《诗·卫风·氓》:“尔卜尔筮,体无咎言。”郑笺云:“体如字,韩诗作履,履,幸也。”然《礼序》中之体与履,显然与此处不同。而郑氏礼学体系的基本义理,应该就包含在“统之于心曰体,践而行之曰履”一语当中。但对今人而言,

---

①王国维:《释礼》,《观堂集林》卷六。详见于省吾:《甲骨文字诂林》第三册,北京:中华书局,1996年,第2786-2788页。

②孙雍长:《训诂原理》,北京:高等教育出版社,2009年,第220页。

③安居香山、中村璋八辑:《纬书集成》,石家庄:河北人民出版社,1994年,第857页,分别辑自《太平御览》卷610与清河郡本。

④张舜徽:《郑学丛著·演释名自序》,济南:齐鲁书社,1984年,第423页。

仅有这两句话，恐仍难详其义。如何建军先生有《礼者体也：先秦典籍中关于身体与礼的讨论》一文①，便径以“身体”释“体”字。然细究其意，无论是郑玄“统之于心”之训还是刘熙“得其事体”之训，均非简单的身体之义。此“体”字究为“身体”之“体”，“全体”之“体”，抑或“体用”之体？“体也”与“履也”二训之关系究竟为何？此关系到礼学体系之核心议题，而其核心的核心，更在于对“体”的理解。

《礼序》虽佚，部分还保留在孔、贾二疏之中。要尽可能了解郑氏原文，不可脱离二疏。孔颖达云：

> 郑作序云：“礼者，体也，履也。统之于心曰体，践而行之曰履。”郑知然者，《礼器》云：“礼者，体也。”《祭义》云：“礼者，履此者也。”《礼记》既有此释，故郑依而用之。礼虽合训体、履，则《周官》为体，《仪礼》为履。故郑序又云：“然则三百三千，虽混同为礼，至于并立俱陈，则曰此经礼也，此曲礼也，或云此经文也，此威仪也。”是《周礼》《仪礼》有体、履之别也。所以《周礼》为体者，《周礼》是立治之本，统之心体，以齐正于物，故为体。贺玚云：“其体有二，一是物体，言万物贵贱、高下、小大、文质，各有其体。二曰礼体，言圣人制法，体此万物，使高下、贵贱各得其宜也。”其《仪礼》但明体之所行践履之事，物虽万体，皆同一履，履无两义也。

贾公彦《周礼疏》亦云：

> 案《礼序》云：“礼者，体也，履也。”一字两训，盖有以也。统之于心名为体，《周礼》是也；践而行之名曰履，《仪礼》是也。

孔氏、贾氏皆据郑氏《礼序》，以为一字二训，传达两种含义，《周官》为体，《仪礼》为履，这也应该是郑氏于《礼序》中明确讲出的意思，已然展现了郑氏礼学的基本架构。此处之“体”字显然不可简单训为“身体”之义。盖《周官》明官制，“惟王建国，辨方正位，体国经野，设官分职”，此即孔氏所谓“立治之本”。刘熙所谓“得其事体也”，当亦由此而来。

然此何以谓之“体”？孔氏之时亦已难明，故引贺玚之说，以为其本义为物之体，此“物”字当包动、植与人之类，各有其体，人之身亦自成其体。然以《周官》为体，非指物体或身体，而是圣人建国立法，使万物之体各得其宜，其体字亦有动词义，即贺氏所谓“体此万物”云云。《周官》云：“惟王建国，辨方正位，体国经野，设官分职。”“体国”之“体”，郑注为“分”，贾疏：“言体犹分者，谓若人之手足，分为四体，得为分也。”“体”之本义当仍由

①何建军：《礼者体也：先秦典籍中关于身体与礼的讨论》，《文化与诗学》，2014年第2辑。

身体而来,故贾氏仍就身体之义释之。此正与贺氏“体此万物”用法一致。故天子建国,既统之于一心,又分职于百官,因而以《周官》为礼之体。而《仪礼》则细描践履冠昏丧祭射乡朝聘等诸礼之具体仪节。礼待践履而成,故《仪礼》为礼之履。由是观之,郑氏“体也”之训虽不就身体而言,却仍由身体之义辗转引申而来,以成其《周官》为礼制之体之说,并由此涵摄三《礼》乃至群经。而欲探明礼与体之关系,尚不可仅满足于此,仍需于各经求索其义。

二、总十二属

孔颖达已经明确谈到,“礼者体也”之训来自《礼器》。《礼器》的原文是这样的:

> 礼也者,犹体也,体不备,君子谓之不成人。设之不当,犹不备也。礼有大有小,有显有微,大者不可损,小者不可益,显者不可揜,微者不可大也。故经礼三百,曲礼三千,其致一也。

此一段显然与《礼序》中体字之训密切相关。不仅礼与体的关系,而且对于郑氏确定《周礼》《仪礼》极为重要的三百三千之说亦来自于此。但此处的“体”又不同于以《周官》为体之说,而与身体的关系更为密切,故郑于此处注云:“若人身体。”孔疏:

> “礼也者,犹体也”者,犹若人身体也。“体不备,君子谓之不成人”,释体也。人身体、发肤、骨肉、筋脉备足,乃为成人。若片许不备,便不为成人也。“设之不当,犹不备也”者,合譬也。礼既犹如人之有体,体虽备,但设之不当,则不成人,则设礼不当,亦不成礼,犹人体之不当也。所以已祭天地,复祭山川、社稷;已事生人,复祭宗庙,是备祭之义也。“礼有大”者,谓有大及多为贵也,“有小”者,谓有小及少为贵也,“有显”者,谓有高及文为贵也,“有微”者,谓有素及下为贵也。“大者不可损,小者不可益,显者不可揜,微者不可大也”者,各随其体而设礼,不得不当也。

此疏对理解《礼器》中的逻辑很有帮助:于个人而言,身体发肤俱全,方成为人。若礼不备,则亦难以成人。但礼之备还需要设之当,即大小显隐各得其所,方为礼备,正如人之四体,各有所司,不可混淆。随后所列经礼三百、曲礼三千,便是各种不同礼制之总体,而郑注云:“经礼,谓《周礼》也,《周礼》六篇,其官有三百六十;曲,犹事也,事礼,谓今《礼》也,《礼》篇多亡,本数未闻,其中事仪三千。”

此处虽明确就身体论礼，但记文为“犹体也”，郑注为“若人身体”，孔疏更证成其义，皆以譬喻言礼与身体之关系，即礼的重要性如同身体的重要性，而不是在讲关于身体的礼。正是因为这个比喻义，郑氏才能够顺理成章地描述各种礼，以致以《周礼》为经礼和礼之体。

直接关于身体的礼当然不是没有，但如何由身体之礼，衍生为这种譬喻意义上的礼之体，还需要进一步辨析。《曲礼》中关于行走坐卧的礼，均涉及到身体，《仪礼》中繁琐的仪节，亦多关乎身体，故《冠义》云：“凡人之所以为人者，礼义也；礼义之始，在于正容体、齐颜色、顺辞令。”

體（体）字本义，《说文》：“从骨，豊声。”异体字有体、軆、骵等，亦多从骨或从身，不可能脱离身体来理解。然“体”与“身”皆指身体，二字区别何在？《说文》释“身”云：“躳也，象人之身。”《九经韵览》：“躯也，总括百骸曰身。”高邮王氏《经义述闻》云：“人自项以下，踵以上，总谓之身。颈以下，股以上，亦谓之身。”无论是以躳或躯为训，身的本义应指躯干，并由此引申为身体之全部。由此再引申，《尔雅·释诂》以为自称之词，邢氏疏：“我者，施身自谓也。”“身即我也。”与之相对，体之本义却往往更强调身体的不同部分。《说文》谓：“总十二属也。”十二属即身体之十二部分。《释名》：“体，第也，骨肉、毛血、表里、大小，相次第也。”桂馥释“十二属”云：

> 总十二属也者，属，连也。本书彳象人胫三属相连也，《杂记》注云：“体，手足也。”《周礼·内饔》：“辨体名肉物。”注云：“体名，脊、胁、肩、臂、臑之属。”宣十六年《左传》：“宴有折俎。”注云：“体解节折升之于俎。”正义：“按《特牲馈食礼》有九体，则肩一，臂二，臑三，肫四，胳五，正脊六，横脊七，长胁八，短胁九。此谓士礼也，若大夫礼，则十一体加脡脊代胁。”《孟子》：“则具体而微。”刘熙注：“体者，四肢股肱也。”《礼器》：“礼也者，犹体也。一体不备，君子谓之不成人。”①

在三《礼》和其他先秦典籍中，“体”字常用来指牺牲身体上的某部分肢体，桂馥所引《周礼·天官冢宰·内饔》《仪礼·特牲馈食礼》《左传》皆为其例。《礼记·礼运》：“然后退而合亨，体其犬豕牛羊，实其簠簋笾豆铏羹，祝以孝告，嘏以慈告，是谓大祥。”此处仍就牺牲之体而言，惟此“体”字，郑注：“体其犬豕牛羊，谓分别骨肉之贵贱，以为众俎也。”因“体”字本有部分肢体的含义，当它于此处用为动词，亦有“分别”之义。郑注《周礼》“体国经野”之“体”为分，当由此而来。

---

①桂馥：《说文解字义证》，卷十一，连筠簃本。

由此也可想见,体字用于人身,正如刘熙所云,常为四肢之义。《广韵》亦云:“四支也。”桂馥所引《杂记》原文为:“废床,彻亵衣,加新衣,体一人。”郑注:“体,手足也。四人持之,为其不能自屈伸也。”指的是,在为死者换衣服时,需要四个人来抓住四肢。再如《礼运》:“四体既正,肤革充盈,人之肥也。”《中庸》:“动乎四体。”皆为此用法。这些地方所谈的,都是与肢体直接相关的礼。

回到《说文》,既曰“总十二属”,则体不止就肢体而言,且就各肢体结合连络之总体而言,因而作为动词之“体”,不止表示分,又表示连属、亲近、接纳,甚至相生等含义。《释名》所谓“骨肉毛血表里大小相次第也”,同样是在强调,这些不同部分又秩序井然地结成一个整体。因而《学记》“就贤体远”,郑注:“体,犹亲也。”《中庸》“体群臣也”,郑注:“体,犹接纳也。”又“体物而不可遗”,郑注:“体,犹生也。”

三、一体之亲

“身”亦有全体之义,与“体”之全体有何区别?身既本指人体中最重要的躯干,进而指代全身,其中并无分、合之义,而仅为笼统泛指此之一身。体则既有作为部分的各肢体之义,又由这些肢体连络而为整体、全体,故分中有合,合中有分,这是“体”字最微妙的地方。王凤阳先生在《古辞辨》中指出:“‘体’有时也指身体,与‘身’同义,只不过这是就身体各部分的总和说的。”①他还说:“正因为‘体’表示的是身体的各组成部分,所以作为动词,‘体’表示将‘身’分解为各部分。”②因而,“体国经野”一句,虽言分国为治,更蕴含了国为一整体、全体的含义。故四体为四肢,而四体合一则为一体,“一身”却是不可如此再分的。

我们由四体与一体的这种辩证关系,方可理解礼学中的一个重要概念:一体之亲。对一体之亲的标准表述出自《仪礼·丧服传》:

> 世父、叔父,何以期也?与尊者一体也。然则昆弟之子何以亦期也?旁尊也,不足以加尊焉,故报之也。父子一体也,夫妻一体也,昆弟一体也。故父子,首足也;夫妻,牉合也;昆弟,四体也。

父子、夫妻、昆弟为三种一体之亲,即至亲,马融云:“言一体者,还是至亲。”这个比喻最基

①王凤阳:《古辞辨》,北京:中华书局,2012年,第126页。
②王凤阳:《古辞辨》,北京:中华书局,2012年,第126页。

本的含义是：这些至亲虽如同各自独立的肢体，但又共同组合成一个身体，骨肉相连，不可分割，故贾疏："凡言'体'者，若人之四体，故传解父子、夫妻、兄弟，还比人一体而言也。"但这种一体的关系却并非笼统而言，因为三种关系并不相同，因而又各有各的比喻：昆弟之间如四体，即四肢，便是俗语所谓的"手足"，是相对平等的关系。父子之间如同首足，即头与四肢的关系，贾疏谓："四体谓二手、二足，在身之旁，昆弟亦在父之旁，故云四体也。"夫妻牉合，段玉裁曾作《夫妻牉合也》一文专论之，文中以为，"牉"当作"片"或"半"："考诸《说文》：'片，判木也。''半，物中分也。''判，分也。'凡物合而分之曰'半'，分而合之亦得曰'半'。"①夫妻的牉合一体，正是这"分而合之""合而分之"的辩证关系，与体字的分与合是相近的。今人常说的，夫妻各是对方的另一半，正是牉合之义。

于是，夫妻牉合为一，生下子女，如同身之四肢，而昆弟之间，便如四体手足的关系，这三种关系，恰恰组成一个完整的人体。世叔父与自己并不是一体之亲，但与自己的父是一体之昆弟，而父与自己又是一体之亲，所以为世叔父不服按照亲疏而有的大功服，而是加一等为不杖期。如何理解"与尊者为一体"，在丧服学史上有很大争议。贾公彦认为，与尊者一体，既包括与父昆弟一体，也包括与祖父子一体，但马融、陈诠等认为，与尊者为一体仅指与父一体。近人曹叔彦先生认同贾氏之说，张闻远先生认同马融、陈诠等之说②。笔者亦以为，此处之尊者就己之至尊而言，当指父，而非父、祖二人。

在作为礼制基础的宗法与丧服制度中，一体之亲是亲亲尊尊关系的起点。由夫妻、昆弟衍生出亲疏远近，而由父母子女为最初的尊尊关系，衍生出宗法之尊。父为子之至尊，不在于他是宗法中地位最尊的人，而在于他是子最自然、最直接的尊者，即一体之亲当中的尊者。祖父虽比父辈分更尊，却非直接的一体之尊，反而是由一体之尊推衍出的宗法之尊③。所以，与父一体的世叔父可以加服，但与祖父一体的从祖却不可加服，因而，世叔父不会是因为与祖父一体而加服的。

曾子曰："身也者，父母之遗体也。行父母之遗体，敢不敬乎？"（见于《礼记·祭义》）延陵方氏将此语同《孝经》中"身体发肤，受之父母，不敢毁伤"与《大戴礼记·哀公问注》中"身者，亲之枝也"对照，解之云："身者，体之全；体者，身之别。夫一人之身，生于父母，而别于父母者也，故曰：身者，父母之遗体。"④方氏很好地区别了体和身的用法，并将曾子之说与一体之亲的理论勾连起来。作为全体的身，其实就是父母之身的一体，我与父母，

①段玉裁：《夫妻牉合也》，《经韵楼集》卷二，上海：上海古籍出版社，2008 年，第 35 页。

②张锡恭：《丧服郑氏学》卷六，上海：上海书店出版社，2017 年，第 362 页。

③详见吴飞：《人道至文》，《史林》，2016 年第 3 期。

④收入卫湜：《礼记集说》，卷一百二十。

虽然是各自独立的人身，却又因一体而相互勾连。因而善待我的身，便是善待父母之体，是孝的重要表现。

四、先祖之体

我之身是父母之遗体，这是从一体之亲理论推出的结论。祖父、曾祖、高祖等并非我的一体之亲，却是我一体之父的延展，因而成为我的宗法之尊。由父之至尊可推出父之父（祖父），父之父之父（曾祖）等的宗法之尊，亦可推出，父之身亦为祖父之遗体，祖父之身亦为曾祖之遗体，曾祖之身亦为高祖之遗体，等等，则在间接的意义上，我之身与这些祖先之身皆有由一体衍生出来的关联。而宗法理论中的很多说法，正可看作此一思路的进一步推展。

《丧服传》释父为长子三年之服云：“正体于上，又乃将所传重也。庶子不得为长子三年，不继祖也。”《丧服小记》中的“庶子不为长子斩，不继祖与祢也”与此同义，即，父必须自己是嫡子，才可以为其嫡子服三年丧，若自身是庶子，则不得为长子斩（此中涉及的宗法理论相当复杂，且历代礼学家有很多争议，但因为这不是本文重点，故除做必要的澄清外，本文不拟进入这些争论的细节，只想集中在对体的理解上）。而《丧服小记》郑君注云：“尊先祖之正体，不二其统也。”又注“为父后者，为出母无服”云：“適子正体于上，当祭祖也。”此皆就父、祖之遗体说，而成为宗法理论之基本框架。孔、贾二疏又由此衍生出“正体不传重”“传重非正体”“体而不正”“正而不体”等情况。贾氏云：“一则正体不得传重，谓適子有废疾不堪主宗庙也；二则传重非正体，庶孙为后是也；三则体而不正，立庶子为后是也；四则正而不体，立適孙为后是也。”贾氏仍然严格遵循了一体之亲的说法，因为只有子是父之遗体，所以只有子传父之重，方为传体；只有嫡子传重，方为正体于上，是最理想的传重方式，庶子则与父为体，却非其正体。若是孙上继祖，则不是一体传重；但若是传于嫡孙，则仍可算作正而不体。

先祖与我没有直接的一体关系，却仍然有间接的继体关系，因而郑君又可以说“先祖之正体”。今人常以血统来解释祖先与先祖的关系，但这类说法很少见于汉代以前的礼学文献。三《礼》之中，“血”字不少，然多关乎祭礼，“血祭”“血食”之类，无一处与亲族相关。《说文》：“祭所荐牲血也，从皿，一象血形。”段注：“此皆血祭之事。按不言人血者，为其字从皿，人血不可入于皿，故言祭所荐牲血。然则人何以亦名血也？以物之名加之人。古者茹毛飲血，用血报神，因制血字，而用加之人。”今所见甲骨文、金文中的“血”字，均为器皿上面有血滴的字形，足证血字本指祭祀中的牲畜血，后才延伸到人血。而以血统指代亲族关系，先秦两汉古籍中很少有此用法。而“血亲”“血统”等词，都是后世出现的。相较而言，“血脉”一词比较多见，然亦多用于医书，在此意义上使用的不多。《春秋公子血脉谱》之名，当系后起①。又有扬雄《太玄》“亲附疏，割犯血”，俞曲园谓：“血与疏对文，则血是亲近之意，犹言骨肉也。”②然他人解《太玄》均不从此说，曲园之说应误。在唐代的文献中，就明确出现了血亲等词，但也不很常见，可能是随着与西域的接触而传入的。

中国典籍中比较接近的是《郭店竹简 · 六德》中的“血气之亲”。至宋朱子也从血气的角度理解祖先与子孙的关系，谓：“盖骨肉之亲，本同一气。”③“人死虽终归于散，然亦未便散尽，故祭祀有感格之理。先祖世次远者，气之有无不可知。然奉祭祀者既是他子孙，必竟只是一气，所以有感通之理。”④“血气”一语虽与亲属相关，然而强调的仍是血与气为身体之构成，且更多侧重的是“气”。而这许多讨论，很多又是就谢上蔡“祖考精神，便是自家精神”⑤展开的⑥。再如贾疏：“谓子与父骨血是同为体。”也是明确以骨、血构成了身体，与“骨肉”含义接近，“血”字并无特殊含义。

而在西方，以血联结亲属却是一个相当古老的观念。在古希腊文里，血（αἷμα）可以表示亲人，有时候和家族（γένος）可以互换，人们认为，亲人是因为流着相同的血而成为亲人的，乱伦则是污染了血统，这是悲剧《俄狄浦斯王》的核心矛盾。到了《罗马法》中，更有了“血亲（*consanguinitas*）”这个明确的法律概念。以“血”来理解家族关系，成为西方家族观的重要特征。涂尔干对此作了一个著名的理论总结，认为血是各文明的神圣物⑦。中国文化中虽然后来也以类似的方式比喻亲族关系，但这却不是核心。在中文文献中，类似西方的“血统”“血缘”等概念是到清代以后才被广泛使用的。特别是孙中山先生的著作中，大量使用“血统”一词来讲中国民族和文化传统，往往让现代人误以为这是中国自身的概念。

究竟是主要以“体”还是“血”来理解亲族关系，并不仅仅来自两种医学和身体观的

①参考章太炎：《春秋左传读叙录》，《章太炎全集》（二），上海：上海人民出版社，2014 年，第 814 页。

②俞樾：《诸子平议》，卷三十三。

③朱熹：《四书章句集注 · 孟子集注》，北京：中华书局，2012 年，第 210 页。

④黎靖德编：《朱子语类》，北京：中华书局，1999 年，第 37 页。

⑤谢良佐：《上蔡语录》，朱杰人等编：《朱子全书外编》第三册，上海：华东师范大学出版社，2010 年，第 12-13 页。

⑥赵金刚：《朱子思想中的“鬼神与祭祀”》，《世界宗教研究》，2017 年第 6 期。

⑦参考涂尔干著，渠东、及喆译：《乱伦禁忌及其起源》，上海：上海人民出版社，2006 年。

差别,更体现出两种文明体系的巨大不同。从血统的角度理解,亲人之间的纽带是血的遗传,人们关心的是血统究竟是纯正,还是被污染、败坏。在西方的政治传统中,也逐渐发展出“政治体”(body politic)的概念,一个国家被比喻为一个身体,各个部门被理解为这个身体的不同肢体,国王的身体便是这个政治体的具象化。而“法人”(coporation)一词即渊源于此①。但这个“政治体”与血统完全是两回事。血统的纯正保证了国王的合法身份,但政治体却是由陌生人组成的。

从一体的角度理解,首先,亲人之间的关系是因为夫妇结合为一体,并通过生育完成这一整体,在这一整体当中,出发点是夫妻关系,而不是血统关系。骨肉、骨血、血气等都只是对这种一体关系的描述,而不是亲人之间的生物性纽带。在一体之亲中,兄弟关系并不因为有血统纽带而比夫妻关系重要。

因而,“体”的思路与“血”的思路有一个重大不同,即至亲居于绝对的核心。从宗法上讲,太祖最尊,高祖、曾祖、祖父、父的地位应该是逐渐下降的,但与我一体的父是绝对的至尊,祖父无法取代,这从丧服制度上就看得非常清楚。严格说来,父以上的祖先与我并非一体,我之身只是相当间接地是先祖之遗体,但这种间接的遗体并非不重要,它构成了宗法理论的亲缘基础,是“神不歆非类”“神不歆非族”之说的根源所在。宗族内的祭礼,即根据此一理论安排。礼书各文本的描述略有不同,但大致说来,士为父、祖立庙,大夫除父、祖外,可立太祖庙,天子、诸侯则为父、祖、曾祖、高祖、太祖等皆可立庙。其中的原则,至尊之父是不可不祭的,父上之祖也非常重要,再上溯至曾祖、高祖,亲缘渐疏,但仍较密切,且同高祖的子孙皆为有服之亲,这是由一体之父追溯到的先祖,是“先祖之遗体”的更直接所指。始祖或太祖为一宗之始,需要整个宗族的礼敬,故一般也应当立庙。但太祖以下、高祖以上的祖先,则一般属于亲尽毁庙的范畴。他们虽也是己身的祖先,但因为辈分太远,其后代已是无服之亲,所以对他们不必专门祭祀,只在祧庙中从祀即可。

对宗法承重而言,正体是最理想的,但正而不体、体而不正,甚至正体不传重、传重非正体,都是可以接受的,因为这些承重者均有间接一些的一体关系。但宗法制度中还有更间接的承重关系,那就是为人后。只要同宗同昭穆,即可为人后,此为人后者与所后父之间,不仅不正不体,甚至可以距离很远,但仍然拟制构成了一体关系。按照严格的宗法理论,仅同宗可以为人后,但在后世的实践中,异姓为后的情况也大有人在。较之同宗为人后,异姓为人后是一种更加人为的一体关系。而孙承祖重的情况,也被理解成为人后

①参考恩内斯特·康托洛维茨:《国王的两个身体》,上海:华东师大出版社,2017 年。

的一种特殊情况。贾公彦于《丧服·斩衰·为人后者》疏引雷次宗云:“所后其人不定,或后祖父,或后曾、高祖。”这样的说法虽不够确切,但也表明,为人后与上为祖后皆为一体理论的延伸。

这种一体关系还可以进一步延伸和拟制为君臣之间的一体。君臣之间的关系,以腹心、股肱、爪牙等来譬喻,与首足、牉合、四体的譬喻一脉相承,反应在礼制上,便是臣为君所服之丧。当然,较之先祖之遗体,这是更间接的一体关系。

西方的血统家族理论与政治体理论是各自独立的两个理论,在“国王的两个身体”理论中交叉在一起。但在礼学传统中,一体理论从至亲延伸到宗法乃至君臣之间,构成一种相当不同的家国理论。

五、礼体之辨

“体”字的最重要特点,是分中有合,合中有分的辩证关系。除去前面列举的几处文本外,还有两处比较重要,可以深化我们对礼体关系的理解。

《诗·卫风·相鼠》也分别谈到了礼和体:

> 相鼠有皮,人而无仪。人而无仪,不死何为!
> 相鼠有齿,人而无止。人而无止,不死何俟!
> 相鼠有体,人而无礼。人而无礼,胡不遄死!

在《礼运》中,孔子引此诗以说明礼的重要性:“夫礼,先王以承天之道,以治人之情。故失之者死,得之者生。《诗》曰:相鼠有体,人而无礼。人而无礼,胡不遄死。”毛传训“体”为“支体”,孔疏云:“上云有皮有齿,已指体言之,明此言体非遍体也,故为支体。”因体可指身体之全体或部分,孔疏要做一个选择,而认为毛氏此训表明,皮、齿、体相并列,皆为身体之一部分。此处无郑笺,郑也应该是赞同毛传的。而对此诗中礼与体的解释,向来有两种观点,与此字之训有关。

一种观点认为,此诗的譬喻意在说,连老鼠都有皮、齿、体等等,而人竟然无礼,真是连老鼠都不如。如宋范处义《诗补传》云:“相,视也。鼠虽微物,犹有皮以被其外,犹有齿以养其内,犹具四体以全其形,今在位之人无威仪容止,不知有礼则生,无礼则死,是人不如鼠也。”①明邱浚《大学衍义补》亦云:“人而无礼,乃不如鼠之有体,此其虽生不如死也。”②历代诗经学家和礼学家从此说者颇多,似乎这样尤其体现了“礼者体也”的观念。

然而,偏偏是坚持“礼者体也”之训的郑玄,却没有这样解。《毛诗》郑笺中说:“仪,威仪也。视鼠有皮,虽处高之处,偷食苟得,不知廉耻,亦与人无威仪者同。”“人以有威仪为贵,今反无之,伤化败俗,不如其死,无所害也。”在《礼运注》中,他又明确说:“相,视也。遄,疾也。言鼠之有身体,如人而无礼者矣。人之无礼,可憎贱如鼠,不如疾死之愈。”

方玉润裁决这两种解释,说:

> 唯旧说多云,鼠尚有皮,人而无仪,则鼠之不若。以人之仪喻鼠之皮,则未免轻视礼仪,兽皮之不若矣。夫麟凤尚有威仪,龙马必多精神,人之所以异于禽兽者,礼义以制心,威仪以饬躬也。倘去此威仪礼义而不之检,则是卑污贱恶,不过如鼠之徒有其皮与齿,以成其体而已矣,虽欲求为禽兽之长而不可得,况人也乎!夫人也而禽兽之不若,则何以自立于天地之间?固不如速死之为愈耳。若此解诗,语意方能圆到③。

以鼠之体喻人之礼,看似可通,实则牵强,流于对“礼者体也”相当表层的理解。禽兽虽有体,却仍有有礼无礼之别。无礼之人和鼠相似,虽有其体,却不足以成人。再看《礼器》原文:“礼也者,犹体也,体不备,君子谓之不成人。设之不当,犹不备也。”礼者体也,并不是指有体即有礼,体备方能成人,即孔疏所谓“身体、发肤、骨肉、筋脉备足”,毛公与孔氏都坚持此“体”为肢体,而非整个身体,即并非完备之体,或即有这方面的考虑。而即使身体完备,“设之不当,犹不备也”,鼠有皮,有齿,有四体,然犹偷食苟得,卑污贱恶,无礼之人与之相似。故所谓“礼者,体也”,其含义并非简单地以身体譬喻礼,而是以“体”之分与合来譬喻礼。各部分肢体不仅需要统一在一起,以构成完整的一体,而且要以适当的礼仪指导身体的举止,礼正是起到这个作用,此方为“礼者体也”的涵义所在,也是孔子引之以说明“失之者死,得之者生”的原因所在。

在《礼运》这一段中,孔子将礼与天道联系起来,《礼记》最后一篇《丧服四制》的第一句话就在解说此一问题:“凡礼之大体,体天地,法四时,则阴阳,顺人情,故谓之礼。訾之

①范处义:《诗补传》卷四,文渊阁四库全书本。
②邱浚:《大学衍义补》,卷三十九,文渊阁四库全书本。
③方玉润:《诗经原始》卷四,北京:中华书局,1986年,第167页。

者,是不知礼之所由生也。”郑注:“礼之言,体也,故谓之礼,言大有法则而生也。”此处记文已有两个“体”字,郑君亦再次以“体”训“礼”,然而三个体字均非简单的身体之义。

“大体”之“体”,孔疏释为“大纲之体”,即由总体之义而来,“体天地”之“体”,孔疏:“体于天地之间所生之物,言所生之物,皆礼以体定之。”《钦定礼记义疏》云:“‘体’字即《易》‘体仁’、《中庸》‘体物’之‘体’字,言与为体而无二也。”①如前所说,体作为动词,要么是由总而分,要么是由分而总,“体天地”,与“体物”类似,即由分而总,表示礼与天地万物为一体,实即万物之法则,以“体定”万物。所谓“体定之”,便是通过“法四时,则阴阳,顺人情”,使万物成全其全体之生命,做到孔颖达所谓的“无物不体”。四时、阴阳、人情,构成了天地总体之大法则,天地之间的万物,无不按照这些法则繁衍生息,而圣王所制之礼,也是仿照天地总体的这些大法则而来的。《丧服四制》下文云:“夫礼吉凶异道,不得相干,取之阴阳也。丧有四制,变而从宜,取之四时也。有恩,有理,有节,有权,取之人情也。”分释“法四时,则阴阳,顺人情”三个方面,而不必再释“体天地”,孔疏:“此一节覆说前文‘礼法四时,则阴阳,顺人情’之事,不覆说‘体天地’者,天地包此四时、阴阳、人情,无物不总,故不覆说‘体天地’之事。”盖天地并非某种独立的存在,而正是四时、阴阳、人情之总体,体现在万物生生的过程当中。郑注“礼之言,体也”,并以“言大有法则而生”释之,其含义便是天地总体之法则,与天地万物为一体。

小结

再回过头来看郑氏在《礼序》中的说法,已经比较清楚了。体字的本义,既可指各肢体,又可指肢体组成的整个身体,因而分中有合,合中有分。在礼学语境中,除去直接针对身体的礼之外,最直接的譬喻便是父子、夫妻、昆弟等一体之亲,并由此衍生出整个宗法乃至君臣之一体含义,而其每个层次均带着分合之间的辩证意味。这种分合关系,更被诉诸天地四时阴阳之道的分与合。《周官》所描述的政府架构,是由六官组成的一个政治整体,因六官分别为天地春夏秋冬之官,所以同时也体现了天道之整体,而设官分职,体国经野,则是将整体之国分给六官管理。郑氏以此为统之于心之体,而以《仪礼》为践而行之之履,此中更是蕴含了合与分的辩证关系。

---

①《钦定礼记义疏》,卷七十七,文渊阁四库全书本。

Why Zheng Xuan defines *li* (nomos) with *ti* (corpus)?

Wu Fei
(Peking University)

Abstract: In Chinese nomology, Zheng Xuan's definition of *li*(nomos) with *ti* (corpus) and *lv*(praxis) is the standard definition, especially with *ti*. But what is the exact significance of *ti*? After examining the philological meanings of *li*, *ti*, *shen*(body) and *xue*(blood), I argue that *ti* means both the entity and a part of a body, and Zheng Xuan's understanding of *li* should be an dialectical interplay of these two meanings.

Keywords: Zheng Xuan, nomology, body

清华简训诂拾遗(二则)*

岳拯士

(华东师范大学中国文字研究与应用中心)

提要:本文在诸家研究的基础之上,参证历史典籍和出土文献,对清华简两处简文中的部分字句进行新的解释,认为清华二《系年》简 2 之“尃政”当读为“抚定”,简文“克反商邑,尃(抚)政(定)天下”正可与曾侯与编钟“挞殷之命,羅(抚)奠(定)天下”对读;清华九《治政之道》简 42 之“[illegible]寃”则当释为“窸寃”,读作“鬱怨”,上博五《鲍叔牙与隰朋之谏》简 4—5 的“百姓皆宛悁”之“宛悁”与此当可合观,亦可读作“鬱怨”。

关键词:清华简;《系年》;《治政之道》;训诂

近日研读《清华大学藏战国竹简》,对其中两处简文的解释有些不同看法,故草成小文,不当之处,敬请方家批评指正。

一

清华二《系年》简 1—2 有如下一段话(采用宽式释文,待讨论之字仍标原形,下同):

> 昔周武王监观商王之不恭上帝,禋祀不寅,乃作帝籍,以登祀上帝天神,名之曰千亩,以克反商邑,尃政天下①。

---

* 本文为 2016 年度教育部人文社科重点研究基地重大项目《先秦古文字材料四种综合整理及数据库建设》(项目号:16JJD740009)中期成果。

①李学勤主编:《清华大学藏战国竹简(二)》,上海:中西书局,2013 年,第 136 页。

关于“尃政”,整理者读为“敷政”,注为:“‘敷政’,见《诗·长发》:‘敷政优优。’”① 典籍引《诗·长发》此句多作“布政优优”②。孔颖达对此句诗的疏解为:“敷陈政教则优优而和美。”肖芸晓认为“敷政天下”即是“布政于天下”③。苏建洲先生亦读“敷政”为“布政”,解释为“施行教化”④。整理者、肖芸晓、苏建洲的训解符合故训,皆可备一说。

2014年公布的曾侯与编钟有下面一句话:

唯王五月吉日甲午,曾侯与曰:“伯适上庸,左右文武,挞殷之命,𢆶𣪊天下。”⑤

曾侯与编钟的整理者读“𢆶𣪊”为“抚定”,正确可从。“𢆶”“抚”同从“无”声,例可通假。“𣪊”从“奠”声,“奠”“定”相通,如清华一《金縢》简4“命于帝庭,溥有四方,以奠尔子孙于下地”,《祭公》简11“惟天奠我文王之志”,两“奠”字,整理者皆读为“定”,是其例。可知“𣪊”读为“定”没有问题。

“克反商邑,尃政天下”与“挞殷之命,抚定天下”同是讲武王伐纣的进程,两者正可对读。笔者认为简文“尃政”亦当读为“抚定”,试论述如下。

从语音上说,上古音“尃”“抚”均为帮纽鱼部字,二者读音相同。中古音二者都是合口三等韵。例可相通。出土文献中二者有相通之例,如清华九《治政之道》简14“夫以兼尃诸侯,以为天下仪式”之“尃”,整理者读为“抚”⑥,是其例。此外,“甫”声之字与“无”声之字相通,如《说文·人部》:“俌,辅也。从人,甫声。读若抚。”《史墙盘》:“甫有上下,会受万邦。”裘锡圭先生读“甫”为“抚”⑦。可知“尃”读为“抚”没有问题。关于“政”字。“政”“定”皆从“正”声,上古音“政”为章纽耕部字,“定”为定纽耕部字,二字同为舌音,韵则相同。例可通假。出土文献中,“正”声之字可读为“定”,如清华二《系年》简135“阳城桓恧君率榆关之师与上国之师以邀之”之“恧”,整理者读为“定”;马王堆帛书《老子·

---

①李学勤主编:《清华大学藏战国竹简(二)》,第137页。

②如,《左传》成公二年传、《左传》昭公二年传、《孔子家语·正论》、《春秋繁露·循天之道》,等等。

③肖芸晓:《〈清华大学藏战国竹简(二)·系年〉之西周部分校释及相关史事讨论》,武汉大学本科毕业论文,2012年6月。

④苏建洲、吴雯雯、赖怡璇:《清华二〈系年〉集解》,台湾:万卷楼图书股份有限公司,2013年,第17页。

⑤湖北省文物考古研究所、随州市博物馆:《随州文峰塔M1(曾侯与墓)、M2发掘简报》,《江汉考古》,2014年第4期,第3—51页。

⑥黄德宽主编:《清华大学藏战国竹简(九)》,上海:中西书局,2019年,第136页。

⑦参看裘锡圭:《史墙盘铭解释》,《裘锡圭学术文集·金文及其他古文字卷》,上海:复旦大学出版社,2015年,第6页。

道经》甲“不辱以静,天地将自正”之“正”读为“定”①,皆其例。可知“政”可读为“定”。

从语法上说,笔者认为“克反商邑”与“尃政天下”相对成文。“克反”“尃政”的语法地位相同,词性亦应当相同。我们先来看“克反”二字的词性,李守奎先生对此有精辟的论述,具引如下:

> 简文的主语是武王,“反”不可能是常用义“反叛”。汤、武革命,从夏商的立场看,是汤、武反叛,无论武王怎样斥责商之昏乱,但都难以说成是商反叛。“克反商邑”:“商邑”是“克”的对象,武王更不可能“返商邑”,“反”的其他常用义也都解释不通。李学勤先生注释说:“反,《说文》:‘覆也。’……反商邑,意指颠覆商的统治。”从文意上来看这样解释非常合理。这样就把“克”与“反”看作是同义词连用或动词连动……②

由上可知,“克反”是同义动词连用,若读“尃政”为“敷政”或“布政”就成了动宾词组,两组的词性不对应,读为“抚定”则不存在以上语法问题。

抚古有“安”义。《说文》:“抚,安也。”《国语·鲁语》:“子以君命镇抚弊邑。”《国语·楚语上》:“赫赫楚国,而君临之,抚征南海。”两“抚”字,韦昭《注》:“抚,安也。”《淮南子·原道》:“以抚四方。”高诱《注》:“抚,安也。”《周礼·秋官·大行》:“王之所以抚邦国诸侯者。”郑玄《注》:“抚,犹安也。”③简文之“抚”当即此义。定古亦有“安”义。《诗·小雅·六月》:“以定王国。”郑玄《笺》:“定,安也。”《国语·越语下》:“夫国家之事,有持盈,有定倾,有节事。”韦昭《注》:“定,安也。”《吕氏春秋·孝行》:“先王之所以定天下也。”高诱《注》:“定,安也。”④简文之“定”即此义。“抚定”即“安定”,属于两个同义动词连用。

“抚……定”或“抚定”连用见于传世典籍,如:

> 祀所以昭孝息民,抚国家,定百姓也,不可以已。(《国语·楚语下》)
>
> 及项梁之立楚后怀王也,燕、齐、赵、魏皆已前王,唯韩无有后,故立韩诸公子横

①参白于蓝:《简帛古书通假字大系》,福州:福建人民出版社,2017年,第511页。此外,清华七《子犯子余》简11—12:“用果临政九州而寷君之。”整理读“政”为“正”,训为定。笔者认为“政”可径读为“定”。

②李守奎:《据清华简〈系年〉“克反商邑”释读小臣单觯中的“反”及包山简中的“钣”》,《简帛》第九辑,上海:上海古籍出版社,2014年,第129—136页。

③参宗福邦、陈世铙、萧海波主编:《故训汇纂》,北京:商务印书馆,2003年,第933页。

④参宗福邦、陈世铙、萧海波主编:《故训汇纂》,第564页。

阳君成为韩王,欲以抚定韩故地。(《史记·韩信传》)

于是将士形势自倍,乃渡江立屯,与相攻击,曹仁退走,遂据南郡,抚定荆州。(《三国志·吕蒙传》)

策立辅为庐陵太守,抚定属城,分置长吏。(《三国志·孙辅传》)

从传世典籍来看,武王伐纣后,有“定天下”的记载,亦可以与简文合观,如:

四海兆民欣戴文武,是以周公相武王以伐纣,夷定天下。(《逸周书·明堂》)朱右曾《集训校释》:“夷,平也。”

维弃作稷,德盛西伯。武王牧野,实抚天下。(《史记·太史公自序》)

周人禘喾而郊稷,祖文王而宗武王。韦昭《注》:“商家祖契,周公初时亦祖后稷而宗文王,至武王虽承文王之业,有伐纣定天下之功,其庙不可毁,故先推后稷以配天,而后更祖文王而宗武王也。”(《国语·鲁语上》)

周之大功在武,天祚将在武族。韦昭《注》:“谓始伐纣定天下。”(《国语·晋语四》)

综上所述,简文“尃政天下”当读为“抚定天下”为优,义为:安定天下。

此外,《左传》昭公十五年传:“文公受之,以有南阳之田,抚征东夏,非分而何?”“抚征”,杨伯峻训为“或安抚或征伐”①。《国语·楚语上》:“赫赫楚国,而君临之,抚征南海。”此两“抚征”,似亦可读为“抚定”。

二

清华九《治政之道》简42有下面一句话:

夫乱者乃违心[illegible][illegible],不辑君事以辱其君,事无成功,疲敝军徒,露其车兵,以不得其意于天下②。

关于“[illegible]”字,整理者隶定为“[illegible]”,注解为:“悒,忧。《楚辞·天问》‘武发杀殷何所悒?载尸集战何所急?’,洪兴祖补注:‘悒,忧也,不安也。’或说为‘怨’字,‘怨悁’见上博

①杨伯峻:《春秋左传译注》,北京:中华书局,2014年,第1372页。

②黄德宽主编:《清华大学藏战国竹简(九)》,第129页。

简《鲍叔牙与隰朋之谏》。”①

我们先来看上博简《鲍叔牙与隰朋之谏》简 4—5 的相关语句：

> 百姓皆，奄然将亡。

关于“”字，目前学界多释为“宛”，楚简中数见，如上博一《缁衣》简 6 作，上博五《姑成家父》简 1 作，读为“怨”，皆文从字顺，学者已有很好的论述②。《治政之道》“”字上部所从的构件即是“(宛)”，可释为“惌”。

上博简《鲍叔牙与隰朋之谏》之“宛悁”的释读，众说纷纭③，如整理者将“”隶定为“宫”，读为“邑”，训为悒，将“”隶定为“悁”，待考④；李天虹先生读为“怨厌”，训“厌”为憎恶、嫌弃⑤；张富海先生读为“怨悁”，训“悁”为愤恨⑥；陈剑先生认为“悁”是衍字⑦，等等。

关于“宛”字，诸家皆读为“怨”，可从。根据“宛”字的释读，可知整理者关于《治政之道》“”字的第一种观点不可信，当以第二种观点释为“怨”为优。

关于“悁”字，学者已指出其右上部件即“肙”之省形，可信。我们知道，楚系文字中之“怨”多用“肙”或从“肙”声之字表示，如上博简《容城氏》简 36：“民乃宜肙(怨)，虐疾始生”；《孔子诗论》简 3：“多言难而悹(怨)怼者也”；清华简《殷高宗问于三寿》简 21：“经纬顺齐，妒悁(怨)毋作。”⑧因此，从楚文字的用字习惯来看，“悁”亦当读为“怨”，可知读

①黄德宽主编：《清华大学藏战国竹简(九)》，第 144 页。

②关于此字的考释，目前有两种观点：一、李零先生释为“宛”(《上博楚简校对记(之二)：〈缁衣〉》，《上博馆藏战国竹书研究》，上海：上海书店出版社，2002 年，第 410 页)；赵平安先生从之(《战国文字中的“宛”及其相关问题研究》，收入《新出简帛与古文字古文献研究》，北京：商务印书馆，2009 年，第 143—154 页)；二、冯胜君先生释为“夗”(《释战国文字中的“怨”》，《古文字研究》第 25 辑，北京：中华书局，2004 年，第 281—285 页)。学者在以上释字基础之上，认为此字是非楚地“怨”字的写法，如，周波：《战国时代各系文字间的用字差异现象研究》，北京：线装书局，2012 年，第 167 页；禤健聪：《战国楚系简帛用字习惯研究》，北京：科学出版社，2017 年，第 405 页。

③俞绍宏：《上海博物馆藏楚简校注》，北京：中国社会科学出版社，2016 年，第 358 页。

④马承源主编：《上海博物馆藏战国竹书(五)》，上海：上海古籍出版社，第 187 页。

⑤李天虹：《上博简〈竞〉、〈鲍〉篇校读四则》，简帛网，2006 年 2 月 19 日。

⑥张富海：《上博简五〈鲍叔牙与隰朋之谏〉补释》，《北方论丛》2006 年第 4 期。

⑦复旦大学出土文献与古文字研究中心网站学术讨论区“关于《鲍叔牙》中的‘怨悁’”下评论。

⑧参白于蓝：《简帛古书通假字大系》，第 1264—1265 页。

为“厌”和“悁”之说不可取。《治政之道》的整理者将“𡨦”读为“悁”字说亦不可信[①]。

关于衍字说,马晓稳认为上博简《鲍叔牙与隰朋之谏》的“宛悳”和清华简《治政之道》的“㝮𡨦”记录的是同一个词,“宛悳”之后“㝮𡨦”在一篇典型的楚文字文献中再次出现,作为衍字的可能性不大,“㝮𡨦”当是楚人习语。笔者认为马晓稳之说的可能性比较大。其后,马晓稳将二者读为“惋怨”,为同义词连用,训“惋”为怨恨[②]。可备一说,但“惋怨”连用,典籍未见。

笔者认为,“㝮”似可读为“鬱”。上古音“怨”为影纽元部字,“鬱”为影纽物部字,两字双声,韵部关系密切,如李家浩先生指出“鬱”字在古代有读作元部的音[③]。中古音二者都是合口三等字。例可通假。典籍中亦见有“夗”声之字与“鬱”字音近相通之例,如《诗·小雅·菀柳》:“有菀者柳”,《大雅·桑柔》:“菀彼桑柔”,二诗之“菀”,陆德明《释文》均注“音鬱”。《诗·秦风·晨风》:“鬱彼北林”,《考工记·函人》郑玄《注》引“鬱”作“宛”。《礼记·内则》:“兔为宛脾。”郑玄《注》:“宛,或为鬱。”《广雅·释诂二》:“鬱,长也。”王念孙《疏证》:“鬱与菀通。”《说文》“宛”字下段玉裁《注》:“宛与蕴,蕴与鬱,声义皆通。”“㝮”从“夗”声,可见,“㝮”可读为“鬱”。

鬱古有“怨”“忧”义。《吕氏春秋·侈乐》:“故乐愈侈,而民愈鬱。”高诱《注》:“鬱,怨也。”《广雅·释诂二》:“鬱,思也”,王念孙《疏证》:“鬱、悠,既训为思,又训为忧。”[④]简文之“鬱”当即此义,与“怨”义近。

“鬱怨”连用典籍习见,如:

是以下之人无谏死之諰,而聚立者无鬱怨之心。(《管子·君臣》)

如此,则众无鬱怨之心,无憾恨之意。(《管子·版法解》)

干辛任威,凌轹诸侯,以及兆民,贤良鬱怨。(《吕氏春秋·慎大》)

又示以人事多不义,百姓皆鬱怨。(《吕氏春秋·先识》)

---

①沈奇石先生告诉笔者:楚文字中的所谓“肙”可能并非“肙”字。目前从谐声通假材料来看,“肙”及从“肙”诸字皆用为“元$_3$”(主元音为 o),未见有可靠例子可用为“肙”及从“肙”(元$_2$)(主元音为 e)声者【包山简有从水肙声之字,也未必对应后世“涓”字】。故从语音的角度来看,整理者读为“悁”也是不可取的。

②马晓稳:《读清华简〈治政之道〉札记(六则)》,《清华大学学报》(哲学社会科学版),2020 年第 1 期,第 54—55 页。

③参李家浩:《甲骨文北方神名“勹”与战国文字从“勹”之字——谈古文字“勹”有读如“宛”的音》,《文史》,2012 年第 3 辑,第 39 页。

④参宗福邦、陈世铙、萧海波主编:《故训汇纂》,第 2570 页。

交友不信，则离散鬱怨，不能相亲。（《吕氏春秋 · 贵信》）

秦小主夫人用奄变，群贤不说自匿，百姓鬱怨非上。（《吕氏春秋 · 当赏》）

上引典籍中，“鬱怨”与“憾恨”“离散”对文，而“憾恨”“离散”皆为同义词复用，可知“鬱怨”亦当是同义词复用，正可与简文“夫乱者乃违心惌（鬱）悹（怨）”相参。

上博五《鲍叔牙与隰朋之谏》简 4—5“百姓皆宛悁，奄然将亡”之“宛悁”读作“鬱怨”，正与《吕氏春秋 · 先识》之“百姓皆鬱怨”相合。

参考文献

李学勤主编：《清华大学藏战国竹简（二）》，上海：中西书局，2013 年。

黄德宽主编：《清华大学藏战国竹简（九）》，上海：中西书局，2019 年。

白于蓝：《简帛古书通假字大系》，福州：福建人民出版社，2017 年。

湖北省文物考古研究所、随州市博物馆：《随州文峰塔 M1（曾侯与墓）、M2 发掘简报》，《江汉考古》，2014 年第 4 期。

李家浩：《甲骨文北方神名“勹”与战国文字从“勹”之字——谈古文字“勹”有读如“宛”的音》，《文史》，2012 年第 3 辑。

Two Exegesis Notes on the Qinghua Bamboo Manuscripts

Yue Zhengshi

(East China Normal University)

Abstract: Based on traditional documents and unearthed documents, this paper discusses on two certain words of Qinghua Bamboo manuscripts. I argue that character fu zheng（尃政）in the 2th stripe should of *Xi Nian* be read as fu ding（抚定）which means An ding（安定）; and yuan（惌）" in the 42th stripe of *Zhi Zheng Zhi Dao* should be read as yu（鬱）which means yuan（怨）.

Keywords: Tsinghua Bamboo Manustrips; *Xi Nian*; *Zhi Zheng Zhi Dao*; exegesis

我国古文献所见“鲛鱼”考略*

欧　佳

（西南大学　汉语言文献研究所）

提要：文章主要通过考察先秦至两宋时期文献有关“鲛鱼”的记载，对古代文献中“鲛”及“鲛鱼”的相关义项加以辨析，并结合现代动物学观察记录，重新考证分析了古人笔下有关“鲛鱼”外形、皮张、产地、习性等方面的内容。“鲛鱼”在古代可统称“大鱼”并做具体鱼名，而“鲛”又常与“蛟龙”之“蛟”相通假。做具体鱼名的“鲛鱼”则非鲨鱼，而应主要指体型扁平、尾细长且多有毒刺的魟鱼，所谓鲛鱼“皮有珠”实指魟鱼皮肤上特化的盾鳞。另外，文章还通过对魏晋至明清相关文献的梳理，探讨了今人多将“鲛鱼”当作鲨鱼古称这一观念的由来。

关键词：鲛鱼；魟鱼；鲨鱼；指称演变

“鲛鱼”是我国古代文献所载诸多水族中较为特殊的一种。先秦时，楚人已用鲛革制铠为甲，后其皮又被用以装饰刀剑并沿袭至今。今人多以为“鲛鱼”即“鲨鱼”古称，然古人笔下的鲛鱼不仅外形奇特，且虽为海鱼，却也见于内陆，实与鲨鱼有异。加之“鲛”字又同“大鱼”“蛟龙”多有纠葛，更使人难识其本来面目。

通过对古代文献中有关鲛鱼外形、习性、产地等记录的分析，笔者认为古时“鲛鱼”实际应主要指“魟鱼”。今人将其看作鲨鱼古称，则源自唐宋以来人们认知上的讹混。

* 本文是中央高校基本科研业务费专项资金项目“出土文献、文物与汉赋名物新证”（项目编号：SWU1709457）成果之一。拙文的写作蒙业师王化平先生指导，胡波先生审阅文稿并提供宝贵修改意见，写作过程中还承多位师友提供帮助。文章初稿曾提交“第八届汉语言文字学高级研讨班暨青年学者论坛”，由中国人民大学王贵元先生评议；还曾在“中国科学技术史学会2019年度学术年会”的“生物学史”分论坛上宣读，并同与会学者进行了讨论交流。特此一并致谢！

1、鲛与蛟:从里耶"取鲛鱼"简说起

湖南里耶出土秦简中有一枚内容独特的公文简,涉及"鲛鱼"与"山今鲈鱼"两种鱼名:

> 卅五年八月丁巳朔己未,启陵乡守狐敢言之:廷下令书曰取鲛鱼与山今庐(鲈)鱼献之。问津吏、徒莫智(知)。·问智(知)此鱼者具署物色,以书言。·问之启陵乡吏、黔首、官徒,莫智(知)。敢言之。·户曹。(8-796)①

李斯与李笔戎对该简内容及相关问题进行了考释分析,认为"鲛鱼"应与"蛟龙"有关,并联系秦皇汉武"射蛟"故事,猜测该"取鲛鱼"简"可能也与秦始皇的相关政治实践有一定联系"②。不过,文中以为"'鲛'与'蛟'当为一物,或说至少是颇为近似的物种",实是将"鲛鱼"与"蛟龙"混淆,当不可取。

《史记·秦始皇本纪》载,方士徐市等人久寻仙药而不得,恐遭谴,乃诈称:"蓬莱药可得,然常为大鲛鱼所苦,故不得至,愿请善射与俱,见则以连弩射之。"而后始皇"问占梦,博士曰:'水神不可见,以大鱼蛟龙为候。今上祷祠备谨,而有此恶神,当除去,而善神可致。'"③"大鲛鱼"和"大鱼蛟龙"本是用以欺人的含混推托之辞,不宜深究。但博士明言"大鱼蛟龙",则"龙"与"鱼"当不可混同。且后来"令入海者赍捕巨鱼具,而自以连弩候大鱼出射之"的准备也仅依方士之言对海中大鱼而设,最终"至之罘,见巨鱼,射杀一鱼"。故"大鲛鱼"应即"巨鱼",而不宜视为"蛟龙"。

汉武帝的"射蛟"壮举也尚值得推敲。《汉书·武帝纪》虽明言元封五年冬,武帝"自浔阳浮江,亲射蛟江中,获之",颜注也以为是"蛟龙"④。荀悦《汉纪·孝武皇帝纪五》却作"亲射鲛鱼于江中"⑤。虽没有更多版本依据可助判断,但恐亦不能排除武帝射杀的也同是巨鱼的可能。

高诱注《淮南子·说山》"一渊不两鲛"提到"一说:鱼二千斤为鲛"⑥,似也与大鱼有

①陈伟:《里耶秦简牍校释(第一卷)》,武汉:武汉大学出版社,2012年,第222页。

②李斯,李笔戎:《里耶"取鲛鱼"简与秦统一初期的文化建构》,《简帛研究(2016秋冬卷)》,桂林:广西师范大学出版社,2017年。

③〔汉〕司马迁撰,〔南朝宋〕裴骃集解,〔唐〕司马贞索引,〔唐〕张守节正义:《史记》,北京:中华书局,2016年,第263页。

④〔汉〕班固撰,〔唐〕颜师古注:《汉书》,北京:中华书局,1964年,第196页。

⑤〔汉〕荀悦撰,张烈点校:《两汉纪(上):汉纪》,北京:中华书局,2002年,第238页。

⑥何宁:《淮南子集释》,北京:中华书局,1998年,第1109页。《吕氏春秋·有始览·论大》曰:"水大则有蛟龙鼋鼍鳣鲔。"高诱亦注:"鱼两千斤为蛟。"故这一说或也可能是对龙属之蛟而言。

关,不过古时"鲛"或"鲛鱼"主要还是作鱼名。如《山海经·中山经》谓漳水"多鲛鱼",该书多记动植物名称,郭璞亦注"鲛鱼"为具体鱼种。晋左思《吴都赋》描摹吴地江海"鳞甲之所集往",言:"于是乎长鲸吞航,修鲵吐浪。跃龙腾蛇,鲛鯔琵琶。王鲔鯸鲐,鲫龟鳋鲭。乌贼拥剑,鼅鼊鲭鳄。涵泳乎其中。"[①]鲛与鲻、琵琶、王鲔、鯸鲐等鱼同列,自是鱼名无疑。庾阐《扬都赋》明言:"鱼则鲛鳣鳍鲔,比目鳙魦,鯈鲲横海,征鲸偃波。"[②]鲍照《登大雷岸与妹书》中提到"鱼鲛、水虎之类"[③],亦当属鱼名。

当然,文献中"鲛"与"蛟"也常相混,但多不外乎两种情况。一是字面上的通假混用。前举《吴都赋》"鲛鯔琵琶"五臣本即作"蛟鯔琵琶"[④]。又如《后汉书·郑太传》李贤注所引《说苑》"孟贲水行不避鲛龙"[⑤],《庄子·秋水》则称"夫水行不避蛟龙者"[⑥],可见《说苑》是以"鲛"借作"蛟"。唐人仍清楚这一点,玄应与慧琳的《一切经音义》都提到"鲛鱼,今作蛟",并引《说文》及《山海经》郭注有关"鲛"鱼的内容为据[⑦]。

二是由于古人行文常单用"鲛"或"蛟"字,加之二者皆栖于水中,而令后人不明就里。张衡《南都赋》云:"其水虫则有蠳龟鸣蛇,潜龙伏螭。鱏鳣鰅鳙,鼋鼍鲛鳙。"李善注引《山海经》郭注曰:"鲛,鲭属也……"[⑧]认为"鲛"是鱼,但五臣本"鲛"作"蛟",吕延济认为"'鼋鼍蛟蠵'皆水兽名"[⑨],乃言蛟龙。清人胡绍煐也指出张揖注《子虚赋》似误将鲛与蛟讹为一物,当是由于古时"蛟""鲛"可通,故"注家多互淆"。[⑩] 又如就"鱼之长"的看法,《说文·虫部》认为是龙属之"蛟":"蛟,龙之属也。池鱼满三千六百,蛟来为之长,能率鱼而飞,置笱水中即蛟去。"[⑪]但高诱注《淮南子》"一渊不两鲛"仍说:"鲛,鱼之长,其皮

①[南朝梁]萧统编,[唐]李善注:《文选》,上海:上海古籍出版社,1986年,第205页。

②韩格平等:《全魏晋赋校注》,长春:吉林文史出版社,2008年,第406页。

③[南朝宋]鲍照著,钱仲联增补集说校:《鲍参军集注》,上海:上海古籍出版社,2005年,第48—49页。

④[南朝梁]萧统选编,[唐]吕延济、刘良、张铣等注,俞绍初、刘群栋、王翠红点校:《新校订六家注文选(第一册)》,郑州:郑州大学出版社,2013年,第269页。

⑤[南朝宋]范晔撰,[唐]李贤等注:《后汉书》,北京:中华书局,1980年,第2259页。

⑥[清]郭庆藩撰:《庄子集释》,北京:中华书局,1961年,第596页。

⑦[唐]释玄应:《一切经音义》卷四、十三,[唐]释慧琳:《一切经音义》卷三十、五十四,徐时仪校注《一切经音义三种校本合刊(修订版)》,上海:上海古籍出版社,2012年,第96、280、1034、1465页。

⑧[南朝梁]萧统编,[唐]李善注:《文选》,第153页。

⑨[南朝梁]萧统选编,[唐]吕延济、刘良、张铣等注,俞绍初、刘群栋、王翠红点校:《新校订六家注文选(第一册)》,第204页。

⑩[清]胡绍煐撰,蒋立甫点校:《文选笺证》,合肥:黄山书社,2007年,第239—240页。

⑪[汉]许慎撰,[宋]徐铉校:《说文解字(附音序、笔画检字)》,北京:中华书局,2013年,第283页。"龙之属也"四字,段玉裁《说文解字注》据《韵会》改作"龙属,无角曰蛟"。

有珠……"①

实际上,"蛟龙"与"鲛鱼"应差异显著。郭璞注《山海经·中山经》"蛟"曰:"似蛇而四脚,小头细颈,有白瘿,大者数十围,卵如一二石瓮,能吞人。"同书《南山经》"虎蛟"郭注亦言:"蛟似蛇,四足,龙属。"②"蛟"虽为"龙属",外形习性却十分接近凶猛的大型鳄类。《礼记·月令》载季夏时"命渔师伐蛟、取鼍、登龟、取鼋"③,司马相如《子虚赋》谓楚之大泽云梦"有神龟蛟鼍,毒冒鳖鼋",亦将蛟与神龟、鼍、毒冒(玳瑁)等同列,而"似蜥蜴而大"的"鼍"即扬子鳄,则"蛟"最初或即某种巨鳄的古称④,至少大型鳄类是其原型之一⑤。而无论是先秦两汉还是晋唐文献,皆未言鱼属之"鲛"习性凶猛,更遑论吞食人畜。唐人注疏更已明言二者之别。《子虚赋》张揖注曰:"蛟状鱼身而蛇尾,皮有珠。"唐颜师古云:"张说蛟者,乃是鲛鱼,非蛟龙之蛟也。"⑥张守节《正义》引《山海经》郭注云:"蛟,似蛇而四脚……"⑦颜师古对张揖的纠正及张守节引郭注为据都说明他们知晓前人行文

①何宁:《淮南子集释》,第1109页。

②〔清〕郝懿行笺疏,范祥雍补校:《山海经笺疏补校》,上海:上海古籍出版社,2013年,第218、25页。

③〔汉〕郑玄注,〔唐〕孔颖达疏:《礼记正义》,〔清〕阮元校刻《十三经注疏》,北京:中华书局,1982年,第1370页。

④这种鳄或有可能是马来鳄。一般认为我国古代应有马来鳄及湾鳄等大型鳄类分布,但湾鳄多见于沿海地区,且目前似未有遗骨出土。马来鳄吻部细长,身形也比较修长,体长可达约5米左右(广东新会、顺德曾出土头骨长约0.95m、1.1m的古代马来鳄遗骨,大于现生马来鳄头骨的公认最大值0.84m,说明古时应存在更大个体),性情狡猾凶猛,有食人记录,卵也是现生鳄类中最大的,似近于古人有关蛟的描述。有关马来鳄及湾鳄在我国古代的分布,可参赵肯堂、宗愉、马积藩《中国华南地区的马来鳄》(《生物学通报》,1986年第4期)及何业恒《中国珍稀爬行类两栖类和鱼类的历史变迁》(长沙:湖南师范大学出版社,1997年)等。

⑤蛟在后世虽被不断神化,但现实动物的属性仍有显现。如晋张华《博物志》载"澹台子羽渡河"遭遇"两鲛挟船"的故事很可能就是由鳄类袭击船只事件演化而来,"鲛"应作"蛟"。有关蛟的考察,可参陈桂权《中国传统文化中的"蛟"》(《文史知识》,2012年第10期)、《"蛟水"与"伐蛟"——基于环境史的解读》(《唐都学刊》,2013年第3期)、《"伐蛟"弭灾思想的历史演变及实践》(《中华文化论坛》,2013年第2期)、谢祎明《中国文化中的"蛟"》(《才智》,2013年第4期)。另外,《中国传统文化中的"蛟"》一文对古书的征引解读有误,现予辨明。该文称:"三国时训诂学家张揖在《广雅》卷十中说蛟云:'蛟状鱼身而蛇尾,皮有珠鼍,似蜥蜴而大身,有甲皮,可作鼓。'"但其所引不见于今本《广雅》任何一卷,而应出自《汉书》张揖注,且断句标点错误,"珠鼍"不成词,"鼍"应属下读。又云:"晋郭璞《山海经传》对'虎蛟'的解释是'蛟似蛇,四足龙属,其状鱼身而蛇尾,其音如鸳鸯,食者不肿,可以已痔'(《山海经·南山经》)。"进而指出:"其蛟的体形兼具鱼、蛇之形,正所谓'鱼身而蛇尾',且拥有四足。"实际上,《山海经·南山经》云:"其中有虎蛟,其状鱼身而蛇尾,其音如鸳鸯,食之不肿,可以已痔。"郭注:"蛟似蛇,四足,龙属。"陈文是将经文和注相混。

⑥〔汉〕班固撰,〔唐〕颜师古注:《汉书》,第2538页。

⑦〔汉〕司马迁撰,〔南朝宋〕裴骃集解,〔唐〕司马贞索引,〔唐〕张守节正义:《史记》,第3007页。

中“鲛”鱼与“蛟”龙截然不同，不可混淆。

简言之，单是“鲛”或“蛟”字，应结合具体文例考察，但言“蛟龙”当基本指水兽；若言“鲛鱼”则基本指鱼，至于是大鱼还是具体鱼名，也可依文意推断。是故“取鲛鱼”简提到的“鲛鱼”应是鱼属，而与“蛟龙”无关。简文还提及“山今鲈鱼”，又多番问询二者“物色”，即其“特殊形状与具体表征”①，同出有关“献物”简还可见“干鲈鱼”、“干鲶鱼”、“明渠”等鱼鸟名目，则“鲛鱼”自当作具体鱼名。倒是《西京杂记》载：“尉佗献高祖鲛鱼、荔枝，高祖报以蒲桃锦四匹。”②虽不一定是信史，但此类事件应客观存在，这则记录与“取鲛鱼”简或也更具相似性。而既然与岭南珍果“荔枝”同列，这里的“鲛鱼”自然也应是指某种鱼。

2、异状与珠皮：先秦至唐宋时期的“鲛鱼”

今人普遍认为“鲛鱼”即“鲨鱼”，权威工具书亦将“鲨鱼”列为“鲛”的义项之一。魏张揖描述的“鲛”却颇为怪诞，并不似鲨，有学者以为此或是银鲛③。但所有银鲛和多数鲨鱼都基本生活在海中，仅少数鲨鱼会进入淡水，且二者也都不符合古人笔下鲛鱼的形貌特征。

先秦两汉典籍已提到鱼属之“鲛”，然对其形貌的描述多见于汉晋唐宋文献。张揖谓之“鱼身而蛇尾，皮有珠”，尚稍欠详尽准确④。《吴都赋》刘渊林注引《异物志》则曰：“鲛鱼出合浦，长二三尺，背上有甲，珠文坚强……”⑤晋郭璞注《山海经·中山经》“鲛鱼”言：“鲛，鳍鱼类也。皮有珠文而坚。尾长三四尺，末有毒，螫人。”⑥《图赞》曰：“鱼之别属，厥号曰鲛。珠皮毒尾，匪鳞匪毛。”⑦而唐苏敬等撰《新修本草·虫鱼部》称鲛“形似鳖，无脚

①李斯，李笔戎：《里耶“取鲛鱼”简与秦统一初期的文化建构》。

②〔汉〕刘歆撰，〔晋〕葛洪集，向新阳、刘克任校注：《西京杂记校注》，上海：上海古籍出版社，1991年，第137页。

③李海霞：《汉语动物命名考释》，成都：巴蜀书社，2005年，第350—351页。

④张揖谓鲛“鱼身而蛇尾”应本自《山海经·南山经》云浪水“中有虎蛟，其状鱼身而蛇尾，其音如鸳鸯”，郭璞注：“蛟似蛇，四足，龙属。”但郭注应只是就“蛟”而言，并不在于解释“虎蛟”，所以这种动物究竟是什么仍不好判断。据下文考证，鲛指尾细而长的魟鱼，张揖很可能据此认为“鱼身而蛇尾”就是鲛鱼的外形特征，并加上“皮有珠”，但实际未详“鲛鱼”之形。

⑤〔南朝梁〕萧统编，〔唐〕李善注：《文选》，第205页；〔汉〕杨孚撰，吴永章辑佚校注：《异物志辑佚校注》，广州：广东人民出版社，2010年，第106页。与《山海经》郭注相校，“长二三尺”前疑脱一“尾”字，“二三尺”似或言鲛鱼尾长。另，《初学记》引晋刘欣期《交州记》所载与此基本相同。

⑥〔清〕郝懿行笺疏，范祥雍补校：《山海经笺疏补校》，第200页。今本《山海经》注“鲋鱼类也”，郝懿行谓：“郭注鲋字讹。”他书所引也多作“鳍鱼类也”，今据改。

⑦〔晋〕郭璞著，张宗祥校录：《足本山海经图赞》，上海：古典文学出版社，1958年，第27、63页；〔晋〕郭璞：《山海经图赞》，〔清〕郝懿行《山海经笺疏》附，成都：巴蜀书社，1985年。

而有尾”；五代韩保升《蜀本草 · 虫鱼部》引“蜀本图经”云：“鲛鱼，圆广尺余，尾长尺许，惟无足，背皮粗错。”（《证类本草》引）①宋乐史《太平寰宇记 · 岭南道》曰：“鲛鱼，状如团扇，口在腹中而方。尾间有刺，伤人甚毒……”②陆佃《埤雅 · 释鱼》：“鲛……状似鳖而无足，背文粗错，皮间有珠……”③由以上文字，可知鲛鱼体型如鳖一般扁平而近圆，口方，在腹面，尾细而长，外形酷似团扇；背皮有“珠”而坚硬粗糙；尾间生有毒刺，可伤人。然鲨鱼和银鲛不仅体型与鳖相去甚远，所具毒刺也基本位于背鳍棘而非尾部。因而古人，尤其汉晋时人所说的鲛鱼绝非鲨鱼或银鲛，而应主要指软骨鱼纲鳐形总目鲼形目魟科（*Dasyatidae*）的物种（图 1）④。

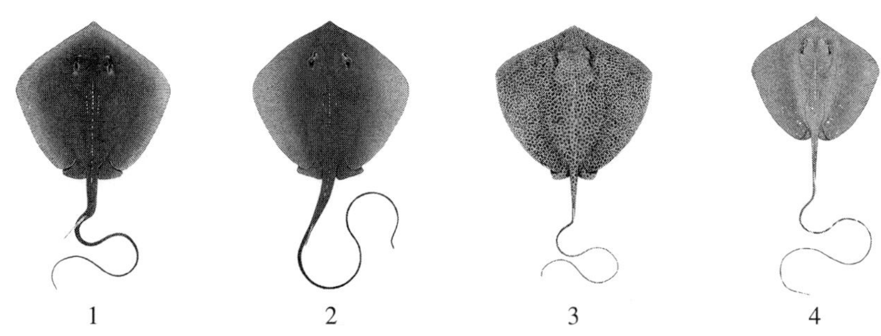

图 1　分布于我国近海的几种魟鱼

1. 赤魟（*Hemitrygon akajei*）　2. 黄魟（*Hemitrygon bennetti*）
3. 花点魟（*Himantura uarnak*）　4. 齐氏魟（*Maculabatis gerrardi*）
（图片引自 *Rays of the World*）

外形上，魟科体型扁平，体盘圆形、亚圆形或斜方形，背鳍、臀鳍均不存，胸鳍扩大伸达吻部，厚而柔软，恰似鳖的裙边，身体特化而“形似鳖”。该科前鼻瓣宽大，连成一口盖，

①〔宋〕唐慎微等：《重修政和经史证类备用本草》，北京：人民卫生出版社，1982 年，第 434 页；〔唐〕苏敬等撰，尚志钧辑校：《新修本草（辑复本 · 第 2 版）》，合肥：安徽科学技术出版社，2004 年，第 243 页；〔五代吴越〕日华子集，〔五代后蜀〕韩保升撰，尚志钧辑释、辑复：《日华子本草 · 蜀本草》，合肥：安徽科学技术出版社，2005 年，第 467 页。

②〔宋〕乐史撰，王文楚等点校：《太平寰宇记》，北京：中华书局，2007 年，第 3156 页。

③〔宋〕陆佃著，王敏红校注：《埤雅》，杭州：浙江大学出版社，2008 年，第 7 页。

④本文所引有关魟科鱼类的现代动物学资料若未有特别标注均参见朱元鼎《中国软骨鱼类志》（北京：科学出版社，1960 年，第 155—177 页）、中国科学院中国动物志编辑委员会《中国动物志：圆口纲 · 软骨鱼纲》（北京：科学出版社，2001 年，第 412—433 页）、伍汉霖《中国有毒及药用鱼类新志》（北京：中国农业出版社，2002 年，第 265—274 页）、Peter R. Last, William T. White, Marcelo R. de Carvalho, Bernard Séret, Matthias F. W. Stehmann and Gavin J. P. Naylor：***Rays of the World***（Clayton：CSIRO Publishing，2016）。其实并非魟科所有种类都完全符合古人对“鲛鱼”的描述，如光魟等背部光滑，沙粒魟属缺少尾刺，条尾魟属尾部则有皮膜。但由于近来国际上对魟科下属的分类仍有变动，如将赤魟、黄魟等归入 *Hemitrygon* 属，因此本文不涉及魟科具体属的讨论，暂以“魟鱼”统称。

伸达口前,口小,平横,位于腹面,即“口在腹中而方”。魟鱼尾细长如鞭,尾鳍退化,多数种类具1~3枚尾刺,上有毒腺,人被刺伤后常有剧痛和灼烧感,出现全身阵痛、痉挛,并伴以呕吐、腹泻、发烧、畏寒、肌肉麻痺等症状,甚至可能致死,正是“伤人甚毒”。体扁平而尾细的魟鱼形似团扇,种种特征皆与古人记载基本吻合。此外,六鳃魟科、扁魟科和一些鳐形目鱼类也有类似的外形特征,古人所称“鲛鱼”或也包含其中。

鲛鱼的背皮也很有特点,古时乃常用皮张。《荀子·君道》提到“楚人鲛革犀兕以为甲,鞈如金石”,杨倞注:“鞈,坚貌。以鲛鱼皮及犀兕为甲,坚如金石之不可入。”①《淮南子·兵略》也有“蛟革犀兕,以为甲胄”之语②,“蛟”应通“鲛”。《吴都赋》曰:“扈带鲛函,扶揄属镂。”刘渊林注:“鲛函,鲛鱼甲,可为铠。”③南齐王融《三月三日曲水诗序》“鱼甲烟聚”吕向注:“鱼甲,以鲛鱼为甲。”④鲛革可比肩犀兕皮,其厚实坚硬恐非一般鲨鱼皮可比,南宋李心传还谓蒙人“以鲛鱼皮为甲,可捍流失”⑤。除作甲,鲛革亦可为盾。《逸周书·王会》载伊尹《四方令》曰请令南方部落以“鱼支之鞞、□鲗之酱、鲛盾、利剑为献”,孔晁注:“瞂,盾也,以鲛皮作之。”⑥

而《异物志》称鲛鱼“背上有甲,珠文坚强,可以饰刀口,可以为鑢”⑦,张揖言鲛“皮有珠”,郭璞谓其“皮有珠文而坚”并“可饰刀剑口,错治材角”⑧、“可以错角,兼饰剑刀”⑨。高诱注《淮南子·说山》“一渊不两鲛”虽有两说,但谓“其皮有珠,今世以为刀剑之口是也”⑩,仍反映了当时人对鲛鱼的认识。《说文·鱼部》也说鲛鱼“皮可饰刀”⑪,《续汉

①〔清〕王先谦撰,沈啸寰、王星贤点校:《荀子集解》,北京:中华书局,2013年,第281页。

②何宁:《淮南子集释》,第1061页。

③〔南朝梁〕萧统编,〔唐〕李善注:《文选》,第220页。唐人刘良则注曰:“鲛函者,以鲛皮饰刀。”(〔南朝梁〕萧统选编,〔唐〕吕延济、刘良、张铣等注,俞绍初、刘群栋、王翠红点校:《新校订六家注文选(第一册)》,第285页)

④〔南朝梁〕萧统选编,〔唐〕吕延济、刘良、张铣等注,俞绍初、刘群栋、王翠红点校:《新校订六家注文选(第五册)》,郑州:郑州大学出版社,2015年,第3040—3041页。

⑤〔宋〕李心传:《建炎以来朝野杂记(下)》,北京:中华书局,2000年,第848—849页。不过尚未见隋唐时有以鲛鱼皮为甲的记载,且“鲛鱼”后来逐渐转向指鲨鱼,蒙人不知是否仍有所承。

⑥黄怀信,张懋镕,田旭东:《逸周书汇校集注(修订本)》,上海:上海古籍出版社,2007年,第910—912页。

⑦〔南朝梁〕萧统编,〔唐〕李善注:《文选》,第205页;〔汉〕杨孚撰,吴永章辑佚校注:《异物志辑佚校注》,第106页。“可以为鑢”,《初学记》引《交州记》作“又可以鑢物”。

⑧〔清〕郝懿行笺疏,范祥雍补校:《山海经笺疏补校》,第200页。

⑨〔晋〕郭璞著,张宗祥校录:《足本山海经图赞》,第27、63页;〔晋〕郭璞:《山海经图赞》,〔清〕郝懿行《山海经笺疏》附。

⑩何宁:《淮南子集释》,第1109页。

⑪〔汉〕许慎撰,〔宋〕徐铉校:《说文解字(附音序、笔画检字)》,第244页。

书·舆服志》还谓东汉天子佩刀“黄金通身貂错,半鲛鱼鳞”,“诸侯王黄金错,环挟半鲛”,小黄门、中黄门、童子、虎贲所用“皆以白珠鲛为鐔口之饰”①。《史记·礼书》则提到天子“寝兕持虎,鲛韅弥龙,所以养威也”,《集解》引徐广曰:“鲛鱼皮可以饰服器,……韅者,当马腋之革……”《索引》言:“以鲛鱼皮饰韅。韅,马腹带也。”②可见鲛鱼皮又因有“珠”而粗糙兼美观,除为甲盾外,还常饰刀剑、革带等服器,并可用以磋磨物料。

但何以谓“有珠文而坚”呢?《初学记》引《大魏诸州记》曰:“每至三月中,有鳣鱼从穴出,入河,重千斤,色青,皮如鲛鱼皮,有珠文,口在颔下。”③据描述,“鳣鱼”体表特征应与鲛鱼类似。这类有洄游习性的鳣鱼即鲟鱼,如中华鲟(*Acipenser sinensis*),皮肤中分布着退化的硬鳞,鳞棘有时露出表皮之外,便表现出外观上的粗糙;而鲟鱼纵行骨板上具鳞刺突起,同样质地粗糙④。故所谓“珠文”当是指鳣鱼表皮的硬质凸起。软骨鱼纲的板鳃鱼类,即各类鲨鱼、鳐鱼多具盾鳞,所以不少种类体表粗错。鲨鱼古称“鲳”,就是因为体表遍布沙粒状盾鳞,粗糙如错(粗磨石)⑤,《水经注》引裴渊《广州记》称鲳鱼“皮皆鑢物”⑥,但未可称“珠”。而绝大多数魟鱼成体体表所具盾鳞或呈细密颗粒状,或特化为结刺,由头至尾刺前纵行排列,有些种类在头部、肩区、背部、尾基间的结鳞还形成铺石状鳞块,看上去就似粒粒圆珠埋嵌于皮中(图2),应即古人所言“皮有珠”或“珠文”。因有特化的盾鳞,故魟鱼皮质地坚硬,难怪可为甲盾。

至唐代,鲛鱼皮仍用以饰刀剑。李贺《春坊正字剑子歌》就以“蛟胎皮老蒺藜刺,鸊鹈淬花白鹇尾”描摹宝剑状貌,比喻奇异而得当。此剑“以鲛鱼皮为剑室,其珠文历落,若蒺藜之刺”⑦,正当是以遍布密珠状盾鳞的魟鱼皮为饰。日本天平胜宝八年(756年)的《东大寺献物帐》载光明皇后所献圣武天皇御物中有多件“鲛皮裹把”大刀,今藏于正仓院北仓的一口唐刀被认为即其中“鲛皮把作山形”的“金银钿荘(装)唐大刀”(图6-3:1)⑧,由

①〔晋〕司马彪撰,〔南朝梁〕刘昭注:《后汉书志》,北京:中华书局,1980年,第3672页。

②〔汉〕司马迁撰,〔南朝宋〕裴骃集解,〔唐〕司马贞索引,〔唐〕张守节正义:《史记》,第1162—1163页。

③〔唐〕徐坚等:《初学记》,第742页。

④四川省长江水产资源调查组,湖北省长江水产研究所:《长江鲟鱼类的研究》,1976年,第14—15、136—139页;中国科学院中国动物志编辑委员会:《中国动物志·硬骨鱼纲:鲟形目·海鲢目·鲱形目·鼠鱚目》,北京:科学出版社,2001年,第35页。

⑤李海霞:《汉语动物命名考释》,第351页。

⑥〔北魏〕郦道元撰,陈桥驿点校:《水经注》,上海:上海古籍出版社,1990年,第709页。

⑦〔唐〕李贺著,〔清〕王琦等评注:《三家评注李长吉歌诗》,上海:上海古籍出版社,2011年,第43页。

⑧此刀据考应是由中国唐朝传入日本,参李云河《正仓院藏金银钿装唐大刀来源小考》,《西部考古·第七辑》,西安:三秦出版社,2013年。

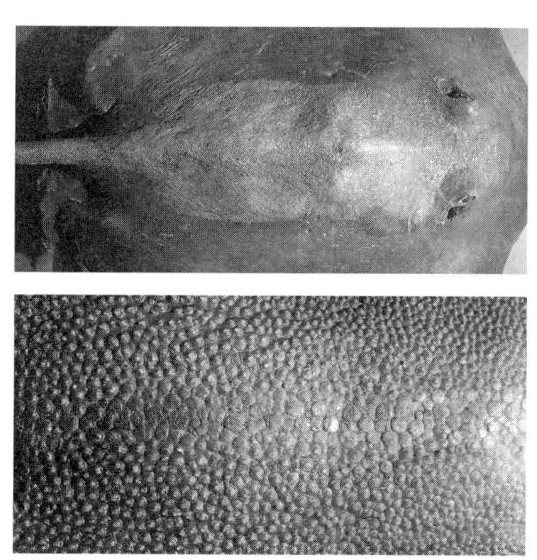

图2 大型魟鱼标本背部盾鳞 广西壮族自治区自然博物馆藏

刀把上密集突起的颗粒状盾鳞不难看出实是以魟鱼皮包裹(图6-3:2),亦可作“蛟胎皮老蒺藜刺”的绝佳注脚。现今以传统工艺制作的龙泉刀剑依然用“鲛鱼皮”包裹剑柄及鞘。所谓“鲛鱼皮”主要即黄貂鱼皮,因表面布满颗粒状突起,恰若珍珠密嵌,故又称珍珠鱼皮,而黄貂鱼其实正是魟鱼的别称,亦可证古人所谓鲛鱼实指魟鱼。而今虽未见鲛鱼皮“可以鑢物”的文物,文献也鲜有用例,但今天日本还在使用贴有魟鱼皮的板状工具磨制山葵以作调料,或是我国古代以鲛鱼皮“鑢物”之孑遗。

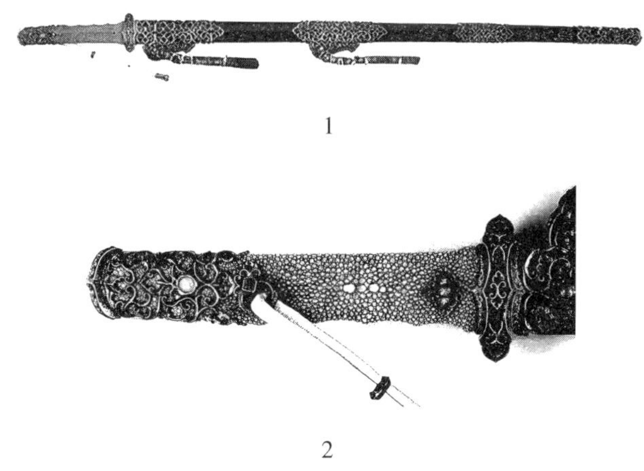

1

2

图3 金银钿装唐大刀 日本正仓院藏

1.全貌 2.刀把特写

《山海经·中山经》谓漳水“多鲛鱼”,然郭璞又注:“今临海郡亦有之。”《说文·鱼部》则曰:"鲛,海鱼也。"①《异物志》谓"鲛鱼出合浦",他书也常言鲛鱼"出南海"。鲛鱼皮在唐代属温州、台州、漳州、循州、潮州、南安等南方临海州府的贡赋之一②,则当时鲛鱼应主要产自浙江至越南北部近海,符合魟鱼多分布于温带至热带海域的情况。但漳水"出荆山"而"注于雎",郭注谓其"出荆山至南郡当阳县入沮水"③,约在今湖北一带;楚人以鲛革为甲似也表明鲛鱼可与犀兕同见于内陆。海中有魟鱼自不必说,其实有的种类也常进入河口,有的更完全生活在淡水中④。我国的淡水魟鱼记录有赤魟(图1:1)一种,曾主要见于南方沿海河流,珠江各支流及广西明江、左江上游的龙州、崇左江段,过去在邕江、右江亦时有捕获,柳江上游风山江段曾捕获颇丰,2003年仍有记录,只是近年已极少见⑤。故有理由推测,我国南方地区内陆江河中历史上也应有淡水魟鱼分布,楚人方可以此为甲胄。或受气候变迁及人为捕捞等因素影响,至秦汉时,鲛鱼可能已仅见于岭南、沿海地区河流及近海,才作为与荔枝一样的特产而成为贡赋。

至于里耶"取鲛鱼"简的问询,或是由于魟鱼在当时已鲜见于南方内陆,关中更无缘得见,即便运至北方也应是经处理的皮张,难窥全貌;而在楚地,甚至启陵乡当地以往也许曾有相关渔获记录,故又下达文书征询。

此外,古人还提到鲛鱼奇特的繁育行为。东汉杨孚《异物志》曰:"鲛之为鱼,其子既育,惊必归母,还其腹,小则如之,大则不复。"(《太平广记》引《感应经》)⑥晋张华《博物志·异鱼》载:"东海中有蛟错鱼,生子,子惊还入母肠,寻复出。"范宁校"蛟错"当作"鲛鲭"⑦。但汉晋时似鲜有将鲛、鲭二字连用称一种鱼,故"错"或是衍文,又颇疑是言鲛、鲭两种鱼。唐段成式《酉阳杂俎·鳞介篇》言:"鲭鱼,章安县出,出入鲭腹,子朝出索食,暮

---

①〔汉〕许慎撰,〔宋〕徐铉校:《说文解字(附音序、笔画检字)》,第244页。

②〔唐〕李吉甫撰,贺次君点校:《元和郡县图志(下)》,北京:中华书局,1983年,第626、627、721、892、895页。

③〔清〕郝懿行笺疏,范祥雍补校:《山海经笺疏补校》,第200页。

④Gene S. Helfman, Bruce B. Collette, Douglas E. Facey, Brian W. Bowen: *The Diversity of Fishes: Biology, Evolution, and Ecology* (*Second Edition*), New Jersey: Wiley-Blackwell, 2009年,第211—212页。

⑤赵仲如:《河中的海鱼——龙州赤魟》,《大自然》,1983年第1期;李增崇,罗绍鹏:《广西左江赤魟 *Dasyatis akajei* (*Müller et Henle*) 资源的调查与建议》,《现代渔业信息》,2001年第11期;广西壮族自治区水产研究所,中国科学院动物研究所:《广西淡水鱼类志(第2版)》,南宁:广西人民出版社,2006年,第57页;李捷,李新辉等:《广东肇庆西江珍稀鱼类省级自然保护区鱼类多样性》,《湖泊科学》,2009年第4期;甘西:《中国南方淡水鱼类原色图鉴》,郑州:河南科学技术出版社,2017年,第1页。

⑥〔宋〕李昉等:《太平广记》,北京:中华书局,1961年,第3824页;〔汉〕杨孚撰,吴永章辑佚校注:《异物志辑佚校注》,第106页。《初学记》引《异物志》也说鲛鱼"其子惊则入母腹中"。

⑦〔晋〕张华撰,范宁校证:《博物志校证》,北京:中华书局,2014年,第38页。

还入母腹……”又曰:“鲛鱼,鲛子惊则入母腹中。”①可为证。与多数鱼类相较,鲛鱼的繁殖习性确实很不一般,陆佃《尔雅新义·释诂》即言“鲛鱼胎生”②。大多数魟鱼属卵胎生鱼类,即雌鱼不产卵,直接产下幼鱼,与陆说合。而某些鲨鱼也以胎生或卵胎生方式繁殖,所以时有腹中含幼鱼胚胎的雌鲨和魟鱼遭捕获,更有雌鱼被捕受惊后将腹中幼鱼产出③,或与幼体一同被捕获的报道④。故而汉晋隋唐人认为鲛、鳍的幼鱼在出世后仍可钻回雌鱼腹中,应是未详魟鱼、鲨鱼的胎生或卵胎生习性及受惊产子的情况,进而产生误解。

又及,今有学者认为“鲛”与“蛟”“狡”等“均从声符‘交’得凶猛义”⑤,但既然古时鲛鱼指并不凶猛的魟鱼,故此说可商。从“交”得声的字有相交、交错之意,魟鱼皮正珠文错杂,《逸周书·王会》孔晁注曰:“鲛,文鱼也。”⑥则明人李时珍以为“鲛”得名于“皮有沙,其文交错鹊駮”⑦当仍有所据。

3、魟鱼与鲨鱼:浅论“鲛鱼”指称对象的演变

洪纬注意到一些唐宋文献对“鲛”的描述与魟鱼一致,但未考证出其原指魟鱼,而径直当做鲨鱼古称予以研究⑧。其实,美国汉学家薛爱华(Edward Hetzel Schafer)在其著作中已提到唐代宋初文献所载鲛鱼应是魟鱼,并论及鲛鱼皮的贡赋和使用⑨。而虽然鲛鱼即鲨鱼古称的看法在后世深入人心,但清人聂璜还是早已发现了其中端倪,其所著《海错图》言:

①〔唐〕段成式撰,方南生点校:《酉阳杂俎》,北京:中华书局,1981年,第164页。

②〔宋〕陆佃:《尔雅新义》,北京:中华书局,1985年,第30页。

③杨纪明:《渤海最大的临产光魟捕获记录》,《海洋科学》,2000年第5期。

④广西壮族自治区水产研究所、中国科学院动物研究所《广西淡水鱼类志(第2版)》(南宁:广西人民出版社,2006年,第57页),李明德《鱼类分类学(第2版)》(北京:海洋出版社,2011年,第52页),甘西《中国南方淡水鱼类原色图鉴》(郑州:河南科学技术出版社,2017年,第1页)等书称雌性赤魟有护幼行为,“小魟出生后吸附于母体胸部周围,长大后才脱离母体独立生活”。但经笔者询问多位鱼类研究学者,似并未证实赤魟有这样的习性。

⑤赵修:《说“駮”》,《南开语言学刊》,2016年第1期。

⑥黄怀信,张懋镕,田旭东:《逸周书汇校集注(修订本)》,第910—912页。

⑦〔明〕李时珍:《本草纲目》,北京:人民卫生出版社,1975年,第2468页。当然,李时珍对鲛鱼的认识其实有误,见下文。

⑧洪纬:《中国古人对鲨鱼认识的演变》,《中国农史》,2014年第4期。

⑨Edward H. Schafer, Benjamin E. Wallacker: *Local Tribute Products of the T' ang Dynasty* , Journal of Oriental Studies(《东方文化》), Vol. 4(1957 and 1958);(美)薛爱华著,程章灿、叶蕾蕾译:《朱雀:唐代的南方意象》,上海:三联书店,2014年,第445—446页;(美)薛爱华著,吴玉贵译:《撒马尔罕的金桃——唐代舶来品研究》,北京:社会科学文献出版社,2016年,第287—288页,吴玉贵将该书的“shark”译为“鲨鱼”,但依作者的研究及表述,当宜译作“鲛鱼”。

> 魟鱼,《尔雅》及诸类书不载,韵书亦缺,盖其字不典,不在古人口角也。匪但经史中无此,即诗赋内亦罕及,独《汇苑》因《闽志》采入《字汇》,注“魟鱼”曰:“鱼,似鳖。”义尚未尽。《尔雅翼》解“鲛鱼”曰:“似鳖,无足有尾。”此正魟状也。而又曰:“今谓之鲨鱼。”则辗转相讹矣。不知古人典籍虽鲜魟字,然《江赋》“鲼鱼”注曰:“口在腹下而尾有毒。”尤为魟鱼传神写照。昔人既不解魟,又失详鲼义,尝执“鲛鲨”二字以混魟鱼,致使诸书训诂一概不清,每令读者探索无由,多置之不议不论而已①。

聂璜敏锐地察觉到《尔雅翼》所记鲛鱼“似鳖”而“无足有尾”正是魟鱼之形貌,认作鲨鱼“则辗转相讹矣”,其说一语中的②。然恐因未进行更细致的文献梳理和考证,他的论断也尚有未尽之处。

首先需指出,先秦时的“鲨”并非鲨鱼,而指淡水鱼“吹沙”③。《说文·鱼部》虽收从鱼沙省声的“魦”,但仅谓其“出乐浪潘国”④,它书亦鲜有用例。魏晋时与“鲛”有所关联其实是“䱜”。或因二者皆鱼皮粗错,“育幼”行为也相近,故形虽不似,但《山海经》郭注仍谓“鲛”乃“䱜鱼类也”。䱜鱼皮在魏晋以降似也用以饰刀剑,李白《醉后赠从甥高镇》谓:“匣中盘剑装䱜鱼,闲在腰间未用渠。”⑤但恐不排除所谓“䱜”其实是“鲛”,因为唐代本草著作已将它们视作一物。如孙思邈《千金翼方·本草下·虫鱼部》曰:“【鲛鱼皮】主蛊气,蛊疰方用之。即装刀靶䱜鱼皮也。”⑥王焘《外台秘要》载《古今录验》“疗食鯸鮧伤毒欲死方”亦曰:“取鲛鱼皮烧之,无皮坏刀装取,烧,饮服之。䱜鱼皮也。”⑦这种杂糅在唐以前也已现端倪,《太平御览》引《南越记》称“䱜鱼,南越谓为环雷鱼,长二丈”云云,但

①故宫博物院:《故宫海错图》,北京:故宫出版社,2014 年,第 122,138 页。

②张辰亮:《海错图笔记·叁》,北京:中信出版集团,2019 年,第 12—21 页。张辰亮从聂璜的记录出发,对“鲛”“魟”与“鲨”的混淆情况已有所讨论,可参阅。

③〔晋〕郭璞注,〔宋〕邢昺疏:《尔雅注疏》,〔清〕阮元校刻《十三经注疏》,北京:中华书局,1982 年,第 2640 页。“吹沙”或曰即虾虎鱼,或言乃棒花鱼。

④〔汉〕许慎撰,〔宋〕徐铉校:《说文解字(附音序、笔画检字)》,第 244 页。

⑤郁贤皓校注:《李太白全集校注(叁)》,南京:凤凰出版社,2015 年,第 1286 页。

⑥〔唐〕孙思邈撰,朱邦贤等校注:《千金翼方校注》,上海:上海古籍出版社,1999 年,第 111 页。《千金翼方》卷一至四论药物,引录了《新修本草》的大部分内容,“鲛鱼皮”正是《新修本草》新增的药。不过,尚志钧据《证类本草》“鲛鱼皮”条下注有《海药本草》谨按:“《名医别录》云:‘生南海……皮上有真珠斑。’”认为《新修本草》所增的“鲛鱼皮”一药当出自《名医别录》(尚志钧辑校:《名医别录(辑校本)》,北京:中国中医药出版社,2013 年,第 246 页)。

⑦〔唐〕王焘撰;高文铸校注:《外台秘要方》,北京:华夏出版社,1993 年,第 615 页。

又说“其腮鳞皮有珠文,可以饰刀剑口”[①],似近乎鲛鱼。

今之鲨鱼唐宋时又称“沙鱼”,应同样得名于粗糙如起沙的鱼皮,文献中也常与“鲛”相混。《重修政和经史证类备用本草·虫鱼部中品》“鲛鱼皮”条引唐陈藏器《本草拾遗》云“一名沙鱼,一名腹鱼”,又:“鰒鱼皮,是装刀靶者,正是沙鱼也。……沙鱼一名鲛鱼,子随母行,惊从口入母腹也,其鱼状貌非一,皮上有沙,堪揩木,如木贼也。”还引北宋苏颂《图经本草》曰:“鲛鱼皮,旧不著所出州土。苏恭云‘出南海,形似鳖,无脚而有尾’、《山海经》云‘鲛,沙鱼,其皮可以饰剑’是也。今南人但谓之沙鱼。然有二种,其最大而长喙如锯者,谓之胡沙,性善而肉美;小而皮粗者,曰白沙,肉强而有小毒。……然皆不类鳖,盖其种类之别耳。”[②]陈藏器谓“其鱼状貌非一”,苏颂则用“种类之别耳”解释为何“胡沙”和“白沙”二种与前人所记有异,应代表了当时较普遍的看法[③]。该书蒙古定宗四年晦明轩刻本“鲛鱼皮”的配图也全然不似魟鱼(图4:1)。前引《千金翼方》《外台秘要》皆称“鲛”即“鲭”而未提及“沙鱼”,然依此引陈藏器言则“沙鱼”之名至少在开元以前也应已被使用和记录。而南唐徐锴《说文解字系传·鱼部》又释“鲨”字曰:“今沙鱼皮有珠文,可饰刀把……”[④]鲛鱼皮的“珠文”已成沙鱼皮所有,时人或多不识“珠文”为何意。北宋陈彭年等《大广益会玉篇》也以“鲛鱼”训“鲨”[⑤]。寇宗奭《本草衍义》则称两类体型本应相差较大的鱼为“皮一等,形稍异”[⑥]。南宋戴侗《六书故·动物四》称“鲛”为“海鱼,鲨类”[⑦]。

而“魟”字在唐以前或业已被记录。现存原本《玉篇》残卷“鱼部”因残损未见该字,但日本沙门空海仿《玉篇》所编《篆隶万象名义》却有收录:“魟,(似)鳖,可食。”[⑧]唐王仁

①〔宋〕李昉:《太平御览(九)》,上海:上海古籍出版社,2008年,第365页;骆伟,骆廷辑注:《岭南古代方志辑佚》,广州:广东人民出版社,2002年,第168页。《南越记》应即南朝宋沈怀远所撰《南越志》,唐代类书《艺文类聚》《初学记》等已有对该书内容的征引。

②〔宋〕唐慎微等:《重修政和经史证类备用本草》,第434页。今本《山海经》无“鲛,沙鱼”的说法,此恐是误记。

③据描述,胡沙应是锯鳐(*Pristis*)。

④〔五代南唐〕徐锴:《说文解字系传》,北京:中华书局,1987年,第230页。

⑤王平,刘元春,李建廷:《〈宋本玉篇〉标点整理本(附分类检索)》,上海:上海书店,2017年,第392页。

⑥〔宋〕寇宗奭撰,颜正华等点校:《本草衍义》,北京:人民卫生出版社,1990年,第123页。

⑦〔宋〕戴侗撰,党怀兴、刘斌点校:《六书故》,北京:中华书局,2012年,第460页。

⑧〔日〕释空海:《篆隶万象名义》,北京:中华书局,1995年,第250页。“似”字据吕浩《〈篆隶万象名义〉校释》(上海:学林出版社,2007年,第400页)补。

昫《刊谬补缺切韵》亦载："魟，河鱼，似鳖。"①北宋《重修广韵》同②，晚一些的《集韵》言："魟，鱼名，似鳖"③。故聂璜谓"魟鱼"乃"类书不载，韵书亦缺"当不确。不过宋以前确实鲜见有关"魟"的具体描述，《酉阳杂俎 · 支动》所记"黄魟鱼，色黄无鳞，头尖，身似大槲叶，口在颔下，眼后有耳，窍通于脑，尾长一尺，末三刺甚毒"④已是十分少有的一例。

南宋有关"魟"的记录增多，所述几与鲛无异。陈耆卿《嘉定赤城志 · 风土门一》即曰："魟，形圆似扇，无鳞，口向下，尾长于身。"⑤但宋人也并非全然不知"鲛"指魟鱼，前举北宋成书的《太平寰宇记》与《埤雅》对鲛鱼的描述就仍十分准确。罗濬等撰《（寶庆）四明志 · 叙产》谓"魟鱼，形圆似扇，无鳞，色紫黑，口在腹下，尾长于身，如狸鼠"，但仍指出："其最大曰鲛魟，即与鲛鱼可错靶者同是，鲛与魟皆一类矣。"⑥可见，南宋时仍有人了解鲛、魟之关系，并将鲛归为魟的一种。

这些记录间的扞格抵触为考察"鲛鱼"指称的演变制造了不小的障碍，也说明当时仍未形成统一说法。这或是由于随着经济重心的逐渐南移，拥有话语权的士人有更多机会关注南方临海物产，而古人著书又十分重视前人记录，不少内容辗转相抄，广为摘录，所以宋人对"鲛鱼"的描述既有对前代说法的继承，也有对时人看法的总结，加之各地说法不一，各书取材不同，从而呈现"百家争鸣"的局面。聂璜提到《尔雅翼》中的记录即较为典型。该书《释鱼三》"鲛"字条开头说："鲛，出南海。状如鳖而无足，圆广尺余，尾长尺许。皮有珠文而坚劲，可以饰物。"明显是描述魟鱼，但又说"今总谓之沙鱼。大而长喙如锯者，名胡沙……小而皮粗者，曰白沙……"云云则应源自《图经本草》。而后还将前人有关鲛革、鲛蔽、鲛饰刀甚至鲛人等描述一并纳入，更以为"鲛，一名䱜，谓之鲛䱜鱼"，还自圆其说道："惟《吴都赋》既有鲛又有鱕䱜，故释者以'背上有甲，珠文坚强，可以饰刀口、为鑢'者为鲛；其'有横骨在鼻前，如斤'者为鱕䱜。"并联系上䱜子出入母腹的说法⑦。所述粗看之下似颇为合理晓畅，实则古今杂糅，未得确指。

元明时人多承袭前人说法。如元人贾铭《饮食须知》曰："鲛鱼，……即沙鱼皮，可饰刀剑。"明冯复京《六家诗名物疏》言："今鲛鱼出南越，状似鳖而无足，……有大小二种，

①龙宇纯：《唐写全本王仁煦刊谬补缺切韵校笺》，香港：香港中文大学出版社，1968 年，原书摹本。

②周祖谟：《广韵校本》，北京：中华书局，2011 年，第 34 页。

③赵振铎：《集韵校本》，上海：上海辞书出版社，2012 年，第 19 页。

④〔唐〕段成式撰，方南生点校：《酉阳杂俎》，北京：中华书局，1981 年，第 278 页。

⑤〔宋〕陈耆卿：《嘉定赤城志》，北京：中国文史出版社，2008 年，第 396 页。

⑥〔宋〕罗濬等：《（宝庆）四明志》，中华书局编辑部编《宋元方志丛刊》（第五册），北京：中华书局，1990 年，第 5042 页。

⑦〔宋〕罗愿撰，石云孙校点：《尔雅翼》，合肥：黄山书社，2013 年，第 351—352 页。

总谓之沙鱼。”李时珍《本草纲目》则记“鲛鱼”之异名有“沙鱼、䱜鱼”等，还广引前人著录，曰：“古曰鲛，今曰沙，是一类而有数种也，东南近海诸郡皆有之。”他谓鲛鱼“形并似鱼，青目赤颊，背上有鬣，腹下有翅”仍完全是鲨鱼形貌，称“大者尾长数尺，能伤人”，当是因鲨鱼尾无毒刺而做的变通；既言鲛“皮皆有沙，如真珠斑”，又说“其背有珠文如鹿而坚强者，曰鹿沙”，更应是未详鲛鱼背部“珠文”乃魟鱼盾鳞的真相①。书中“鲛鱼”配图亦据前人（图 4:2）。还有混淆更甚者，如冯时可《雨航杂录》既已记各种“魟”与“鲨”，又另起“䱜鱼”条目整合了前人对两种鱼的描述，谓其“长二丈，大数围，小者圆广尺余，状如鳖，无足，背粗错有文，皮皆可鑢物。……一名鲛鱼，皮间有珠，可饰剑”②。最奇特的恐要数王圻父子所编《三才图会》，其中对“鲛鱼”的描述已讹作“状似鼍而无足，背文如龟，但粗错，皮间有珠”，配图中“鲛珠在皮”的龟背怪鱼更是前所未见（图 4:3）③。

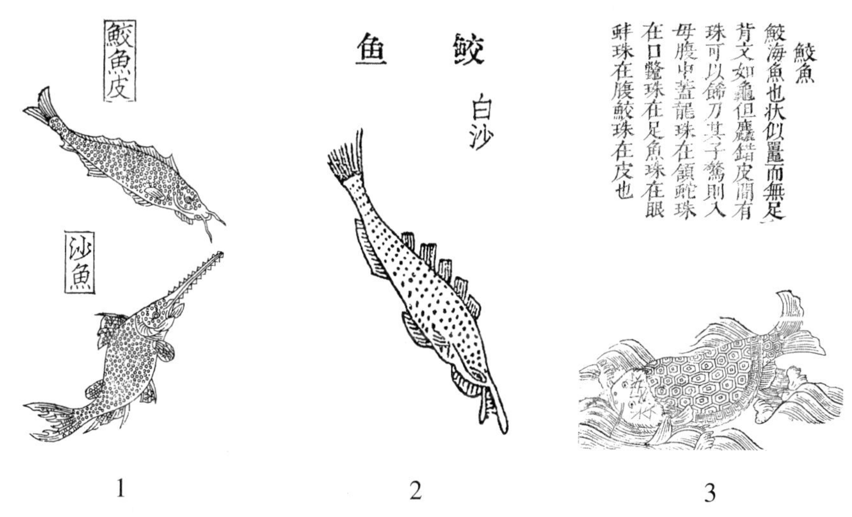

图 4　古籍中的“鲛鱼”配图

1.《重修政和经史证类备用本草》　2.《本草纲目》　3.《三才图会》

而以为鲛鱼即鲨鱼的看法则在明清时日趋盛行。如明汤日昭《（万历）温州府志 · 食货志》同时列“鲨鱼”与“鲛鱼”，但又注：“《山海经》谓：鲛，鲨，皮可饰剑。则鲛、鲨一种也。”④后方以智《通雅 · 动物（鱼）》谓：“鲛，海沙鱼之大者也。……柯古曰：海鱼千岁为

①〔明〕李时珍：《本草纲目》，第 2468—2469 页。

②〔明〕冯时可：《雨航杂录》，北京：中华书局，1985 年，第 32 页。

③〔明〕王圻，王思义：《三才图会》，上海：上海古籍出版社，1988 年，第 2268 页。

④〔明〕汤日昭：《（万历）温州府志（一）》，四库全书存目丛书编纂委员会《四库全书存目丛书 · 史部二一〇》，济南：齐鲁书社，1996 年，第 577 页。

剑鱼，一名琵琶鱼，一名虎鱼，即大鲨也。”①仍落脚于鲛即鲨鱼。段玉裁《说文解字注》谓魦“状不可得”，且“魦、鲛二篆不相连属”，似在质疑“或云(魦)即鲛鱼”，但又释“鲛”称“许有魦字，云从沙省，盖即此鱼”，所以他自己恐怕也没完全弄清这个问题，而同样称鲛“今所谓沙鱼，所谓沙鱼皮也。……其皮可磨错，故通谓之鲭鱼”②。李调元《然犀志》称“沙鱼，古名鲛鱼，一名珠鲛。……又名鲭鱼”，还指出“苏恭谓鲛形似鳖无脚有尾者”是“失其状矣”，实乃未详前人所记③。李元《蠕范》云：“鲛，鲨也，鲭也……似鳖，哆口，无鳞无足，有尾，胎生。大者长丈许……”仍杂糅前人描述，又谓“其翅味美，谓之新妇臂”，应是称赞鲨鱼“鱼翅”④。即便长于训诂考据的郝懿行在《山海经笺疏》中亦称“鲛鱼，即今沙鱼”⑤。

大体看来，古人将二者混淆，应是由于著书立说者大多难以亲眼得见鲨与魟之实体，所接触的多是经处理或已被饰于刀剑之上的鱼皮，故多不知鲛、鲭之异，又因二者皮皆粗糙而混同；同时，“沙鱼”这一称谓较“鲭鱼”更被广为接受，加之“魟”分担甚至取代了“鲛”指“形圆似扇”的魟鱼，也更使人不明所以，鲛鱼自然也就“变为”鲨鱼了。

然仍有精于考证者提出异议。明徐𤊹《笔精·杂记》“鲛鱼皮”条言：“吾闽产铜铁，铸刀剑甲天下。剑鞘以鲛鱼皮为之，坚硬如石。”更明确指出：“海中有鱼名鲛鱼，或以为鲨鱼皮，非也。”⑥徐氏为福建闽县人，所言应有实际经验，当源自刀剑匠人因工艺传承而对鲛鱼皮尚有了解。清人聂璜著《海错图》时更常常实地考察，对照写生，故能发现前人所述之“鲛”应是“魟”。而所录魟鱼中，有一种特意绘出背部珠文，旁有《珠皮鲨赞》：“魟背珠皮，实饰刀剑。误指为鲨，前人未辨。”并予以辨明道：“珠皮魟，大者径丈，其皮可饰刀鞬，今人多误称鲨鱼皮，不知鲨鱼皮虽有沙不坚，无足取也。”⑦

可无论徐𤊹还是聂璜都没有在提出异议的基础上对“鲛鱼”加以详考，《海错图》亦流传不广，后又入藏大内，故所知者甚少。但其说未能引起关注的根本原因还应是鲛鱼为鲨鱼古称的看法在当时几乎已是约定俗成的观念，各书也多以鲨鱼、魟鱼为条目，少见

①〔明〕方以智：《通雅》，北京：中国书店，1990 年，第 574 页。

②〔清〕段玉裁注，许惟贤整理：《说文解字注》，第 1007—1008 页。

③〔清〕李调元：《然犀志》，北京：中华书局，1985 年，第 6 页。

④〔清〕李元：《蠕范》，四库未收书辑刊编纂委员会《四库未收书辑刊·拾辑·拾贰册》，北京：北京出版社，1997 年，第 687 页。

⑤〔清〕郝懿行笺疏，范祥雍补校：《山海经笺疏补校》，第 200 页。

⑥〔明〕徐𤊹撰，沈文倬校注，陈心榕标点：《笔精》，福州：福建人民出版社，1997 年，第 325 页。

⑦故宫博物院：《故宫海错图》，第 122、138—139 页。当然，聂璜称“凡魟系胎生，……以其腹窄，故不多，亦不能如鲨鱼朝出而暮入也。生出即能随母鱼游跃，以栖托于腹背之间”仍欠准确。不过书中解说各类鲨鱼虽也引《说文》“鲛，海鱼”，但皆未言“状似鳖”云云而自有描绘，确实更见考证之功。

单列鲛鱼者，仅凭某几位考据家的成果实难以撼动，而作为历史发展的结果，亦无需强行更易①。

经由以上梳理分析，可知从先秦至隋唐，“鲛鱼”应主要指体形扁圆，背有盾鳞，尾细长而有毒刺的魟鱼。魟鱼本身虽不大为人所熟知，但对其皮张的利用却延续至今。今人普遍将“鲛鱼”认为是鲨鱼古称则应源自唐宋以来人们对鲛、鲭、魟、沙鱼等称谓概念在认知理解上的偏差与混淆，而今字典辞书对“鲛”或“鲛鱼”义项的收入也基本缺少“魟鱼”一项，应予以补充。

A Brief Study of "Jiao yu" from Ancient Chinese literature

Ou Jia

(Southwest University)

Abstract: By researching the records of "Jiao yu(鲛鱼)" in the documents from the pre-Qin to the Song Dynasty, this paper discriminates the relevant meanings of "Jiao(鲛)" and "Jiao yu" in ancient literature, and re-study and analyses shape, skin, habitat and habits of "Jiao yu" from description of the ancients combined with the observation records of modern zoology. In ancient times, "Jiao yu" can be collectively called "huge fish" and named as a specific fish, "Jiao(鲛)" and "Jiao(蛟)" of "Jiao long(蛟龙)" are interchangeability of words. The "Jiao yu", as a name of a specie of fish, is not shark, and it should mainly refer to ray with flat-bodied, slender tail and poisonous spines. The so-called "skin with beads" of Jiao yu is actually special placoid scale in the skin of stingray. In addition, the article also explores the origin of the concept--seeing "Jiao yu" as the ancient name of shark by combing relevant literature from Wei, Jin to Ming and Qing Dynasties.

Keywords: Jiao yu(鲛鱼); Stingray; Shark; Evolution of meaning

---

①由于受到书籍类型、文章体裁、创作时代、作者背景、生活地域等诸多因素的影响，历史上有关鲛鱼、鲨鱼、魟鱼等的记录其实十分复杂，加之两宋以来的传世文献汗牛充栋，故辨析讨论不易。至于聂璜提到的“鲼”，及唐宋以来古人对魟鱼、鲨鱼和其他软骨鱼的认识其实也十分丰富多彩，将另撰文做进一步讨论。

酪考*

王建莉

(中国传媒大学人文学院)

提要:"酪"在《汉语大字典》《汉语大词典》等辞书中存在释义含混、缺漏义项、义项排列顺序不当等问题。通过考释,我们认为"酪"之释义应为:①醋浆。②乳汁。或指乳汁干燥制成的奶豆腐、奶干等。③酸奶,发酵剂。第一个义项"醋浆",源于其原材料奶汁。第二个和第三个义项均从第一个义项引申而出。由此上述辞书释义应修正。古汉语中,"酪"并不表示奶酪(cheese)。奶酪,又名干酪,是一种发酵的牛奶制品。其性质与常见的酸牛奶有相似之处,都是通过发酵过程来制作的,也都含有可以保健的乳酸菌,但是奶酪的浓度比酸奶更高,近似固体食物,营养价值也更加丰富。古汉语的"干酪"指奶干,不同于现代意义的干酪。"酪",约在清末民国初年发展出双音词"奶酪",即现蒙古族有时用来指称的奶豆腐、奶干。

关键词:酪;醋浆;乳汁;酸奶;奶酪

"酪"在现代表示奶酪,即用牛、羊乳做成的半凝固食品。古代汉语中,它表示的意思与此不同,但目前的辞书释义多不准确。《汉语大字典》解释"酪"的第一个义项为:"用牛、羊、马等乳炼成的食品。"第二个义项为:"酢截,即醋。"①《汉语大词典》释"酪"的第一个义项为:"用牛羊马等的乳汁炼制成的食品。有干湿二种,干者成块,湿者为浆。"第二个义项为:"醋。"②这两部辞书第一个义项的解释基本一致,都有"炼"的工序,即用动

---

* 该文为内蒙古自治区"草原英才"工程国学经典普及传播研究创新人才团队(内组通字[2018]19号)项目阶段性成果。

①徐中舒等:《汉语大字典》(中),四川:四川辞书出版社,湖北:湖北辞书出版社,1995年,3581页。

②汉语大词典编辑委员会、汉语大词典编纂处:《汉语大词典》,上海:汉语大词典出版社,2001年,第六卷下册1408页。

物的奶汁制成的半凝固食品或凝固食品。查考古代文献,这一释义含混。还存在缺漏义项的问题。义项排列顺序也不当。目前,关于酪的演变发展过程,学术界多从奶业史的角度进行研究,部分成果重视其成分分析,具有客观性,显示了较高的科学价值①。这为我们认识酪提供了有益的借鉴。少数学者从语言学角度考释“酪”,分析了这个词的“醋浆”义以及得名之由。总起来看研究很粗浅②。目前对“酪”的训诂学、词汇学、辞书学研究成果还很少。本文对“酪”的义项引申以及与之有关的词汇演变进行历时考查。

一、酪,醋浆

中国的乳文化源远流长,“可能起源于新石器时代早期的北方畜牧业地区,经过民族饮食文化习俗的交流传播,到春秋时代已经越过了黄河流域而到达长江流域。也就是说,中国古代的广大地区都曾经有饮食奶制品的习俗了”③。早在殷商时期先民就食用乳品了④。

约在春秋时期,“酪”就出现在有关文献中,其义与乳汁有密切关系。《楚辞·大招》:“鲜蠵甘鸡,和楚酪只。”东汉王逸章句:“酪,酢截也。言取鲜洁大龟烹之,作羹,调以饴蜜,复用肥鸡之肉,和以酢酪,其味清烈也。”宋洪兴祖补注:“酪,乳浆也。截,音载,浆也。”王逸释以“酢截”,即为醋浆。而洪兴祖释以“乳浆”,显然是酸味的乳制品。《汉语大词典》将这一书证放在“酪”字第一个义项下⑤。我们认为《楚辞》中的“酪”,表示醋浆。其制作原材料应是乳汁,是乳汁自然发酵后所得的酸味成分(相当于酸乳清),半透

①例如,有的从乳业史的角度进行研究。刘成果等从“新石器时代至汉代的畜牧业”“魏晋南北朝时期的奶业与奶类食品”“隋唐五代宋辽金元时期的奶业与奶类食品”等阶段,论述了奶食的制作、食用、传播等问题(参见刘成果《中国奶业史》,中国农业出版社,2013年)。张和平较为详细地论述了中国古代乳制品的加工制作方法及发展过程(参见张和平、秦立虎、孙天松《中国古代的乳品加工技术》,载李士靖《中华食苑》(第九集),中国社会科学出版社,1996年,135—142页)。有的针对古代专书的乳品制作进行研究。门大鹏专门论述了《齐民要术》中的乳酸菌制作方法,指出:“在乳中进行的乳酸发酵……使酪蛋白沉淀,这是制造干酪的方法之一。”(门大鹏《〈齐民要术〉中的乳酸发酵》,《微生物学报》1977年第2期,83—88页)。

②参见许良越:《释“酪”》,《西南民族大学学报》,2009年第4期,第282页。

③刘成果:《中国奶业史》,北京:中国农业出版社,2013年,第10—11页。

④温少峰、袁庭栋:《殷墟卜辞研究——科学技术篇》,成都:四川省社会科学院出版社,1983年,第234—237页。

⑤汉语大词典编辑委员会、汉语大词典编纂处:《汉语大词典》,上海:汉语大词典出版社,2001年,第六卷1408页。

明。醋是经发酵酿制而成的一种酸味液体调料。酪从形态与口味上看,属于醋。它的营养成分较高,用于调味。洪兴祖的解释不当。乳在中原地区的广泛使用,为醋的制作提供了充足的材料来源。《楚辞》中特别强调了“楚酪”,即以“楚”修饰“酪”,说明不是从北方运输过来,而是楚地生产的,且有了一定的规模。醋浆入菜谱,在当时已经比较盛行。

故训容易将“酪”之醋浆义混淆为乳浆义。有的儒者对此很关注,并且做了辨释。《礼记·杂记下》:“功衰,食菜果,饮水浆。无塩酪不能食,食塩酪可也。”郑玄注:“酪,酢截。”陈澔集说:“训乳浆,非。截也。”陈氏在此明确指出“酪”不表示乳浆。“酪”的这类例子较多。《礼记·礼运》:“以亨以炙,以为醴酪。”郑玄注:“酪,酢截。”《孔子家语·问礼》:“以炮以燔,以烹以炙。以为醴酪。”三国王肃注:“醴,醴酒。酪,浆酢。”

《说文》无“酪”字,先秦文献中却有“酪”。古代儒者从用字角度分析了“酪”表示醋浆的原因。清段玉裁《证俗文·酪》:“《说文》:‘截,酢浆也。’盖经典无酪酥之制,《说文》亦无酪酥之字,故并以酸浆为酪也。又《说文》:‘酢,醶也。’……关东谓酢曰酸。”“酢”,即醋。段玉裁所言“酸浆”即醋浆。清夏味堂《拾雅·释器上》:“漿、酪、酢,截也。”这个同义词条中,“酪”与其它三个词意义相同,都表示醋浆。在上古音韵中,“酪”“酢”“醋”都属铎部,“酢”“醋”为旁纽,“酪”是来母。“酢”“醋”二者旁纽叠韵,应是同源词。“酪”与这两个词是同义关系。“酪”“酢”“醋”都是形声字,都从“酉”,形符内含发酵义。醋浆应是“酪”的本义。

二、酪,乳汁,或干燥后的奶干、奶豆腐等乳制品

到汉代,“酪”从本义醋浆引申出乳汁义。亦指干燥后的奶干、奶豆腐等乳制品。汉代匈奴繁衍生息于中国北方阴山一带。他们饮食以肉、乳为主。乳多称为“酪”。《史记·匈奴列传》:“得汉食物,皆去之,以示不如湩酪之便美也。”裴骃集解:“湩,乳汁也。”文中“湩”与“酪”是同义连用,均表示乳汁。《史记·匈奴列传》记载汉孝文皇帝向匈奴单于和亲,当时陪嫁使者中行说云:“匈奴父子乃同穹庐而卧……匈奴之俗,人食畜肉,饮其汁,衣其皮;畜食草饮水,随时转移。”之后六十年,江都公主嫁与乌孙昆莫,在《汉书·西域传》中记载她作歌曰:“以肉为食兮酪为浆”。显然,这句与上句中的“人食畜肉,饮其汁”同出一辙。“酪”指的是乳汁。“酪为浆”意思是酪做成酸味的饮料。在其他相关文献中也有类似记载。《汉书·鼂错传》:“夫胡貉之地,积阴之处也,木皮三寸,冰厚六尺,食肉而饮酪,其人密理,鸟兽毳毛,其性能寒。”又:“胡人食肉饮酪,衣皮毛。”汉东方朔《海内十洲记》:“一洲之水味如饴酪,至良洲者也。”汉班固《汉武帝内传》:“北汲太玄之

酪,中握二仪之脉。”汉王充《论衡·超奇》:“俗好高古而称所闻,前人之业,菜果甘甜;后人新造,蜜酪辛苦。”

在汉代,几乎看不到“乃(或奶、嬭)”表示奶汁义的文献用例。而“乳”“湩”“酪”均可表示乳汁,均见于文献用例。“湩”的使用主要集中在江南,为方言词。《说文·水部》:“湩,乳汁也。”《穆天子传》卷四:“因具牛羊之湩,以洗天子之足。”郭璞注:“湩,乳也。今江南人亦呼乳为湩。”加拿大汉学家蒲立本(Edwin George Pulleyblank)认为汉语中的“湩”来自匈奴语①。史有为认为“湩酪(湩音 zhòng)”表示乳,是来自匈奴语的外来词,原词不详②。这两人的说法证据不足。古文献中明确记载“湩”是方言词,更为可信。“乳”的文献用例较少。《古今韵会举要·麌韵》引《增韵》:“乳,湩也。”《史记·张丞相列传》:“苍之免相后,老,口中无齿,食乳,女子为乳母。”“酪”与“湩”“乳”相比,主要用于北方,在描写北方少数民族饮食的文献中多用这个词。

“酪”在汉以后,仍然延续了乳汁义。《后汉书·乌桓传》:“食肉饮酪,以毛毳为衣。”明刘基《多能鄙事·饮食类》:“酪五升下锅,烧滚,入冷醋浆水半升,自成块。”清张佩纶《涧于集·致陈弢庵阁部》:“塞上酪佳材,官回津寄奉乳饼两合。”

到中古时期,“酪”作为语素发展出双音词,保留了乳汁义。用马牛羊等乳汁可制成酒,称为“酪酒”。北齐颜之推《颜氏家训·勉学》:“又《礼乐志》云:‘给太官挏马酒。’李奇注:‘以马乳为酒也,揰挏乃成。’……揰挏,此谓撞捣挺挏之,今为酪酒亦然。”“酪肉”,指谓牛羊肉和乳。宋王安石《临川集·胡笳十八拍》:“饥对酪肉兮不能餐,强来前帐临歌舞。”“酪粥”,和以牛羊等乳汁的粥。宋梅尧臣《送刁景纯学士使北》:“朝供酪粥冰生椀,夜卧毡庐月照沙,侍女新传教坊曲,归来偷赏上林花。”

“酪”还可指牛羊乳的干制品,奶汁熬干后即成。也就是今天蒙古族家庭自制的奶干。《太平御览》卷三十一引《汉官仪》云:“杨恽闲居,养羊酤酪,以供伏腊之费。”这说的是汉宣帝时,司马迁的外孙、平通侯杨恽因故被贬为庶民,为了解决家庭生计,回到家乡养羊,挤羊奶作成奶干,拿到市场上贩卖,以补贴家用。由此可知,奶干是市场中的一种常见食品。在这个意义上,“酪”发展出双音词“干酪”。北魏贾思勰《齐民要术·养羊》:“作干酪法:七月八月中作之。日中炙酪。酪上皮成,掠取;更炙之,又掠。肥尽无皮,乃止。”从中看到,“干酪”没有发酵炼制的过程,只是干燥而已。唐朝鼎盛时期,西域通过“丝绸之路”或通过海上其他途径,向朝廷进贡的礼品中就有乳制品干酪。《新唐书·地

①蒲立本著,潘悟云、徐文堪译:《上古汉语的辅音系统》,北京:中华书局,1999 年,第 180 页。

②史有为:《异文化的使者——外来词》,上海:上海辞书出版社,2004 年,第 46 页。

理志》:“(茂州通化郡)土贡:…… 当归、干酪。”

与“干酪”相关的,还有一词,称作“漉酪”。“漉酪”一词出现在《齐民要术 · 养羊》中,记载了作漉酪法:“八月中作。取好淳酪,生布袋盛,悬之,当有水出滴滴然下。水尽,著铛中暂炒,即出于盘上,日曝。浥浥时作团,大如梨许,亦数年不坏。”清屈大均《翁山文外 · 自代北入京记》:“男妇皆蒙古语,有卖干湿酪者、羊马者、氂皮者、卧两骆驼中者、坐奚车者、不鞍而骑者。”这相当于蒙古族的奶豆腐。“干酪”与“漉酪”,均未通过发酵,都是固态奶制品,经过杀菌干燥后,数年不坏。两者的区别在于,前者是脱脂奶制品,后者是全脂。“干酪”与“漉酪”中的“酪”都表示奶汁义。

三、酪,酸奶,发酵剂

汉代以后,“酪”由本义醋浆引申出又一新义,表示酸奶,即酸味的乳制品。《说文新附 · 酉部》:“酪,乳浆也。”“酪”,亦作“㲕”。《集韵 · 铎韵》:“酪,《说文》:‘乳浆也。’或从乳,亦省。”“浆”在古代是一种微酸的饮料。“乳浆”即为一种带酸味的乳饮料,即酸奶。它具有很好的保健养颜功效。《释名 · 释饮食》:“酪,泽也,乳汁所作,使人肥泽也。”清王先谦证补:“毕沅曰:‘酪于《说文》在新附字中,疑古者借用洛字。’……羊乳曰酪。是汉时有酪字,许书未收。毕沅曰:乳汁所作,今本误作乳作汁,所据《艺文类聚》《御览》引改。”《广雅 · 释器》:“酪、䤃、䣽,浆也。”

最早详述酸奶制作过程的是北魏贾思勰的《齐民要术 · 养羊》,该篇记载了“作酪法”,即为作酸奶法。云:“大作酪时,日暮,牛羊还,即间羔犊,别著一处,凌旦早放,母子别群,至日东南角,噉露草饱,驱归捋之。”酸奶制作的步骤是加热杀菌,然后冷却,再卷去酥(即奶皮),再过滤,再添加发酵剂“酪”。又云:“大率熟乳一升,用酪半匙,着杓中以匙痛搅,令散泻,着熟乳中,仍以杓搅使均,调以毡絮之属,茹瓶令煖,良久以单布盖之,明旦酪成。”原文“大作酪时”“明旦酪成”中的“酪”都表示酸奶,呈半流质状。又:“抨酥,酥酪甜醋皆得所,数日陈酪极大醋者亦无嫌,酪多用大瓮,酪少用小甕。”从《齐民要术》记载看,“酪是用乳发酵产生乳酸,酸使蛋白质凝结沉淀而制成的”①。“酪”这一乳制品,“相当于现在蒙古族家庭自制的酸奶子(Sour milk)或现今利用乳酸菌(lactic bacteria)纯培养

①万国鼎:《齐民要术所记农业技术及其在中国农业技术史上的地位》,《南京农学院学报》,1956 年第 1 期,第 99 页。

物(culture starter)发酵而制得的酸奶”[①]。

北魏贾思勰《齐民要术》是中国古代最早最完整的农学著作，也是世界农业史上的一部极有价值的著作。书中反映的是农业地区，“主要是黄河中下游地区，而以山东地区为中心”[②]。记载的“作酪法”，说明在农业地区已经是一种非常普遍的制作技术知识。“作酪法”之“酪”，表示酸奶，是当时的常用义。佛教经典中也出现了关于乳制品的描述，其中的“酪”表示酸奶。《大般涅槃经》：“譬如从牛出乳，从乳出酪，从酪出生稣，从生稣出熟稣，从熟稣出醍醐。醍醐最上……佛亦如是。”后代“酪”一直保留了酸奶这个意义。唐李贺《长平箭头歌》：“左魂右魄啼肌瘦，酪瓶倒尽将羊炙。”清王琦汇解：“酪，乳浆也。”宋彭大雅《黑鞑事略》：“其饮马乳与牛羊酪。”

汉代，“酪”由单音词发展演变出双音词“酪浆”，表示酸奶。汉李陵《答苏武书》：“羶肉酪浆，以充饥渴。”后沿用此词。南北朝杨衒之《洛阳伽蓝记》：“肃初入国，不食羊肉及酪浆等物。”《宋史·张守传》：“享膳羞之奉，则思二帝、母后羶肉酪浆之味。”这时期还产生了“乳酪”，也表示酸奶。张仲景《金匮要略·禽兽鱼虫禁忌并治》：“食脍饮乳酪，令人腹中生虫为瘕。”自注：“脍乃牛、羊、鱼之腥，聂而切之为脍，乳酪酸寒，与脍同食则生虫为瘕，故戒合食。”注文中言“乳酪酸寒”，故是酸奶无疑。之后，用例很多，亦作“酪乳”。宋张耒《次韵答天启》：“三年河东走胡马，绝口鱼鰕便酪乳。”元萨都剌《上京即事》诗之三：“牛羊散漫落日下，野草生香乳酪甜。”清顾禄《清嘉录》卷十一：“寒冬乡农畜乳牛，取乳汁入瓶，日担于城鬻于主顾之家，呼为乳酪。”

“酪”前加“牛”“马”“羊”等语素，构成双音词“牛酪”“马酪”“羊酪”等。《汉语大词典》收释了这三个词。

> 牛酪：用牛乳做成的半凝固的食品[③]。
> 马酪：用马乳等炼成的半凝固的食品[④]。
> 羊酪：用羊乳制成的一种食品[⑤]。

这三个词义解释均含混。三种食品的制作均需发酵，而非简单的炼制干燥。“牛酪”，用牛乳发酵制得的酪，即酸牛奶。明李时珍《本草纲目·兽一·酪》：“恭曰：牛羊水

①张和平：《中国古代的乳制品》，《中国乳品工业》，1994年第4期，第162页。
②[北魏]贾思勰原著，缪启愉校释：《齐民要术校释》，北京：中国农业出版社，1998年，《前言》第1页。
③汉语大词典编辑委员会、汉语大词典编纂处：《汉语大词典》，第六卷上册第234页。
④汉语大词典编辑委员会、汉语大词典编纂处：《汉语大词典》，第十二卷上册第780页。
⑤汉语大词典编辑委员会、汉语大词典编纂处：《汉语大词典》，第九卷上册第156页。

牛马乳并可作酪。水牛乳作者浓厚味胜，牛马乳作酪，性冷。驴乳尤冷，不堪作酪也……入药以牛酪为胜，盖牛乳亦多尔。”“马酪”，用马乳发酵制得的酪，即酸马奶。北魏贾思勰《齐民要术·养羊》：“作马酪酵法，用驴乳汁二三升和马乳，不限多少。澄酪成，取下淀，团，曝干。”《新唐书·回鹘传下》：“诸部食肉及马酪。”“羊酪”，用羊乳发酵制得的酪，即酸羊奶。南朝宋刘义庆《世说新语·言语》：“陆机诣王武子，武子前置数斛羊酪，指以示陆曰：‘卿江东何以敌此？’陆云：‘有千里蓴羹，但未下盐豉耳。’”

“酪”还表示制作酸奶用的发酵剂，实际就是产生发酵作用的乳酸菌。最早源于北魏贾思勰《齐民要术·养羊》（见上），书中“用酪半匙”中的“酪”，表示发酵剂。该著其他篇也有此义的用例。《作马酪酵法》：“用驴乳汁二三升和马乳，不限多少。澄酪成，取下淀，团，曝干。后岁作酪，用此为酵也。”句中前一“酪”干燥后即为发酵剂，后一“酪”为酸奶。《齐民要术》简洁记录了对酸奶发酵剂的制作、干燥保藏以及使用等。后代也有文献用例。明李时珍《本草纲目·兽一·酪》：“按《饮膳正要》云，造法：用乳半杓，锅内炒过，入余乳熬数十沸，常以杓纵横搅之，乃倾出罐盛。待冷，掠取浮皮以为酥。入旧酪少许，纸封放之，即成矣。”

“酪”“乳”“湩”“乃（或奶、嬭）”都属于乳制品这个语义场。“酪”可表示酸奶、酸奶发酵剂，而“乳”“湩”“乃（或奶、嬭）”都不表示这个意义。

四、结语

通过以上考释，我们认为“酪”之释义应为：①醋浆。②乳汁。或指乳汁干燥制成的奶豆腐、奶干等。③酸奶，发酵剂。第一个义项“醋浆”，源于其原材料奶汁。第二个和第三个义项均从第一个义项引申而出。《汉语大字典》《汉语大词典》的释义应修正。从汉代以后，奶制品的品种越来越多，使用越来越普及。与此相适应，从“酪”发展产生出相当数量的双音词，广泛出现在各种典籍中，显示出奶食技术的发达，奶食文化的兴盛。

古汉语中，“酪”并不表示奶酪（cheese）。酪“指 cheese，即干酪含义的出现，则是中国社会进入近代以后才发生的事，在我国古籍中的‘酪’字则从未含有此意”①。奶酪，又名干酪，是一种发酵的牛奶制品，其性质与常见的酸牛奶有相似之处，都是通过发酵过程来制作的，也都含有可以保健的乳酸菌，但是奶酪的浓度比酸奶更高，近似固体食物，营养价值也因此更加丰富。古汉语的“干酪”指奶干，不同于现代意义的干酪。“酪”，约在

①顾佳升：《古籍中的“酪”字含义辨析》，《中国农史》，2007 年第 3 期，第 142 页。

清末民国初年发展出双音词“奶酪”，即现蒙古族有时用来指称的奶豆腐、奶干。民国李廷玉《游蒙日记》：“奶酪，系牛乳合糖搅匀成饼，出蒙古，销内地。”

参考文献

俞为洁：《中国食料史》，上海：上海古籍出版社，2011 年。

万国鼎：《论“齐民要术”——我国现存最早的完整农书》，《历史研究》，1956 年第 1 期。

彭卫：《汉代食饮杂考》，《史学月刊》，2008 年第 1 期。

解立虹：《中华乳品考》，《安康学院学报》，2011 年第 6 期。

黄清敏：《宋代乳奶及乳制品》，《湖北第二师范学院学报》，2014 年第 1 期。

Study on Lao

Wang Jianli

(Communication University of China)

Abstract: The interpretation of "Lao" has some problems such as ambiguity, missing meaning, improper arrangement of meanings and so on in *Chinese Character Dictionary* and *Chinese Vocabulary Dictionary*. By the examination and explanation, we think that the definition of "lao" should be: ①Vinegar. ②Milk. Or refers to dried milk tofu, dried milk, etc. ③ Yogurt, starter. The first meaning "vinegar" comes from its raw milk. The second and third meanings are derived from the first. Therefore, the interpretation of the above-mentioned lexicon should be amended. In ancient Chinese, "lao" does not mean "nai lao" (cheese). Cheese, also known as "gan lao", is a fermented milk product. Its properties are similar to those of common yoghurt. They are all made through fermentation, also contain health-friendly lactic acid bacteria and contain health-friendly lactic acid bacteria. But cheese is more concentrated than yoghurt, similar to solid food, and more nutritious. "gan lao" in ancient Chinese refers to dried milk, which is different from cheese in modern sense. Disyllabic word "nai lao" developing from "lao" in the late Qing Dynasty and early Republic of China, is sometimes used by Mongolians to refer to milk tofu and dried milk.

Keywords: *lao*; vinegar; milk; Yogurt; cheese

“顶手”考

詹静珍

（南开大学文学院）

提要:“顶手”主要出现于出钱顶承胥吏和租佃田地房屋两个语境中。前一语境下“顶手”有“出钱顶承的职位”“顶承胥吏等职位所需的钱”“顶承胥吏等职位的人”三个义位,是“顶首”的借字。“顶手”与同结构类型的近义词“替手”“接手”“接脚”等理据不同。后一语境中“顶手”有“押租”“转让”“转让费”“手续费”等义。转让义由“顶手”承担,受到“V+手”格式尤其是“转手”的影响。

关键字:顶手;顶首;转让义

“顶手”是近代汉语中使用频率较高、义位较为丰富的一个俗语词,但许少峰《近代汉语大词典》、白维国主编《近代汉语词典》等辞书均未收。《汉语大词典》仅收入“顶手”两个义项:1. 顶礼膜拜;2. 代理人。第二个义项所引例证为:廖仲恺《广东都市土地税条例草案 · 总则》:“铺底权利人,即铺底顶手所有人。”廖仲恺《广东都市土地税条例草案 · 总则》:“有铺底关系宅地之普通地税,其土地所有人应照年租十二倍缴纳。其铺底权利人应照铺底顶手金额缴纳。”①按代理人义去理解,“铺底顶手所有人”即“铺底代理人所有人”,“其铺底权利人应照铺底顶手金额缴纳”即“其铺底权利人应照铺底代理人金额缴纳”,文理不通。那么这二例中“顶手”应作何解释呢?“顶手”还有哪些含义?为解决这些问题,我们有必要全面梳理“顶手”的历代文献用例,找到其构词理据,并系统归纳“顶手”的义位,疏通其词义演变过程。

①罗竹风主编:《汉语大词典》,上海:辞书出版社,2008 年,第 17019 页。

一、"顶手"在出钱顶承胥吏等官职语境下的含义

"顶手"明代开始出现在出钱顶承胥吏等官职的语境中,下文我们主要探讨"顶手"在该语境下的义位及构词理据。

1.1"顶手"的义位整理

1.11"顶手"指出钱顶替胥吏、官兵等职位的人

"顶手"该义最早出现于明代,例如:

(1)司吏满,一考顶缺。顶手动以三千计,贿赂公行,堂司畏其蜚语,竟不谁何。公一切裁以法,甚者笞革,恃无可谤也。(明吕坤《去伪斋文集》卷五《赵乾所心政录序》)

(2)然事之始末悉,在台电某等宜静听无言,而独虑上台,亦有未详。前故者或以滕七为实,是官役耳。滕七非官役也,无顶手也。不过诸绅公会时,自设一门卒,启闭而外,走馆传单,既践更数役,而最后乃为滕七冒充。(清黎元宽《进贤堂稿》卷十九《送治王滕七书》)

(3)知县王钟鸣曰:"古来有官有役,则役供官使,诚所不废也。但巨邑饶区,役能作奸诈财,皆有顶手,于是役多而官自尊。"(清王钟鸣修、卢必培纂《庄浪县志》卷四《官役》)

例(1)"顶手动以三千计贿赂"即顶替胥吏之人动不动就用三千两贿赂。例(2)"官役""顶手"对文类义,"顶手"此指顶替官役之人。例(3)"役能作奸诈财,皆有顶手,于是役多而官自尊"即指能作奸诈财之差役都有出钱顶替的人,因此差役越发多,做官的更受人尊敬。"顶手"或作"顶首",如明施沛《南京都察院志》卷十六《裁积识》:"夫不革顶首,不裁冗役,不考察澄汰,而欲整顿屯政,此必不可几矣。"明高汝栻《皇明续纪三朝法传全录》卷五:"以积年之吏,欺数月之官,虽有条陈,总归废阁,乞裁顶首,减冗员。""顶首"与"冗役""冗员"对文类义,指出钱顶替胥吏等职位的人。

"顶手(首)"义为顶替之人,主要分为两类:一是花钱顶替某一官职的人,上例皆是如此;二是顶替别人而获得钱财的人,主要指充军时,富有人家购买的顶替者,如清顾景星《白茅堂集》卷二十七《募兵》:"曩时,军籍强半饥寒、老弱猾者,兼冒饩粮,遇较阅,执路人赁充。日晡罢阅,而赁充之兵不知何往矣。自京营暨外卫,莫不皆然。州县民壮谓之门户,私相买卖谓之顶手,有司视同儿戏,积弊相沿至于此。""私相买卖谓之顶手"即

"私相买卖之人谓之顶手"。清李逊之《三朝野纪》卷五《崇祯朝》:"标兵三百,岁粮止十两有奇,皆各县有身家者买顶首,以免门户而觅人充当。""门户"指被征募服役的壮丁,与"顶首"相对。清李愈昌、梁国标纂《贵池县志》卷四《明池口驿》:"一安庆府通判欧公署府事助银十两,一推官徐公助银二十两,一贵池县知县李公助银十两,又民壮、二名旧顶首一百两。""民壮"即门户,与"顶首"相对。"顶手(首)"指私下里替人充军之人。

1.12"顶手"指出钱顶替的职位

现代汉语中像市长、警察、记者这类词既可指担任某种职位的人,又可指这些职位。"顶手"也转指出钱顶替或购买的职位。如明沈长卿《沈氏日旦》卷五《初集·崇祯二年春》:"铨曹书役顶手每三四千金,揣其弊薮,多在胥史异途。……如此则铨部事约而弊稀,铨役顶手不革而自废矣。""铨槽"指主管选拔官员的部门;"书役"即书办,管办文书的属吏。"铨槽书役顶手,每三四千金"即指顶替铨槽中的书役,每个需要花三四千金。"铨役顶手"即为"铨槽书役顶手"之省称。清张培仁修、杨晨纂《定兴县志》卷五《驿递》:"骡夫初系招募,往往以此致富,互相货卖顶手,万历间值银三四十两不等。""货卖顶手"即卖顶手之职,"万历间值银三四十两不等"即指"顶手"这一职位要卖这些钱。"顶手"之"出钱顶替某职位的人"义与"出钱顶替之职位"义有时难以区分。我们主要根据其所处的具体语境来分别,上例中"顶手"后接银两,由此可推测出钱顶替或购买的是职位而不是人。"顶手"或作"顶首",如明毕自严《度支奏议》卷二十七《覆武进士陈值等条议除领粮勒费疏》:"户部书办顶首,买至一二千两,限定领银若干,额规若干,先送额规,方许挂牌。"清许瑶光修、吴仰贤纂《嘉兴府志》卷四《桐乡县》:"又皆无赖棍徒,倚恃蠹役为腹心,作恶嚼民,诚有如按臣示内所称者,嘉秀两县多至六百名,私立顶首,每名值银二百两。今一旦革除,则顶首尽行落空。""顶首"也指出钱顶替的职位。

1.13"顶手"义为顶替胥吏等职位所需的钱

"顶手"该义产生于清代。如谢庭熏修、陆锡熊纂《娄县志》卷七《民赋志下》:"江浙各县,每于经制吏书之外,每里各有册书一名,或号里书或称扇书,专司书算,似不可少。然此辈乘大造之时,各出顶手买定里区,诸区皆出其手。""各出顶手"后接动词"买",可知"顶手"指钱。清烟霞散人《斩鬼传》第四回:"龌龊鬼道:'这诗我益发不懂,还求讲一讲。'急赖鬼道:'生衙钞短忍书房者,且说待要做生意无本钱,待要住衙门又没顶手,所以忍气吞声入书房也。'""本钱""顶手"对文近义。"顶手"或作"顶首",明代已见,如明吴应箕《楼山堂集》卷十二《江南汰胥役议》:"隶快之在官者各有买窝之银,今所谓顶首也。往时不过以十计,近且以百计矣。""顶首"即"买窝之银","买窝"即买官。清西周生《醒世姻缘传》第八十一回:"只是衙门中人使了顶首买了差使,家里老婆孩儿都指着要穿衣吃饭哩,所以全不做的情,只好一半了。”岳国钧《元明清文学方言俗语辞典》:“使顶首,拿脑袋换来的差事、拼着性命、冒着凶险之意。”①望文生义,“使顶首”即花费顶首银购买官职。

义为出钱顶替胥吏等官职所需之钱义的“顶手(首)”皆是“顶手(首)银”之省。“顶首银”最早见于明代,如焦竑《国朝献征录》卷十八《礼部尚书掌詹事府事霍文敏公韬行实》:“要行重赂,以图厚获者,新旧相代,索顶首银多至千两。”沈国元《两朝从信录》卷二十一《甲子》:“近年出署者,皆荐人自代展转用相引议者,遂谓其有顶首之银。是以职等每遇员缺,发单咨访,所以为诸臣绝疑谤之端也。”“顶手银”清代才出现,如李光祚修、顾诒录纂《长洲县志》卷十四《徭役》:“江浙各县,每于经制吏书之外,每里各有册书一名,或号里书,或称扇书,专司书算,似不可少。然此辈乘大造之时,各出顶手银若干,买定里区,移甲换乙诸弊皆出其手。”例中“顶手银”在上文《娄县志》中又省作“顶手”。

与“顶手”不同的是,“顶首”还有一个动词义,指出钱顶承胥吏等职位,明代已见用,如冯琦《宗伯集》卷四十九《明旨查革积弊疏》:“上自府部,下至州县,未有一衙门无吏胥,未有一衙门无顶首,顶首之吏几数千辈,两弊之相沿历百余年。”“顶首之吏”指出钱顶替的胥吏,“顶首”即指出钱顶承。郭之奇《宛在堂文集》卷三十二《为苦情不能终已等事》:“职痴拙过笃,遇事认真,一革犯法馆夫,买缺顶首;一断两馆副使,顶房陋规;一发工部各役,冒破朝鲜钦赏。”“买缺”“顶首”对文同义,皆为动宾结构,指花钱顶替官职,即买官。此义《汉语大词典》已收,引例为:明何士晋《工部厂库须知》卷三《营缮司条议》:“各衙门吏书,例有顶首,挟重赀以供役,正欲藉此以酬子母,即舞文弄法,所不暇计。”例中“顶首”释为出钱顶替胥吏,文理不通,应释作顶替吏书一职的人。“顶手银”中“顶手”即指出钱顶替胥吏等职位,未见单用。

1.2“顶手”的构词理据

在出钱顶承或买官这一语境中,“顶手”“顶首”音义皆同,当为同一个词,那么孰是本字呢?该语境下的“顶手”“顶首”最早均出现于明代,时代上不好佐证。“顶手”之“手”有从事某种工作、行业之人的意义。按字面理解,“顶手”即顶替之人,此义作为义源,勉强可以贯穿上述义位。但“首”也可以指人,多指地位较高的人,如“群龙无首”“魁首”等。

从时代和语素上来分析,我们无法判断孰是本字。但从义位数量、各义位出现时间、使用频率来考量,能发现一些蛛丝马迹:1.“顶首”在明代已产生四个义位,而“顶手”只有

①岳国钧主编:《元明清文学方言俗语辞典》,贵阳:贵州人民出版社,1998年,第960页。

三个，且其顶承胥吏等职位所需之钱义及词组“顶手银”清代才出现。2.“顶首”的动词义出现时间较早，但“顶手”却没有这个义位。动词义有作为“顶首”本义的可能。3.在中国基本古籍库中检索，“顶首”明代在出钱顶承胥吏等职位语境中共出现218次，“顶手”仅3次。“顶首”的使用频率远远高于“顶手”。因此我们认为“顶首”作为本字的可能性更大。

文献中也能找到证据，如明金日升《颂天胪笔》卷四《召对》：“周道登奏曰：‘从来吏弊冗积已久，非自今日。’上曰：‘既如此便当重处，如何不票出来处分他？’（臣）龙锡奏曰：‘此论积弊，句句均当只是顶首充饷。（臣）等不曾票出来。’上问：‘如何叫做顶首？’臣龙锡奏曰：‘顶首是下首人顶上首的，应该有几多银，两各衙门胥役皆有顶首。惟吏部顶首银独多，故作弊亦多。……’”“顶首”指下首人出钱顶替上首人，平民即为下首人，胥吏、兵士等相对而言为上首人。“首”在此表方位，相当于“头”，转指上头的人。“顶首”也称“顶头”。《掌故大辞典》：“亦作‘顶头’。”①明焦竑《国朝献征录》卷十八《目次背景图》：“盖皆依托势要行重赂以图厚获者，新旧相代，索顶首银多至千两，公一概辟拨之，痛革顶头之弊。”明涂山《明政统宗》卷二十五《嘉靖二十一年》：“各处问官，或故勘或徇情或听嘱明白开报，一明各部职守之辨，吏典有役效劳，毋得辙与奏免，一革吏役顶头之弊，得旨荐举与纠效枉滥，已有近年。”“顶头之弊”即指出钱顶替官职的弊端。顶替或购买官职所需之“顶首银”也可称为“顶头银”，如明海瑞《备忘集》卷五《附录》：“今年数月内亦作一年算，凡顶头银壹两者减去二钱，每十两减去二两，参者照减数与之。”清佚名《皇清奏议》卷十《清治源疏》：“故江浙之间，司道掌案书吏，每名顶头银两，多者三千金，少亦不下千金。”“顶头银两”即顶替上头之人所花的钱。“顶头银”亦可省成“顶头”，如明贾三近《皇明两朝疏抄》卷二十《奸佞大臣巧辩诬罔疏》：“王府科吏顶头动以千计，推此可知，弊虽相沿而高之为尚书也。”孙旬《皇明疏钞》卷二十九《正国典明选法以便遵守疏》：“都吏以下，悉从阄拨，毋得听其自行认识，先交顶头，然后注拨，则党与分公法行，而弊端可革矣”。

出钱顶承胥吏语境下的“顶首”是本字，其理据是下首人顶替上首人，即平民出钱顶替胥吏等官职。“顶手”是其后出借字，没有承担本义，且使用频率较低。“顶头”是其同义词。

“顶手”与“接手”“替手”“顶脚”都有顶替、替换的含义，且其动词语素“顶”“接”“替”也都有顶替、替换义。但三个词出现的语境和构词理据不同。清李宝嘉《官场现形

①古风主编：《掌故大辞典》，北京：团结出版社，1990年，第130页。

记》第五十九回:“好混帐,你瞧不起我,见我今天初接手,欺负我外行,要来蒙我。”胡林翼《胡文忠公遗集》卷五十九《致周笠西司马》:“愿以一县展其素志,乃有实济然,亦必须有人替手,如牟如锺,庶几可爲替人耳。”“接手”“替手”义为接替,二词在现代汉语中仍然使用。“接脚”也有接替义,如唐杜佑《通典》卷十八《选举六》:“况造伪作奸,冒名接脚,又在其外令史受赂,虽积谬而谁尤? 选人无资,虽正名而犹剥。”“接脚”也义为接替,主要指接替死者。南宋袁采《袁氏世范》卷一《睦亲》:“娶妻而有前夫之子,接脚夫而有前妻之子,欲抚养不欲抚养,大不可不早定,以息他日之争。”“接脚夫”指夫死后妇女在家再招之夫,又称“接脚婿”。“接手”“替手”“接脚”的理据相同,皆指接替人,与“顶手”有别。“手”“脚”为身体词,转指人,在整个复合词中充当宾语,并非语义的重心,起提示动作对象的作用。“接手”“替手”的语境比较开放,能够在多种语境中使用;“接脚”主要指顶替死者,出现语境和“顶手”一样受到限制。

二、“顶手”在出钱租佃田地房屋语境中的含义

出钱顶承胥吏等职位和佃户出钱租田地房屋,其本质是一样的,都是一种交易,不同的是前者获得的是职位、职权,后者获得的是土地的耕种权和房屋的使用权;前者是一种买卖关系,后者是一种租赁关系。

2.1“顶手”的义位整理

清代,“顶首”由出钱顶承胥吏等官职引申为出钱租佃田地房屋,如周郁滨《珠里小志》卷三《风俗》:“一夫佃田仅可十亩,近时佃田必以钱顶,谓之顶首。”租赁田地所交纳的押金称为“顶首银(钱)”,如祝庆祺《刑案汇览》卷三十六《威逼人致死》:“此案邱泳高因王锦维凭伊作中,用顶首钱认种曹坤余田亩,欠租未偿。曹坤余控县,押追王锦维,央邱泳高向曹坤余情恳,以原付顶首钱文,抵作租欠,并许从丰酬谢。”此为田地之押租。王又槐《刑钱必览》卷七《失火成规》:“起造被焚典屋,其高宽丈尺工料装修俱照原屋,以免争执。至租屋出有顶首银两,如火系租户自起,则既累业主起造,其预(应作顶)首银自不应给。”此为房屋之押租。“顶首银”或作“顶手银”。《中国历史大辞典》:“顶耕银,又称顶首银、顶手银、顶价等。清代指佃户租地时所交业主银钱,退佃时需归还。佃户往往据此可将租地转佃。”①如清吴大猷《四会县志》编一《风俗》:“倘有不从,即将该佃田禾封割,抵足顶手银两等例”、“惟近日,或有踞铺串批致铺东不能自主,或有滥索顶手银两,反

①郑天挺、吴泽、杨志玖主编:《中国历史大辞典·下卷》,上海:上海辞书出版社,2000年,第1770页。

逾铺价数目,以致讼藤日滋,弗克安业擬。请嗣后客无欠租铺,无改号,铺主不能加租取铺。"前一"顶手银两"为田地之押租,后者为店铺之押金。"顶手(首)银"中"顶手(首)"皆为出钱租佃田地房屋之义,"顶手"此义未见单用,但"顶手"在这语境下的各个义位均引申自该义。

2.11"顶手"义为押租

"顶首"有押租义,如民国吴应庚《续修盐城县志稿》卷四《产殖志》:"凡佃户赁田之始,计亩纳钱为质,南方谓之顶首,盐俗谓之上庄,解佃时仍还之。"曹炳麟《崇明县志》卷六《田制二》:"每地千步收取押租银十数两不等,名曰顶首。""顶首"义为押租。《中国税务大辞典》:"顶首,即'押租',在土地,房屋或其他财务的租佃上租用者所支付的保证金。"①《中国地理百科·成都平原》:"佃农以押租的方式,从地主那里取得土地的使用权或经营权。这种交易,即所谓的'买佃以耕'。在清代至民国年间,四川盛行押租,又称押租金,因地域不同,称呼有别,如今天的三峡一带称为稳钱,川北则称上庄钱,还有称稳谷银、安租、顶首等,成都平原则称押租。"②《辞海》(第六版):"顶首,即'押租'。""押租,亦称'顶首'。中国旧时租用土地、房屋或其他财务支付的保证金。农民为取得土地租佃权而支付的押租是正租以外的一种剥削。"③《汉语方言大词典》:"顶首,见'顶收'。""顶收,〈名〉租房屋的押金。吴语。江苏无锡。也作'顶首':吴语。上海松江。"④"顶收"即"顶首"的方言转语。

押租义"顶首"也可作"顶手",如清林一铭修,焦世官、胡官清纂《宁陕厅志》卷一《风俗》:"往往有数两契价,买地至数里十数里者,开荒之费谓之苦工,压租之资谓之顶手。苦工顶手之价重,土地之价轻,所以用各省民人源源而来,以附其籍。""苦工"为开荒之费;"压租"即押租。吴大猷《四会县志》编一《风俗》:"有税田,坐在河西铺内,自买受以来,并无顶手,即现批与铺内各佃耕理亦无顶手。"开始并没有"顶手"名目,是地主为防止佃户不交租金而设,同时佃户也因此获得较长久的租佃权。押租义之"顶手(首)"也是"顶手(首)银"之省。

2.12"顶手"义为转让

原佃户出钱去租地主的田地称为"顶首",新佃户出钱去租原佃户所租田地也可称为

---

①魏如主编:《中国税务大辞典》,北京:中国经济出版社,1991年,第259页。

②《中国地理百科》丛书编委会编:《中国地理百科·成都平原》,广州:世界图书广东出版公司,2015年,第122页。

③夏征农,陈至立:《辞海》(第六版彩图本),上海:上海辞书出版社,2009年,第474、2616页。

④许宝华、〔日〕宫田一郎主编:《汉语方言大词典》,北京:中华书局,1999年,第3188、3187页。

“顶首”，即原佃户转让给新佃户，由此引申出转让义。但转让义“顶首”一般写作“顶手”，如清高塘修、赖以平纂《河源县志》卷十一《农功》：“又有业主以田授受俗谓之大买，佃人以耕授受俗谓之小买。小买之名曰粪质、曰粪脚、曰顶手、曰退手，其实一也。”“顶手”即指佃户之间耕种权的转让。清程鹏里修、魏敬中纂《政和县志》卷九《起科则例》：“至于民间主佃交易，又有顶手田皮诸弊，始贪小利而取顶手，过手而递顶，更换不一矣。为贪余利而购田皮，起皮而侵骨，朘削日滋矣。”“顶手田皮”即转让田皮。此义现代汉语和方言中仍然见用。如唯高《餐馆经营得失谈》：“如果你的饮食店是顶手来的，你将如何接手经营？”《汉语方言大词典》：“顶手，〈动〉买下别人出倒的工厂、商店等，继续经营。粤语。广东广州。”广州话中还有“顶手货”，指转让来的房屋或店铺，结构为“顶手/货”；东莞话中有“顶手钱”，指转让时的手续费，结构为“顶手/钱”①。

2.13“顶手”义为转让费

上文所引《政和县志》“始贪小利而取顶手，过手而递顶更换不一矣”中“顶手”即指转让费，也作“顶首”。清曹炳麟纂《崇明县志》卷六《田制二》：“惟至光绪之季，外沙田贵主受顶首，几倍田价而过之，佃遂任意转退，私增顶首。田主无能禁止，产权旁落，佃益恣横。”“顶手（首）”义为转让费，粤语中仍见用。《现代汉语方言大词典》：“顶手，房屋、店铺出顶的价钱。广州。”②

转让费义“顶手（首）”实为“顶手（首）钱”之省，如清长顺修、李桂林纂《吉林通志》卷三十一下《伯都讷屯田》：“原垦之户或有无力无人承种者，自所常有。若听其私行改佃，必致暗出顶手钱文，辗转滋弊，久之竟成私产。”清鲁式谷《当涂县志·民政志》：“亦有佃户转让佃权与人而得金者，谓之顶首钱。至租期则以三年六季为多，又照地方习惯，地主辞退佃户须于旧历八月以前。”该义较少写作“顶首（钱）”。

现代汉语中转让费一般说成“顶手费”，不省成“顶手”，如魏民《疯狂投资——投资的动机和方法决定了最终的回报》：“顶手费是指投机商先把商铺租下来，等商铺火了，别人来租的时候，需要从他手里顶租下来，这样求租者就要多交一笔钱。”③何明星《中国图书在世界的传播与影响》：“顶手费，指一手租户撤场时转手给二手租户而收取的一定费用。”④

①许宝华、〔日〕宫田一郎主编：《汉语方言大词典》，第3186页。

②李荣主编：《现代汉语方言大词典》，南京：江苏教育出版社，2002年，第3558、3559页。

③魏民：《疯狂投资——投资的动机和方法决定了最终的回报》，北京：北京工业大学出版社，2013年，第37-38页。

④何明星：《中国图书在世界的传播与影响》，北京：新华出版社，2014年，第179页。

2.14“顶手”义为手续费

粤语方言中“顶手”还指转让过程中收取的手续费。黄丽丽等编《港台语词词典》：“顶手，房客与房东达成租居协议后交给房东的手续费。唐人《混血女郎》三十：‘有亲戚朋友要租吗？不要顶手，一间屋，一个月两百元，收四百元压金。’《劝君更尽一杯酒·两处茫茫皆不见》：‘别瞧不起一间不大不小的房子，要是你们搬出去，又是顶手，又是上期，而且是新租，那花费可就不得了哇！’《但德尔斯的一家》：‘只得把独家住的房子腾出骑楼房来租出去，不收顶手，付一个月押金，每个月增加千几百元收入。’”①该义之“顶手”仍是“顶手费”之省，如《港台语词词典》：“顶手费，即顶手。唐人《混血女郎·展翅高飞》：‘我们的如意算盘是：认为你们不会要什么顶手费。’”《现代汉语方言大词典》：“顶手费，转让店铺、工厂等经营权的手续费。东莞。”②从广义来说，转让费也包括转让时的手续费。“顶手”指转让时的手续费，是语义所指范围缩小的表现。

三、转让义由“顶手”承担的原由

前文已经论及“顶手”的转让义是由租佃田地房屋义直接引申出来的，其最早的源头是出钱承顶胥吏等职位，本字当为“顶首”。但我们并未发现“顶首”单独表转让义的用例，且转让费义“顶首”“顶首银”也较为少见，现代汉语中已经消失。为何转让义会由“顶手”承担呢？

通过查找辞书，我们发现“V+手”型复合词比“V+首”多很多，并且“V+手”格式中“转手”“倒手”也有转让义，其动词语素“顶”“转”“倒”皆有转让义。“顶”义为转让，如清许景澄《许文肃公遗稿》卷九《致总理衙门总办函》：“前据俄报称，倭赫托穆斯某所办报馆，拟欲顶让，有前往中国之意，税务司柯乐得亦言及之。”该义现代汉语中仍见用。“转”也有转让义，如汉司马迁《史记》卷六十七《仲尼弟子列传第七》：“子贡好废举，与时转货赀。”“倒”有倒换、转让义，如《儒林外史》第五十二回：“我东头街上谈家当铺折了本，要倒与人。”“顶”“转”“倒”也具有其他相同的组合搭配，如“顶让”“转让”，皆为转让义；“出顶”“出倒”，皆为转出义。但“顶手”“转手”“倒手”各自转让义的理据不同。

“转手”有转交义，如明沈周《〈定武兰亭叙〉跋》：“此帖旧藏于穿山陈氏。陈氏为余内家，过必借阅。今转手于人，犹幸一见。”“转交”就是把东西从一只手交到另一只手，也

---

①黄丽丽等：《港台语词词典》，合肥：黄山书社，1990年，第412页。

②李荣主编：《现代汉语方言大词典》，第3559页。

指从一个人交给另一个人。货物、房产、工厂的所有权、租赁权或经营权从一个人卖给或租另一个人,也可说成"转手"。明董应举《崇相集》卷十一《书三》:"彼盘硬贩私盐百斤,止价八分,转手与人,便价三四钱。夫三四钱之与八分五倍之入也。"清杞庐主人《时务通考》卷十《律例二》:"始卖者则收其卖之价也,转手虽多价钱,虽异具列票内而买卖,则一盖后买者与始卖者如亲相交易耳"。转让义"转手"的引申途径为东西从一只手转换到另一只手→转让。

"倒手"在近代文献中连用虽比较常见,但在现代汉语中才有转换手的意思,义为把东西从一只手换到另一只手,如"他也没倒手,一气就把箱子提上了五楼。"也指把东西从一个人的手转交到另一个人的手,多用于货物买卖①。进一步引申出转让义,如吴晓波《激荡三十年——中国企业史 1978 — 2008》:"将股价一步一步地抬高,然后从中倒手牟利。""倒手"的转换手义与转让义虽然后出,但也正好验证了这一引申方向:东西从一只手转换到另一只手→转让。

"转手""倒手"的理据是"东西从一只手转换到另一只手",其中"手"为间接宾语。"顶手"之"手"为"首"之借字,其转让义可以从"出钱顶替胥吏等职位"等义引申出来。但转让义"顶首"几乎没有出现。这是因为受到"V+手"格式尤其是"转手"的影响,才选择"顶手"这一书写形式。"转手"的转让义明代已产生,"顶手"该义清末才出现,且"转手"是一个较为常见的词,在时间和使用频率上都具备影响转让义"顶手"的条件。因此我们认为转让义"顶手"的本字虽是"顶首",但也受到"V+手"格式尤其是"转手"的影响。

四、结语

"顶手"主要出现于出钱顶承胥吏等官职和租佃田地房屋两类语境中,在前一语境中共产生三个义位:出钱顶承的人、出钱顶承的职位、顶承胥吏等职位所需要的钱。"顶手"是"顶首"的借字。后一语境中,"顶手"有押租、转让、转让费、手续费等四个义位。该语境下早期的引申义如租佃田地房屋、押租等义也采用本字"顶首"这一书写形式,但在"V+手"格式尤其是"转手"的影响下,转让义、转让费义、手续费义一般不写作"顶首",多由"顶手"承担。因而造成转让义"顶手"的理据模糊,与同义词"转手""倒手"容易混淆,

①中国社会科学院语言研究所词典编辑室:《现代汉语词典》(第 7 版),北京:商务印书馆,2016 年,第 266 页。

实则不同。表钱义的“顶手(首)”皆是“顶手(首)银(钱)”之省。

文章开头指出《汉语大词典》仅收录“顶手”两个义项,当补。第二个义项所引的两个例子,释义也不够准确。前一例“铺底权利人,即铺底顶手所有人”中“铺底权利人”即铺客,“铺底所有人”即铺主,“铺底顶手所有人”指顶替、代表铺主的人,即铺客。“顶手”为出钱顶承之义。第二例“有铺底关系宅地之普通地税,其土地所有人应照年租十二倍缴纳。其铺底权利人应照铺底顶手金额缴纳”中“铺底顶手”指租铺时租户交给铺主的押金。该句义为铺主应照普通年租的十二倍缴纳地税,铺客则按租铺的押金缴纳。《中华民国商业档案资料汇编》:“铺主于批期满后,不愿意继续出租,将铺底顶手原价交还铺客。铺客即不得藉词霸铺。”①“铺底顶手”即租铺的押金。

The Explanation of Dingshou(顶手)

Zhan Jingzhen

(Nankai University)

Abstract: Dingshou(顶手) mainly appeared in the two contexts of replacing official position and renting field or house. Following the principle of universal meaning of words, we have summarized tha dingshou(顶手) had three meanings: the person who replaces the official position, the replaced official position and the money for buying the official position in the former one. It was determined that the dingshou(顶首) was the word, and the dingshou(顶手) was the borrowed word, which rationale is different between the same structure type of tishou(替手), jieshou(接手) and jiejiao(接脚). And in the latter one, dingshou(顶手) had the meaning of rent deposit, transfer, transfer fee and handling charge. It clarified the relationship between dingshou(顶手) and zhuanshou(转手) and daoshou(倒手). It was believed that the meaning of transfer written into dingshou(顶手) should also be influenced by the V+手 format, especially zhuanshou(转手). At the same time, our study can also correcte and supplemente the interpretation of the Chinese Dictionary.

Keyword: dingshou(顶手); dingshou(顶首); transfer

---

①赵宁渌:《中华民国商业档案资料汇编》,北京:中国商业出版社,1991年,第229页。

也说《生经·舅甥经》中的“俘囚”*

李玉平

（天津师范大学文学院）

提要：以往学者对《生经·舅甥经》中“俘囚”的释义作出了积极可贵的探索，然仍有未惬之处。赵家栋等（2017）认为“俘囚”相当于“捊図（囚）”，义为“取”的新说亦不可从。颜洽茂等（2014）所主张的“俘囚”本当作“孚因”，“孚”表示速、疾之义是符合竺法护译经实际的，“孚”表疾速义也是东汉至东晋时期“孚”的一个常见义。然颜文结论中将“孚”理解为赶快、赶紧、急忙等义则并不适当，因为《舅甥经》中的“甥”沉着冷静，没有慌忙、急忙的行事特征。我们认为“孚因酒瓶盛骨而去”一句，当译为“迅速（迅即或随即）用酒瓶盛装舅之骸骨而离开”，文献中“孚”与“疾”“即”等义相当，如此理解与其他佛经中的描述是一致的。

关键词：《生经·舅甥经》；俘囚；孚因；俘因，趕

西晋僧人竺法护所译《生经》五卷，是研究当时佛典语言的宝贵材料。其卷二《佛说舅甥经》尤为学者关注。文中一些词义虽经多位学者考证，仍存理解分歧。如关于甥盗舅骨的情节，其文作：

> 王又诏曰：“若已蛇维，更增守者，严伺其骨，来取骨者，则是原首。”甥又觉之，兼猥酿酒，特令醇厚，诣守备者，微而酤之。守者连昔饥渴，见酒宗共酤饮。饮酒过多，皆共醉寐。俘囚酒瓶，受骨而去，守者不觉，明复启王。（《大正新修大藏经》第三册，第78页下栏）

* 本文得到国家社科基金项目“郑训汇纂及数据建设”（项目号：18BYY158）的资助。

这段文字,日本学者主持编修的《大正新修大藏经》(下简称“大正藏”)断句较早(1934年),后之学者多从之[1]。对其中“俘囚”的解释则有一些不同意见,主要有五说:“俘囚”即“俘困(捆)”说(黄征1988[2]);“俘囚”为同义连文,义为捉取、俘获、缴得说(太田辰夫、江蓝生[3],方一新、王云路[4],方一新[5]);“俘(孚)囚”即“俘(孚)因”,“俘(孚)”义赶快、赶紧或疾、速,“因”义“用”说(辛嶋静志[6],颜洽茂、谭勤[7]);“俘囚”本作“俘因”,“俘因酒瓶”义“取以酒瓶”说(曾良[8]);“俘(孚)囚”当为“孚(捊)囚(囚)”,“孚(捊)”“囚”同义连文,义“取”说(赵家栋、付义琴[9])。

我们认为以往诸家意见存在以下疑问:

一、黄征(1988)认为“俘囚酒瓶”语意未畅,疑为后人所改。当从敦煌陈写本《佛说生经》残卷P. 2965中的字形作“孚困”,“孚困”读为“伏捆”,“孚(伏)捆酒瓶”即蹲下去取酒瓶。即使“孚”可通“伏”,以“捆”的动作来取“酒瓶”,这样的表达也很难见到。《汉语大词典》“酒瓶,指专用来盛酒的瓶子。”“瓶”作为盛酒器,形制如何呢?《王力古汉语字典》义项一释为:“瓦制的酒器,似缶而小。《方言》五:‘缶,其小者谓之瓶。’字亦作‘缾’。《诗·小雅·蓼莪》:‘缾之罄矣,维罍之耻。’毛传:‘缾小而罍大。’(罍亦盛酒器)”又《说文解字》:“缾,罋也。”《慧琳音义》卷三“坏瓶”注引《考声》云:“似罂而口小曰

①唯“见酒宗共沽饮”处,钱钟书断作“见酒,众共沽饮”,参钱钟书:《一节历史掌故,一个宗教寓言,一篇小说》,《文艺研究》,1983年第4期。李玉平断为“见酒,宗共沽饮”,参李玉平:《也说〈生经·舅甥经〉中的“酒宗”》,《语言研究》,2005年第1期。

②黄征:《敦煌陈写本晋竺法护译〈佛说生经〉残卷P. 2965校释》,见杭州大学古籍研究所、浙江省敦煌学研究会和中国敦煌吐鲁番学会语言文字学分会合编:《敦煌语言文学论文集》,杭州:浙江古籍出版社,1988年,第283页。

③太田臣夫、江蓝生:《〈生经·舅甥经〉词语札记》,《语言研究》,1989年第1期,第83页。文中认为“俘囚酒瓶”,即捉取酒瓶。“俘囚”为动词,义为捉取。“俘”本义为“军所获”,为名词,作动词时就指“捉获”。“囚”本义跟俘甚近,由于同义词之间意义、用法上的相互影响和渗透,“囚”也有了“捉取”义。

④方一新、王云路:《中古汉语读本》,长春:吉林教育出版社,1993年,第28页。

⑤方一新:《敦煌写本〈生经·佛说舅甥经〉语词琐记》,《浙江社会科学》,1996年第2期,第73页。

⑥辛嶋静志:《汉译佛典的语言研究》,见朱庆之主编:《佛教汉语研究》,北京:商务印书馆,2009年,第41页。

⑦颜洽茂、谭勤:《“俘囚”辨说》,《中国语文》,2014年第3期。

⑧曾良:《敦煌佛经字词与校勘研究》,厦门:厦门大学出版社,2010年,第398页。其文借助敦煌写卷《佛说生经》P. 2965材料,释字形□为“因”,认为传世本“囚”是“因”的讹字,“孚”“俘”为古今字。“俘因酒瓶”即“俘因酒瓶”,即取以酒瓶。

⑨赵家栋、付义琴:《〈生经·舅甥经〉“俘囚”词义复议》,《语言研究》,2017年第4期。

瓶。”又《慧琳音义》卷七十八:“瓶瓮”注引《字书》云:“瓶,小缶也。”①由此我们能够了解“酒瓶”属于小的缶、瓮、罂、罍一类圆形器皿,是无法捆的。

二、太田辰夫、江蓝生(1989),方一新、王云路(1993),方一新(1996)等将“俘囚酒瓶”释为捉取、俘获、缴得酒瓶等解释,亦不适当。一则因为“酒瓶”属于无生命事物,一般不做“俘囚”的宾语,即黄征所说的“语意未畅”;二则如颜洽茂、谭勤(2014)所云,酒瓶是甥自己带来的,而不是从守备者那里俘获缴获而来的,因此这样解释也不合逻辑。曾良先生(2010)认为当作“俘因酒瓶”,意即“取以酒瓶”的说法,仍是以“俘”为取,然“俘”表“取”义,应当还保留俘获而取得的意味,故仍不妥帖;且这样的表达也不符合竺法护的译经习惯,因为同在《生经·佛说譬喻经第五十五》中就有“醉饱已后,因取瓶跳之”的表达,如果“孚”表示“取”的含义的话,应该表述为“因孚酒瓶,盛骨而去”才更顺畅自然。

三、辛嶋静志(2009)认为“俘(孚)囚”中的“俘”或“孚”是赶快、赶紧的意思,未释“囚”的含义;后颜洽茂、谭勤(2014)进一步申发此说,认为“俘囚”当为“孚因”之讹,即“趕因”,“孚(趕)因酒瓶受骨而去”意谓急忙用酒瓶装好骨灰离开,“孚”表“疾”“速”义,当为“趕(麣)”之同音借用。然从原文对甥的描写来看,甥都是机智稳重,绝不慌张的性格。而以“孚(趕)”表示急忙、赶紧这样的词语来描写甥,似乎也不符合文中塑造的人物性格。如赵家栋等所云,从其他典籍同一故事的叙述来看,甥以瓶盛骨时也没有急忙的意思②。如:

(1)梁沙门僧旻、宝唱等集《经律异相》卷四十四《舅甥共盗甥有黠慧后得王女为妻十二》记为:“守者连昔饥渴,见酒,共饮。饮酒过多,皆共醉寐。因以酒瓶盛骨而去。”③

(2)隋智顗《妙法莲华经文句》卷第一下记述为:“(王又伺取,又因童儿舞戏投火烧之。)又行置酒,伺者大醉,酒瓶盛骨而去。”④

(3)唐释道世《法苑珠林》卷三十一《潜遁篇》第二十三之《引证部》第二:“诣守备者,微而语之,遗守者。连夕饥渴,见酒聚饮。饮酒过多,皆共醉寐。酒瓶盛骨而去。”⑤

---

①宗福邦、陈世铙、萧海波:《故训汇纂》,北京:商务印书馆,2003年,第1469页。

②亦可参谭代龙:《〈生经·舅甥经〉“有名”考》,《中国语文》,2006年第3期;李玉平:《也说〈生经·舅甥经〉中的“酒宗”》,《语言研究》,2005年第1期。

③僧旻、宝唱:《经律异相》,上海:上海古籍出版社,1988年,第234页中栏。

④此节赵家栋(2017)文中称引自卷1《序品》,当误。《中华大藏经》编辑局:《中华大藏经》[汉文部分],第94册,北京:中华书局,1997年,第16页中栏。

⑤释道世著,周叔迦、苏晋仁校注:《法苑珠林校注》,北京:中华书局,2003年,第947页。文渊阁《四库全书》本、《(新版精缩)乾隆版大藏经》本(第126册第226页)所收《法苑珠林》与此文同。

(4)后秦鸠摩罗什译，明通润笺《妙法莲华经大窾》卷首《序品第一》记作："又复置酒，与伺者饮，伺者大醉。复以酒瓶盛骨而去。"(《卍续藏经》第50册，台北：新文丰出版公司，1993年，第57页下栏)

(5)唐义净译《根本说一切有部毗奈耶破僧事》卷第十二记载甥舅共盗事细节不大相同，其中盗取舅的骨骸一节为："尔时彼贼复作是念。我今要将舅骨投于弶伽河中。作是念已，便作一事髑髅外道形。就彼骨所，取其余灰以涂其身。收取烧骨于髑髅中安置，投弶伽河中，作已便去。彼守尸人复以奏王。"(《大正藏》第24册，第160页上栏)

从上引(1)至(5)的记载中可见"甥"盗取舅骨时并无半点急忙、慌忙之态。又据钱钟书①考证，《佛说舅甥经》故事大概是脱胎于公元前五世纪希腊史学家希罗多德的《史记》(一般译为《历史》，即《希腊波斯战争史》)一书。只是《历史》中的贼和被国王所杀的人是兄弟关系，所要盗取的也不是骨骸而是兄弟的尸身。王嘉隽②译本较长，钱钟书(1983)译文简明，引其盗尸身一节如下：

子心生计，以驴数头，载诸革囊，中满盛酒，遵大路行。驱近尸所，潜取数囊，弛其束口，酒便洋溢。其人喊呀，复自打头，欲塞囊流，无所措手。守尸卫众，见酒流注，持器奔赴，深自忻喜，不沽得饮。其人佯怒，骂詈卫众。卫众软语，其人回嗔，牵驴道侧，料理酒囊。卫众与言，杂以嘲戏，皆大笑乐。其人取酒，馈众一囊。众席地坐，其人被邀，遂止偕饮，众皆觞之。复馈一囊，俾共酣畅。卫众沉醉，倒于饮处，烂漫昏睡。贼待夜深，割绳取尸，复侮卫众，薙其右颊，须髯净尽。驱驴载尸，归家报母，不负慈命。

从这段记述中可以发现，守卫的人喝醉昏睡之后，盗尸人不仅不急忙，反而"复侮卫众，薙其右颊，须髯净尽"，可见其镇定自若。《佛说舅甥经》故事若脱胎于此，则甥与盗尸人性格相近，称盗骨的甥赶紧、赶快、急忙等皆不符合甥之性格。

四、赵家栋等(2017)认为"俘囚"相当于"捊囚(囚)"，"捊""囚"二字均为"取"义，"孚""捊"古今字，"俘""捊"同源通用，"囚""囚"形近讹混，"俘囚酒瓶"意为取酒瓶。然考之辞书，捊，《说文》释为"引取也"，《汉语大字典》释为"引聚"，《汉语大词典》释为"引

①钱钟书：《一节历史掌故，一个宗教寓言，一篇小说》，《文艺研究》，1983年第4期，第6页。

②希罗多德著，王嘉隽(即王以铸)译：《希罗多德历史(希腊波斯战争史)》，北京：商务印书馆1959年，第163-164页。

取,聚集”;《集韵·侯韵》:“捊,掬也”,《汉语大字典》归纳为“以手捧物”,而根据文献用例,动词“捊”后所接宾语多是土壤一类细碎的东西,这样的动作特点用在“酒瓶”上是不适合的。又“囚”,《说文》的解释是“下取物缩藏之,从囗,从又。”徐锴《系传》:“人谓禽兽就地舐物为囚。”段玉裁认为即农人捞鱼或捞取水草或河泥的动作“罱”的正字,《汉语大字典》释为“摄取”,《古文字诂林》引林义光说云:“象手取物藏囗中形”。然以“囚”的动作来取圆形的酒瓶,也并不合适。汉语中同义连文,应当在没有连文使用时,单用于支配的对象也应该适合才可以,文献考察中也未发现“捊”和“囚”单独使用与“瓶”一类器皿搭配使用的情况。而且在文中取酒瓶这个动作似乎也并不需要特别强调,故在其他佛经中讲述此故事时并不描写取酒瓶的动作,即使要表示取酒瓶的动作,也当用一些常见动词,为何要用“捊囚”两个生僻词呢?

由此,我们全面考察了所有竺法护译经中涉及执取瓶类的动作和介词。如:

> (6)病人便前诣释言:“我欲去,愿乞此瓶。”释便与之。语之言:“此中有物,在汝所愿。”病人即持归,室家相对共探之,辄得心中所欲金银珍宝,恣意皆因,大会宗亲,诸家内外共相娱乐。醉饱已后,因取瓶跳之:“我受汝恩,令我富饶。”跳踉不止,便堕地破之,所求不能复得。(西晋竺法护译《生经·佛说譬喻经第五十五》)

此例,前文已提到。这里面取瓶的动作就用的是很常见的动词“持”和“取”。竺法护译经中涉及执取瓶类的动作或介词的语句,再如手持澡瓶(《佛说过去世佛分卫经》);明月珠宝诸天玉女各赍香瓶(《普曜经》卷第一),诸天玉女持万金瓶盛满甘露、天万玉女手执万瓶皆盛香水、五万梵天各执宝瓶(《普曜经》卷第二),执金香瓶着宝垛上(《普曜经》卷第五),人一瓶水就持灭火(《普曜经》卷第八);取金澡瓶,转轮圣王,以四海水,洗太子首体,适洗浴已,应时名曰圣顶盖王(《渐备一切智德经》卷第五);譬以瓶盛满水置露地,天雨,瓶中一渧不受、渧亦不得入(《佛说阿阇贳王女阿术达菩萨经》);摇动其瓶(《佛说文殊师利现宝藏经》卷下)、则取金瓶盛澡水(《舍头谏太子二十八宿经》)等。可见,按照竺法护的译经习惯,取酒瓶的动作使用“取”“持”“赍”“执”“以”等都很常见,其中也有“持万金瓶盛”“执万瓶皆盛”“以瓶盛”“取金瓶盛”的表达,可见取酒瓶当是一个常见动作,无需用捊、囚等僻词来表示“取”义。因为佛经翻译本来就追求明白简易,用生僻词义来翻译当是译经的大忌。竺法护其他译经中也不见使用捊、囚这两个词。

我们认为颜洽茂等(2014)所主张的文本当作“孚因”,“孚”表示速、疾之义是符合竺法护译经实际的,不过颜文进而认为“孚”表示赶快、赶紧、急忙等义则并不适当。理由如下:

一、关于是“俘囚”还是“孚因”等的文本异文问题，我们赞同颜洽茂等（2014）的最终意见，当以“孚因”为是。这里针对赵家栋等（2017）所提的质疑作几点说明。

1、尽管赵文指出至于唐代玄应《一切经音义》卷 12《生经》卷 1 及慧琳《一切经音义》卷 55《生经》卷 1 所据文本皆作“俘囚”，那也只能说明唐代时期的这两种音义所据文本皆为“俘囚”，并不能证明其所据文本一定就是《生经》文本的真实面貌，因为有比其更早的敦煌陈写本《佛说生经》（P. 2965）卷一就是写作“孚困”。

2、据颜文考证，除了高丽藏（第 38 册，线装书局，2004 年，第 526 页）及源于高丽藏的《中华大藏经》、《大正藏》及《频伽藏大藏经》（138 册，第 62 页）原文作“俘囚”外，其他诸本皆作“孚因”。我们复核原始材料后可知，《中华大藏经》“俘囚”注：“资、碛、径、清作‘孚因’。”是真实可信的。例见（宋元时期）碛砂藏大藏经，第 60 册，第 261 页上栏；南宋，国图本思溪资福寺藏本《生经卷一 · 佛说舅甥经第十二》（编号：SX3092），第 58 页；日本东京大学藏本，嘉兴藏万历版大藏经第 82 帙第 3 册（“璧”字册），第 59 页；清藏（亦称“龙藏”，即《乾隆大藏经》）《乾隆大藏经 · 小乘阿含部》第 128 册《佛说生经》第 536 页下栏。而日本《大正藏》称宋、元、明本“俘囚”作“孚因”证据不足，如其中“宋”即宋刻《资福藏》本，“元”即元刻《普宁藏》本，“明”即明刻《嘉兴藏》本，据我们核查原文，国图本思溪资福寺藏本《生经卷一 · 佛说舅甥经第十二》（编号：SX3092）作“孚因”；日本东京大学藏本，嘉兴藏万历版大藏经第 82 帙第 3 册（“璧”字册）《生经卷一 · 佛说舅甥经第十二》亦作“孚因”；普宁藏本未查到原始文献，据《中华大藏经》“俘囚”注：“普作‘俘因’”，则至少说明《大正藏》的意见是有待查证的，不能作为论证的依据。由此我们认为颜文的版本考察结果是符合实际情况的。

3、从我们对竺法护译经中“俘”和“囚”用法考察结果来看，本作“俘囚”的可能性也不大。

首先，所有竺法护译经中“俘囚”使用只有 1 次，即《佛说舅甥经》中的“皆共醉寐，俘囚酒瓶”。

其次，从所有竺法护译经中“囚”的用法来看。“囚”的用法有：

> 不意是贼，何因囚之（《生经卷第二 · 佛说舅甥经第十二》），人在三界，犹如系囚（《生经卷第四 · 佛说五百幼童经第三十三》）；若如牢狱系囚得解脱（《佛说德光太子经》）；如狱囚得脱故有贼心（《普曜经卷第六 · 降魔品第十八》），大赦境土，狱囚得出（《普曜经卷第八 · 佛至摩竭国品第二十六》）；众人大来会，缚束善妙士，着杻械闭系，须出如死囚（《佛五百弟子自说本起经 · 世尊品第三十（五十偈）》）；诸有

系囚令得解散，诸有系囚自然得出（《佛说离垢施女经》）；若见系囚便度脱之，系囚即解脱（《佛说须真天子经》卷第一）；观此人衣，形体举动，定是死囚（《修行道地经卷第三·劝意品第九》），劈解罪囚如木工（《修行道地经卷第三·地狱品第十九》），当复更见诸罪系囚，此诸罪囚在刑狱中，狱囚得脱，狱囚相谓，住立诸囚攀博攊捭，如罪囚临死（《修行道地经卷第五·数息品第二十三》）；如牢狱囚开锁五木（《佛说四自侵经》）。

可见，竺法护译经中“囚”1次用作动词，意思为“囚禁”“捉住”，其他皆为名词，组词如系囚、狱囚、死囚、罪囚、诸囚等，没有表示“取”义的用法，竺法护译经中也未见其他地方使用“囚”这个动词。

第三，“俘”的用法。竺法护译经中除了“俘囚”连用一次之外，没有其他使用“俘”的用例，可见此处“俘”如果按照本字理解是孤例，“俘囚酒瓶”的用法也不合常理，与其他用例相矛盾。

二、据我们对竺法护译经中“孚”所有用法的考察结果来看，按照“孚”字理解成“疾”“速”义为习见用法。“孚”字在竺法护的译经中共出现15次，其中有2次是表示“孵化”义，如：

(7)百足种种，及诸魍魉，四面周匝，产生孚乳。（《正法华经卷第二·应时品第三》）

(8)阿那律等仰视虚空，见飞鸟类停翼徘徊听佛所说，胎中之卵未生未孚，于鸟胎中亦复舒翅布翼听经。（《佛说无垢贤女经》）

“孚”1次表示“产生”“生出”义，该义由“孵出”义引申而来。如：

(9)发意菩萨亦复如是，假使发意智慧道力未孚成就，心犹慉仰习师子步，过诸声闻、缘觉之路，一切众魔自在宫殿，志怀恐惧不能自安。（《文殊师利普超三昧经卷中·变动品第九》）

按，(9)中“未孚”即“未生出”之义，《玄应音义卷第七·普超三昧经上卷》：“未孚，匹于反，《字林》：‘孚，信也。亦生也。’”①《慧琳音义卷三十二·普超三昧经中卷》：“未孚，

①徐时仪：《一切经音义三种校本合刊》（上、中、下册），上海：上海古籍出版社，2008年，第157页；又同书163页校注，《碛》本“孚”注音为“芳于反”。

缶于反。《字林》:‘孚,信也。亦生。’”[①]可洪《新集藏经音义随函录》第六册《文殊师利普超三昧经(三卷)》下卷:“未孚,芳無反,信也。《经音义》云:‘亦生也。’”[②]

竺法护译经中其他的 12 次“孚”皆当通“赴/趕/𪓐”[③]。其中 3 次应是本义,表示奔赴、疾行义,为动词。如:

(10)家中宁有宝,钱财及于物,我当以施与,救足诸贫穷。我与无厌惫,救济众下劣,孚善见答报,岂能有所惠?(《佛五百弟子自说本起经·尸利罗品第十二(二十偈)》)

(11)是时各驰走,孚远相求索,尽力从后追,不能及逮我。(《佛五百弟子自说本起经·飈提品第二十七(十九偈)》)

(12)其屋宅中,怖遑若兹,百千人众,烧丧狼藉。于时宅主,大势长者,见之如斯,急急孚务。闻此灾祸,愍念诸子,建立伎乐,宝乘诱出。有诸愚痴,不能解知,于彼戏笑,放逸自恣。长者听察,寻入馆内,騃夫不觉,无解脱想。(《正法华经卷第二·应时品第三》)

按,(10)中“孚善”即“赴善”,义“疾行善”。东晋竺昙无兰译《佛说见正经(亦名生死变识经)》:“佛言诸弟子:‘识神于是世作行善恶,临死识徙,随行受体,所见所习,非复故身,不可得还,不复识故面相答报也。如树已断,不可复集使生。’”此中有“作行善”“相答报”,可推知“孚”相当于“(疾)行”。(11)“孚远”即“趕远”,义即疾速奔驰到远处;(12)“孚务”,真大成[④]认为“孚”与“务”为同义连文,表示“疾速”、“匆忙”义。我们则赞同康振栋[⑤]和颜洽茂等(2014)的意见,认为“孚”当即“赴”,“务”即“从事”“致力”。“孚务”,即疾速去采取措施,下文“愍念诸子,建立伎乐”即文中长者采取的措施和方法,以拯救“诸子”。鸠摩罗什《妙法莲华经卷第二·譬喻品第三》中译此处为:“长者闻已,惊入火宅,方宜救济,令无烧害。”其中的“惊入”与“孚务”所描述相当。

---

①徐时仪:《一切经音义三种校本合刊》,2008 年,第 1069 页。

②《中华大藏经》编辑局:《中华大藏经》第 59 册,1997 年,第 755 页下栏。

③亦可参颜洽茂、谭勤:《“俘囚”辨说》,《中国语文》,2014 年第 3 期,第 284 页。

④真大成:《〈正法华经〉疑难词语释义三题》,《历史语言学研究》第 10 辑,2016 年,第 188 页。

⑤康振栋:《竺法护翻译佛经词汇研究——以〈正法华经〉词汇为中心》,浙江大学博士学位论文,2011 年,第 9 页。

竺法护译经中的“孚”有9次指“疾”“速”义①，为形容词，当由“疾行”义引申而来。如：

(13)佛念本生地，意欲见亲族。今听王头檀，所说甚可悲。比丘名优陀，姿性能悦人。佛遣使令行，孚致消息来。还入父王国，以入宣佛意。今王太子顾，意欲还至宫。优陀闻佛教，即听受奉行。(《普曜经卷第八·优陀耶品第二十八》)

(14)又舍利弗！其有众生未兴起者，如来出世有信乐者，乐佛法教精进奉行，最后竟时欲取灭度，谓声闻乘，遵求罗汉，孚出三界，譬如长者，免济子难，许以羊车；若复有人，无有师法，自从意出，求至寂然，欲独灭度，觉诸因缘，于如来法，而行精进，谓缘觉乘。(《正法华经卷第二·应时品第三》)

(15)子覩长者色像威严，怖不自宁，谓是帝王若大君主，进退犹豫，不敢自前，孚便驰走。(《正法华经卷第三·信乐品第四》)

(16)贤者罗云，复前自投世尊足下，俱共白言：“……阿难、罗云，则是佛子亦是侍者，持圣法藏，惟愿世尊，孚令我等所愿具足，授无上正真。”(《正法华经卷第五·授阿难罗云决品第九》)

(17)时佛颂曰：“假使有一，欲解大法，开化一切，皆至正觉。当孚受持，斯《法华经》，宣示远近，诸未闻者。”(《正法华经卷第六·药王如来品第十》)

(18)其女即以一如意珠，价当是世，时孚供上佛，佛辄受之。女谓舍利弗及智积曰：“吾以此珠供上世尊，佛授疾不？”答曰：“俱疾。”女曰：“今我取无上正真道成最正觉，速疾于斯。”于斯变成男子菩萨，寻即成佛。(《正法华经卷第六·七宝塔品第十一》)

(19)则设方便欲令速服，便告诸子：“今我年老羸秽无力，如是当死，汝辈孚起。若吾命尽，可以此药多所疗治，服药节度汝等当学，假使厌病欲得安隐，宜服斯药。”(《正法华经卷第七·如来现寿品第十五》)

(20)体解道宜，施以安隐，消除众患，是曰忍辱；孚疾畅达，至无上道，长乐法乐，是曰精进。(《贤劫经卷第五·十种力品第十五》)

(21)贤者阿难亦不察之，饭时已到，亦不见文殊师利从室出，时心念言：“文殊师利得无欺诸比丘僧？我宜孚往白世尊言：‘时今已到，文殊师利不出其室。’”阿难即

①吴碧云曾罗列驰、促、奔急、駃疾为同义词，但没有列“孚”。参吴碧云：《〈生经〉同义词研究》，湖南师范大学硕士学位论文，2011年，第19页。

往白佛:“不见文殊师利出其室。”(《佛说文殊师利现宝藏经》卷上)

以上各例“孚”的用法,第(14)至(19),颜洽茂等(2014)曾引用辛嶋静志意见释“孚”为“赶快”“赶紧”,并改释为“速”“疾”,意见是对的。然其说较略,以下对(13)至(21)例逐条详细分析:

(13)中“孚致”,可洪《新集藏经音义随函录》第五册《普曜经(一部八卷)》第八卷:“孚致,上撫夫反,信也。”①我们认为此处的“孚”当为“速,疾”之义。因后文“优陀闻佛教,即听受奉行。”“即”字说明其“立即,马上”,就包含“速,疾”义。且“佛念本生地,意欲见亲族”,则自然心情急切,令“速致消息来”更符合情景。唐地婆诃罗译《方广大庄严经卷第十二·转法轮品之二》也讲述这段故事,其中的“优陀夷”(即《普曜经》中的“优陀”)称:“我本奉王教,出国迎太子,说王愁念久,言辞甚可悲。佛顾本生地,寻当见亲族,我时承佛命,将入迦毘罗。”“寻当见亲族”中的“寻”包含很快的意思,则与《普曜经》所述的“佛遣使令行,孚致消息来”正相应。

(14)中的“孚出”,即“速出”。《玄应音义卷第七·正法华经第二卷》②:“孚出,又作赴,同。芳务反。孚,疾也。《广雅》:‘赴,行也。’”《慧琳音义卷第二十八·正法花经第二卷》③释义略同。可洪《新集藏经音义随函录》第五册《正法华经一部(十卷一帙)》第二卷:“孚出,上芳务反,急也,疾也。正作𪇰、赴二形也。又芳無反,信也,非。”④按,玄应、慧琳、可洪皆以“疾”释“孚”是对的。然可洪以“急”释“孚”则不适当,“急”则是主观上的情感和表现,语境中并无体现,而速度的快则是客观的描述,语境中则是适当的。又鸠摩罗什译《妙法莲华经卷第二·譬喻品第三》译此节为:“若有众生,内有智性,从佛世尊,闻法信受,殷懃精进,欲速出三界,自求涅槃,是名声闻乘,如彼诸子,为求羊车,出于火宅;若有众生,从佛世尊,闻法信受,殷懃精进,求自然慧,乐独善寂,深知诸法因缘,是名辟支佛乘。”“速出三界”与“孚出三界”相对,可知“孚”为“速”义。

(15)中“孚便驰走”即“即便驰走”。下文一段叹颂中复述内容为:“于时穷子,见之如此,倚住路侧,观所云为,自惟我身,何为至此,斯将帝王,若王太子,得无为之,所牵逼迫,不如舍去,修己所务。思虑是已,寻欲迸逝,世无敬贫,喜穷士者。”其中的“迸逝”,《说文新附》:“迸,散走也。”《说文》:“逝,往也。”则可知,其子想要迅速逃离其处。“孚”

①《中华大藏经》编辑局:《中华大藏经》第59册,1997年,第701页下栏。
②徐时仪:《一切经音义三种校本合刊》,2008年,第145页。
③徐时仪:《一切经音义三种校本合刊》,2008年,第996页。
④《中华大藏经》编辑局:《中华大藏经》第59册,1997年,第705页中栏。

则为疾、速义，可译为“即”，“即便驰走”，意思是“立即就奔跑”。又鸠摩罗什译《妙法莲华经卷二·信解品第四》译此节为：“穷子见父有大力势，即怀恐怖，悔来至此。窃作是念：‘此或是王，或是王等，非我佣力得物之处。不如往至贫里，肆力有地，衣食易得。若久住此，或见逼迫，强使我作。’作是念已，疾走而去。”“疾走而去”对应“孚便驰走”。可推知“孚”有“疾”义，可译为“即”。

（16）孚令，即“速令”。鸠摩罗什《妙法莲华经卷第四·授学无学人记品第九》译为：“尔时阿难、罗睺罗，而作是念：‘我等每自思惟：“设得授记，不亦快乎。”’即从座起，到于佛前，头面礼足，俱白佛言：‘世尊！我等于此亦应有分，唯有如来，我等所归。又我等为一切世间天、人、阿修罗所见知识——阿难常为侍者，护持法藏；罗睺罗是佛之子——若佛见授阿耨多罗三藐三菩提记者，我愿既满，众望亦足。’”与“孚令”相应处译作“若佛见授”，“孚”释为“速”“即”皆可通。

（17）“当孚受持”，即“当即受持”或“当速受持”。因为前文内容已经提到：“佛告比丘：‘……若族姓子、族姓女，欲得供养十方诸佛，即当受持《正法花经》，持讽诵读宣示一切，分别一乘无有三乘道。’”“即当受持《正法花经》”正与后文佛颂的“当孚受持，斯《法华经》”相对。“孚”与“即”相当。又鸠摩罗什《妙法莲华经卷第四·法师品第十》译此节为：“若欲住佛道，成就自然智，常当勤供养，受持法华者。其有欲疾得，一切种智慧，当受持是经，并供养持者。若有能受持，妙法华经者，当知佛所使，愍念诸众生。”其中对应“当孚受持，斯《法华经》”处为“当受持是经”，“孚”义没有专门对应某词，则“孚”一般表示的“疾速”义，鸠摩罗什译经中没有强调，“孚”对应释为“即”“速”是可通的。

（18）“时孚供上佛”即“时速供上佛”，“孚”为疾速义。后文专门讨论“疾”的问题，释“孚”为“疾”义最妥帖。又鸠摩罗什《妙法莲华经卷第四·提婆达多品第十二》译此节为：“尔时龙女有一宝珠，价直三千大千世界，持以上佛，佛即受之。龙女谓智积菩萨、尊者舍利弗言：‘我献宝珠，世尊纳受，是事疾不？’答言：‘甚疾。’”鸠摩罗什将竺法护译经中的“时孚供上佛”译为“持以上佛”则没有强调疾速义，类似的译法又见于隋阇那崛多共笈多《添品妙法莲华经卷第四·见宝塔品第十一》。然失译人名今附西晋录《萨昙分陀利经一卷》中则译为：“女自持一摩尼珠，其价当一大国。女疾过与佛，佛亦疾受。女谓舍利弗及般若拘菩萨：‘我与佛珠为迟疾。’答曰：‘甚疾。’女复言：‘佛受我珠为迟疾。’答曰：‘甚疾。’女言：‘我与佛珠为迟，佛受我珠复迟，我今取佛疾。’”这里对应竺法护“时孚供上佛”的是“疾过与佛”，正是“孚”为“疾”义绝好一证。

（19）“汝辈孚起”，即“汝辈速起”，因为前文父亲“欲令速服”，让孩子们快点吃药痊愈。竺法护译经强调了“速”义。鸠摩罗什《妙法莲华经卷第五·如来寿量品第十六》译为:“即作是言:‘汝等当知!我今衰老,死时已至,是好良药,今留在此,汝可取服,勿忧不差。’”则可知鸠摩罗什仍未强调“疾速”义。

(20)“孚疾”,孚与疾为同义词连用,即迅疾义。又“孚疾”在其他文献中用例亦是“迅疾”义。南朝宋求那跋陀罗译《佛说摩诃迦叶度贫母经》一卷:“释提洹因即与天后……变其形状似于老人,身体痟瘦偻行而步,公妻二人而共织席,自现贫穷乞人之状,不储饮食谷帛之具。……迦叶觉之,全不肯取。即言:‘道人!弊食不多,钵来取之。’……迦叶即嫌其香无量,即便三昧思惟其本,方坐三昧,公及母还复释身,逕疾飞去,空中弹指欢喜无量。”其中的“逕”,大正藏本①校记云宋、元、明、宫本作“迅”,《中华大藏经》本②校记云:“石作‘孚’,资、碛、普、南、径、清作‘迅’。”则可知有的版本“逕”作“孚”。又考可洪《新集藏经音义随函录》第14册《摩诃迦叶度贫母经(一卷)》在“痟瘦”、“不储”“弊(弊)食”之后有词条“孚疾”:“孚疾,上音敷,信也,宜作𧾷、赴,二同音赴,急也,疾也。”③则可推知可洪所据《摩诃迦叶度贫母经》本“逕疾”作“孚疾”。作“孚疾”与“迅疾”皆可,“孚”“迅”词义相当,皆“疾速”义,作“逕”当误。

(21)“孚往”即疾往,即往。先说“孚往白世尊言”,紧接着后文就说“阿难即往白佛”。“孚”对应“即”。又宋求那跋陀罗译《大方广宝箧经》卷中:“我时不见文殊师利,乃至食时犹不出房。我作是念:‘文殊师利将不令诸比丘僧众失于日时?当往佛所具白是事。’即至佛所,顶礼佛足,白言:‘世尊!日时已至。文殊师利犹不出房。’”则求那跋陀罗译经中“即至佛所”也包含“疾速”之义,则“即”相当于“孚”。

此外,还有2条关于竺法护译经中“孚”表示“疾”义的版本异文材料。

(22)拘楼秦佛时,昔有起塔者,我时在彼住,其寺甚高大。兴造此塔寺,我口呵谴之:“是塔甚太大,何日当成就?可稍作功德,如是自立办,既不多劳烦,塔寺亦速讫。”(西晋竺法护译《佛五百弟子自说本起经·罗槃飕提品第二十八(十四偈)》)

(23)弊魔入诸街里家家唱令,及四徼道使诸凡民长者梵志,施与文殊师利供具者其福最大。……尔时,文殊师利分卫周已,出舍卫大城,魔即侍随。是时,文殊师利于中道住,持钵着地,谓魔波旬:“汝且举钵在于前行。”于是波旬从地举钵而不能称,白文殊师利:“我实不能举摇此钵。”文殊师利告波旬曰:“卿有力势神通无极,以

①高楠顺次郎、渡边海旭、小野玄妙等:《大正新修大藏经》,1934年,第14册,第762页下栏。

②《中华大藏经》编辑局:《中华大藏经》第36册,1997年,第331页中栏。

③《中华大藏经》编辑局:《中华大藏经》第59册,1997年,第1097页中栏。

大神足擎举此钵。”于是波旬尽现神力了不能称，变化举钵不能令钵离地如发。彼时波旬得未曾有，谓文殊师利：“有山名曰伊沙陀，发意之顷，我能以掌跳置虚空，今此小钵而不能称。”（西晋竺法护译《佛说文殊师利现宝藏经》卷上）

（22）中的“呵谴”，《大藏经》《中华大藏经》校记皆无异文说明。然《玄应音义卷第十三·五百弟子自说本起经》①“垩饰”②与“轻邈”条之间有“孚谴”条：“孚谴，字体作‘赴’，同。芳务反。《礼记》：‘赴往。’郑玄曰：‘赴，疾也。’《广雅》：‘赴，行也。’下去战反。谴，责也。”《慧琳音义卷第五十七·五百弟子自说本起经》③“孚谴”条略同。唯引《礼记注》稍异，作：“《礼记》云：‘无赴往。’郑玄曰：‘赴，疾也。’”而《佛五百弟子自说本起经》原文在“垩饰”与“轻邈”之间只有“呵谴”一处有“谴”字，则可推知玄应所见版本“呵谴”作“孚谴”，“孚”训“疾”，则“孚谴”义当为“立即（马上）谴责”。又可洪《新集藏经音义随函录》第14册《五百弟子自说本起经（一卷）》“垩饰”等条目后有“呵谴”条：“去见反，上又《经音义》作‘孚谴’，应和尚以‘赴’字替之，音赴，彼悮。”④也说明玄应音义所见本“呵谴”作“孚谴”，并释“孚”为“赴”，而可洪不赞同其解。

（23）中在“徼道”和“跳置”之间，有多处“举”字，然没有“孚举”，大正藏本⑤校记称：“擎”，宋、元、明三本和宫本作“能”；中华大藏经本⑥校记称：“擎”，碛、南、径、清作“能”。考可洪《新集藏经音义随函录》第六册《佛说文殊师利现宝藏经（三卷）》中卷在“激（徼）道”和“跳量（置）”条之间有“孚举”条：“孚举，上芳务反，疾也，正作赴，《经音义》作赴也。”⑦则可洪所见《佛说文殊师利现宝藏经》本有“孚举”一词；结合语境，“从地举钵”“举摇此钵”“变化举钵”，与“孚”字不好搭配，而下文又有“汝执此钵且于前行”句，则“汝且举钵在于前行”句表达通畅，由此推测五个“举”字搭配中最可能是“擎举”，可洪所见本“擎举”作“孚举”，当为“速举”之义。

由以上竺法护译经材料中“孚”的用法可以看出，“孚”表示“疾”“速”是十分常见的，“孚”在语境中常与“即”有对当关系。

三、我们作进一步考察，“孚”表“疾”“速”义不仅仅是应用在竺法护的译经中，其实

---

①徐时仪：《一切经音义三种校本合刊》，2008年，第268页。

②今本原文或作“聖饰”，当作“垩饰”，参看《大正藏》《中华大藏经》本校记，有多个版本作“垩”。

③徐时仪：《一切经音义三种校本合刊》，2008年，第1518页。

④《中华大藏经》编辑局：《中华大藏经》第59册，1997年，第1095页上栏。

⑤高楠顺次郎、渡边海旭、小野玄妙等：《大正新修大藏经》，1934年，第14册，第458页中栏。

⑥《中华大藏经》编辑局：《中华大藏经》第17册，1997年，第346页下栏。

⑦《中华大藏经》编辑局：《中华大藏经》第59册，1997年，第736页中栏。

从东汉至东晋时期都有应用。例如：

(24) 太子观视官殿，悉作冢墓，鵄鸺狐狸，豺狼鸟兽，飞走其间。太子观见一切所有，如幻如化如梦如响，皆悉归空，而愚者保之。即呼车匿，急令被马。车匿言："天尚未晓，被马何凑？"太子为车匿而说偈言："今我不乐世，车匿莫稽留，使吾本愿成，除汝三世苦。"于是车匿，即行被马，马便跳踉，不可得近。还白太子："马今不可得被。"菩萨自往拊拍马背。(东汉竺大力、康孟详译《修行本起经卷下·出家品第五》)

大正藏本第3册467页、中华大藏经本34册第444页《修行本起经》"急令"下校记无版本异文说明。然考可洪《新集藏经音义随函录》第十三册《修行本起经两卷》下卷在"鵄鸺"和"跳踉"条之间有"孚令"条："孚令，上音赴，急疾也。正作趕、麣二形。又音敷，非。"①则可推知可洪所见《修行本起经》中的"急令"作"孚令"。此处"孚"与"急"相当，又与前"即呼车匿"相对，则"孚"亦可译为"疾，速"。从主观情感角度为"急"，从客观角度描述则为"速，疾"。

(25)(维摩诘)答曰："此饭住止至七日七夜，后乃消化。而随所语，若弟子行者，服食此饭，不得道终不消。其食此饭而中止者，则不消也。新行大道而服食此饭，不得法忍则亦不消。若得法忍而食此饭，至一生补处，其饭乃消。譬如，阿难！阿昏陀药其香遍一室，皆作蜜香气，悉消众毒，药气乃歇。此饭如是，未孚即消。至诸垢毒一切除尽，饭气乃消。"(三国吴支谦译《维摩诘经卷下·菩萨行品第十一》)

《玄应音义卷第八·维摩诘经下卷》："未孚，又作'趕'，同。芳务反。《礼》云：'无趕往。'郑玄注：'孚，疾也。'《广雅》：'趕，行也。'"②《慧琳音义卷第二十八·维摩诘经下卷》："未孚，又作'趕'，同。芳务反。孚，疾也。《广雅》：'趕，行也。'"③又可洪《新集藏经音义随函录》第五册《维摩诘经两卷(吴支谦译)》下卷："未孚，芳務反，疾也。正作'俘'也。又音敷，非也。"④则此处"未孚即消"就是"不会很快就消化"之意，且可洪认为"孚"字正字当写作"俘"字。

①《中华大藏经》编辑局：《中华大藏经》第59册，1997年，第1049页下栏。
②徐时仪：《一切经音义三种校本合刊》，2008年，第169页。
③徐时仪：《一切经音义三种校本合刊》，2008年，第1005页。
④《中华大藏经》编辑局：《中华大藏经》第59册，1997年，第713页上栏。

(26)庐监被勅,即行扫除,见赖咤和罗在维醯勒庐树下坐,庐监见之,即行白王:“扫除已净。王常可道说亲厚知识赖咤和罗,今在庐中树下坐。王欲见者可孚行。”王闻之大欢喜,即严驾而出。……王言:“虽我自来者,卿是我少小知识,意欲持财物极意相遗。”(三国吴支谦译《佛说赖咤和罗经》)

其中的“孚行”,大正藏本第1册870页下栏校记称宋、元、明三本无“孚”字,中华大藏经本第34册第237页中栏校记称:“孚,资、碛、普、南、径、清无。”则诸本多无“孚”字。考可洪《新集藏经音义随函录》第13册《赖咤和罗经(一卷)》在“庐监”与“相遗”之间有“孚行”条:“孚行,上芳無反,信也。或作趕,音赴,急也。”①则可推知可洪所见本有“孚”字,此“孚”字或作“趕”字,正当释为“速”“疾”义,可洪释为“信”或“急”皆不准确。

(27)佛言:“善哉四王!诚如所云,斯大法者难可见闻,若一蹉跌与法永违。于亿千劫未卒值遇。犹如一针堕深大海,反复求索宁易致乎?”四王白佛:“甚难甚难。天中天!”(西晋聂承远译《佛说超日明三昧经》卷下)

其中“未卒”之“卒”字,据《大正藏》第15册第547页校记,宋、元、明三本及宫内省图书寮本皆作“曾”;据《中华大藏经》②校记:“‘卒’,资、碛、南、径、清作‘曾’。”考《玄应音义卷第五·超日明三昧经下卷》③在“蹉跌”与“一针”之间有词条:“未孚,字体作‘孵’,同。芳务反。《礼》云:‘无孵往。’郑玄注:‘孵,疾也。’《广雅》:‘孵,行也。’”又《慧琳音义卷第三十四·超日明三昧经下卷》④在“蹉跌”与“一针”之间有词条:“未孚,字体作‘趕’,同。芳务反。《礼》云:‘无趕往。’郑玄注云:‘趕,疾也。’《广雅》云:‘趕,行也。’”由此可推断,玄应和慧琳所见《超日明三昧经下卷》版本中的“未卒”作“未孚”(玄应音义中的“孵”即“趕”之误),且二家将“孚”释为“疾”。又可洪《新集藏经音义随函录》第8册《超日月(明)三昧经两卷》下卷在“蹉跌”与“一针”之间有词条:“未孚,音敷,信也。又应和尚作‘趕’,音赴,急疾也。”⑤按,原文佛与四王对话中称“不易”或“难”,则作“卒”或“曾”皆与上下文意不符,当作“孚”为是。“于亿千劫未孚值遇”则意谓在亿千劫中没有那么快就会遇到或碰到。可洪不同意玄应音义的观点,认为“孚”当作“信”解,

①《中华大藏经》编辑局:《中华大藏经》第59册,1997年,第1036页中栏。
②《中华大藏经》编辑局:《中华大藏经》第21册,1997年,原文第318页中栏,校记在第328页中栏。
③徐时仪:《一切经音义三种校本合刊》,2008年,第110页。
④徐时仪:《一切经音义三种校本合刊》,2008年,第1117页。
⑤《中华大藏经》编辑局:《中华大藏经》第59册,1997年,第832页上栏。

那意思则谓“在亿千劫中未必一定会遇到或碰到”,此解不如玄应音义的说解好,因为“未必会”则包含不可能的意思,“没有那么快”则更着重强调不容易,故释“孚”为“疾”更优。

(28)佛告比丘:“便呼听施来。”比丘便起,头面礼佛足,往呼听施。听施即至佛所,头面礼佛足已,就座,佛便言:“听施!汝所欲,便说之。”(东晋昙无兰译《比丘听施经》)

其中的“便呼”“往呼”,《大正藏》《中华大藏经》校记皆无版本异文说明。然考《玄应音义卷第十三・比丘听施经》①在“殟殟”条前有:“孚呼,匹于反,孚,疾也。呼,召也,命也。[又音呼饿反,发声也。]”《慧琳音义卷第五十七・比丘听施经》②:“孚呼,芳于反,孚,疾也。呼,召也,命也。又音呼饿反,发声也。”则可推知,玄应、慧琳所据《比丘听施经》版本中“便呼”盖当作“孚呼”,孚为“疾速”义。“孚”在语境中与“便”“即”有对当关系。

(29)山中揭鸟,尾有长毛,毛有所著,便不敢复去,爱之恐拔,罣为猎者所得,身坐分散而为一毛故。……人在世间,譬乘泥船渡河,当浮渡,船且坏,人身如泥船不可久,当疾行道。……有一虫,名为不吉,来啮其髀。(佚名译《三慧经》,大正藏附十六国时期的凉国所录,列于西晋竺法护译经《佛说四辈经》和三国吴支谦译《佛说三品弟子经》之间)

《大正藏》17 册 703 页、《中华大藏经》第 52 册 323 页校记对其中的“当浮”皆无版本异文说明。可洪《新集藏经音义随函录》第 22 册《三慧经一卷》在“罣为”与“来啮”之间有词条“当孚”:“当孚,音赴,疾也。正作𪓐、赴二形也。又音敷,非也。”③则可推知可洪所据《三慧经》本“当浮渡”作“当孚渡”。按,可洪所据本是对的,“孚”为疾速义,“浮”字当为记音的借字。因为语境中谈论人在世间,譬如乘泥船渡河,应当疾速渡过,因为泥船很快将会坏掉,后文称“当疾行道”正是强调“疾速”义。

颜洽茂等(2014)中所举“孚”表示“疾速”义例证,除了竺法护译经外,基本为字典辞书和现代方言中的释义,而对西晋前后其他文献中“孚”表示“疾速”义的用例关注不够,我们补充相关的例证,更可以说明当时文献中“孚”的这种用法是普遍的。

四、关于竺法护译经中介词“因”+“(准)工具类名词”用法的考察。

赵家栋等(2017)认为“因”后面不能接工具类名词,此说值得商榷。其以《大般涅槃

①徐时仪:《一切经音义三种校本合刊》,2008 年,第 288 页。

②徐时仪:《一切经音义三种校本合刊》,2008 年,第 1526 页。

③《中华大藏经》编辑局:《中华大藏经》第 60 册,1997 年,第 248 页中栏。

经》中的"因"用法为证据,证明力不足。因为《大般涅槃经》译经者并非竺法护,而是晚于竺法护的北凉的昙无谶。我们尝试对竺法护译经中的"因+工具类名词"用法或"因+准工具类名词"用法加以全面考察后认为,"因"可以译为"以","因"加"酒瓶",可译为通过酒瓶,借助酒瓶。如:

(30)其色阴者无身、无我。所以者何?因口作号,所言亦空;不起不灭,所言自然。(竺法护译《佛说阿惟越致遮经卷中·缘觉品第十》)

(31)因彼天眼见十方已,睹于五趣所生住处,而察群黎生死所归,知其报应所当获果,识斯根原亦复晓了诸根强弱。(竺法护译《阿差末菩萨经》卷第四)

(32)其勤修者坚持其志,犹有术师执持太屏,若因浮筏径浮渡江及安眷属,是曰精进报。(竺法护译《贤劫经卷第三·三十二相品第十一》)

(33)(妙御如来)以三品果贡上其佛……;(爱英如来)以华贡佛……;(妙天如来)贡上甘美蜜钵……;(多勋如来)贡上其佛一丈六尺……;(众香手如来)因香水洒其世尊……;(顺观如来)以好缯氎作挍饰盖贡上其佛……;(雨音如来)而以澡罐贡上其佛……。(竺法护译《贤劫经卷第八·千佛发意品第二十二》)

(34)"于须菩提意云何?於此兴乎所知思想,从习俗教,因五盛阴,为菩萨乎?"答曰:"如是。唯,天中天!""于须菩提意云何?有知思想,随其习俗而发言教,以五盛阴,而有所起而有所灭,宁可复得尘劳瞋恨。"答曰:"不也,天中天!"(竺法护译《光赞经卷第四·摩诃般若波罗蜜幻品第十》)

上述例子中的"因"都基本是"借助"义,后面所接词语也是近似于表示工具类的名词,也可以用介词"以"替换,译为"用"。尤其例(33)中的"因",正相当于"以",因为此句前后一大段文字对应处的介词多为"以"字;例(34)中"因五盛阴"下文改述为"以五盛阴",也说明"因""以"用法相当,可相替换。故赵家栋等(2017)的意见是不成立的,"因酒瓶盛(受)骨而去"即"以酒瓶盛(受)骨而去",是符合竺法护译经习惯的。"取"酒瓶的动作并不需要强调,因而在其他译经或传抄故事中也没有强调取酒瓶的动作。

综上所论,我们认为《舅甥经》中的"俘囚"本当作"孚因","孚因"相当于"速因""疾因""即因","孚因酒瓶盛骨而去"一句,按照竺法护译经习惯,是强调疾速义的,可译为"迅速(迅即)用酒瓶盛装舅之骸骨而离开";如果不是特别强调疾速义,也可译为"随即用酒瓶盛装舅之骸骨而离开",如此则与其他佛经中的描述基本一致了。

A Study on *Fuqiu* (俘囚) in *Shengjing Jiushengjing* (《生经 · 舅甥经》)

Li Yuping
(Tianjin Normal University)

Abstract: Scholars used to make active and valuable exploration on the definition of *Fuqiu* (俘囚) in the book of *Shengjing Jiushengjing* (《生经 · 舅甥经》), but there are still some imperfections. Zhao Jiadong's new opinion is not appropriate, which was proposed in 2017 and insisted that *Fuqiu* (俘囚) was equivalent to *Pounie* (捊図 or 捊囚), meaning "to take". Yan Qiamao's opinion makes sense, which was proposed in 2014 and argued that the word form of *Fuqiu* (俘囚) should be *Fuyin* (孚因), and the meaning of *Fu* (孚) in which is "rapid" and is a common meaning in both Buddhist scriptures of *Zhu Fahu* (竺法护, a monk of the Western Jin Dynasty) and the other scriptures from Eastern Han to Eastern Jin Dynasty. But Yan Qiamao's opinion on interpreting *Fu* as "hurry or flurry" in the conclusion is not accurate, because the nephew in *Shengjing Jiushengjing* doesn't have that kind of personality. We also argue that the meaning of *Fu* (孚) is "rapidly or immediately" and the sentence *Fu in Jiuping Cheng Gu Er Qu* (孚因酒瓶盛骨而去) should be translated into the nephew picked up his uncle's bones with a wine urn and left quickly, and this understanding is consistent with the description in other Buddhist scriptures.

Keywords: *Shengjing Jiushengjing* (《生经 · 舅甥经》); *Fuqiu* (俘囚); *Fuyin* (孚因); *Fuyin* (俘因); *Fu*(�)

《敦煌歌辞总编》校议*

刘晓兴

（南京师范大学国际文化教育学院）

提要：今借助于语言学的知识，对敦煌歌辞中的几处讹误提出新的见解。“自刎”当从原卷字形作“自刭”；“拴”当校录为“传”；“易折”当校录为“为折”；“疑”当校录为“拟”；“料”当校录为“拾”。而原卷的“日惠”当乙正为“惠日”，指“暖和的太阳”；而“恶弱”无误，义为“不好”。

关键词：敦煌歌辞；校读；商补

作为敦煌俗文学的重要组成部分，敦煌歌辞与敦煌变文对于文学研究皆有重要的价值。两者又皆有极强的口语性，所以语言研究者又常将其作为研究语料。敦煌变文有黄征、张涌泉整理的《敦煌变文校注》这一集大成者①；敦煌歌辞则有任中敏（号“二北”“半塘”）整理的《敦煌歌辞总编》②。后者收歌辞一千三百余首，附见歌辞约五十首，校勘精良，故段观宋称之为“与王重民等所编的《敦煌变文集》，堪称我国敦煌文献的双璧”③。著名敦煌学家项楚亦提到“我相信今后一切治敦煌曲的中外学者，不论是否赞同任先生的理论，都将认真研究任先生的这部巨著，并且以任先生所达到的成就作为出发点，去进

---

* 本文是国家社科基金重点项目“中古汉语虚词研究及中古汉语虚词词典编撰”（18AYY020）、南京师范大学引进人才科研启动项目“敦煌歌辞疑难字词考释”的成果之一。匿名审稿专家对拙文提出了若干有价值的修改意见，张莹莹博士帮助处理了文中的俗字，在此谨致谢忱。文中错误，概由本人负责。

①为求行文简洁，本文省去“先生”这一敬称，祈请谅解。

②该书于1987年由上海古籍出版社出版，2014年由凤凰出版社出版修订本。（任中敏：《敦煌歌辞总编》，南京：凤凰出版社，2014年）本文引文采用修订本的文字。

③段观宋：《〈敦煌歌辞总编〉校议》，《湘潭大学学报（社会科学版）》，1994年第3期，第112页。

行新的探索"①。然而,由于当时高清版本的敦煌卷子尚未公布,故《敦煌歌辞总编》的部分校录与原卷相差较大。而后,大量的学者对其进行了商榷、补充,如项楚的巨著《〈敦煌歌辞总编〉匡补》便颇多精到的见解。不少学者亦撰写单篇论文来商榷《敦煌歌辞总编》,如黄征《〈敦煌歌辞总编〉校释商榷》、张涌泉《〈敦煌歌辞总编〉校议》、蒋冀骋《〈敦煌歌辞总编〉校读记》等等。而曾昭岷、曹济平、王兆鹏、刘尊明编《全唐五代词》与张锡厚编《全敦煌诗》亦有不少内容涉及到敦煌歌辞②。

不过,在核对敦煌原卷、分析歌辞语境后,我们发现部分歌辞仍有重新整理的必要。具体可分为两类:第一类,《敦煌歌辞总编》有误,前人未进行商榷;第二类,该书有误,前人已经商榷,但商榷内容仍可斟酌。或者该书的校录无误,但学者以为校录有误。针对敦煌歌辞中的这些问题,我们在核对敦煌原卷的基础上,从语言学角度对其中的7条录文重新进行了释读,祈请方家、同好指正。文中敦煌歌辞的内容均引自《敦煌歌辞总编》,后附页码或编号③。

一、新考可疑校录

1. 一朝自刎乌江死,盖代雄名也是空。(p. 721)

自刎:甲本伯三八二四、乙本伯四六〇八、丙本俄Дx九二二、丁本俄Дx一三五八、庚本斯五五六九作"自到";己本斯四〇三九作"自[illegible]"④。

按:任中敏在第726页指出:"'霸王虞姬皆自刎,当本',音义均定,非'别''到'等字所能溷。"但"刎"与原卷所载字的形音皆不相似。其实"到""别"应为"刭"的形讹字⑤,

---

①项楚:《〈敦煌歌辞总编〉匡补》,成都:巴蜀书社,2000年,序第2页。

②项楚:《〈敦煌歌辞总编〉匡补》,成都:巴蜀书社,2000年;黄征:《〈敦煌歌辞总编〉校释商榷》,《敦煌研究》,1990年第2期;张涌泉:《〈敦煌歌辞总编〉校议》,《语言研究》,1992年第1期;蒋冀骋:《〈敦煌歌辞总编〉校读记》,《湖南师范大学社会科学学报》,1994年第1期;曾昭岷、曹济平、王兆鹏、刘尊明编:《全唐五代词》,北京:中华书局,1999年;张锡厚编:《全敦煌诗》,北京:作家出版社,2006年。

③除了本文商榷的几条内容外,《敦煌歌辞总编》还有不少失误。本文在引用时,一般先照录敦煌原卷的文字,然后在后面的括号内标明正确的录文。

④为求行文简洁,文中敦煌原卷的出处皆用代称,具体为:斯-伦敦不列颠博物馆藏敦煌文献斯坦因(Stein M. Aurel)编号;伯-巴黎国家图书馆藏敦煌文献伯希和(P. Pelliot)编号;Дx-俄罗斯科学院东方研究所圣彼得堡分所藏敦煌文献编号;BD-中国国家图书馆藏敦煌文献新编号。

⑤《汉魏六朝碑刻异体字典》"经"字下收"[illegible]"字形,"劲"收"[illegible]"字形。(毛远明:《汉魏六朝碑刻异体字典》,北京:中华书局,2014年,第435页、438页。)这说明"巠"写作"圣"在魏晋时期早已习见,因此,在敦煌文献中也可使用"刭"的简体字形"刭"。

“自刭”即“自杀”义。

从字形来看,“到”“刭”的俗写极为相近,如敦煌歌辞【补一三三】“梦魂几度到乡国,觉后翻令哀怨深”的“到”在伯三八一二中写“[illegible]”,与“刭”字形近。“倒”在敦煌文献中可写作“[illegible]”,右侧部分的“到”与“刭”相近。此处歌辞的“自刭”在原卷中多写作“自[illegible]”,“[illegible]”的字形也与“刭”相近。“别”“刭”的字形亦相近,如敦煌歌辞【一一一二】“丈夫一朝身如此,与死无别有何殊”的“别”在伯二九七六中作“[illegible]”,与“刭”形近。

而“自刭”在文献中多有用例,如《史记·高祖本纪》:“南阳守欲自刭,其舍人陈恢曰:‘死未晚也’。”《汉书·盖宽饶列传》:“宽饶引佩刀自刭北阙下,众莫不怜之。”隋·阇那崛多译《佛本行集经》卷十七:“车匿!我今实言向汝而说,车匿!我今宁被刀割身肉,宁食毒死,宁入大火,宁投大崖,宁自刭死,我今终不未得免离生死之法而还向家。”(T03/735a)①

此外,在敦煌歌辞中,“自刭”的人物是项羽,而在文献中也有项羽在乌江“自刭”的用例,如宋·王钦若等《册府元龟》卷一百二十七“帝王部·明赏第一”:“五年,项羽兵败自刭,王翳取其头,乱相蹂蹈。”

综上,“自刎”当校改为“自刭”,义为“自杀”。

2. 一只银瓶子,两手拴。催送远行人②,弗(福)禄安。(p. 244)

按:“拴”在原卷伯三一二三中作“全”。张锡厚《全敦煌诗》从《敦煌歌辞总编》作“拴”,孙广华作“全”,皆未说明校改理由③。任中敏在第245页提到:“‘拴’读如‘闩’,缚系也。”

我们认为校原卷的“全”为“拴”可疑。首先,作“系缚”义的“拴”在唐五代是否已经产生仍有疑。《汉语大字典》《汉语大词典》收录的“拴”的“系缚”义用例最早见于元杂剧。我们遍检各语料库后,发现“系缚”的“拴”最早可能见于宋代④,如宋·曾慥《类说》卷三十二“卢涵”:“又林中白处有人云:‘必擒此人,不然君必受祸。’涵愈怖。到庄已,三鼓拴马车箱之下。”《太平广记》卷八四“李业”:“邻里甚远,村家只有一小童看舍,业牵驴

①佛经文献引自《大正原版大藏经》(台北:新文丰出版公司,1983年)、《卍新纂大日本续藏经》(东京:株式会社国书刊行会,1975—1989年),引文格式为:T、X分别代表《大正原版大藏经》《卍新纂大日本续藏经》,其后数字分别代表该经所在册数与页码,a、b、c代表上栏、中栏、下栏。

②“催”,任中敏校录为“携”,今从原卷改作“催”,副词,“赶快”义。

③张锡厚编:《全敦煌诗》,第4925页;孙广华:《敦煌歌辞研究》,南京师范大学博士学位论文,2008年,第67页。

④宋本《广韵》提到:“拴,拣也,俗。”但“拣”义与“系缚”义无关。

拴于檐下。"①其次,从语义来看,若"拴"为"系缚"义,则"两手拴"义为"用两只手系缚",这违背正常人的生活习惯②。孙广华认为这里当遵原卷作"全",却未说明原因,但"全"的语义在此处也难以理解。

其实,这里的"全"应为"传"的音误字。"全""传"在《广韵》中分别为"从母,平声仙韵山摄""澄母,平声仙韵山摄"。两词的韵、调完全相同。罗常培指出在唐五代西北方音中,"'舌上音'混入'正齿音'",而且罗常培还提到在《开蒙要训》中有"以从注澄例",并举"椽""全"二字为例③。可见,"澄""从"二声母在唐五代西北方音中已经有相混的迹象,那么,"全""传"的声母也相似。因此,认为此处的"全"乃是"传"音误有语音上的证据。而且在敦煌歌辞中有"全""传"相讹的直接例证,如歌辞【○六八二】"羲之善写笔神踪,善财童子世间聪,多留草创人传说"的"传"在俄 Дx. 九二二中作"全"。

从词义与用例来看,"传"有"传送"义,如后蜀顾敻《浣溪沙》:"青鸟不来传锦字,瑶姬何处琐兰房?忍教魂梦两茫茫。"在敦煌歌辞中,"传递""传送"义的"传"也较为常见,如歌辞【○○○一】:"想君薄行,更不思量,谁为传书与,表妾衷肠。"歌辞【○○○九】:"口吟红豆相思语,几度遥相许,修书传与萧郎(娘)。"而"两手传"似乎表示了一种恭敬之心,与所送的"福禄安"相对应。

综上,此处的"两手全"当读作"两手传","传"为"传送"义。

3. 太硬太刚全易折,枉用斤头铁。(p. 560)

按:"易"在原卷斯五五八八中作"未"。任中敏在第 561 页指出:"原本'易'写'未',意相反。"但"易"与"未"的形、音、义皆不相近,相讹的可能性较小。

其实,这里的"未"字当读为"为",表示被动关系。从句义来看,此处强调"太硬太刚"都容易折断,以被动形式来表示折断的结果,也符合此处语境。虽然表示被动的介词"为"多用于"为+施事者+动词"句式中,但也有"为+动词"的被动句式。如《左传·昭公二十年》:"是宗为戮,而欲反其仇,不可从也。"④《吕氏春秋·壹行》:"多勇者则为

①此处注明"出《录异记》",此书虽为五代杜光庭所撰,但《太平广记》乃是宋人所编写的类书,有被宋人修改的可能。汪维辉提到:"唐宋时期所编的不少类书在引用古籍时往往好改前代口语……或删去原文中的口语词,或以唐宋时期常用的词语替换前代口语词……"(汪维辉:《著名中年语言学家自选集·汪维辉卷》,上海:上海教育出版社,2011 年,第 132 页。)考虑到在其他唐五代文献中未见"系缚"义的"拴",所以这里的"拴"应当看作宋人语言中的词。

②即使是系在手上,那也只能是一只手,正常情况下,不可能用两只手系缚物品。

③罗常培:《唐五代西北方音》,北京:商务印书馆,2012 年,第 39 页,第 120 页。

④引自何金松:《虚词历时词典》,武汉:湖北人民出版社,1994 年,第 321 页。

制耳矣。”[①]《北史·齐宗室诸王上》:“浚与涣皆有雄略,为诸王所倾服,帝恐为害,乃自刺涣。”[②]而且,歌辞语言受字数限制,此处可能省略了施事者[③]。“为”“未”在《广韵》中分别为“云母,支韵平声止摄”“微母,未韵去声止摄”。“为”“未”韵近,而在唐五代西北方音中,微母、云母字可以相代[④],所以“为”“未”的语音相似。而在敦煌歌辞中也有“为”“未”相代的用例,如歌辞【〇三五九】“(儿言)鸟鹊(雀)群飞未失伴,男女恩爱暂时间”中的“未”在斯一四九七中作“为”。歌辞【一〇二〇】“妄想是空非有实,不言为有不言无”中的“为”在斯六一〇三中作“未”。

综上,从词义、语音、用例等来看,此处校“未”作“为”较为合适。

4. 洗濯第六遇天寒,醒(腥)䏲(脓)不净阿娘看。十指冻来疑欲落,阿娘日夜转焦干。(p.493)

> 疑:甲本伯二八四三、乙本伯三九三四、丙本伯四五六〇作“拟”[⑤]。

按:任中敏的校录仅有甲本,实际上乙本、丙本也有这首《孝顺乐·调名本意》,今据补。任中敏改原卷“拟”为“疑”,似不必。“拟”有“将要”“好像”义,两种语义在此处皆可通。

第一,“拟”有“将、将要”义。“拟”的“将”义在文献中常见,如敦煌变文《伍子胥变文》:“子胥见兄所说,遥知父被勾留。逆委事由,书当多为(伪)。报其兄曰:‘平王无道,乃用贼臣之言,囚禁父身,拟将诛剪。见我兄弟在外,虑恐在后仇冤,诈作慈父之书,远道妄相下脱。”唐·元稹《野节鞭》诗:“我有鞭尺余,泥抛风雨渍。不拟闲赠行,唯将烂夸醉。”唐·贯休《寄杜使君》诗:“门前九个峰,终拟为文乞。”而从词义引申的过程来看,“拟”有“打算、准备”义[⑥],当此义用于客观陈述的语境中、主观性减弱时,便引申出“将要”义。而“欲”也有“将要”义,如唐许浑《咸阳城东楼》诗:“溪云初起日沈阁,山雨欲来风满楼。”“拟欲”当为“拟”“欲”的同义连文。这种用例在敦煌变文中常见,如《伍子胥变文》:“会稽山南相趁及,拔剑拟欲斩臣头。”《伍子胥变文》:“远望沙傍白露(鹭),博(薄)

---

①此例引自徐江胜:《再论古汉语“为V”式被动句》,《语言研究》,2016年第1期。

②关于“为V”被动句中“为”的词性,学界仍有争议。可参看徐江胜《再论古汉语“为V”式被动句》一文。

③另一方面,此处的施事者并不明确,似乎也没有出现的必要。

④参邵荣芬:《邵荣芬音韵学论集》,北京:首都师范大学出版社,1997年,第299页。

⑤原卷皆采用繁体字形,作“擬”。

⑥如隋阇那崛多译《佛本行集经》卷二十五:“尔时菩萨食彼糜讫,以金钵器,弃掷河中。时海龙王,生大希有奇特之心,复为菩萨难现世故,执彼金器,拟欲供养,将向自宫。”(T03/772b)

暮拟欲归林。”《妙法莲华经讲经文(一)》:“持果子兮拟欲归庵,见兽王兮居其要路。”①

第二,“拟”有“好像”义,如唐·司空图《柳二首》诗:“似拟凌寒妒早梅,无端弄色傍高台。”将“拟”的“好像”义代入此处歌辞,亦可读通。不过,这种语义的“拟”少见②。

考虑到“好像”义的“拟”少见而表示“将要”“打算”等义的“拟欲”“欲拟”常见,所以此处歌辞作“拟欲”,理解为“将要”的可能性更大。

总之,原卷“拟”的词义在歌辞中可通,不必改作“疑”。

二、对前人意见的商榷

1. 忽睹双飞燕,时闻百啭莺,日惠处处管丝声。(p. 269)

> 日惠:原卷伯三八三六作“日惠”。项楚作“日暮”;张锡厚作“日思”;萧旭指出:“惠疑读为晦,晦谓暮夜、晚上”;刘传启指出:“疑‘惠’乃‘慕’误,慕、暮音同常混。或‘惠’谓‘熏’误,‘熏’‘曛’音同常混”;张福通则提到:“窃以为‘惠’乃‘中’字之讹变。从字形看,其讹变脉络是:‘中’先写作‘忠’,‘忠’再讹为‘惠’。从意义看,‘日中’义为‘白昼’,用于此处并无窒碍”。③

按:从字形来看,“惠”与项楚、张锡厚、刘传启等校改的“暮”“思”“慕”“熏”皆有较大差距,而更似“惠”字。歌辞【四二五】“迷即众生悟是佛,能出还能没,慧日消除冻水冰”的“慧”在原卷斯五五八八内作“惠”;歌辞【四五二】“智慧珠,明皎洁”的“慧”在原卷斯四二四三内作“惠”;歌辞【五一八】“须将智慧内外照”的“慧”在原卷斯五六九二内作

①《近代汉语词典》已收“想要;打算”义的“拟欲”。(白维国主编:《近代汉语词典》,上海:上海教育出版社,2015 年,第 1354 页。)应补“拟欲”的“将要”义。

②“拟”有“似”义,“疑”也有“似”义,如《汉书·公孙弘传》:“且臣闻管仲相齐,有三归,侈拟于君,桓公以霸,亦上僭于君。”颜师古注:“拟,疑也,言相似也。”而“疑”还有“好像”义,如南朝梁·庾肩吾《奉和春夜应令》诗:“月皎疑非夜,林疏似更秋。”因此,从理论上来讲,“拟”也应有“好像”义。不过,用例极少。即使“拟”“疑”皆有“好像”义,但因原卷作“拟”,所以从原卷作“拟”为善。

③分别见项楚:《〈敦煌歌辞总编〉匡补》,第 16 页;张锡厚:《全敦煌诗》,第 5020 页;萧旭:《〈敦煌歌辞总编匡补〉札记》,2010 年 3 月 10 日刊于复旦大学出土文献与古文字研究中心网站;刘传启:《敦煌歌辞文献语言研究》,北京:中国社会科学出版社,2016 年,第 225 页;张福通:《〈敦煌歌辞总编匡补〉零拾》,《汉语史学报》,2014 年第 1 期,第 257 页。

"惠"。"惠"的这几个字形皆与"日惠"的"惠"相似,"惠"明显为"惠"字①。

从语义来看,项楚的"日暮"、萧旭的"日晦"似乎与此歌辞前文内容相悖。前文为"绿杨红药两分明",既然"分明",那么必然描述的不是"日暮""日晦"②。张福通拟为"日中",义为"白昼",虽然语义通顺,但"忠"字与"惠"字在字形上也有较大差距,且"中→忠→惠"的讹误线索似乎过于曲折。

其实,从字形来看,原卷当为"日惠"。但结合其它证据来看,这里当为"惠日"的倒文。"惠日"义为"暖日",喻指天气暖和,与上文提到的"雪消冰解冻,烟凝地发萌"相对应。在文献中常见"暖风"义的"惠风"一词,如唐李白《赋得鹤送史司马赴崔相公幕》诗:"归飞晴日好,吟弄惠风吹。"而表示"暖日"的"惠日"在文献中也较常见,唐崔融《为泾州李刺史贺庆云见表》:"惠日照而成彩,花蔼蓬蓬,晴风摇而不散。"如宋曹勋《满庭芳》词:"妙占熙风惠日,乘正气、三缕明霞。"宋仲并《浮山集》卷十《祈晴文》:"苦雨奈何?冀惠日之照临,豁重阴于指顾。时止则止,曰旸而旸。瞻霁日于东隅,民应相贺起,多稼于南亩,岁以无忧。"元吴海《闻过斋集》卷三《友兰轩记》:"夫光风惠日,畅其和;明月白露,耀其清;严霜积雪,厉其贞,阶庭深谷,所寓不同而其美自若……"从语境来看,这些例句中的"惠日"皆当释为"暖日"。

虽然在"惠日""惠风"中,"惠"有"暖"义,但未见"日惠"的用例,甚至未见"惠"为"暖"义的其它用例③。而歌辞这里无韵律、对仗方面的特殊需求,所以原文的"日惠"可能也有问题。综合考虑,我们认为这里的"日惠"很可能是"惠日"的倒文。歌辞的"惠日

---

①匿名审稿专家认为"惠"不似"惠"字。但我们将此字与这几处"惠"对比之后可以发现,"惠"与"惠"的相似度极高。

②从全辞的叙述来看,似乎下阕内容在时间上与上阙一致。而且"日惠"句之前的"忽睹双飞燕,时闻百啭莺"也是白日所见之景。

③"惠"的"暖"义可能仅体现在与"风""日"等少数词的组合中。"惠"在《说文解字》中的语义为"惠,仁也。"所以"惠风"本来的语义强调仁爱如风,如汉张衡《东京赋》:"惠风广被,泽洎幽荒。"而"惠日"最初多见于佛经中,常形容佛祖的仁爱如同太阳,如敦煌变文《长兴四年中兴殿应圣节讲经文》:"惠日照推心上恶,慈风吹散国中灾。殷勤敢望慈尊许,悟解方应翠辇回。"因为"仁爱"给人心理上的温暖,且太阳本身就是含有温度的物体,所以"惠"与"风""日"等词经常组合后,渐渐发展出"温暖"义。这一点可以从以下用例看出,如唐释道宣撰《广弘明集》卷二十:"汉用戊申晋惟庚午,增晖前曜独擅元贞。恩若春风,惠如冬日,履道为舆策贤成驷。"(T52/243a)唐·李邕《李北海集》卷三《五台山清凉寺碑》:"上尊王之分护大千也,甘露以洒之,慈云以覆之,香风以熏之,惠日以暖之。"宋·李流谦《澹斋集》卷十《上樊运使书》:"恳恻之爱愈于父兄,稠叠之惠暖于布帛。"这几例"惠"表达的"暖"义,既可以看作是心理上的暖,也可以看作是生理上的暖。这可能就是"惠"由"仁爱"义向"温暖"义发展的过渡例证。

处处管丝声"乃是存现句，只不过这里的"惠日""处处管丝声"皆为名词性成分作谓语，句义为"有暖日，四处都有音乐声"。虽然未见"惠日"有其他如此的用例，但在宋词中存在不少"暖日"的相似用例，如宋赵长卿《阮郎归 · 咏春》词："和风暖日小层楼，人闲春事幽。"宋崔敦礼《西江月 · 寿词》词："暖日江南梅柳，春风堂上笙歌。"宋王炎午《沁园春》词："暖日晴烟，轻衣罗扇，看遍王孙七宝车。"而且也有"暖日""声"共现的用例，如宋 · 张抡《点绛唇》词："暖日迟迟，乱莺声在垂杨里。"一般而言，在敦煌文献中有倒文时，会有勾乙符号来乙正，但也有不少无勾乙符号的例子，如歌辞【九六】"龙沙塞，路远隔烟波"的"路远"在伯三一二八、伯二八〇九、伯三九一一内作"路远"，但在斯五五五六作"远路"。从句义来看，"远路"应是"路远"的倒文，但敦煌原卷却无勾乙符号。又如歌辞【一四五】"一头承侍翁姑，一畔又剸缚男女"的"一畔"在原卷伯二四一八内作"伴一"，但从其它"一畔"的用例来看，此处当作"一畔"，敦煌原卷使用了音近字且有倒文。因此，综合敦煌文献的书写习惯、"惠日"的用例以及句义，我们认为原卷"日惠"乃"日惠"，但此处有倒文，正确的录文当为"惠日"，即"温暖的太阳"①。

此外，张福通校"惠日"为"日中"，义为"白昼"，也不太符合整首辞的语境。前文说"雪消冰解冻，烟凝地发萌""忽睹双飞燕，时闻百啭莺"明显描写的是春天来到，天气转暖的的场景。如果改"惠日"为"日中"，那么这种"暖"的语义就无法体现。相反，校为"惠日"，"惠"的"暖"义贴合这种语境。唐诗描写春天到来时，常用"暖""日"组合。如唐 · 岑参《山房春事》诗："风恬日暖荡春光，戏蝶游蜂乱入房。"在敦煌歌辞中也有用例，如歌辞【〇〇一三】："日暖风轻佳景，流莺似问人。"

2. 三尺张良非恶弱，谋略。汉兴楚灭本由他。（p. 412）

> 恶弱：原卷伯三八二一作"恶弱"。《全敦煌诗》《全唐五代词》《敦煌歌辞研究》作"耎弱"②。

按："恶"在原卷中写"𢙣"，此乃"恶"的俗字。黄征提到"恶"在敦煌文献中可写作"𢙣"③。"𢙣""𢙣"的字形完全一致。相反，"𢙣"与"耎"的字形相差较大。因此，从字形来看，任中敏的校录并无问题。

①拙文初稿忽略了"惠日"的用例特点，故认为原文应录作"日惠"，承蒙匿名审稿专家提醒笔者注意"日惠"无其它用例，故重新思考后，本文修改了结论。

②张锡厚：《全敦煌诗》，第 5014 页；曾昭岷、曹济平、王兆鹏、刘尊明编：《全唐五代词》，第 922 页；孙广华：《敦煌歌辞研究》，第 93 页。

③黄征：《敦煌俗字典》，上海：上海教育出版社，2005 年，第 101 页。

在文献中常见“恶弱”一词,既可用于人,也可用于土地/物品/事,皆强调“不好”。用于人的用例如宋赞宁等撰《宋高僧传》卷十六:“释景霄,俗姓徐氏,丹丘人也。……执性严毅,寡与人交。狷急自持,多事凌轢,形器恶弱。”(T50/810a)后唐景霄纂《四分律行事钞简正记》卷一:“言此表释迦遗法弟子,将其教法与道俗说,令不信受。人问其故。答云:‘法是好法,说人恶弱,我不听也。’”(X43/18b)用于物品/事的例子如《酉阳杂俎》续集卷七:“王殷因呈锦缬,郭嫌其恶弱,令袒背,将毙之。”①宋赞宁等撰《宋高僧传》卷十八:“又乾元中州牧李(亡名)有推步者,云为土宿加临灾当恶弱。伽忽现形抚李背曰:‘吾来福至,汗出灾销’。后无他咎。”(T50/822c)用于土地的例子如《宋史·宁宗一》:“庚午,命广东水土恶弱诸州建安仁宅、惠济仓库,给士大夫死不能归者。”《宋史·兵十志》:“十二月,广西经略安抚使、都钤辖司言:‘乞除桂、宜、融、钦、廉州系将、不系将马步军轮差赴邕州极边、水土恶弱砦镇监栅及巡防并都同巡检等处,并乞依邕州条例,一年一替……’”所以从用例、语义来看,歌辞用“恶弱”来形容张良并无不可。

而“恶弱”为何会有“不好”义呢?其实,“弱”在古人眼中也是一种“恶”。如唐慧琳《一切经音义》卷六十一:“儜恶:上搦耕反,《考声》‘儜,弱也’。”(T54/712b)而“儜恶”义为“不善”“不肖”。如唐慧琳《一切经音义》卷十七:“不肖:先妙反。《小尔雅》云‘不肖不似也。’谓不似其先也,故曰不肖,谓儜恶之类也。《说文》从肉小声也。”(T54/412c)唐义净《根本说一切有部毘奈耶杂事》卷二十四:“王曰:‘汝是儜恶人,杀我夫人。’”(T24/323c)唐义净《根本说一切有部毘奈耶》卷三十三:“邬波难陀闻而告曰:‘儜恶婆罗门!假令我今脚蹋汝咽,多畜妻子,法与非法何干汝事?’”(T23/806b)“儜”为“弱”义,但“儜恶”却表示“恶”义,可见“弱”与“恶”的关联性较大。又如唐慧琳《一切经音义》卷七十五:“孱儮:栈间反,谓仁谨之貌也。亦惵弱为孱。《广雅》‘孱,恶也’。”(T54/796a)“孱”既有“怯弱”义,又有“低劣、浅陋”义,也可证“弱”与“恶”在语义上有重要的联系。既然“弱”也是“恶”,那么“恶”“弱”同义连文来表示“不好”义也不足为奇。

3. 针头料得锄头掷,终是无成益。数回赌得这回输,少智没盈余。(p.495)

料:原卷斯五五八八作“𰀀”。项楚指出:“‘料’即选取之义……”萧旭指出:“项说得其句意,然‘料’不训选取,料当读为撩、捞……此言捞到针头,抛却锄头”。曾良提到:“意谓针头般小利得到而锄头大利益抛弃了”。《全敦煌诗》则作“利”,但未说

①《汉语大词典》有“恶弱”条,义项一为“粗劣”,引文即为此例。

明原因①。

锄头：原卷作“锹头”。刘传启从原卷作“锹头”②。

按：前人校录的“料”“利”皆与原卷“[illegible]”的字形有所差距。而且从语义来看，作“料”（义为“选取”）或作“利”，语义稍有滞涩③。只有萧旭的观点符合这里的语境，但将“[illegible]”识录为“料”字，仍与原卷字形不似。

其实，从字形来看，“[illegible]”极似“什”字。虽然此字左侧为“彳”，但在俗字中，“彳”与“亻”常相混，如张小艳指出：“‘亻’旁与‘彳’旁俗写常常相混，即‘彳’或省笔作‘亻’……而‘亻’旁又或增撇作‘彳’……”④。歌辞【〇三九七】“此山多饶灵异鸟，五台十寺乐轰轰”的“十”字在国家图书馆藏BD.〇六三一八号2中作“[illegible]”，与此处“[illegible]”的字形相近。而“针头料得锄头掷”上文“遍见赌钱无利益”的“无”字，在原卷中作“[illegible]”（无）字，第二笔“一”的起笔亦有较大停顿，与“[illegible]”字右侧字形的横笔相似。

“什”“拾”在《广韵》中的语音皆为“禅母，缉韵三等入声深摄”，语音完全相同，存在音讹的可能。况且从用例来看，在敦煌文献中，“拾”“十”常混用，举例而言，歌辞【〇一六〇】“离别耶娘数拾年”内的“十”在伯三七一八内作“拾”；歌辞【〇八九〇】“一十香风绽藕花”的“一十”在甲本斯二九四七、乙本斯五五四九内作“一十”，但在丙本伯三八二一内作“壹拾”。而“十”“什”不仅语音完全一致，在敦煌文献内也常混，如《全敦煌诗》第6册《和乐天韵同前》：“感恩求友什，因报疾生吟”的“什”在伯二四九二内作“十”，校勘记指出：“什，伯本原作‘十’，据《元氏长庆集》卷六、《全唐诗》卷四〇一改。”⑤既然“十”可与“拾”混用，又可与“什”混用，且三者语音一致，那么，“拾”“什”也可混用。而且我们在敦煌诗内发现了两者混用的例子，即《全敦煌诗》第14册《下讲偈子》“收拾前头作路程”的“拾”在原卷伯二〇四四内作“什”⑥。

---

①项楚：《〈敦煌歌辞总编〉匡补》，第81页；萧旭：《〈敦煌歌辞总编匡补〉札记》；曾良：《〈敦煌歌辞总编〉校读研究》，杭州大学博士学位论文，1997年，第28页；张锡厚：《全敦煌诗》，第5569页。

②刘传启：《敦煌歌辞文献语言研究》，第246页。

③“选针头”的说法少见。而“针头利得锹头掷”的前后内容似乎稍显不对称，前为“利益”，后为“锹头”。虽然后面的“锹头”也有可能省略了后面的“利”字，但这种省略方式少见。

④张小艳：《敦煌书仪语言研究》，北京：商务印书馆，2007年，第199页。多谢张莹莹博士检示此条信息。

⑤《全敦煌诗》第2631页。

⑥《全敦煌诗》第6354页。感谢匿名审稿专家提醒笔者注意查找“什”“十”“拾”相混的用例。

从语义来看，在“针头拾得锹头掷”中，“针头”与“锹头”相对，“拾”与“掷”相对，正好能突出此处“捡了芝麻丢了西瓜”的语义。在文献中，“拾”“掷”对文常见，如萧齐僧伽跋陀罗译《善见律毘婆沙》卷十五：“若见优婆塞，唤来教掷去，优婆塞言：‘此金银何以掷去，我当拾取。’”（T24/777c）《北史 · 齐本纪中 · 显祖文宣帝》：“或驰骋衢路，散掷钱物，恣人拾取，争竞喧哗，方以为喜。”《宋史 · 外国七 · 流求国》：“掷以匙箸则俯拾之，见铁骑则争刓其甲，骈首就戮而不知悔。”

综上，从语音、语义、文献用例来看，此处“料”当读为“拾”，“捡起”义。

另外，“锄头”在原卷中作“锹头”，语义可与“针头”形成对比，不必改为“锄头”。

A Note of Proofreading of *Dunhuang Geci Zongbian*

Liu Xiaoxing

(Nanjing Normal University)

Abstract: With the knowledge of linguistics, this paper proposes a new understanding of the fallacies in DunhuangGeci(敦煌歌辞). "Ziwen"(自刎) should be read as"Zijing"(自刭); "Shuan"(拴) should be read as"Chuan"(传). It is right to read"Yizhe"(易折) as"Weizhe"(为折) and"Yi"(疑) should be read as "Ni"(拟). "Liao"(料) should be read as" Shi"(拾). In addition, the original "Rihui"(日惠) should be corrected to"Huiri"(惠日) and the meaning is warm sun; "E'ruo" is correct, referring to "not good."

Keywords: Dunhuang Geci(敦煌歌辞); proofreading; corrections

民国墓志语言文字特点考察

柯永红　张凯欣

（北京师范大学民俗典籍文字研究中心）

提要：中华民国是近代中国政治体制、经济制度和思想文化发生巨变的时期，也是汉语史上发生重大转变的阶段。民国墓志记录的内容涵盖文白交替的重要阶段，因而其语言文字有鲜明的特点。论文通过考察近900通民国墓志，提出民国墓志具有文言与白话混用、表述直白化、引用或化用典故、用字仿古四个方面的特点。民国墓志独有的表达方式不仅是一种语言文字现象，更是一种文化现象，反映了中华民族思维和演说方式的转变。

关键词：民国墓志；语言文字；文言；白话

墓志又称"圹志""葬志"，用以记载墓主世系族出、生平事迹、履历官爵、卒葬时地等信息。墓志文献数量丰富，内容广泛，材料真实，时间和地域可考，是历史、文化和语言文字研究的可靠材料。学者多关注早期墓志的研究，如罗维明、刘志生、姚美玲、柏亚东、张旭等人对汉魏六朝及唐代墓志词汇开展的研究①，但对近现代墓志尤其是民国墓志展开的相关研究极为稀少。

作为一种特殊文体，受到礼仪制度的影响和风俗习惯的约束，历代墓志语言具有许多的共同特点，如行文典雅凝重、婉转深沉、格式工整、常直接引用或化用文献典故等。同时，墓志语言又往往体现出时代的特征。中华民国前承明清、后启现代，这一段历史不

①参罗维明：《中古墓志词语研究》，广州：暨南大学出版社，2003年；刘志生：《东汉碑刻复音词研究》，成都：巴蜀书社，2007年；姚美玲：《唐代墓志词汇研究》，上海：华东师范大学出版社，2008年；柏亚东：《唐代墓誌词语通释》，华东师范大学硕士学位论文，2008年；张旭：《隋唐墓志委婉语研究》，青岛大学硕士学位论文，2011年。

仅是近代中国政治体制、经济制度和思想文化发生巨变的时期，也是汉语史上发生重大转变的阶段。我们考察了近900通民国墓志①，发现民国墓志较之昔者颇为不同，有其鲜明的特色。

一、文言与白话的混用

为追求庄重典雅的表达效果，墓志多采用文言书写。自“五四”白话文运动开始，白话文呈现出逐渐取代文言文的趋势，民国墓志处于汉语史重要的变革期，既保留了文言的特点，又不可避免的受到了白话文的影响，呈现出文言和白话混用的特点。在语言系统中词汇的变化速度高于语音和语法的变化速度，鲜明地反映了语言的发展和社会的变迁，我们将主要从词汇来考察民国墓志语言的特点。

1.1 单音文言词汇的大量使用

文言中单音词占优势，现代汉语则是复音词占优势。从词汇层面来看，民国墓志中使用了大量的单音节文言词，带有明显的仿古意味。以典型的人称代词为例，文言中常用的人称代词有“吾”“我”“予”“余”“愚”“女(汝)”“若”“尔”“乃”“彼”等，民国墓志使用了大量的文言人称代词：

(1)吾父阁学公殁析津，及葬陈郡西刘古屯吾祖端敏公墓侧。(《袁保龄妻高氏墓志》)

(2)予交陈君伯才四十年矣，予迁苏始。(《陈恩梓墓志》)

(3)余北行，君送余驿亭，各道珍重，乃自此而永别也，哀哉！(《孙传枢及妻郁氏合葬志》)

(4)父奇之执其手曰：予因家累，未博一衿，汝能承父志，于愿足矣！(《高玉田墓志》)

(5)彼亦人之子也，以贫故事我。(《张世英墓志》)

(6)塾师爱之逾于他生，天性孝谨仁厚，不践虫蚁。(《赵锡荃圹志》)

①民国墓志指制立时间为1912年至1949年之间的墓志。本文不严格区分墓志文和墓碑文，统称为“民国墓志”。其中700余通源于教育部人文社会科学重点研究基地重大项目子课题“近代碑刻与手写文献数字化典藏及属性描述”，这些拓片主要出土于北京(255通)、江苏(88通)、河南(53通)、山东(44通)、河北(40通)等地区；另有近200通来自《民国人物碑传集》《辛亥人物碑传集》及互联网络。

我们统计了近900通民国墓志的人称代词，典型人称代词的出现次数如下表所示：

表1 民国墓志中人称代词使用统计

	人称代词	出现次数
第一人称代词	余	625
	吾	576
	我	359
	予	236
	愚	48
第二人称代词	汝	68
	尔	6
	你	0
第三人称代词	其	1869
	之	1062
	他	14
	彼	10

“吾”“余”“予”“愚”“汝”“尔”“彼”等一般只在文言中使用，民国墓志中“之”和“其”作为第三人称代词使用也非常常见。现代汉语人称代词主要包括“我”“你”“他(她)”，其中最具备现代汉语特点的第二人称代词“你”在民国墓志中未找到用例，而民国时期的《新青年》(1-7卷)中，“你”的用例达到6700余个，可见同样是处于文白转型的时期，墓志的行文风格更偏向于文言文。

典型的文言语气助词有：“也”“矣”“焉”“乎”“夫”“惟”“哉”等，民国墓志中主要的语气助词按照出现次数排列如下：也1322次，矣795次，焉449次，乎306次，夫209次，哉198次，盖183次，耳121次，耶116次，惟87次。再如单音节范围副词“咸”“悉”“具”出现的次数分别是129次、106次、77次。这些典型的文言单音词的使用，也从侧面说明了民国墓志复古的行文风格。

1.2 复音词的使用逐渐增多

词汇由单音词多过渡到复音词多是汉语发展的重大变化，墓志用语也体现了这一变化，但墓志用语复音化的速度落后于社会用语。以短时类时间副词“寻”和“不久”为例，晋陶渊明《桃花源记》：“未果，寻病终。”“寻”的这种用法在近代汉语仍然存在，但一般只在文言中出现。在民国墓志中，“寻”出现了113次，用作时间副词表“不久”的情况共

79 例:

(7) 温烈士生才,籍粤梅县之丙村,少年降身侪隶役,寻习艺于南洋怡保。(《温生才烈士纪念碑》)

(8) 寻就医天津。(《李葆恂墓表》)

(9) 寻以丙子正月二十有六日卒于津第。(《任风宾墓志》)

使用复音词“不久”仅 4 例:

(10) 到一九三六年始出狱,不久抗战爆发。(《韩钧墓碑》)

(11) 然不久军制更变,府君亦嗒然告归,不复问人世间事矣。(《清振威将军贵州威宁镇总兵方府君墓志铭》)

(12) 其传之久与不久,则又视乎其文志工拙以为断。(《桐城马通伯先生墓志铭》)

(13) 任安徽财政厅厅长,财政部次长……代国务总理,类皆不久于其任。(《合肥龚公墓志铭并序》)

民国墓志中单音词“寻”和复音词“不久”同时使用,但“寻”的使用频率远高于“不久”。在《新青年》《东方杂志》等近代社会语料库①中,“寻”出现了 1900 余次,主要用于组成复音词表“经常”“探求”“寻求”“依循”等义,用作时间副词表“不久”义的情况不到 40 例,而复音词“不久”在近代社会语料库中出现的用例为 327 例,使用频率高于单音词“寻”。

再如“旋”和“旋即”,单音词“旋”在民国墓志中一共有 256 例,其中用作时间副词 213 例,复音词“旋即”有 5 处用例:

(14) 旋辞学返里,变田产值千余金,悉供党用。(《汉族烈士杨君墓表》)

(15) 因念子情切,旋得厉疾,乞假养疴。(《韩振声妻(韩维岳之母)陈氏墓表》)

(16) 旋被推选为临时参议员。(《克希克图墓志》)

(17) 旋即游学东邻。(《刘祖武墓志》)

(18) 旋即转移北京。(《时维真墓碑》)

①具体为:《新青年》(1-7 卷)、《东方杂志》(1904 年-1905 年)、《新小说》(1-12 期)、《新新小说》(1-10 期)、《民俗》(1-45 期)、《浙江潮》(1-10 期)、《湘报》(1-176 号),下文以“近代社会语料库”简称。

民国墓志中“旋”与“旋即”同时使用,但单音词的使用频率高于复音词。在近代社会语料库中,“旋”出现 1443 例,其中用作时间副词的情况共 668 例,复音词“旋即”共 71 例。复音词“随即”在近代社会语料库中出现了 120 例,未在民国墓志中出现。

民国时期复音词的使用频率呈现逐渐增长的趋势,这在民国墓志与近代社会语料中均有体现,但两者复音化的速度是不一样的。墓志的功用和行文受到传统礼俗的严格制约,其词汇又受到社会用语的直接影响,这是民国墓志与当时社会用语词汇复音化的程度不平衡的主要原因。

1.3 日源词的使用

“甲午中日战争(1894)至“五四”新文化运动(1919)前后这短短的二十多年间,日源外来语的数量与规模可谓空前绝后,这期间的日源外来词主要分布在科学技术、政治、文化、医学等领域。”①这些思想、观念、意识形态的变化与日源词的引进也反映到墓志词汇之中:

(19)设机关于武昌,名曰科学补习所,以愚官府耳目。(《烈士刘静庵先生墓碑》)

(20)旋调胶澳督办,不拜,益致力于社会事业。(《绍兴朱子桥先生墓志铭》)

(21)创设平民女子工厂于北平,继以经费之绌,合并于香山慈幼院。(《黄述善继配张人瑞墓表》)

(22)民国十七年在天津组织妇女协会,同时兼任市立妇女救济院院长。(《黄述善继配张人瑞墓表》)

(23)卒因年迈力衰,操劳过甚,遂致神经瘫挛,双臂不克伸举。(《时维真墓碑》)

(24)长元璎,以物理学显。次元瑜,治生物学。(《夏穗卿继配许德蕴墓志》)

(25)树仁,郁文大学政治学士。孙旭光,德国哲学博士。(《冯翥墓志》)

(26)遂与嘉鱼刘又丹、汉阳宓丹阶两先生同为代表赴京。(《张伯烈及妻李氏墓表》)

日源词中存在大量古代汉语中出现的词语,虽然同形但意义不同,例如“机关”“经费”“社会”“组织”等,日本赋予了这些词新的意义。

民国墓志虽出现了大量新词汇,但文言特点仍较为突出。张中行指出,文言在句子组织方面有一些特点,包括:形体短小、整齐句式多、省略较多、宾语前置、判断句多用

①李梦迪:《汉语中的日源外来词研究》,《现代语文(语言研究版)》,2016 年第 10 期,第 36—38 页。

“者”“也”、句中主谓关系多用偏正形式等[①]，民国墓志整体上呈现出这样的特点，如：

(27)君初名有基，字远庸，入民国后，以字行。江西九江人，世居城南之仙居乡。曾祖凤楼，道光十二年进士，官安徽知县，有惠政。祖海珊，为名诸生。父镜恒，文采秀发，蜚声黉铸，屡试不第，以微官游浙。母姚，汉上名族，习礼明诗。君之问学，实资母教。君少随宦，读书四明，多接胜流，日精文史。年十五，归应府县试，得前列，逾岁补博士弟子员，癸卯举于乡，甲辰成进士，以知县即用。(《九江黄君墓志铭》)

到了民国后期，随着文白转换的进展，白话在民国墓志中的运用更多，有少量墓志直接使用白话文进行书写，如：

(28)韩钧同志一九一二年生于河南新安县，中学时期即参加历次学生反帝反封建斗争。一九三二年加入中国共产主义青年团，同年被捕，在监狱中参加中国共产党，努力学习马列主义，并与敌人的“反省政策”坚决斗争，表现了共产党员的政治气节。直到一九三六年始出狱不久，抗战爆发，参加创造山西新军。一九三九年，在晋西南发动新军反对阎匪锡山反共降日阴谋的武装斗争，并取得了胜利。一九四四年，率军赴豫西开辟新解放区，一年后奉令撤返太岳，任四纵队副司令员……(《韩钧墓碑》)

民国时期的语言系统处于文白转换的过程中，文言和白话在书面语系统中是共存的。从汉语史分期来看，民国碑刻语言处于近代汉语和现代汉语混合、交替的阶段[②]，民国墓志语言呈现了白话对文言逐步替换、言文由分离逐渐走向统一的特点，这与民国时期的书面语逐渐走向白话文的历史进程是一致的。

二、表述的直白化

白居易曾说：“王建侯，侯建庙，庙有器，器有铭。所以论撰识先德，明著后代，或书于

---

①张中行：《文言常识》，北京：三联书店，2014年。

②关于汉语史的分期有不同的划分标准，本文采用以王力先生为代表的“四分说”，即划分为上古期(公元3世纪之前)、中古期(公元4世纪至12世纪)、近代期(公元13世纪至19世纪)、现代期(五四运动以后)四个阶段(王力：《汉语史稿》，中华书局1980年版，第14—32页)。

鼎,或书于碑。古今之通制也。”[①]墓碑从产生时起,就承担了“仰述美绩,镌铭记德”[②]的使命。出于对死者的敬重以及人们对死亡的恐惧心理,墓志语言往往讲求委婉典雅,不直接陈述死亡事件。与前代墓志颇为不同的是,民国墓志更加接近传记语言平实而详细的记述方式,对死亡事件的记录更为详细,对死亡方式的表述更加直白,出现了大量直白的有关死亡的表述,如“中枪击”“奸杀”“毒毙”“歼”“戕(自戕、戕杀)”“屠戮”“脔”“醢”“妄杀”“惨杀”“骈诛”“株连”“自杀”“杀伐”“埋尸”“投尸于火”“收尸”等,部分词语含有明显的消极意味,如:

(29)如余杭民人葛品莲身死一案,初仅有奸杀嫌疑。(《桑春荣家传》)

(30)检验葛尸果非毒毙,案情大白。(《桑春荣家传》)

(31)嵊县煽乱,事发会皖抚被戕。(《张曾扬墓志》)

(32)拳匪创祸,声势猖狂,戕杀教友,不顾天良。(《魏亚纳等墓碑》)

(33)戕文鹤及其长子福山于观音寺,埋尸于寺后,戕其次子福河及其女孙芗莲于家,焚其居,投尸于火。(《郑文鹤全家殉道碑》)

(34)节妇被谤,自杀得旌恤。(《汪祖绶簉室马氏墓志》)

民国墓志中表述死亡的单音词包括“死”“亡”“殉”“休”“丧”“殒”“殁(没)”“卒”“歼”“殪”“绝”“忧”“夭”“逝”“谢”“终”“薨”“殂”“故”“殇”等,其中“死”作为该语义范畴的典型成员在民国墓志中大量出现,其他处于该语义范畴边缘地带的成员,随着使用频率的增加,委婉程度逐渐降低,在使用过程中失去委婉的表达效果。“死”在历代墓志中均有使用,但与民国墓志的使用语境存在不同,我们调查了100余通唐代墓志铭,发现唐代墓志中“死”极少单独使用,其中“生”与“死”同时出现使用的占比约70%,泛指“生存与死亡”,并非描述墓主死亡这一事实。如下例:

(35)生称一世,死期百年。(唐《范相墓志》)

(36)富贵死生,天何可问。(唐《梁基墓志》)

(37)其子曰:“生者气聚,死者气散。”(唐《贾德茂墓志》)

(38)偕老同穴,生荣死哀。(唐《张寳墓志》)

(39)生无叹于孤鸾,死有欢于同穴。(唐《权豹墓志》)

---

①白居易著、朱金城笺校:《白居易集笺校》卷七一,上海:上海古籍出版社,1988年版,第3790页。

②赵超:《汉魏南北朝墓志汇编》,天津:天津古籍出版社,1992年版,第273页《王司徒(真保)墓志》。

"死"单独使用时,也多是泛指"死亡",而非直陈墓主死亡:

(40)人无偕老死符同穴之契。(唐《耿卿妻惠氏墓志》)

(41)人死奚速去而不旋。(唐《郭本墓志》)

(42)徒闻不死之药。(唐《王君妻李总持墓志》)

(43)自三王之前死即同穴。(唐《王卿及妻任氏墓志》)

(44)言从百两之仪,死则同穴。(唐《皇甫安定墓志》)

我们统计了近900通民国墓志,使用"死"直陈墓主去世的用法约占90%,甚至存在一篇墓志中出现多处直陈死亡的用法,如《白迁妻赵氏墓志并记》:

(45)凡有益于夫死者无不亟备。

(46)曩日夫死时其无所顾忌。

(47)如曩日夫死时延至九月二十五日辰。

(48)夫元配以夫职衔封宜人,妾氏陈姊死。

(49)吾姊若死于夫,死时是为烈妇。

与"死"相关的表述,是墓志语言中最重要的委婉表达。民国墓志整体仍然呈现典雅的风格,但对死亡的陈述方式,历代墓志中从未有如此直接的表述。与前代墓志相比,民国墓志的委婉程度大大降低,是民国墓志用词的显著特色,这与民国时期语言系统变化以及当时的社会背景密不可分。

三、引用或化用典故

墓志作为一种特殊的语体,在对逝者进行生平介绍时,往往带有颂扬之意,对典故的借用,一方面使得对人物的表述更加丰满,另一方面使得墓志的文风更具典雅的色彩。民国墓志也继承了前代墓志用典的特点,在碑文中常常直接引用典籍中的历史事件,借用历史人物的事迹以衬托逝者的精神境界,如:

(50)曾子曰:"战阵无勇,非孝也。"吴起母死不奔丧,曾子逐之,亦谓其非孝也。聂政曰:"老母在,政身未敢以许人。"此政之孝也,今有人,老母在,以身许国,国事急,母丧不及奔,勇于战阵而死,将何以断之?此吾所以俯仰欷歔于文君不置也……君沉思良久,仰而言曰:"奔丧人事,举义亦大事。使举义而吾不与其谋,则奔丧急。

与其谋，而期尚远，则奔丧亦急。今奔丧非数日不至，而举义在明日，则举义较奔丧尤急，请从其尤急者。"(《平彝文壮烈墓表》)

这篇墓表开篇即有两处引用，其一，引"吴起母死不奔丧"之典故，其中"曾子曰：'战阵无勇，非孝也。'"出自《大戴礼记·曾子大孝》，"起始事曾参，母死不奔丧，曾参绝之"，出自《资治通鉴》；其二，引《史记·刺客列传》中聂政以身许国之事。引用典故讲述吴起与聂政在孝与忠之间的不同做法，而鸿揆(逝者之讳)在孝与忠之间权衡缓急，可谓之义也，撰碑文者借用历史典故衬托逝者之义，颂扬之意不言而喻。

为了表达的精准、典雅，民国碑文中常有对经典文献的化用，如：

(51)古称杀身以成仁，夫人情大抵爱生而恶死，匹夫匹妇自经于沟渎，其亦以死者，末乎云尔。独巨人君子为天下国家之故，糜躯断脰，不挠不悔，事虽不济，其气如迅雷之撼百物，犹足鼓一世而从之。(《夏烈士次岩墓表》)

墓志中"匹夫匹妇自经于沟渎"化用《论语·宪问》："岂若匹夫匹妇之为谅也，自经于沟渎而莫之知也？"借管仲之大义与匹夫匹妇之小节对比，突出夏次岩为国为民捐躯之大义。

(52)党议追赠上将军，今西湖之上有陈公英士戎服立马之像，与烈士幽宫相望，可以立懦夫之志，发仁者之心。世与道交相丧久矣，有将拨大乱、成大仁者乎？(《夏烈士次岩墓表》)

碑文"与烈士幽宫相望，可以立懦夫之志，发仁者之心"一句表现了逝者归去后，精神的不朽性，此句化用《孟子·万章下》："故闻伯夷之风者，顽夫廉，懦夫有立志……闻柳下惠之风者，薄夫敦，鄙夫宽。""世与道交相丧久矣"化用《庄子·缮性》："由是观之，世丧道矣，道丧世矣，世与道交相丧也。"对当下的社会状况进行抨击，使得碑文的表述更为典雅，衬托逝者的精神境界。

四、用字的复古性

民国墓志语言处于新旧交替的阶段，部分用字倾向用古字①，如：

①本文中提到的"古字"指从时间阶段称说的古今字中的古字。

(53)草遗书毕,从容起身:"趣死,我无憾矣。"遂死之。(《伍汉持纪念碑》)

(54)清宣统初,袁世凯废,张之洞、孙家鼐相继死,所任皆宗室儿童,佻易受赇,朝政日汙,吏民皆发愤欲覆清廷。(《勋一位前陆军部总长黄君墓志铭》)

(55)首营国防工事于边界,收回松花江航权,商民名其初航之船曰"庆澜"以志焉。时百废具兴,四境安谧,政府迭颁勋位勋章。(《绍兴朱子桥先生墓志铭》)

(56)战后凋散,经讳万端,元气恢复,匪由蹴致,安危之机,操之在我,非人所能挠……三十二年,主持议订礼制,成《学礼录》三卷,虽为引伸未境之作,然谓国父制作……(《戴传贤墓表》)

以上各例中所使用的古字"趣""汙""具""匪""境"所对应的今字为"趋""污""俱""非""竟"。上述古今字又包括了通假字、同源字与异体字,其中"趣"与"趋""匪"与"非"互为通假字,"具"与"俱""竟"与"境"为母字与分化字,"汙"与"污"互为异体字,"污"行而"汙"废,"汙"成为古字。

墓志中用字的复古现象出现的原因可能包括:第一,民国时期没有通行的规范用字,用字习惯仍承袭古字;第二,追求碑文的典雅,仿古的做法凸显碑文的特殊性。

五、结语

从民国墓志中,我们依然能看到行文庄重典雅、多用典故、用字具有仿古性等墓志语言文字的一般特点,同时,民国墓志又凸显了其独特的气质:语言的发展决定了其文言与白话混用的特点,社会的遽变又推动了表述的直白化。民国墓志独有的表达方式不仅是一种语言文字现象,更是一种文化现象——反映了传统的社会控制体系和文化秩序的变革、思维方式的转变和价值观念的重构等多方面的历史潮流。

参考文献

王力:《汉语史稿》,北京:中华书局,1980 年。

叶昌炽,柯昌泗:《语石·语石异同评》,北京:中华书局,1994 年。

黄永年:《古文献学四讲》,厦门:鹭江出版社,2003 年。

毛远明:《汉魏六朝碑刻文献语言研究的思考》,《南京师范大学文学院学报》,2005 年第 1 期。

夏晓丽:《现代汉语中的日源外来词研究》,辽宁师范大学,2006 年。

徐时仪:《略论汉语文白的转型》,《上海师范大学学报(哲学社会科学版)》,2008 年第 2 期。
李梦迪:《汉语中的日源外来词研究》,《现代语文(语言研究版)》,2016 年第 10 期,第 36-38 页。

AStudy of Linguistic Characteristics of Epitaphs in Republic of China

Ke Yonghong, Zhang Kaixin
(Beijing Normal University)

Abstract: The Republic of China is a period of great changes in politics, economy and culture of China, as well as in the history of Chinese language. The content of the epitaph in Republic of China covers the important period of the alternation of classical Chinese and vernacular Chinese, so its linguistic has distinct characteristics. Through the investigation of nearly 900 epitaphs in Republic of China, the paper concludes that there are four linguistic characteristics of the epitaph, which are the mixture usage of classical Chinese and vernacular Chinese, straightforward expression, the quotation of allusions, and the use of characters to imitate the ancient characters. The unique linguistic characteristics of the epitaph in Republic of China is not only a linguistic phenomenon, but also a cultural phenomenon, which reflects the change of thinking and speech style of the whole nation.

Keywords: epitaphs in Republic of China; linguistic characteristics; classical Chinese; vernacular Chinese

◎小学专书研究

《释名疏证补》的语言学批评

刘青松

（河北大学文学院、河北大学中国语言文学博士后科研流动站）

提要：王先谦《释名疏证补》是《释名》注释中影响较大的著述，但由于缺乏具体的研究，后人误以此书为《释名》研究的“集大成之作”，导致至今缺乏对此书的正确评判，成为《释名》研究史上的缺憾。本文从语言学角度进行分析，认为《释名疏证补》的作者群体存在语言观念落后、小学功底薄弱、疏证工作不彻底等明显的不足，这些不足造成了大量似是而非的结论。本文之作，目的是廓清《释名》研究史上的误识，表明《释名》的注释、疏通在今天仍有进一步着力的必要。

关键词：《释名疏证补》 词源；词汇；语言学；失误

《释名》是汉末刘熙所撰的一部探讨名源的著述，清代以来多有相关论著，但并不尽如人意。如乾隆五十四年毕沅作《释名疏证》，王先谦以为毕书“奥义微文，未尽挥发”①，乃在《释名疏证》的基础上，参校顾千里校本，与王启原、叶德炯、孙楷、皮锡瑞、苏舆、王先慎等人进行疏通，又参考了成蓉镜《释名补证》、吴翊寅《释名校议》、孙诒让《札迻》诸书，附录胡玉搢、许克勤两家校勘，汇萃众说，附以己见，纂成《释名疏证补》（以下简称“疏证补”）一书，成为迄今为止《释名》的注释中最为翔实的著述。尽管如此，《疏证补》并非尽善，校勘方面，多罗列而少抉择，“病在缺乏断制，纠葛不清的地方尚多”②。疏通释义方

---

①王先谦等：《释名疏证补序》，北京：中华书局，2005年，第2页。
②周祖谟：《释名校笺》，《文史》，1998年第47辑。

面,多不可信之论,张克强《声训学杂论》曾举证数例,甚至认为"今后治《释名》者,不必一一稽撰,即不读一字,自白文入手可也"①。但前人的研究似乎并未引起足够的重视,论者仍以《疏证补》为"集大成之作"②。时至今日,《释名》的研究方面多所成就,但在疏通释义方面,《疏证补》的很多失误尚未被认识到。因此本文将其语言文字上的失误分为几类,一一分析。

一、小学功底薄弱

古书校注,材料丰富固然必要,但更重要的是对大量材料的鉴别、按断。乾嘉晚期,朴学弊窦丛生,然继起者并未予以修正,使其重获新生,乃以多自证,以同自慰,寻章摘句,沾沾自满。道咸以降,"集解"著作大兴,这些著作大多没有继承乾嘉诸儒的科学精神,而只是貌袭其考据宏博,集解而不按断,此可以炫俗而不可言学。《疏证补》就是这种环境下的产物。王先谦乃桐城名宿,学问本非所长,其"门下晚生"叶德辉言:"(先谦)所刻书必加以自注,又杂以本家及门人之注,注者往往不知门径,以意为之,……校所不当校,注所不必注。"③可谓一语中的。论者以先谦"治经循乾、嘉遗轨,趋重考证,而小学弗深,且释名物不克贯通三代礼制,以此视文达终有上下床之别"④。小学水平的低下影响到了《疏证补》的水平。例如:

(1)《释亲属》:"媵,承也,承事嫡也。"先谦曰:"《说文》无媵字,经文或借腾为之,然此字当有,疑《说文》脱也。媵从朕声,故与承音近。"

按:"媵"《说文》作"倂",《说文·人部》:"倂,送也。""倂"与"媵"为古今字,王先谦不知文字发展,乃疑《说文》脱"媵"字。此为先谦之文字学。

(2)《释宫室》:"櫋,隐也,所以隐桷也。或谓之望,言高可望也。"毕沅曰:"望与甍音亦相近,此下又别出甍。"先谦曰:"望与甍音似不近,此义它书不见。"

按:"望"古音明母阳部,"甍"古音明母蒸部,双声旁转,王先谦不知古音,乃谓"望与

---

①张克强:《声训学杂论》,见《张建木文选》,北京:宗教文化出版社,1996 年,第 162 页。
②王先谦等:《释名疏证补·出版说明》,北京:中华书局,2008 年,第 3 页。
③缪荃孙:《艺风堂友朋书札》,上海:上海古籍出版社,1981 年,第 564 页。
④支伟成:《清代朴学大师列传》,长沙:岳麓书社,1998 年,第 346 页。按:"文达"指阮元。

甍音似不近”。此为先谦之音韵学。又,毕沅所谓“望与甍音亦相近,此下又别出甍”言外之意,《释名》“望”与“甍”为一物,似有重出之嫌。按:《释名》为名源之作,与释义的词典体例不同,望与甍虽为一物,然而得名缘由不同,故两释之。王先谦不从此角度纠正毕沅,反于无疑处生疑,因而漏了马脚。

(3)《释形体》:“胸,犹啌也,啌气所冲也。”先谦曰:“啌字《说文》所无,疑当为空,《说文》:‘空,窍也。’《广雅·释诂》:‘冲,当也。’”

王先谦不识“啌”字,乃谓当为“空”,误。按:《玉篇·口部》:“啌,咄也。”《说文·口部》:“咄,相谓也。”段注:“谓欲相语而先惊之之词。凡言咄嗟、咄喈、咄咄怪事者皆取猝乍相惊之意。”“啌”即今佯咳,《集韵·江韵》:“啌,嗽也。”“啌气所冲”正在胸,先谦不考,乃误以啌当为空。此先谦之训诂学。

此外,王先谦合作者的语言文字学水平也不甚高,《疏证补》常常有曲解典籍的现象。例如:

(1)《释形体》:“頞,鞍也,偃折如鞍也。”苏舆曰:“《后汉书·扬雄传》云‘顩颐折頞’、《吴志·诸葛恪传》‘折頞广颡’,折頞即取偃折之义。”

《说文·页部》:“頞,鼻茎也。”段玉裁以“鼻直茎谓之頞”①,则《释名》所谓“偃折如鞍”者,当据双目之间与鼻茎观之,如鞍状。苏舆引扬雄《解嘲》之蔡泽与吴诸葛恪之“折頞”,乃为鼻梁骨中断之貌寝之相②,非頞得名之义,苏舆所举例似是而非。

(2)《释用器》:“枷,加也,加杖于柄头以挝穗,而出其谷也。或曰罗枷,三杖而用之也。或曰了了,以杖转于头,故以名之也。”叶德炯曰:“《世说新语》‘小时了了’,是‘了了’古有此语,但此作‘了了’则非也。此当作‘丫以’,或曰‘丫’为句,丫以杖转于头为句,‘丫’字《说文》所无,本字作‘枒’,《木部》‘枒,木也’是也。古丫叉字本作‘枒杈’。《文选·鲁灵光赋》:‘枝掌枒杈而斜据。’即此‘丫’字。枷、加、罗、丫皆取叠均,枒与罗皆象枷中枝格之形,而取名也。”

“了了”本讹“丫丫”,毕沅改,复据《御览》卷八百二十四引增下“以”字。并认为“了

①段玉裁:《说文解字注》,上海:上海古籍出版社,1988年,第416页。

②段玉裁云:“鼻有中断者,蔡泽、诸葛恪之相是也。”(《说文解字注》,上海:上海古籍出版社,1988年,第416页)

了”“正言用时柄头旋转之形”。按：毕说本不误，“了了”为悬挂之貌，本当作“了𠄏”，后乃积非成是。吴翊寅云：“《玉篇》：‘了，挂也。’又：‘𠄏，悬物皃也。’《广韵》：‘𠄏，悬皃。’连枷之制，三杖骈连，束之以苇，故亦名柫。字从‘弗’者，谓以韦束枉戾，又象弗形也。横木为枢，曲柄头以筦之，枢转于柄，举以打谷，倏起倏落。据谊当作‘了𠄏’，谓以连枷悬挂柄头，颠倒旋转，了𠄏不休也。”①叶德炯但知《释名》之“了了”非《世说新语》之“了了”，而不知其语源，乃妄改《释名》之“了了”为“丫以”，以之为丫叉之状，误解其得名之由。

> (3)《释形体》：“脚，却也，以其坐时却在后也。”王启原曰：“古人席地而坐，故《记》言授坐不跪，必先跪而后坐，故两足比并，敛跖向后。……今阙里所存至圣四配像皆坐脚向后者。”

王启原以“两足比并，敛跖向后”解释“脚”，是误以“脚”为“足”。按：“脚”为胫，小腿义，今之“脚”义古作“足”。《释名》之义，坐时两胫却在身后。其下《释名》释足云：“足，续也，言续胫也。”是二者非一物明矣。又，王启原引《记》言“授坐不跪”，乃《曲礼》“授立不跪”“授坐不立”之讹，其源出自李光地《朱子礼纂》卷五引朱子《跪坐拜说》：“记又云授立不跪、授坐不跪。”但《朱子礼纂》乃误引，《朱文公文集》卷六十八《跪坐拜说》：“记又云：‘授立不跪’‘授坐不立’。”不误，王启原不察，以致误引。

叶德辉说王先谦校书常杂以本家及门人之注，而其“本家及门人”如王先慎、苏舆等，“其人均不知注古书之法”②。可见，无论是小学根基还是对古书的理解，《疏证补》的作者群都存在很大的问题。

二、语言观念落后

乾嘉学者如王念孙、段玉裁等人以历史眼光、科学方法对语言学的研究登峰造极，尽管缺少理论性的阐述，但对字与词、连绵词与语素、词源与词义等关系均有明确的认识，反映在他们对语言文字的精密考据中，此时科学的语言学理论呼之欲出。按照学如积薪，后来居上的一般规律，后代学人应该继承这些优秀的遗产，并有所推阐发扬。即不如此，亦当萧规曹随，步趋前修。但生活在晚清的王先谦及其合作者们，并没有继承前贤的正确主张，其头脑中的语言学理论处于混沌状态。例如：

---

①任继昉：《释名汇校》，济南：齐鲁书社，2006年，第356页。

②缪荃孙：《艺风堂友朋书札》，上海：上海古籍出版社，1981年，第562页。

(1)《释姿容》:"立,林也,如林木森然各驻其所也。"王先慎曰:"《说文》:'立,住也,从大,在一之上。'(段本)①大,人也。一,地也。《周礼·地官》注:'竹木生平地曰林。'立、林二字皆会在地上意。"

王先慎见《说文》"立"字"从大,在一之上"会意,《周礼·地官》注有"竹木生平地曰林"之说,乃附会"立、林二字皆会在地上意"。按:"立"字"从大,在一之上"是造字的取象之义,"竹木生平地曰林"是词义,二者不是一个层面的关系,不能等同。此外,《释名》为词源学著作,解释的是事物得名的由来,其中的单音词训释不是同义关系,"立,林也"的意思是"立"得名于林,并非"立""林"同义。王先慎将声训误作义训,将词源误作词义,这是观念上的错误。误解词源义为词汇义是《疏证补》作者群普遍存在的问题,上世纪二十年代丁山提先生就说过:"毕沅、皮锡瑞、成蓉镜、孙诒让诸人,知向语言缘起方面,推原立论的,根本就没有什么。……差之毫厘,谬以千里。《释名》遂牢不可破,成为字义学了,所以命名之意遂成了绝调。"②

(2)《释姿容》:"望羊,羊,阳也,言阳气在上,举头高,似若望之然也。"苏舆曰:《洪范五行传》郑注:"羊,畜之远视者,属视。"故望远取义于羊。《家语·辨乐篇》注:"望羊,远视也。"《庄子·秋水篇》:"望洋向若。"释文作"盳洋",引司马、崔云:"盳洋,犹望羊,仰视貌。"《论衡·骨相篇》:"武王望阳。"言望视太阳也,望阳即望羊,与此义合。

"望羊"是一个双音节语素,属于连绵词,不可拆分解释,《释名》的解释,其语言学观念本来就是错误的。苏舆并未纠正这一观念,而是疏不破注,更进一步增加《洪范五行传》中关于羊的义理解说,以圆其说。更解释"望阳"为望视太阳也,则是一错再错。按:"望羊"亦作"望阳""望洋""盳洋",《庄子·秋水篇》作"望洋",释文云:"盳……本亦作望,……司马、崔云:盳洋犹望羊,仰视貌。"本为眼疾,即中医所谓之"戴目",《说文》作"瞷",段玉裁注:"戴目者,上视如戴然,《素问》所谓'戴眼'也。诸书所谓'望羊'也。目上视则多白。"是"望羊"的解释,前人早有定论,《疏证补》的学者们视而不见,导致错误。

(3)《释形体》:"血,濊也,出于肉,流而濊濊也。"叶德炯曰:"《广韵》'濊'泰、末

①王先慎引《说文》注明"段本",然段玉裁《说文解字注》"住也"作"侸也",且云:"侸,各本作住,今正。《人部》曰'侸者,立也',与此为互训,浅人易为'住'字,亦许书之所无。"

②丁山提:《释名释说明书》,北京大学研究所《国学门月刊》,1927年第7—8期。

二韵两见:一他盖切,一莫割切。此当读如莫割,与血叠韵。”

按:“血”(晓质)、“滅”(晓月)双声旁转,如果暂时缺乏二者的声训依据,本可以不注。但叶德炯的画蛇添足显示出了他的浅陋。“滅”字见于《广韵》泰、末二韵,叶德炯所言“一他盖切”,乃是泰韵的韵目反切;“一莫割切”,则是末韵韵目反切“莫拨切”之误。《广韵》“滅”二音为“呼会切”(泰韵)、“呼括切”(末韵)。因此,张克强批评叶德炯“鄙妄”①。笔者认为,个别具体的失误,无须苛责。问题在于,叶德炯以《广韵》音系衡量《释名》时代的语音,说明其语言研究缺乏历史的眼光,这才是根本所在。

(4)《释亲属》:“无父曰孤,孤,顾也,顾望无所瞻见也。”王启原曰:“孤,从子,瓜声,《续汉书·五行志》:‘瓜者,外延离本根而实。’孤从瓜,义应取此。”

按:“孤”从子,瓜声,形声字,“瓜”为声符,与词义无关,王启原见《续汉书·五行志》有“瓜者,外延离本根而实”之说,乃附会孤从瓜之义。这种观念明显倒退回了纬书解字“马头人为长”“人持十为斗”(《说文叙》)之类的庸俗文字学中去了。

相对乾嘉学者来说,上述例证是《疏证补》的学者们在语言理论上倒退的表现。经籍训诂、注释工作烦难,个别失误在所难免,不能求全于一时。但语言理论不明,却会导致一系列的操作失误,这才是应该特别注意的。

三、疏证工作不彻底

疏证工作是对原书及注释进行疏通,对其中不可解者进行考证、辨析。但《疏证补》的工作并不彻底。表现在如下几个方面:

(一)对前人的错误注释未能予以清理。《疏证补》是针对毕沅《释名疏证》“奥义微文,未尽挥发”而做的补充校勘与注释,但限于学识,对毕沅的许多失误并未察觉或纠正。

(1)《释车》:“钩车,以行为阵,钩般曲直有正,夏所制也。”毕沅曰:“《礼记·明堂位》:‘钩车,夏后氏之路也。’《毛诗·六月》传:‘夏后氏曰钩车,先正也。’”叶德炯曰:“‘钩’读如句股之‘句’,制车必用测算,《考工记》所载厚博长短尺寸是也。‘句般曲直’当作‘句股曲直’,《尔雅》‘九河钩盘’释文引李巡本作‘钩股’云:‘水曲如钩折如人股’。……《明堂位》郑注:‘钩,有曲舆者也。’正义:‘舆则车床,曲舆,谓曲

①张克强:《声训学杂论》,见《张建木文选》,北京:宗教文化出版社,1996年,第162页。

前阑也。'以钩为曲阑,义实不憭。夫车制多矣,安有因一曲阑遂名全车为钩车之理?郑注自据所见曲阑者而言,非钩车最初之名义也。《御览·兵部》六十五引《司马法》云:'夏后氏曰钩车,先正也。"宋衷注:"钩设浦车远近,计车量也;以立垒正者,什伍之例也。'按:'量也'为'量地'之误,量地即推步之法,但宋注就用时立算,与此有别,然其取于句股义一也。"

郑玄对"钩车"的解释有两种,一为《礼记·明堂位》:"钩车,夏后氏之路也。"郑玄注:"钩,有曲舆者也。"疏:"钩,曲也,舆则车床,曲舆谓曲前阑也。"然则此钩车为车与两边之较成曲钩之状①。二为《诗·小雅·六月》"元戎十乘"毛传:"夏后氏曰钩车,先正也。"郑玄笺:"钩,钩鞶,行曲直有正也。……可以先前启突敌陈之前行。"毕沅并未深入分析。很显然《释名》用的是《诗经》传笺的解释,而非《礼记·明堂位》。又,《释名》的"钩般"通"钩鞶",为车行钩曲盘旋义,《小雅·六月》疏:"定本钩鞶作钩般。……谓此车行钩曲般旋曲直有正。"又作"钩盘",《尚书·禹贡》"钩盘",疏引李巡云:"钩盘,言河水曲如钩,屈折如盘也。"《诗·般》疏引孙炎云:"水曲如钩,盘桓不前也。"《尔雅·释水》"钩盘"释文作"钩般",云:"本又作'盘',李本作'股',云水曲如钩,折如人股,故曰钩股。"按:"盘""般"通,汉隶"舟""月"每混,故讹作"股",李巡之一说乃望文生训,然亦以盘曲为义。叶德炯的解释不沿着毕沅的路子下去,而是以"般"为"股"之误,认为钩车得名于制车时其木料尺寸勾股曲直有正,并沿着"勾股"的理论走了下去,反倒认为《礼记·明堂位》注不明。其南辕北辙有如此者。

(2)《释兵》:"室口之饰曰琫。琫,捧也,捧束口也。下末之饰曰琕,琕,卑也,在下之言也。"毕沅曰:"《说文》:'琫,佩刀上饰。'……《说文》琕作珌,云:'佩刀下饰,从玉必声。'本毛《诗》'瞻彼洛矣'传也。然《笃公刘》传又云:'下曰鞞,上曰琫。'同出毛公而语有异。《毛诗名物疏》据《释名》以规《小雅》传为误,陈氏长发则扶毛传以驳《释名》,戴氏震以《公刘》传为是,云:'有珌与有奭一例,犹言奭然珌然,传'珌下饰'当作'鞞下饰',下数珌字皆当作鞞,《说文》所见已是误本,有《释名》可以正之。'数说不同。今案:只当各仍本文,且《诗》释文云:'鞞字又作琕。'则此之琕与鞞实一字,又琕字从卑,与卑下之谊正相比附,故不依毛氏前一解作珌字。"

①钱玄、钱兴奇:《三礼辞典》,南京:凤凰出版社,2014年,第970页。

毕沅认为,《释名》的解释源于《小雅·瞻彼洛矣》"鞸琫有珌"传:"琫上饰,珌下饰也。"但又看到《诗·大雅·公刘》"鞞琫容刀"传"下曰鞞,上曰琫",与前一说不同,便引冯复京《六家诗名物疏》、陈启源《毛诗稽古编》、戴震《毛郑诗考正》的不同说法,但最终也没有定论,竟然想当然地认为"珌"同"琕","琕"与"鞞"同,来调和这一矛盾。《疏证补》的作者们对此没有任何的说法。按:"琕"同"鞸",《瞻彼洛矣》释文:"鞸字或作琕,补顶反,《说文》云:'刀室也。'"但与"珌"完全不同,鞞为刀室,珌为刀下饰,因此,毕沅的处理方式是完全错误的。鞞(鞸、琕)、琫、珌为刀的三个部分,鞞为刀鞘,琫为刀把上的装饰玉,珌为刀鞘末端的装饰玉。《瞻彼洛矣》传"琫上饰,珌下饰也"指刀鞘,琫为刀把上的装饰玉,珌为刀鞘末端的装饰玉。《公刘》传"下曰鞞,上曰琫"指的是整把刀,下面是刀鞘,上面是刀把上的装饰。二者并不矛盾。《释名》释琫、琕之上释鞘,可见琫、琕皆当为刀鞘装饰物,刘熙混淆了《瞻彼洛矣》传"琫上饰,珌下饰也"与《公刘》传"下曰鞞,上曰琫"二者,解释的是"刀下饰"的"珌",用的字却是"刀室"义的"琕"(鞞),将"珌"的解释误著于"琕"下,导致了后世聚讼不息。因此,段玉裁云:"(《释名》)琕即鞞之讹,刘意自一鞘言之,故虽袭毛'上曰琫,下曰鞞'之云,而大非毛意。"①

> (3)《释州国》:"五家为伍,以五为名也。"毕沅云:"《小司徒》及《党正》②皆云'五人为伍',非五家也,兹言五家为伍,误矣。又《周礼》有六乡、六遂,六遂之中五家为邻,六乡之中五家为比,兹不分晰,亦未安。"

毕沅以《释名》之说与《周礼》不同,便认为《释名》有误。按:《周礼》"五人为伍",据军为言,《释名》据里居为言,出于《管子·立政篇》:"五家为伍。"《管子·乘马篇》:"五家而伍。"《鹖冠子·王鈇篇》:"五家为伍。"《逸周书·大聚篇》:"五户为伍。"并先儒旧说,不误。又《小司徒》"五人为伍,五伍为两"疏明言"在家为比,在军为伍",《释名》本不误,又何须分晰?这个显而易见的错误也没有被《疏证补》的作者发觉。

(二)对很多声训的来源并未加以深入勾稽。刘熙首先是一名经学家,张舜徽云:"郑玄注经,长于声训,惜其一生劳于注述大典,不遑条理故训,勒为专书。幸有弟子刘熙亲承音旨,得所指授,撰述《释名》。"③刘熙是否郑玄弟子姑且不论,但《释名》声训的背后有着深厚的经学内涵是不争的事实,但《疏证补》的作者们对此并未深入勾稽。

---

①段玉裁:《说文解字注》,上海:上海古籍出版社,1988年,第14页。
②按:"党正"为"族师"之误。
③张舜徽:《演释名·自序》,见《郑学丛书》,济南:齐鲁书社,1984年,第423页。

例如:

(1)《释天》:“宿,宿也,星各止宿其处也。”

此条《疏证补》无补充。按:《说苑·辨物篇》:“所谓宿者,日月五星之所宿也。”即《释名》训释来源。

(2)《释亲属》:“嫡,敌也,与匹相敌也。”毕沅曰:“匹谓夫也,《诗·鄘风·柏舟》‘实维我仪’‘实维我特’,毛《传》皆训为匹是也。”

此条《疏证补》无补充。按:《公羊传·隐公元年》“立适以长不以贤”注:“适,谓适夫人之子,尊无与敌。”“适”通“嫡”。即《释名》训释来源。

(3)《释言语》:“武,舞也,征伐动行如物鼓舞也,故《乐记》曰:‘发扬蹈厉太公之志也。’”毕沅曰:“《乐记》郑注:‘发扬蹈厉,所以象威武时也。’”

此条《疏证补》无补充。按:《礼记·乐记》“夫武之备戒之已久”郑玄注:“武,谓周舞也。”《礼记·乐记》“武乱皆坐”郑玄注:“武,舞,象战斗也。”并先儒旧说。

类似上述的例子很多。那么,是否可以认为《疏证补》的学者们未必重视《释名》声训来源的勾稽呢?不是的。在很多条目下,他们都对《释名》声训的来源有所勾稽。下面的例子明显表明《疏证补》的学者们在努力地为《释名》的声训寻找来源。

(4)《释亲属》:“姑,故也,言于己为久故之人也。”王启原曰:“《尔雅》孙炎注:‘姑之言古,尊老之名也。’不训为故,然姑从古声,古有故义,《诗》‘古训是式’,即故训也。又有久义,《诗》‘古公亶父’传:‘古,久也。’戴侗引唐本《说文》‘故’从久古声,故成国训姑为故,且申言‘久故之人’。又《淮南子·时则》‘律中姑洗’训云‘姑,故也;洗,新也。’则姑原有故训,非成国创说。”

王启原先找到《尔雅》孙炎注,不惜引用误本《说文》“故”从“久”之说,证明“姑”训“古”,又引《淮南子·时则训》“姑洗”之“姑”,曲为之说。可见是在努力寻找“姑,故也”的声训来源,不知《白虎通·三纲六纪篇》:“姑者,故也。”此即舅姑之姑,成例具在也。

(三)结论过于草率,不具有说服力。《疏证补》的许多条目,结论草草,经不起推敲,或缺乏适当的论据,或于其所不知,不知阙疑之义,轻率结论,导致失误。例如:

(1)《释衣服》:“妇人上服曰袿,其下垂者,上广下狭,如刀圭也。”先谦曰:“刀,泉刀也。锐上方下曰圭,言割缯饰袿,其下垂者,或如泉刀形,或如圭形也。”

“刀圭”一词,毕沅未予解释,王先谦认为袿袍之饰或如泉刀,或如圭也。按:“如刀圭”者,即袿上如刀圭状的燕尾①。王先谦的描述似乎不错,但他认为“刀圭”是泉刀和圭,是完全错误的。刀圭为药量器,《武威医简》有“和以米汁,饮一刀圭”之语,《居延汉简》“以温汤饮一刀劫(圭)”②之记载。《汉书·律历志》“不失圭撮”注引孟康曰:“六十四黍为圭。”《外台秘要》卷三十一:“凡散药有云刀圭者,十分方寸匕之一……一撮者,四刀圭也,十撮为一勺,两勺为一合。”章太炎谓“刀”为“兆”之借,低洼之器,“今斟药、斟羹者,多谓之锹,斟羹者,或借瓢名。惟江南运河而东,至浙江、福建数处,谓之刀圭,音如‘条耕’。读刀如条,正合‘兆’音。”③清华大学藏汉“大郭刀圭”,若今之调羹而短柄,柄末渐杀,即所谓“上广下狭”。

(2)《释姿容》:“卦卖,卦,挂也;自挂于市而自卖边,自可无惭色,言此似之也。”“卦卖”一词,毕沅未释。王先谦曰:“卦、卖叠韵字。”

“卦卖”不辞,郝懿行以为“卖卦”之“倒转”④,俞敏以为“卦卖”即《方言》注之“鬼眎”,黠慧义⑤。并误。按:“卦賣”当是“衒賣”形近之讹,《行部》:“衒,行且卖也。”《说文·贝部》:“賣,衒也。读若育。”《周礼·地官·胥师》“察其诈伪饰行價慝者而诛罚之”注引郑司农云:“價,賣也。”王念孙云:“價与賣同,字或作鬻,又作粥。”⑥“衒賣”或作“衒鬻”,初为中性词展示义,如《楚辞·屈原·疾世》:“欲衒鬻兮莫取。”《列女传》:“为贾人衒賣之事。”《汉书·东方朔传》:“四方士多上书言得失自衒鬻者以千数。”后引申有炫示过实义,慧琳《音义》卷八引《韵英》:“衒賣,自矜也。”此盖“衒”与“掛”形近,“挂”“卦”多通,后人惑于“卖卦”,乃改为“卦卖”耳。“衒”训“挂”者,“衒”与“县”通,《论语·子罕》“沽之哉”集解引包咸曰“不衒卖之辞”释文:“衒,古县字。”《礼记·内则》“奔则为妾”郑玄注“奔,或为衒”释文:“衒,古县字。”“县”有挂义。(《释名》释双音词有义训)典籍

①孙机:《汉代物质文化资料图说》,北京:文物出版社,1991年,第281页。

②陈直:《居延汉简研究》,北京:中华书局,2005年,第486—487页。

③章太炎:《新方言·释器》,见《章氏丛书》,台北:世界书局,1982年,第247页。

④郝懿行:《证俗文》卷十七,《续修四库全书》192册,上海:上海古籍出版社,2002年,第598页。

⑤俞敏:《古汉语里的俚俗语源》,《燕京学报》,1949年第36期,。

⑥王念孙:《广雅疏证》,北京:中华书局,2004年,第81页。

"賣"多讹"賣"①,盖此字刘熙作《释名》时已误。

(3)《释形体》:"膈,塞也,隔塞上下,使气与谷不相乱也。"苏舆曰:"'使气与谷不相乱',语意不词,当作'使不与谷气相乱',《说文》:'匈,心上膈也。'②膈在匈间,与下焦隔,故云然。今本倒互其文,则不可通矣,《御览》人事十二正作'使不与谷气相乱'。"

《太平御览》卷三百七十一引《释名》:"膈,塞也,隔塞上下,使不与谷气相乱。"毕沅据此增"隔塞上下"之"隔"字。苏舆却看到《御览》引《释名》作"使不与谷气相乱",便认为本书"使气与谷不相乱","语意不词",当改同《御览》引。按:膈是分割胸腔和腹腔的膜状肌肉,吸气时,膈下降,胸腔扩大;呼气时,膈上升,胸腔缩小。中医以三焦将躯干分为三部分,膈以上为上焦,包括心、肺;膈以下至脐为中焦,包括脾、胃;脐以下为下焦,包括肝、肾、大肠、小肠、膀胱。因此膈以上为气,膈以下为谷,《释名》以膈"使气与谷不相乱"并无不妥。又"谷气"一指饮食的精气,贯穿于人体中,无所谓隔与不隔;一指胃气,胃属于中焦,而苏舆云"与下焦隔",此足见其谬。又《韵补》卷四引作"使气与谷不相乱也",是《释名》本不误,《御览》误引耳。

四、结语

《疏证补》虽然名义上是补正《释名疏证》,但实际上并没有"补"太多有价值的东西,反倒当改时不改,无疑处生疑,制造了更多的纠葛。杨钧《草堂之灵》载其姐读王先谦《汉书补注》时,遇不解处,彼亦茫然,所可解者,彼亦明晰,因此问道:"补注之功,果在何处?"③此语亦可移于《疏证补》。王闿运说王先谦的著作"夹七夹八",就是看到了他作品中的这一缺陷。杨钧云:"葵园(先謙)之书走遍全国,吾未见有知其'夹七夹八'者,然则今之世可谓无人。"④王先谦以文苑跻身儒林,其经学根柢先天不足,致有"中年出家"⑤之讥,张舜徽以为:"先谦功力,终在文辞,朴学非其所长……徒以贪多骛博,很想掩

①详曹海东:《古籍'賣'讹'賣'例谈》,《长江学术》,2011年第1期。

②此为《御览》误引,《说文·勹部》:"匈,膺也。"

③杨钧:《草堂之灵》卷二,杭州:浙江人民美术出版社,2016年,第19页。

④杨钧:《草堂之灵》卷十五,北京:浙江人民美术出版社,2016年,第320页。

⑤见崔建英整理、叶德辉门人撰:《郎园学行记》,见《崔建英版本目录学文集》,南京:凤凰出版社,2012年,第557页。

有众长，而力不足以相副。”①而其合作者，除皮锡瑞以经学名家外，其余如王先慎、王启原、叶德炯、孙楷、苏舆等在小学方面并没有太大的建树。尽管有人说他有“虚怀取善，乐受人言，友朋赖以成名，善类蒙其庇护”②的优点，但这并不能成为衡量学术水平的标准。

综上所述，《疏证补》作者群体的语言观念落后、小学功底薄弱，疏证工作不彻底，留下了大量似是而非的结论，为《释名》的再研究造成了很多障碍，并未达到“补灵岩之漏义，阐北海之精心”的目标。尽管如此，“苟非一无可取，未容任意抹杀”③，《疏证补》毕竟是《释名》研究史上最早的一部综合研究型著作，在文本校勘、同源词的系联、假借字的勾稽方面，筚路蓝缕，功未可没。此后对《释名》的研究多侧重其外在，如校勘本文、以其声训结论研究同源词或据以考察汉代的语音状况等。由于研究者对《疏证补》过高的称许，导致后来者对《释名》的内在理路缺乏深入细致的考察，因此对其注释工作望而却步。笔者不揣冒昧撰作此文，并非摭拾细碎，期与古人争一日之长短，乃是表明《释名》的注释尚有后人着力之处。

参考文献

刘熙：《释名》，北京：中华书局影印“四部丛刊”本，2016 年。

刘熙撰，毕沅疏，王先谦等补：《释名疏证补》，《续修四库全书》第 190 册影印光绪二十二年刻本，上海：上海古籍出版社，2002 年。

刘熙撰，毕沅疏，王先谦等补：《释名疏证补》，北京：中华书局，2008 年。

任继昉：《释名汇校》，济南：齐鲁书社，2006 年。

阮元校刊：《十三经注疏》，北京：中华书局影印嘉庆二十一年刻本，1980 年。

班固：《白虎通》，台北：艺文印书馆影印抱经堂丛书本，1966 年。

段玉裁：《说文解字注》，上海：上海古籍出版社影印经韵楼刻本，1988 年。

朱骏声：《说文通训定声》，武汉：武汉市古籍书店影印道光二十八年刻本，1983 年。

王念孙：《广雅疏证》，北京：中华书局影印嘉庆元年刻本，1983 年。

寻霖、龚笃清：《湘人著述表》，长沙：岳麓书社，2010 年。

①张舜徽：《清儒学记》，武汉：华中师范大学出版社，2005 年，第 216—217 页。

②李肖聃：《湘学略》，长沙：岳麓书社，1985 年，第 210 页。

③王先谦：《致萧穆书》，见郑逸梅、陈左高主编《中国近代文学大系》书信日记集一，上海：上海书店，1992 年，第 85 页。

The linguistic perspective of *The complementary of Shimingshuzheng*(释名疏证补)

Liu Qingsong
(Hebei University)

Abstract:*The complementary of Shimingshuzheng* by Wang Xianqian(王先谦) was the most informative writings in the history of the studies on *Shiming* (释名) by Liuxi(刘熙). From the linguistic point of view, the author points out the linguistic errors along with instances,such as linguistic concepts behind the times, a poor exegesis foundation, incomplete annotation work etc which caused lots of paradoxical conclusion. However, with no specific research on it, researchers wrongly assumed that *The complementary of Shimingshuzheng* was the the most successful works, so there has not been a good research work on *Shiming* in annotation. The purpose of this paper is not to criticize the ancients but to show that there is a lot of work to do on explanatory notes of *Shiming*.

Keywords: *The complementary of Shimingshuzheng*; etymological; semantic; linguistics; fault

《慧琳音义》校勘十则

——兼论《慧琳音义》引书与《玉篇》的关系*

郑　妞

（上海大学文学院）

提要:《慧琳音义》一书广征博引,保留了大量的典籍资料,但用传世本对照却发现,其引文存在一些误引书名、作者名和构成异文的现象。文章引入《玉篇》残卷作为参照,重点对《慧琳音义》中的十例进行了校勘,并补充了十五组异文,认为这些现象的产生与《玉篇》关系密切,而《慧琳音义》中的引文内容也很可能是转引自《玉篇》系字书。

关键词:《慧琳音义》;《玉篇》;校勘

一　引言

《慧琳音义》一书自光绪年间从日本传入,因其收录了大量的音注和训诂材料,并且保存了不少已经亡佚的古注和字书、韵书,具有极高的文献学价值,一开始就受到了学者的广泛推崇,如杨守敬就称赞其"诚小学之渊薮,逸林之鸿宝"。近年来,利用《慧琳音义》作文字音韵训诂的考证,或进行文献辑佚和校勘的研究也一直层出不穷。现存《慧琳音义》的各个版本,影印本如高丽藏本、狮谷白莲社本、频伽精舍本和大正新修大藏经本,整理本如魏安南《重编一切经音义》,徐时仪《一切经音义三种校本合刊》,这些版本的校勘重在比对各种版本的相异之处,但对《慧琳音义》编撰中自身存在的一些问题涉及不

* 本文得到国家社科基金后期资助项目"上古牙喉音特殊谐声关系研究"(批准号:17FYY027)的资助,初稿完成后,承蒙李建强、赵团员、丁治民等诸位先生指点,《励耘语言学刊》的匿名评审专家也提出了不少宝贵的修改意见,谨致谢忱! 文中若有其他问题,一概由本人负责。以下《玉篇》,除特别说明,都是指《玉篇》残卷。

多,特别是《慧琳音义》引书中存在的误引现象以及和今本存在的异文,这些书很多并未出校。以下我们选择了十例,来具体看看《慧琳音义》引书中存在的这些问题。

二 校勘十则

(一)桢

千桢:知盈反。郭注《尔雅》云:女桢木也,叶冬不落。《说文》:坚木也,从木,贞声也。(卷八十三《大唐三藏玄奘法师本传》第十卷)

按:其中引《说文》作"坚木也",但大小徐本都作"刚木也"。徐时仪(2009a)在文章中提过,他的看法是:"坚与刚义近。慧琳所引《说文》似为凭记忆所及而引,抑或依据别本而引。"我们认为此处可能不是一个普通的异文,而与避讳相关。

苏芃《原本〈玉篇〉避讳字"统""纲"发微》中指出《玉篇》残卷因避梁朝"萧统""萧纲"的名讳,在征引《周易》材料时有改"刚"为"坚"的现象。其中列举的第三条《周易·系辞下》:"夫乾,确然示人易矣。"韩康伯注:"确,坚皃也。"我们在《慧琳音义》中也看到多处,如:

(1)确执:韩康伯注《周易》云:确:坚皃也。(卷七十二《阿毗达磨显宗论》第六卷)

(2)确不移:《周易·文言》:确乎其不可拔也,又《系辞》云:夫乾确然示人易矣。易,夷至反。韩康伯注云:确,坚牢皃也。(卷八十一《集神州三宝感通传》中卷)

(3)确尔:韩康伯注《周易》云:确,坚固也。(卷八十一《南海寄归内法传》第四卷)

(4)确然:韩康伯曰:确,坚皃。(卷八十三《大唐三藏玄奘法师本传》第一卷)

(5)商确:韩康传(伯)云:确,坚貌也。《易》曰:确乎其不可拔。(卷八十四《集古今佛道论衡》第一卷)

(6)确实:韩康伯注《周易》云:确,坚也。(卷八十七《甄正论》卷中)

传世本《周易》此处引韩康伯注为"确,刚貌也",则《慧琳音义》此处是很可能是转引自《玉篇》。

对于"刚"字在《慧琳音义》中改为"坚"字的现象,我们还找到一处例证。如:

(7)金钜:徐广注《史记》曰:大坚铁鉔(钜)①。(卷三十四《大乘百福庄严相经》)

今《史记·礼书》:"宛之钜铁施,钻如蠭虿",《集解》引徐广曰:"大刚曰钜。"

综上所述,我们认为《慧琳音义》中"桢"引《说文》"刚木"为"坚木"乃是转引自《玉篇》的一个避讳现象。

(二)柯

柯叶:上各何反。《说文》云:树枝也。从木,可声。(卷四十《千手千眼观世音菩萨无碍大悲心陀罗尼经》)

按:《慧琳音义》引《说文》释义为"树枝也",但今大徐本《说文》和木部残卷都作"柯,斧柄也"。徐时仪在《略论〈慧琳音义〉的校勘》一文中提过这一条,他认为"似引自他本",即可能来自《说文》的不同版本。我们认为,这个看法可能有问题。首先,可从《说文》的体例来看。《说文》每一个部首下面的字都是"以类相从",黄天树(2014:205-206)还将"木部"所辖421字依排列顺序作了归类,第二类是"树木各部位的名称",第四类是"木制品","柯"字是属于第四类的,其前后的木部字如"檝、杖、柭、棓、椎、棁、柄、柲"都属于"木制品"中的"把柄类"。其次,《说文》释字多为本义,"柯"的本义当是"斧柄"。《诗·豳风·伐柯》:"伐柯如何?"《毛传》:"柯,斧柄也。"又《周礼·考工记·车人》"一欘有半谓之柯",郑玄注:"伐木之柯,柄长三尺。"段玉裁也认为"柯之假借为枝柯",因此"树枝"并非本义。那这个讹误是怎么产生的呢?《慧琳音义》别处也引有"柯"字,可以参照:

(1)枝柯:下音哥。《广雅》:柯,茎也。顾野王云:柯亦枝柯也。形声字也。(卷三十七《东方最胜灯王如来经》)

(2)四柯:箇俄反。顾野王云:柯,枝也。(卷七十五《法观经》)

《玉篇》未收"柯"字,《篆隶万象名义》:"柯,割多反。斧柄也。法也,枝也,茎也。"宋本《玉篇》:"音哥。枝也,《说文》曰:斧柄也。"可推知《玉篇》原本是引《说文》作"斧柄","树枝也"是误将顾野王的案语"枝也"当作《说文》的释文。

(三)讪

(1)谤讪:所奸反。《苍颉篇》云:讪,诽也。《论语》曰:恶居下流而讪上者。讪,

①此字狮本作"钜"。

谤毁也。并从言。(卷十九《般舟三昧经》中卷)

(2)讪贵:所奸反。《论语》:恶居下流而讪上者。孔安国曰:讪,谤毁也。《苍颉篇》:讪,非也。(卷六十五《大爱道比丘尼经》卷下)

(3)夫讪:山谏反。孔注《论语》云:讪,谤毁也。《苍颉篇》:非也。《礼记》:为人臣者,有谏而无讪是也。《说文》:谤也。从言,山声也。(卷九十五《弘明集》第一卷)

按:此三条中(1)(2)都来自《玄应音义》,《般舟三昧经》标明"慧琳新补",《玄应音义》原本没有引用《论语》原文。《大爱道比丘尼经》标明"玄应撰",将两者对照,可以看出,除少量反切改良和脱文外,两者基本相同,可以认定是慧琳照录了玄应原文。但是《玄应音义》引证《论语》的原文却是"恶居下而讪上",今注疏本同《慧琳音义》,增加了"流"和"者"字。对此,庄炘校:"《论语》:恶居下而讪上,本无流字,汉石经残碑及日本国皇侃《义疏》中皆同。又《汉书·朱云传》:小臣居下讪上,即用此语,可证此处引《论语》亦无流字,可见开成以前旧本犹不误矣。"可见原本就是没有"流"和"者"字的,很可能是流传过程中后人依石经以后的传本另加上去的。此外,(3)中引《礼记》,注疏本《少仪》作"为人臣下者,有谏而无讪"。此句开成石经本①和《荀子·大略》也作"为人臣下者,有谏而无讪"。可证原本有"下"字,《慧琳音义》所引脱"下"字。

以上《慧琳音义》引《论语》(转引自《玄应音义》)和《礼记》,和注疏本都有一些差异,我们发现,却与《玉篇》都相吻合:

讪,所奸反。《论语》:恶居下而讪上。孔安国曰:讪,谤毁也。野王案:《礼记》为人臣者,有谏而无讪是也。《苍颉篇》:非也。(《玉篇》言部)

可以推论,《慧琳音义》所引很可能都是转引自《玉篇》。

(四)编

(1)编之:刘兆注《公羊传》云:编者,比连也。《淮南子》许叔重注云:编犹列也。(卷七十七《大周刊定众经目录》第十一卷)

(2)编载:顾野王云:编犹列也。《庄子》云:编,比连也。(卷八十《开元释教录》第一卷)

按:此两条从内容来看,显然是有矛盾的。首先,我们查得《庄子》原文和注解中都没

①以下简称"石经本"。

有“编,比连也”这样一句话,此处当是一个讹误。另外,“编犹列也”究竟是顾野王注还是《淮南子》许慎注呢?因《公羊传》刘兆注和《淮南子》许慎注今已不传,无从查证,但《慧琳音义》一书中另有多处注解“编”字,可供我们参考:

(3)琼编:下必绵反。刘兆注《公羊传》云:比连也。《苍颉篇》云:编,织也。《说文》:编,次简也。从糸音觅扁萹眠反声也。(卷十一《大宝积经》序)

(4)编络:鳖绵反。刘兆注《公羊传》云:编,比连也。《苍颉篇》云:编,织也。顾野王:编,列也。《说文》:次简也。《声类》:以绳编次物也。(卷十五《大宝积经》第九十五卷)

(5)编发:必绵反。郑注《礼记》云:编列发为之,其古之遗象也,若今之假髻也。刘注《公羊传》云:编,连也。《苍颉篇》:织也。《说文》:次简也。从糸,扁声也。(卷四十七《文殊师利菩萨问菩提经论》上卷)

(6)编韦:上褊绵反。刘兆注《公羊传》云:编韦者,比连其作简也。《说文》:次简也。从糸,扁声。(卷九十一《续高僧传》第一卷)

从以上引文来看,“编,比连也”当是刘兆注《公羊传》的内容,而“编犹列也”是顾野王的按语。但《慧琳音义》为何会将《庄子》和《淮南子》误入引文之中呢?《玉篇》收有“编”字,我们可以从中找到答案:

编,卑绵蒲典二反。《周礼》:追师掌王后之首饰为(副)编。郑玄曰:编,编列发为之,其遗像若今之假髻也,服也以桑。《公羊传》:春秋编年,刘兆曰:编,比连也。《庄子》:或编曲或鼓琴而歌。野王按:《苍颉篇》:编,织也。《楚辞》“糺思心以为纕,编愁苦以为膺”是也。《淮南》“编户齐民”,野王案:编犹列也,《汉书》“诸将故与帝为编户”是也。《说文》:次简也。野王案:《史记》“孔子记易韦编三絶”是也。《声类》:以绳编次物也。(《玉篇》糸部)

《玉篇》引《庄子》紧承刘兆注后,《慧琳音义》的编者在引用《玉篇》时大概看错了行,才会出现这种错误。同理,《玉篇》引《淮南》“编户齐民”,顾野王在此作了一个案语,但《慧琳音义》的编者误将这个案语看作是许慎的注解,因为《玉篇》引用《淮南子》大多都会加上许慎注的内容。另外,需要指出的是,(5)中郑玄注《礼记》云“若今之假髻也”一句,注疏本作“若今假紒矣”,“髻”和“紒”为异体字,是《慧琳音义》所引与《玉篇》相符。

（五）峻

（1）峻险：上荀俊反。孔注《尚书》云：峻，高大皃也。郭注《尔雅》云：峻，长也。（卷二十《宝星陀罗尼经》第一卷）

（2）峻峙：上荀俊反。孔注《尚书》云：峻，高大也。郑玄注《毛诗》云：峻，长也。（卷四十九《摄大乘论序》）

按：以上两条显然也是有矛盾的，注疏本《诗·小雅·雨无正》："浩浩昊天，不骏其德"。《毛传》："骏，长也。"《笺》云："此言王不能继长昊天之德。"《慧琳音义》引《毛诗》将《毛传》和《郑笺》混淆是多见的，还可以解释得通，但为何会将郭注《尔雅》牵涉进来呢？我们将《玉篇》对照来看：

峻，思骏反。《尚书》：峻寓雕廧。孔安国曰：峻，高大也。《毛诗》：为下国峻后①。《戋》云：峻之言俊也。又曰：不峻其德。《传》曰：峻，长也。《尔雅》：峻，速也。郭璞曰：峻犹迅速上疾也。（《玉篇》山部）

原来，《玉篇》中引《毛传》"峻，长也"，紧接其后的引文就是《尔雅》原文和郭璞注，可能是编者误将后文和前文混到一起了，可认为是编者参考《玉篇》的结果。另外，从上文引《毛诗》来看，《慧琳音义》和《玉篇》都作"峻"字，但注疏本为"骏"字，这些异体字的相承也进一步说明了《慧琳音义》的引文参考了《玉篇》。

（六）隰

原隰：上危袁反，下寻立反。杜注《左传》云：高平曰原，下湿曰隰。《公羊传》云：下平曰隰。《说文》：阪下湿也。从阜㬎声。㬎音他答反。（卷十八《大乘大集地藏十轮经音并序》）

按；查今本《左传》杜注，除了《僖公二十八年》"听舆人之诵曰：'原田每每，舍其旧而新是谋。'公疑焉。"中杜注："高平曰原，喻晋君美盛若原田之草，每每然可以谋立新功。"他处未见有"下湿曰隰"的注解。参考《慧琳音义》别处的引文：

（1）原隰：音习。《尔雅》：高平曰原，下湿曰隰。《尚书大传》曰：隰之言湿也。或作隰。《说文》：阪下也，从阜㬎声也。（卷八《大般若波罗蜜多经》第六百卷）

①"后"是误字，当为"庬"字。

(2)原隰:寻立反。《尔雅》:下湿曰隰。言其垫湿也。或作溼,俗字也。垫音居也。(卷十四《大宝积经》第六十一卷)

可知此处是将《尔雅》原文内容错引作《左传》杜预注,那这种错误是如何产生的,参考《玉篇》残卷便可知晓:

隰:辞立反。《毛诗》:徂隰徂畛。《戋》云:隰,谓旧田有路径者。《左氏传》:逐翼侯于汾隰。杜预曰:汾水边也。《尔雅》:高平曰原,下湿①。《公羊传》:下平曰原。《尚书大传》:隰之言湿也。《广雅》:隰隰,蛰也。蛰蛰,湿意也。(《玉篇》阜部)

杜预注后紧接着就是《尔雅》,是《慧琳音义》的作者在引用《玉篇》时误将《尔雅》的内容当作是杜注的缘故。另外,今本《尔雅》:下湿曰隰,大野曰平,广平曰原,高平曰陆,大陆曰阜……《慧琳音义》引文与之并不相同,而却与《玉篇》残卷对应,更可以进一步证明是《慧琳音义》参考《玉篇》的结果。

(七)缓

筋缓:下胡管反。郑注《考工记》:缓,宽也。《尔雅》云:舒也。贾注《国语》:迟也。《说文》:从糸音觅,爰音袁声也。(卷五十三《佛说阿那律八念经》

按:此条引文中郑注《考工记》"缓,宽也"不见于注疏本。我们在《慧琳音义》其它卷也找到"缓"字的释文:

(1)皮缓:户满反。《尔雅》:缓,舒也。顾野王云:宽也。案:皮缓,宽慢也。从糸音觅爰音员声也。(卷十二《大宝积经》第三十五卷)

(2)皱缓:下桓管反。《尔雅》:缓,舒也。顾野王云:缓犹宽也。《说文》:从糸,爰声。(卷六十九《阿毗达磨大毗沙论》第一百七十七卷)

很显然上引郑玄注实际上是顾野王的案语,那为什么会牵涉到《考工记》呢?同样的,对照《玉篇》便可知晓:

缓,胡管反。《国语》:如秦谢缓赂。贾逵曰:缓,遅也。《尔雅》:缓,舒也。郭璞曰:谓遅缓也。野王案:缓谓宽也,《考工记》一方缓一方急是也。或为繛,字在素部。

①此处《残卷》当有脱文,脱"曰隰"二字。

(《玉篇》糸部)

《慧琳音义》的编者在参考《玉篇》时将野王案语中的"缓谓寛也,《考工记》一方缓一方急是也"误认为是郑玄注。

(八)绳

(1)绳柲(拟):上常仍反。《考声》:索类也。[世]本:倕作规矩准绳。宋忠曰:倕,舜臣也。绳所以取直也。《广雅》:绳,直也。(卷四《大般若经》第四百卷)

(2)准绳:下食蝇反。《世本》曰:倕作规矩准绳。宋忠曰:舜臣也。《尚书》曰:绳愆紏谬,格其非心。又曰:木从绳则正,君从谏则圣。案:绳者,取其平直也。《尔雅》:绳绳,戒慎也。(卷十六《大圣文殊师利佛刹功德经》中卷)

(3)繩绳:下食仍反。《广雅》:绳,直也。孔注《尚书》:木从绳则正也。(卷七十六《佛说法句经》)

(4)絣绳:下食蝇反。宋忠注《世本》云:绳,所以取直也。(卷九十七《广弘明集》第十二卷)

按:以上四条互相对照来看,发现其中存在一些问题。(2)中的"绳者,取其平直也"并非顾野玉(或慧琳)的案语,应为宋忠注《世本》的内容。(3)中的"木从绳则正也"是《尚书》的原文而非孔安国的注文。对照《玉篇》,我们也能看出这些错误的原因:

绳,视升反。《尚书》:譽纠绳缪①,格其非心。孔安国曰:正过谬误,检其非妄之心也。又曰:木从绳则正。野王案:《说文》:绳,索也。《世本》:倕作规矩准绳。宋忠曰:倕,舜臣也。绳所以取直也。……《尔雅》:绳绳,戒昚也。野王案:《毛诗》宜尔子孙,绳绳兮是也。……(《玉篇》糸部)

分析可知,"又曰:木从绳则正"紧接孔注,《慧琳音义》的编者误认为是孔注的内容。第一处"野王案"后引《世本》宋忠注"绳所以取直也",编者误认为是野王的案语。这些都是编者对《玉篇》体例的误解造成的。另外,(2)中引《尔雅》作"绳绳,戒慎也"是误将原文和注文合到一起,注疏本《尔雅·释训》:"兢兢、憴憴,戒也。"郭璞注:"皆戒慎。"这个错误也是沿袭《玉篇》而来,这些也都证明了编者确实参考过《玉篇》。

①此处有倒文,当作"绳譽纠缪"。

(九)诩

慧诩:吁禹反。郑注《礼记》:大也,遍也,和也。僧名也。(卷九十一《续高僧传》第五卷)

按:在注疏本《礼记》中,只有两处“诩”字郑玄有注。一处是《礼器》:“德发扬,诩万物。”郑玄注:“诩,犹普也,偏也。”另一处是《少仪》:“会同主诩。”郑玄注:“诩,谓敏而有勇,若齐国佐。”我们找不到上条中“大也”“和也”对应的注文。《慧琳音义》中还有一条引文:

诩法:吁宇反。法师名。《苍颉篇》云:诩,犹和也。郑注《礼记》云:普也。《说文》从言,羽声。(卷九十二《续高僧传》第九卷)

此条告诉我们,“和也”是《苍颉篇》的内容,上条《慧琳音义》所引有误。对照《玉篇》可知确实如此:

诩,吁雨反。《毛诗》:川泽诩诩。《传》曰:诩诩然大也。《礼记》:德发杨诩万物。郑玄曰:诩犹普也,遍也。又曰:丧事主哀,会同主诩。郑玄曰:诩谓慜而有勇,若齐国佐也。《苍颉篇》:诩,和也,恤人者也。《说文》:大语也。(《玉篇》言部)

而“大也”当是《毛传》的内容。《慧琳音义》引的“大也,遍也,和也”的顺序也与《玉篇》相符,可以证明《慧琳音义》编者参考了《玉篇》,但误将“大也、和也”置于郑玄注之下。

(十)绠

(1)绠亦同弃:杜注《左传》云:绠,汲水绳也。(卷六十一《根本说一切有部毗奈耶律》第四十五卷)

(2)无绠:杜注《左传》云:绠,汲绳也。(卷六十二《根本毗奈耶杂事律》第十五卷)

(3)短绠:杜预注《左传》云:绠,即汲水绳也。(卷八十九《高僧传》第六卷)

(4)绠汲:杜注《左传》云:绠,汲水绳也。(卷九十九《广弘明集》第二十四卷)

按:《慧琳音义》所引《左传》杜注均作“汲绳”或“汲水绳”,但注疏本《左传·襄公九年》:“陈畚挶,具绠缶,备水器”,杜注:“绠,汲索。”《释文》:“绠,古杏反。汲水索。”《庄子·至乐》“绠短者不可以汲深”,成玄英《疏》:“绠,汲索也。”《释文》:“绠,格猛反。汲索也。”《汉书·五行志》引《左传》“具绠缶”,颜师古注:“绠,汲索也。”可知对于“绠”字

的释义,原本当为“汲索”,只有《玉篇》一系流传下来的才为“汲绳”:

绠,格杏反。《左氏传》:陈畚挶,具绠缶。杜预曰:绠,汲绳也。……(《玉篇》糸部)

绠,古杏切。汲绳也,繘也。(《宋本玉篇》糸部)

绠,古杏切。汲绳也,繘也。(《新修玉篇》糸部)

因此我们可以推论《慧琳音义》引《左传》作“绳”而非“索”是参考了《玉篇》的结果。

三 异文举例

历史上的一些典籍在流传的过程中,会产生各种异文,这些异文间的关系,有的是异体字,有的是通假字,有的是同义字。在上文的研究中,我们已经发现了不少异体字,如(四)中的“髻”和“紒”,(五)中的“骏”和“峻”,《慧琳音义》的用字往往和传世本不同,却与《玉篇》形成对应关系。当然,因《慧琳音义》和《玉篇》的撰写时代较早,若是少数几组例子,有可能是因时代相近而共同参考了较早版本的缘故,所以不能排除偶合的可能。但若有更多的例子反映这种现象,我们便很难将之看作偶合了,下面是我们选取的十五组例子,有些我们也参照了能见到的唐本材料:

《慧琳音义》《玉篇》引书和传世本异文对照表

异文		《慧琳音义》	《玉篇》残卷	传世本	备注
一	绮—罗	《范子计然》:绮出齐郡。(卷一《大般若经》“绮饰”)	《范子计然》云:绮出齐郡。	范子曰:罗出齐郡。(《艺文类聚》卷八十五《布帛部》)	传世本《范子计然》今已不见此条
二	诳—迂	杜注《左传》:欺也。(卷一《大般若经》“谄诳”)	《左氏传》:是我诳吾兄。杜预曰:诳,欺。	《左传·定公十年》:是我迂吾兄也。杜注:迂,欺也。	石经本、注疏本同
三	絷—輒	《谷梁传》云:两足不相过谓之絷。(卷十八《大乘大集地藏十轮经》“幽絷”)	《谷梁传》:两足不相过,卫谓之絷。刘兆曰:天性然者也,絷如见绊也。	《谷梁传·昭公二十年》:两足不能相过,齐谓之綦,楚谓之踂,卫谓之輒。	石经本、注疏本同。《释文》:卫谓之辄:本亦作絷,刘兆云:如见絷纠也①。

①黄焯校:景宋本、余本作如见绊絷也,是也。

续表

异文		《慧琳音义》	《玉篇》残卷	传世本	备注
四	瀑—暴	《毛诗》云：终风且瀑。（卷二十《宝星陀罗尼经》“瀑雨”）	《毛诗》：终风且瀑。	《诗·邶风·终风》：终风且暴。	石经本、注疏本同
五	緻—致	郑注《礼记》云：緻密也。（卷三十四《大乘百福庄严相经》“密緻”）	《礼记》：德产之緻也精微。郑玄曰：緻密也。	《礼记·礼器》：德产之致也精微。郑玄注：致，致密也。	石经本、注疏本同
六	绡—幓	郑注《礼记》云：绡，缯……又云：绮属也。（卷三十六《大毗卢遮那经》“绡縠”）	（《礼记》）又曰：绡幕，鲁也。郑玄曰：绡，缣也。	《礼记·檀弓》：幓幕，鲁也。郑玄注：幓，缣也，读如绡。	石经本、注疏本同
七	效—斅	《史记》云：岂効此啬夫谍谍利口辩给哉。（卷三十九《不空羂索经》“明谍”）	《史记》：岂效此啬夫谍谍利口便给哉。	《史记·张释之冯唐列传》：岂斅此啬夫谍谍利口捷哉！	中华书局本、《史记会注考证》同
八	缗—纶	《尔雅》：缗，纶也。郭璞曰：江东谓之缗。（卷五十八《十诵律》“作缗”）	《尔雅》：緍，纶也。郭璞曰：江东谓之緍	《尔雅·释言》：缗，纶也。郭璞注：缗，绳也，江东谓之纶。	石经本、注疏本同
九	漉—盝	(1)《考工记》云：漉，清其水（灰）而漉之（卷八十《开元释教录》“滤漉”） (2)《尔雅》：竭也。（卷三十六《底哩三昧耶经》“浸漉”）	《考工记》：清其灰而漉之。野王案：漉犹沥也。《尔雅》：漉，竭也。	《周礼·考工记·㡛氏》：清其灰而盝之，而挥之。 《尔雅·释诂》：挥、盝、歇、涸，竭也。	石经本、注疏本同
十	浚—濬	郭注《尔雅》：浚上所以深之也。（卷八十三《大唐慈恩寺三藏法师玄奘传》“浚壑”）	《尔雅》亦云郭璞曰：浚上所以深之也。	《尔雅·释言》：濬，幽深也。郭注：濬亦深也。	石经本、注疏本同
十一	陵—凌	《吕氏春秋》云：陵轹诸侯也。（卷八十四《集古今佛道论衡》“陵轹”）	《吕氏春秋》：陵轹诸侯，《上林赋》：徒车之所辚轹是也	《吕氏春秋·慎大览》：干辛任威，凌轹诸侯。	新编诸子集成本《吕氏春秋集释》
十二	餧—馁	《论语》曰：鱼餧而肉败。（卷九十《高僧传》“餧者”）	（《论语》）又曰：鱼餧而肉败。	《论语·乡党》：鱼馁而肉败不食。	石经本、注疏本同

续表

异文		《慧琳音义》	《玉篇》残卷	传世本	备注
十三	龠—籥	《尔雅》云：大管谓之龠。（卷九十五《弘明集》“橐龠”）	《尔雅》：大龠管谓之龠。郭璞曰：管长尺，韦寸，柒之，有底，贾氏以为如篪六孔也。	《尔雅·释乐》：大管谓之籥。郭璞注：管长尺，围寸，并漆之，有底，贾氏以为如箎六孔。	石经本、注疏本同
十四	绐—殆	何休注公羊云：绐，疑也。（卷九十五《弘明集》“诈绐”）	《公羊传》：故相与往绐乎晋。何休曰：绐，疑也，疑谳于晋齐人语也。	《公羊传·襄公五年》：莒将灭之，故相与往殆乎晋也。何休注：殆，疑，疑谳于晋齐人语。	石经本、注疏本同
十五	歉—慊	郑注《礼记》云：歉，恨不满之貌也。（卷九十七《广弘明集》“歉腹”）	《礼记》：贵不歉于上。郑玄曰：歉，恨不满之皃也。	《礼记·坊记》：贫不至于约，贵不慊于上。郑玄注：慊，恨不满之貌也。	石经本、注疏本同

这十五组异文，《慧琳音义》与《玉篇》用字相同，与传世本不同，有些开成石经纳入的例子，也与传世本《十三经注疏》相同。《玉篇》本为残卷，以上也是少部分的例子，但在某种程度上已经展现了《慧琳音义》对《玉篇》的承袭关系。

四 结语

以上讨论的十个例子，都可以看出《慧琳音义》与《玉篇》之间存在着紧密的联系，其中有的例子清楚的告诉我们，《慧琳音义》的编者是在参考《玉篇》引文基础上撰写的释文，若非如此，诸如《公羊传》注误成《庄子》原文，《毛传》误成《尔雅》郭注，《尔雅》误成《左传》杜注等张冠李戴的错误是断断不会产生的。对此，我们不由得要思考一个问题，《慧琳音义》中引用的大量的古注内容，究竟是其爬罗剔抉而来的唐本原文，还是转引自《玉篇》的我们今天所谓的“二手资料”？于亭（2009）研究《玄应音义》就发现了其中引用的部分小学书和儒家经典注释，“很可能是直接从《玉篇》中转引的，而非玄应一一翻阅爬梳数以百计的外学经典和注释而得”。王华权（2014）通过比较《玄应音义》和原本《玉篇》中的疏证、书证和按语内容，认为原本《玉篇》极有可能是玄应编撰时重要材料来源之一。苏芃（2018）以《玄应音义》中多处和原本《玉篇》高度一致的梁讳改字现象为线索，考证认为《玄应音义》和原本《玉篇》具有一定的承袭关系。前人的研究告诉我们《玄应音义》和原本《玉篇》有着密切的关系，云公《大般涅盘经音义序》也明确说过“遂观《说文》以定文字，检《韵集》以求音，训诂多据《玉篇》。”《慧琳音义》作为继承其后的佛典音义，无论是音注训释的体例还是引证的典籍，其样式和内容都可以称得上是一以贯之的，因此其引书内容也有极大可能来自《玉篇》。或者还存在另外一种可能，并非来自顾野王《玉篇》，而是当时流行于寺院的以《玉篇》为蓝本编撰的一种资料汇编性质的字书。《崇文总目》中著录就有唐释慧力编撰的《象文玉篇》，有二十卷，“据野王之书裒益众说，皆标文示象”，惜今已不传，我们未能见其面目。总之，我们不能简单地认为《慧琳音义》中数量庞大的典籍引文都是慧琳当时所见并搜罗来的唐本资料，在进行佚文考证和古籍校勘中也要首先注意其与《玉篇》的内在联系。

参考文献

[梁]顾野王：《玉篇残卷》（《续修四库全书》第228册），上海：上海古籍出版社，2002年。
[唐]慧琳：《一切经音义》，台北：台湾大通书局，1985年。
[唐]陆德明：《经典释文》，北京：中华书局，1983年。
[清]阮元：《十三经注疏》，上海：上海古籍出版社，1997年。
西安碑林博物馆：《景刊唐开成石经——附贾刻孟子严氏校文》，北京：中华书局，1997年。
黄天树：《说文解字通论》，北京：北京大学出版社，2014年。
黄焯：《经典释文汇校》，北京：中华书局，1980年。
吕浩：《〈篆隶万象名义〉研究》，上海：上海古籍出版社，2006年。
苏芃：《原本〈玉篇〉避讳字“统”“纲”发微》，《辞书研究》，2011年第1期。
苏芃：《玄应〈一切经音义〉暗引〈玉篇〉考——以梁讳改字现象为线索》，《文史》，2018年第4期。
唐文：《郑玄辞典》，北京：语文出版社，2004年。
王华权：《〈一切经音义〉文字研究》，上海：上海人民出版社，2014年。
徐时仪：《慧琳〈一切经音义〉的学术文献价值》，《文献》，1990年第1期。
徐时仪：《玄应和慧琳〈一切经音义〉研究》，上海：上海人民出版社，2009a年。
徐时仪：《略论〈慧琳音义〉的校勘》，《长江学术》，2009b年第1期。
徐时仪：《〈一切经音义〉引书探论》，选自徐时仪、陈五云、梁晓虹编《佛经音义研究》，第二届佛经音义研究国际学术研讨会论文集，南京：凤凰出版社，2011年。
徐时仪：《一切经音义三种校本合刊》（修订本），上海：上海古籍出版社，2012年。

杨守敬:《日本访书志》,沈阳:辽宁教育出版社,2003 年。
姚永铭:《试论〈慧琳音义〉的价值》,《古汉语研究》,1997 年第 1 期。
姚永铭:《慧琳〈一切经音义〉研究》,南京:江苏古籍出版社,2003 年。
于亭:《玄应〈一切经音义〉研究》,北京:中国社会科学出版社,2009 年。

Ten Examples for Collatingin *Huilin Yinyi*--Concurrently Discuss the Relation between the Quotation of *Huilin Yinyi* and *Yupian*

Zheng Niu
(Shanghai University)

Abstracter:*Huilin Yinyi* (《慧琳音义》) quotes abundant books and retains a large number of classical materials. However, compared with the handed-down editions, it is found that there are some misquotations in its citations, including the title of the book, the author's name and the variant characters. This paper introduces the remnant volume of *Yupian*(《玉篇》),focuses on the collation of ten cases in *Huilin Yinyi* (《慧琳音义》) and supplements15 groups of variants. It is believed that the occurrence of these phenomena is closely related to the *Yupian* (《玉篇》), and the quotation content in *Huilin Yinyi* (《慧琳音义》) may also be quoted from *Yupian*(《玉篇》) series.

Keywords: *Huilin Yinyi*(《慧琳音义》); *Yupian*(《玉篇》);Collation

《必须杂字》的考释与整理

——兼论山西杂字的文献语言学价值*

辛睿龙

（山西大学语言科学研究所）

提要：《必须杂字》属于综合性的山西杂字文献，所述内容包括天地、自然、城郭、官职、人伦、百行、粮食、文具、水果、蔬菜、饮食、杂货、农具、建材等，是一部句式整齐的四言杂字。就笔者所见，《必须杂字》至少有京都泰山堂丙辰年新刻本、丙戌年新刻本、壹元堂官板新刻本、清同治二年聚原堂刻本、民国间彰德聚元堂石印本、民国三十四年抄本等六种版本。综合运用文献学、文字学、训诂学、音韵学、方言学等方面的知识，对《必须杂字》全书进行录文和校理，对《必须杂字》贮存的部分疑难字词进行考释和研究。以《必须杂字》为例，对山西杂字文献进行整理和研究，这项工作有助于晋方言语音史和近代汉字汉语的研究与拓展。

关键词：《必须杂字》；山西杂字；晋方言语音史；近代汉字

一　引语

杂字是中国传统社会底层老百姓使用的乡土教材，类似于《三字经》《百家姓》《千字文》等蒙学读物。杂字文献可以说是传统社会的记忆库，对历史、语言、教育史、民俗文化等领域的研究具有重要意义。晚清至民国，杂字文献的种类和数量达到了高峰，在全国

* 基金项目：山西省高等学校人文社会科学重点研究基地项目“中日文献语言学视角下灾害话语的回溯与研究”（20200104）；国家社科基金冷门“绝学”和国别史研究专项“山西民间杂字文献整理、数据库建设与研究”（19VJX122）。

各地底层社会广为流传，尤其是山西、四川等省①。据潘杰教授②的调查与整理，山西杂字文献目前至少存有160余种，这些文献编排内容精当且极具地方特色、用字用语巧妙且颇具研究价值，是晋方言语音史研究和近代汉字汉语研究的宝贵材料。

《必须杂字》属于山西杂字文献，该书不著编者姓名，首四句为"天地日月，风雨阴晴。雷霆震电，南北西东"，末四句为"儒者见笑，童稚喜传。必须杂字，且应眼前"，是山西地区流传较为广泛的一种通用杂字。从其基本内容来看，《必须杂字》不设定下位类目，所述内容依次有天地、自然、城郭、官职、人伦、百行、粮食、文具、水果、蔬菜、饮食、杂货、农具、建材等，属于综合性杂字文献。从其编纂体例来看，《必须杂字》全书不分段、不分章节、不设小标题，字词文字依杂字内容编排，通篇隔句用韵，每行两句，每句四字，共110行，计880字，属于字数整齐的四言杂字。

2016年至2018年，笔者在山西省太原市迎泽区南宫古玩市场陆续搜得《必须杂字》三种残本。其一为京都泰山堂丙辰年新刻本（以下简称"甲本"），该本文献共存17页，每页5行，中间部分内容残；其二为丙戌年新刻本（以下简称"乙本"），该本文献共存22页，每页5行，封面和中间部分内容残，不知其刊刻单位；其三为壹元堂官板新刻本（以下简称"丙本"），该本文献共存22页，每页5行，封面和中间部分内容残，不知其刊刻时间。李国庆先生主编的《杂字类函》第四册收有《必须杂字》三种全本。其一为清同治二年聚原堂刻本（以下简称"丁本"），该本文献共存25页，每页5行；其二为民国间彰德聚元堂石印本（以下简称"戊本"），该本文献封面称"绘图必须杂字"，全书上图下文，共存16页，每页8行；其三为民国三十四年抄本（以下简称"己本"），该本文献共存16页，每页7行③。此外，潘杰、刘涛搜有《必须杂字》六种，其专著《山西杂字辑要》（以下简称《辑要》）影印了德胜堂新刻本《必须杂字》的首页、尾页，之后对《必须杂字》作了简化字的录文工作④。

①王建军：《传统社会民间蒙学读物——杂字文献研究述评》，《广西师范大学学报（哲学社会科学版）》2016年第5期，第110—111页。

②潘杰等2015年出版《山西杂字辑要》（潘杰、刘涛：《山西杂字辑要》，太原：三晋出版社，2015年），该书已收录山西杂字66种。近几年，潘杰教授一直从事山西杂字的搜集与整理工作，截至目前，已搜集山西杂字160余种。

③李国庆：《杂字类函》，北京：学苑出版社，2009年，第223—290页。丁本，第223—252页；戊本，第253—271页；己本，第273—290页。

④潘杰、刘涛：《山西杂字辑要》，太原：三晋出版社，2015年，第98—103页。

二 《必须杂字》的录文与校理

根据笔者所见的甲本、乙本、丙本、丁本、戊本、己本六种《必须杂字》，参考《辑要》的录文，综合运用文献学、文字学等方面的知识，我们对《必须杂字》一书进行重新录文和全面校理的工作。为了保持此六种《必须杂字》的文字原貌，本文采用繁体字录文，对异体字、俗讹字、生僻字、方言字，照录其形，不作规范与更改。若其字形、词形不一，则在“校理”部分罗列异文并进行辨别和梳理工作。

录文：

天地日月，風雨陰晴。雷霆震電，南北西東。雪霜霧露，春夏秋冬。

鄉村鎮店，集市京城。皇帝太子，撫院布政。按察府縣，衙道司廳。

吏部禮部，兵刑六工/工部[1]。宰相閣老，翰林學政。總督提督，副將總兵。

同知守備，拔總[2]千總。進士舉人，生員貢生。狀元榜眼，探花監生。

公婆媳婦，岳母丈人。伯叔姑舅，姨表嬸妗。高曾祖父，奶奶母親。

哥嫂姐妹，甥婿姪孫。妻妾妯娌，丫鬟[3]媒人。儒教釋教，三教道人。

讀書學生，莊家農人。買賣客商，百工匠人。[4]大麥小麥，玉麥露仁。

大米小米，蕎麥六脊。白豆黑豆，黃米江米。豌豆菉/绿/录豆[5]，扁豆炒米。

小豆薑豆，滾豆穀子。芝麻茭草，菽黍稻子。石斗升合，分厘毫絲。

麥杆麥稭，谷穰豆杆。粃穀糠麩，黑白雜麵/麪/麯[6]。四書五經，紙墨筆硯。

琴棋寫畫[7]，琵琶絲弦。長生栗子，膠棗支/枝元。瓜子核桃，紅棗花占。[8]

閩薑八寶，門冬蜜旋。糖果幹柿，空柿米團。花紅瓶/蘋果[9]，芋頭蜜餞。

柘榴葡萄，白果橄欖。櫻桃杏李，雪梨橘柑。[10]豆芽菠菜，王瓜瓠子。

紅白蘿蔔/蔔[11]，絲瓜茄子。韭菜芥菜，蔥蒜苜蓿。蔓菁莙蓬，韭黃窝/萵苣。[12]

白菜黃芽，芹菜竹笋。蒜苗幹露，藕菜香椿。海菠木耳，猴頭香蕈。

茴香大料，海帶乾粉。山藥粉條，粉皮藕粉。蘆條燕窩，螃蠏海參。

鮑魚鼇魚，蝦米金針。雞鵝鴨蛋，銀魚玉笋。猪羊牛肉，豆腐涼粉。

腰腸腦髓，肚肺肝心。燒餅麻/蔴糖[13]，粘糕糖人。餛飩粽子，湯圓餺飥。

托爐水白/飥爐饝餅/飥惰餅餑[14]，饊子水粉。金銀銅鉄，廣鉄窩元/鉛[15]。白蠟牛蠟，辛紅黃丹。

花椒胡椒，紅曲白礬。皮膠魚鰾，紅土黑/白礬[16]。桐油生漆，油絲淨煙。

五倍錫箔，表紙台連。官粉土粉，扢帛雲箋。[17]糖餳(餳)[18]蘇木，肥皂書柬。

松蘿武彝,六安蒁/蕊尖。[19]門神紙馬,鞭炮松烟。書櫃鏡架,枕頭席/蓆簟。[20]

篦梳鏡籠,紅白絨毡。床帳床圍,東裝藁薦。銅盆火籠,燈檯門簾。

茶鍾[21]酒鍾,五簋湯碗。茶壺酒壺,煤柴木炭。煖帽涼帽,帽纓紬緞。

粗布杭布,葛布綾絹。煙袋荷包,耳墜鐲鐶。裙翅豸領,頭箍項圈。

鍍金蜜蠟,戒指鳳冠。包頭手帕,金釵(釵)[22]銀簪。外套氅/氅[23]衣,袍襖布衫。

圍裙坐褥/墊[24],汗巾翠冠。熨斗烙鉄,針線尺剪。槽鍘/鍘[25]鐙鞊,鞦轡鞭鞍。

靴鞋褲襪,縐紗茶扇。小碟大碟,細/綱碗閃邊[26]。油盒花瓶,菊花粗碗。

圓盤杆/檄/檊(榦)杖[27],鍋蓋案板。笊籬杓子,簸箕小鏟/產[28]。切刀火柱,醬醋油鹽。

沙鍋哱囉,盆瓮缸罈。磁盆食盒,蒸籠磁礶/[illegible]/礶[29]。杵頭碓臼/𦥑/臼[30],張籮/羅[31]磨碾。

竹篩竹爬/杷[32],鐮斧欔杴。荊簍荊筐,籮透大籃。棹椅板櫈,燈籠雨傘。

天平戥子,稱錘稱杆。鑰匙鎖箸,鐵銚煎盤。[33]橇槌鐭/鏊子,酒海酒釧[34]。

香爐蠟臺,棒槌算盤。犁耙鋤刨/桴[35],纏杈打鐮。覔(覓)人雇工,糞桶扁担。

釘爬/杷钁/欔頭[36],麻線[37]木杴。鑿鉋釧鋸,斧刀錛鑽。[38]彫刀木剉/銼[39],獸脊瓦磚。

貓頭桶瓦,滴水鉤簷。木梯頂石,柱檁梁椽。布袋錢搭(搭),被套稍連。

買賣糴糶,往來盤纏。天陰下雨,無可消遣。蕭氏俚言[40],學人再添[41]。

儒者見笑,童稚喜傳。[42]必須雜字,且應眼前。

校理:

[1]甲本、乙本、丙本、丁本作“六工”,戊本、己本作“工部”。“工部”为古代官署名。汉代有民曹,魏·晋有左民、起部,隋·唐因北周工部旧名总设工部,为六部之一,掌管各项工程、工匠、屯田、水利、交通等政令,长官为工部尚书。历代相沿不改。“六工”谓六种工匠。《礼记·曲礼下》:“天子之六工月:土工、金工、石工、木工、兽工、草工,典制六材。”《辑要》录作“户工”,颇疑“户”为“六”之误录。

[2]六本皆作“拔總”,“拔總”即“把總”,杂字此指官职的一种,与下文“千總”相对,明清各地总兵属下以及明驻守京师三大营、清京师巡捕五营皆设把总,为低级武官。《辑要》录正作“把总”,可从。

[3]甲本作“丫環”,他本皆作“丫鬟”,“丫鬟”“丫環”同词异形。

[4]“买卖客商,百工匠人”至“鲍鱼鳖鱼,虾米金针”,甲本缺。

[5]甲本缺,乙本、丙本、丁本作“菉豆”,戊本作“绿豆”,己本作“录豆”,此三者同词异形。

[6]此条参见下文考释。

[7]除甲本残缺外,他本皆作“琴棋寫畫”,《辑要》录作“琴棋书画”,“书”当为“写”之误。

[8]此条参见下文考释。

[9]甲本缺,乙本、丙本、丁本作“瓶果”,戊本、己本作“蘋果”,此二者同词异形。

[10]此二句之“白果橄欖”“雪梨橘柑”,前五本全同,唯己本作“白果橄柑”“雪梨橘欖”。颇疑己本“欖”“柑”错乱,“柑”又误写作“棑”。

[11]甲本缺,乙本、丙本、丁本、戊本皆作“蘿蔔”,唯己本作“蘿䒷(萯)”。“䒷(萯)”当为“蘿貝”之“貝”的增艸头俗字。“蘿貝”“蘿蔔”同实异名。

[12]甲本缺,乙本、丙本、丁本作“窝巨”,戊本、己本作“萵苣”,此二者同词异形。

[13]甲本、乙本、丙本、丁本作“麻糖”,戊本、己本作“蔴糖”,此二者同词异形,“麻”“蔴”同字异构。

[14]此条参见下文考释。

[15]甲本、乙本、丙本、丁本作“廣鉄窩元”,戊本、己本作“廣鉄窩鉛”。

[16]前五本皆作“紅土黑礬”,唯己本作“紅土白礬”,此当涉上文“紅曲白礬”而误。

[17]此二句之“表紙台連”“抡帛雲箋”,前五本同,唯己本作“表紙台箋”“抡帛雲連”,己本“箋”“連”当属错乱。

[18]六本皆作“餳”,“餳”即“餳”之异体。餳,简化字作“饧”。《辑要》以通行简化字录文,将《必须杂字》之“糖餳蘇木”录作“糖餳苏木”,不妥,依例当作“糖饧苏木”。

[19]此条参见下文考释。

[20]前五本皆作“席簟”,唯己本作“蓆簟”,此二者同词异形,“蓆”为“席”之增艸头俗字。

[21]前五本皆作“茶鍾酒鍾”,唯己本作“茶盅酒鍾”,“茶鍾”“茶盅”同词异形。

[22]俗书“叉”多不封口常作“义”形,六本皆作“釵”,“釵”即“钗”字。下文“纏杈打鐮”之“杈”,六本皆作“杈”,此亦其例。

[23]戊本作“氅”,他本皆作“氅”,此当以戊本“氅”字为是。“敞”字俗写常误作“敞”,“氅”当即“氅”之俗作。氅衣,古代罩于衣服外的大衣,可以遮风寒,其形制不一。

[24]丁本作“坐墊”,他本皆作“坐褥”。二者所指不同。

［25］甲本、乙本、丙本、丁本作“鍘”，戊本、己本作“鍘”，“鍘”“鍘”同字异体。

［26］甲本作“綱碗閃邊”，他本皆作“細碗閃邊”。甲本“綱碗”之“綱”当为“細”之形误，“细碗”与下文“粗碗”相对而言。

［27］此条参见下文考释。

［28］前五本皆作“小鏟”，唯己本作“小產”，此二者同词异形。

［29］甲本、戊本、己本作“礶”，乙本、丁本作“[illegible]”，丙本作“礶”。此当以“礶”字为是，“礶”即“罐”之异构，“磁礶”即“磁罐”。乙本、丁本“[illegible]”当为“礶”之俗作，丙本“礶”当为“礶”之形误。《辑要》录作“磁罐”，甚是。

［30］甲本、戊本、己本作“[illegible]”，乙本作“臼”，丙本、丁本作“曰”。此当以乙本“臼”字为是。“[illegible]”为“臼”之俗作，“曰”为“臼”之形误。碓臼，舂米工具，《辑要》录作“碓臼”，甚是。

［31］甲本、乙本、丙本、丁本、己本皆作“張籮”，唯戊本作“張羅”。此当以“張籮”为是，戊本“羅”当为“籮”之误省。“张箩”即铺张箩筐对其修整。

［32］甲本、乙本、丙本、丁本、己本皆作“竹爬”，唯戊本作“竹杷”，此二者同词异形。

［33］“鑰匙鎖箸，鐵銚煎盤”句至“木梯頂石，柱檁梁椽”句，乙本、丙本皆缺。

［34］此条参见下文考释。

［35］甲本、丁本作“刨”，戊本、己本作“桴”。二者所指不同。杂字中，“刨”即刨子，或作“鉋”；“桴”则当为“枹”之异构，指鼓槌。

［36］甲本、丁本作“釘爬钁頭”，戊本作“釘杷欔頭”，己本作“釘杷钁頭”。“釘爬”“釘杷”同词异形，“钁頭”“欔頭”同词异形。

［37］六本皆作“麻線”，《辑要》作“麻绳”。“绳”或属误录，或为编者所见别本异文。

［38］此条参见下文考释。

［39］甲本、丁本作“木剉”，戊本、己本作“木銼”，乙本、丙本缺。“剉”“銼”同字异构。

［40］甲本、乙本、丙本、丁本皆作“萧氏俚言”，戊本、己本则作“戆人谚语”。

［41］乙本、丙本皆作“再”，《辑要》录作“专”，颇疑“专(專)”当为“再”之误录。

［42］甲本无“學人再添”“儒者見笑”语，“蕭氏俚言”后径接“童稚喜傳”。

三 《必须杂字》疑难字词考释与研究

在对《必须杂字》进行校理的过程中，我们发现《必须杂字》行文不避俗别字，正文存在大量异体俗字、讹字误字和方言用字，甚至还贮存着一些字经变易难以辨识、书写讹误难以发现的疑难字，这些疑难字或未被《汉语大字典》《中华字典》等当代大型语文辞书收录，或与当代大型语文辞书所收之字同形异字，其字形及由其构成相关语词的词形具有极高的语言学价值。有鉴于此，综合运用文字学、训诂学、音韵学、文献学等方面的知识，我们对《必须杂字》的部分疑难字词进行专门的考释与研究。

1. 秕穀糠麩，黑白雜麵/麪/⿰麥隹。

按：笔者所见六种《必须杂字》中，下句甲本缺，乙本、丙本、丁本作“雜麵”，戊本作“雜麪”，己本作“雜⿰麥隹（⿰麥隹）”。今按，“雜麵”“雜麪”“雜⿰麥隹（⿰麥隹）”同词异形，“麵”“麪”“⿰麥隹”同字异构。“杂面”即用绿豆、小豆等粉制成的面条。元秦简夫《东堂老》第三折：“你就着这五百钱买些杂面你便还窑去。”《红楼梦》第六五回：“你用不着和我花马掉嘴的，咱们‘清水下杂面--你吃我看’！”山西《改用杂字·粮食类》：“荞麦杂面，软硬稀稠。”（《辑要》443）①《必须杂字》“麵”“麪”声符不同，而表音功能相同，是常见的一组异构字。此句异形词中己本“雜⿰麥隹（⿰麥隹）”值得关注，今考“⿰麥隹”字当是“麵”或“麪”的类化换旁俗字。上字“雜”本从衣集声，隶变之后，改变声符“集”部件“隹”“木”之间的相对位置而作“雜”。受上字“雜”部件“隹”的影响，下字“麵/麪”声符“面/丏”误写成“隹”遂作“⿰麥隹”字。《汉语大字典》收录“⿰麥隹”字，一据《集韵》与“⿰麥鳥”字沟通，一据《龙龛手鉴》与“麨”字沟通。② 我们在《必须杂字》中找到了“⿰麥隹”用同“麵”的文献例证，这一情况虽属偶然，但它也属于近代汉语方言文献中独特的用字现象，值得我们文字工作者注意。待日后材料丰富，《汉语大字典》似可补充“⿰麥隹”用同“麵”的说字意见。

2. 長生栗子，膠棗支/枝元。瓜子核桃，紅棗花古/占。

按：细察笔者所见六种《必须杂字》，我们发现此小段的异文主要集中在第二句和第四句上。第二句，甲本缺，丙本残，乙本、丁本皆作“膠棗支（支）元”，戊本、己本皆作“膠棗枝元”。第四句，甲本缺，丙本残，乙本作“紅棗花古”，丁本、戊本、己本则皆作“紅棗花占”。

首先来看第二句。乙本、丁本皆作“支元”，“支”当即“支”字小变。“支元”“枝元”属版本异文，所指应该相同。今考“支/枝元”当为荔枝之别称。“荔枝”本作“离支”，还可写作“离枝”“荔支”“丽支”等。《史记·司马相如列传·上林赋》：“于是乎卢橘夏孰，

---

①本文引用山西杂字的佐证材料，主要参考《山西杂字辑要》，为行文方便，《辑要》引文随文而注。

②汉语大字典编辑委员会：《汉语大字典》（第二版），武汉：崇文书局，2010 年，第 4906 页中栏。

黄甘橙榛,枇杷橪柿,楟柰厚朴,梬枣杨梅,樱桃蒲陶,隐夫郁棣,榙槑荔枝,罗乎后宫,列乎北园。”司马贞索隐引晋灼曰:“离支大如鸡子,皮麤,剥去皮,肌如鸡子中黄,其味甘多酢少。”引《广异志》云:“树高五六丈,如桂树,绿叶,冬夏青茂,有华朱色。”司马贞按,“离”字或作“荔”,音力致反。王念孙《读书杂志》按,索隐本及《汉书》《文选》并作“离支”,是古皆通用“离支”也。详审“荔枝”的异形词,知“荔”“离”与“枝”“支”皆因同音通用而书写异形。后代文献多称“荔枝”为“枝元”,此盖与“三元”寓意有关。民间习称“桂元”“枝元(荔枝)”“龙元(龙眼)”为“三元”,“三元”即指状元、榜眼、探花。山西《四言杂字》:“天麦门东,瓜子花粘。支元闵美,干棵(果)之名。”(《辑要》290)山西《杂字一本·花草树木类》:“支元橘子,佛收瓜壳。木瓜香元,樱桃葡萄。”(《辑要》373)徽州《韵文杂字》:“杂货店,本非轻,木耳水笋与金针,油塘纸码和边炮,大香红烛及灯心,枝元大枣银鱼香荩,挂面烧酒与海参。”①《三言杂字》:“桌子上,摆果品。枝元紫,龙眼黄。”②此皆其例。

下面来看第四句。此当从丁本、戊本、己本,以“紅棗花占”为是。乙本“紅棗花古”之“古”当为“占”之形误。乙本《必须杂字》中,“占”字或“占”旁常误刻作“古”,“燒餅麻糖,粘糕糖人”之“粘”,乙本亦误刻作“粘”,是其例。“花占”当为糖果“花生蘸”“花生沾”“花生粘”之缩,即花生米外面蘸上溶过的白糖。山西《衙门杂字》:“橘饼花占,油蜜胶寻。”还可写作“花粘”。山西《四言杂字》:“天麦门东,瓜子花粘。支元闵美,干棵(果)之名。”(《辑要》290)山西《新抄创业杂字》:“栗子花粘长生果,熏枣广支与福圆。”(《辑要》551)山西《七言杂字·家间燕宾使用菜蔬字式》:“葡萄瓜子梅花粘,更合鹿角与银杏。”(《辑要》569)

3. 托爐水白/飥爐饐餅/飥惰餅⿰饣户,馓子水粉。

按:笔者所见六种《必须杂字》中,上句甲本、乙本、丙本、丁本作“托爐水白”,戊本作“飥爐饐餅”,己本作“飥惰餅⿰饣户(⿰飠卢)”。

我们主要看“托爐水白”与“飥爐饐餅”这组异文。从上下文来看,杂字此句所列皆属饮食类名物。“托”“飥”音同,“托爐”与“飥爐”当是同词异形的关系。“托炉”与下文的“馓子”皆属炉食,民间常作为祭祀糕点。清康熙十三年刻本《河间县志》卷一一《论祭文》“祭品”:“猪一口 羊一只 宝妆一座 麻花二盘 托炉二盘 馒首五盘(每般重三十三觔)

①戴元枝:《明清徽州杂字研究》,上海:上海教育出版社,2017年,第60页。

②顾月琴:《日常生活变迁中的教育——明清时期杂字研究》,北京:光明日报出版社,2013年,第111—112页。

松子一盘(四觔) 莲肉一盘(五觔) 红枣一盘(五觔) 栗子一盘(五觔) 核桃一盘(一百八十个) 饭三碗 汤三碗 酒三钟 烛一对 降真香一一炷 焚祝纸一百张”。清康熙十二年刻本《应山县志》卷四“祭品”:“猪一口 羊一羫 宝妆一座麻花二树 托炉二棹 馒首五分 松子一盘 莲子一盘 枣子一盘 栗子一盘 核桃一盘 饭三碗 汤三碗 酒二钟 降真香一炷 烛一对 焚祝纸一百张”。赵荣光《天下第一家衍圣公府食单·筵式第十五·燕菜全席供》:“四炉食:托炉、馓子、云片糕、枣格炉。”“水白”与“餚餅”所指不同,二者非同实异名的关系。“餚饼”即豆面和糖做成的饼,类似今天的豆沙饼,与“托炉”属糕饼类食品。《方言》卷一三:“䬼謂之餚。”郭璞注:“餚,以豆屑杂饧也”。文献中未见“餚饼”有异称作“水白”,“水白”所指存疑,或即水白菜之缩,小白菜。

己本“飥惰餅⿰饣户”也值得关注。“托炉”,己本或作“飥⿰饣户”,下字“⿰饣户”当为“炉”之换形旁俗字。前文已谈“托炉”属糕饼类食品,受字义词义影响,“炉”改从“食”旁,遂写成“⿰饣户”。“餚餅”,己本或作“惰餅”,“惰”当为“餚”之误。己本字形发生变易,字序又产生了错乱,“飥⿰饣户(炉)惰(餚)餅”误作“飥惰餅⿰饣户”,其误甚矣。

4. 松蘿武彛,六安蒄/蕊尖。

按:上句,诸本同;下句,甲本作“六安蕊尖”,他本皆作“六安蒄尖”,“蕊”“蒄”同字异体。《必须杂字》此句为饮食类内容,“松蘿武彛”与“六安蒄/蕊尖”对言,皆属茶名。其中“松萝”“六安”属上位词,“武夷”“蒄/蕊尖”属下位词,即松萝茶中的武夷茶与六安茶中的蕊尖茶相对而言。

产生于安徽省休宁县松萝山的松萝茶本创制于明代隆庆年间(1567–1572)。松萝茶为炒青散茶,其香味比蒸情茶要好很多,明清以后,很快传播到福建、江西、浙江等地。“松萝武夷”茶正属福建松萝茶之一。清周亮工(1612–1672)《闽小记》:“崇安殷令,招黄山僧以松萝法制建茶,堪并驾。今年余分得数两,甚珍重之。时有武夷松萝之目。”“六安蕊尖”茶则属安徽六安茶之一,早在清人姚范(1701–1771)《援鹑堂笔记》中就对六安茶的品第进行罗列,其详为:“六安茶产自霍山(今为安徽六安市所辖县),第一蕊尖,无汁。第二贡尖,即皇尖,皆一旗一枪,即一梗一叶。第三客尖,即一梗两叶。第四细连枝,即一梗三叶。第五白茶。有毛者虽粗,亦为白茶,无毛者即至细,亦为明茶。明茶有耳环、封头等名,皆老叶矣。旧例,于四月八日进贡之后,乃敢发卖。其产茶之地,达八百方里,而仙人冲、黄溪涧、乌梅尖、佛寺、蒙潼湾数处为尤佳。”杂字文献中,松萝茶与六安茶常一同出现在饮食类(茶类)的相关描写语段中。山西《四言杂字》:“松罗六安,武夷苦丁。”(《辑要》291)山西《全言杂字》:“松罗武夷毛尖叶,白蒿寿眉真旗枪。砖茶吃茶好贡尖,大叶六安金莲花。”(《辑要》563)山西《便用杂字》:“天池六安,苦丁徽尖。兰花武夷,香村碧原。前雨芽茶,嫩芷(蕊)松罗。”(《辑要》202)山西《杂字一本》:“旗枪武夷,君眉大叶。银针状元,六安天尖。”(《辑要》376)此皆其例。

《辑要》将此录作“六安芷尖”,不妥。“芷”当为“蕊”字之误。从文意来看,如前文所述,此处为松萝武夷茶与六安蕊尖茶相对而言,“六安蕊尖”之“蕊”即指花心,当读其本音本义,而与“白芷”之“芷”无涉。从字形来看,“心”“止”形近,“蕊”字异体本或作“蘂”,颇疑《辑要》“芷”当为“蘂”字辗转之误。笔者所见六种《必须杂字》中,唯甲本作“蕊”,他本皆作“蘂”,此其内证。上举山西《便用杂字》有“前雨芽茶,嫩芷松罗”语,其中“嫩芷”之“芷”亦当为“蕊”字之误,此其外证。从字音来看,乙本“六安蘂尖”之“蘂”旁注一“软”字,今按“软”当为抄刻者对“蘂(蕊)”字所作的方言音注。“蕊”“软”声同韵近,在乙本抄刻者的方言音系中,“花蕊”之“蕊”或读与“软”同。

5. 圆盘杆/橄/⿰木斡(榦)杖,鍋蓋案板。

按:笔者所见六种《必须杂字》中,甲本、乙本、丙本、丁本作“杆杖”,戊本作“橄杖”,己本作“⿰木斡杖”。今按,“杆杖”“橄杖”“⿰木斡杖”此三者同词异形,今当正作“擀杖”。“擀杖”即擀面棒,与此句“圆盘”“鍋蓋”“案板”皆属餐具类名物。俗书“木”旁、“扌”旁形近不分,“杆杖”之“杆”、“橄杖”之“橄”、“⿰木斡杖”之“⿰木斡”皆写从木作,当从手分别作“扞”“撖”“擀”。俗书“斡”“幹”形近,己本“⿰木斡”字全体变易,部件“手”讹作“木”,部件“幹”讹作“斡”。

6. 檑槌鐭/鏊子,酒海酒⿰金⿰刂丨。

按:笔者所见六种《必须杂字》中,甲本、丁本作“檑槌鐭子,酒海酒⿰金⿰刂丨”,戊本、己本作“檑槌鏊子,酒海酒⿰金⿰刂丨”,乙本、丙本缺。《辑要》此句录作“雷槌鐭子,酒海酒釧”,知《辑要》以“檑”为“雷”之增木旁俗字,以“⿰金⿰刂丨”为“釧”之异构俗字。

首先来看第一句“檑槌鐭/鏊子”。“檑槌”,诸本首字皆从木作,今考“檑槌”当为“擂槌”之异形,“木”“扌”二旁形近易混,且下字为从木之“槌”,“檑”当即“擂”之变。“擂槌”,研物用的槌子。宋周密《武林旧事·小经纪》“擂槌”原注:“俗谚云:‘杭州人一日吃三十丈木头。’以三十万家为率,大约每十家日吃擂槌一分,合而计之,则三十丈矣。”明郎瑛《七修类稿·奇谑·少保吏笔对》:“他日古春又过学堂,见于(于谦)梳成三角之髻,又戏曰:‘三角如鼓架。’于又即对曰:‘一秃似擂槌。’”明周履靖《锦笺记·陷选》:“说道每日呵擂搥吃一丈,脂粉涂千担。”《玉篇·手部》:“擂,力堆切。研物也。”“檑槌”之“擂”当读其本音本义。传世字书与文献中,从木之“檑”或训作“木名”,或用同“礌”,未见与

“擂”字沟通的情况。

接着来看“鐭/鏊子”,“鐭子”“鏊子”属版本异文,所指应当相同。今考“鐭子”当为“鏊子”之异形,“鐭”当是“鏊”替换声符“敖”为“奥”而成的俗字。《玉篇·金部》“鏊,五高、五到二切,饼鏊也。”“鏊子”,即烙饼的器具。用金属制成,平面圆形,中心稍凸。古代有三足,高二寸许。现代常见的无足,作圆盘形。《全元散曲·董君瑞·硬谒》:“谩把猾,枉占奸,布衫领安上难寻绽,头巾顶攒就宜新裹,鏉(“鏊”之异构字)子饼热时赶热翻,消息汤着犯,你便辘轳井口,直打的泉干。”《水浒传》第六五回:“宋江道:‘我只觉背上好生热疼。’众人看时,只见鏊子一般赤肿起来。”“鏊”《广韵》读去声号韵五到切,“鐭”《集韵》(《广韵》未收)读入声屋韵乙六切。声符“敖”一读平声豪韵五劳切,一读去声号韵鱼到切(与“鏊”之“五到切”音同);声符“奥”一读去声号韵乌到切(与“鏊”之“五到切”音近),一读入声屋韵乙六切(与“鐭”之《集韵》读音全同)。可知,“鏊”写作“鐭”是将声符“敖”替换为读音与之相近的“奥”,当“烧饼器”讲的“鏊”写作“鐭”遂与本训“温器”的“鐭”字同形。《玉篇·金部》:“鐭,音隩,温器也。”《集韵》训同。

最后来看第二句“酒海酒釧”。《辑要》录“釧”为“釧”,以“釧”为“釧”之异构,果真如此么?“酒海”指一种大型的盛酒容器,因其盛酒量多,故称“海”。唐白居易《就花枝》诗:“就花枝,移酒海,今朝不醉明朝悔。”《水浒传》第八二回:“(宿太尉)叫开御酒,取过银酒海,都倾在里面。”杂字中“酒海”“酒釧”连言,则“酒釧”亦当为与酒相关的器皿。“釧”或当“臂环”讲(见《说文新附》),或用同“輴”当“车釧”讲(见《集韵》),此二义皆与器皿义无涉,且文献中亦未见“酒釧”的说法。《辑要》未审文意,盖因“金”“缶(𠂉)”表意功能相同,遂误以“釧”为“釧”。今考“酒釧”之“釧”当为“川”之增“缶(𠂉)”旁俗字。“酒川”与前接“酒海”皆属酒器。民国三十三年铅印本《洛川县志》卷二十四《方言谣谚志:分类词汇》“行及器用”:“酒器:大者(大耳大口)曰觥(ㄏㄤ,阳平),小者曰酒川。(一曰酒墩,酡[ㄍㄜ]醅子)”“酒川”当是晋陕地区的方言词,指酒器之小者,即酒墩。《必须杂字》“酒海”“酒釧(川)”连言,《洛川县志》“觥”“酒川”对言,皆就酒器大小而言。

7. 鑿鉋鏫鋸,斧刀錛鑽。

按:笔者所见六种《必须杂字》中,此句乙本、丙本缺,他本同,“鉋”下“锯”上皆作“鏫”,《辑要》缺字留空。凿,凿子,挖槽或穿孔用的工具。铇(鉋),后作“刨”,木工刨平木材用的工具。锛,削平木料的平木器械,即平头斧。钻,工匠常见穿孔工具。《急就篇》:“铁鈇钻锥斧鍜鏊。”颜师古注:“钻,所以穿通也。”该句与上文“犁耙锄刨,緾杈打镰。觅人雇工,粪桶扁担。钉爬镢头,麻绳木杴”构成《必须杂字》农具类内容。

我们重点来看“鏭”字,《汉语大字典·金部》:“鏭,[gǎi]【方言】锯开(木料)。《警世通言·宋小官团圆破毡笠》:‘陈三郎正在店中支分鏭匠锯木。’李劼人《大波》第二部第二章:‘杉木板子鏭的多轻巧哟!’”①《汉语大词典》收录“鏭”字、“鏭匠”词,音项、义项、例证皆与《汉语大词典》相同②。二书皆收录“鏭”字,皆以其为动词“锯”义的方言用字。郑贤章曾考证过佛经文献的“鏭”字,嘉兴藏本《天界觉浪盛禅师全录》之“锯鏭秤锤”,大正藏本《万松老人评唱天童觉和尚颂古从容庵录二》、嘉兴藏本《二隐谧禅师语录》、嘉兴藏本《古雪哲禅师语录》皆作“锯解秤锤”,郑氏进而认为“鏭”是“解”受“锯”字影响而形成的类化增旁俗字③。

郑氏所言甚是。进而言之,佛教典籍文献、传世经典文献中“锯解”“解锯”习见,“解”皆读其本音本义,当“剖开、锯开”讲。“锯解”“解锯”谓用用锯断开,“解”当动词讲。佛经文献中,东晋罽宾三藏瞿昙僧伽提婆译《增壹阿含经》卷五一:“大王当知,诸以非法治化人民,死后皆生地狱中,是时,狱卒以五缚系之,其中受苦不可称量,或鞭,或缚,或捶,或解诸支节,或取火炙,或以镕铜灌其身,或剥其皮,或以草着腹,或拔其舌,或刺其体,或锯解其身,或铁臼中捣,或轮坏其形……”《大般若波罗蜜多经》卷五二〇:“我应从今尽未来际,如痴、如症、如聋、如盲,于诸有情无所分别,假使斩截头足手臂、挑目、割耳、劓鼻、截舌、锯解一切身分支体,于彼有情终不起恶。”《慧琳音义》卷七《大般若波罗蜜多经》卷五二〇音义:“锯解,上居御反。《国语》云:中刑用刀锯。贾逵曰:以刀有所锯断。谓大辟宫劓(音义)刖(音月)等刑是也。《苍颉篇》云:截物锯也。《说文》云:抢,戚阳反,搪也(音唐)。从金居声也。《考声》云:抢搪者,锯也。《方言》云:锯之异名也。下佳买反。《考声》云:解,释也,判也,分也。”传世文献中,《全唐五代小说》卷九二引佚名《庐山远公话》:“十月满足,生产欲临,百骨节开张,由(犹)如锯解。”同书外编卷二二引丁用晦《会昌狂士》:“中外异之,听其所说,须当中锯解,至二尺见验矣。”宋李心传《建炎以来系年要录》卷一九二:“淫酷之刑,如灭族剥皮油煎锯解钩脊之类,深可痛伤,并一切除去,于是印发行下。”宋杨万里《过江州岸回望庐山》:“庐山山南刷铜绿,黄金锯解纯苍玉。”此皆其例。《警世通言·宋小官团圆破毡笠》“鏭匠锯木”之“鏭匠”犹“解匠”。“解匠”即锯匠,即锯木的工匠。《醒世姻缘传·劣书生厕上修桩 程学究裩中遗便》:“但凡人家有卖甚么柳树枣树的,买了来,叫解匠锯成薄板,叫木匠合了棺材,卖与小户贫家,殡埋亡

①汉语大字典编辑委员会:《汉语大字典》(第二版),武汉:崇文书局,2010年,第4953页中栏。

②罗竹风主编:《汉语大词典》,上海:汉语大词典出版社,1995年,第1420页中栏。

③郑贤章:《汉文佛典疑难俗字汇释与研究》,成都:巴蜀书社,2016年,第438页。

者。”是其证。

“锯解”“解锯”文献中习用，语词核心义本为锯断、锯开，到了近代以名物罗列见长的杂字文献中，不少杂字“锯解”“解锯”词汇意义发生变化，由表动词“锯断、锯开”义转移到名词工匠器具“锯”义上来，语素“解”的动词义弱化，甚至消失，主要起凑足音节的作用。《必须杂字》“凿铇鎅锯”之“鎅”当即“解”之增金旁俗字，“鎅(解)锯”即指锯的一种。《五字真言》：“锛刨镑凿锉，锤铲钳钻针。锯解拐曲尺，镑儿墨斗绳。”(《辑要》477)《五言杂字》：“锛镑大解锯，牙锯凿窟窿。推镑来推铲，全凭墨线成。”(《辑要》514)《新编七言杂字》：“凿子锛斧大解锯，斜刀雕刻剜刀裁。钢铁木蹉推边铇，画起墨斗五尺排。”(《辑要》596)《七言杂字》：“锛头劈斧推边铇，拐尺画匙墨斗绳。搜锯牙锯大解锯，钳斤凿子打钻钉。”此皆其证。当然，也有“锯解”词汇意义未发生变化的杂字，《绘图七言杂字》：“锯解斧砍凿窟窿，磨面毡子研高粱。”(《辑要》544)

四　山西杂字的文献语言学价值

《必须杂字》用字用语中体现出的地域性、通俗性和实用性等特点在山西杂字文献中具有一定的代表性，以《山西杂字》为例，我们尝试初窥山西杂字对于晋方言语音史研究的重要价值。山西杂字是极具地方特色的文献材料，是晋方言文献的重要组成部分。学术振兴，文献先行，收集整理近代汉语方言文献是弘扬中华优秀传统文化的重要举措。汉语史、方言史是汉语语言学科中的重要组成部分，其发展离不开对文献资料的依托。只有充分占有文献资料，才能使汉语史和方言史取得坚实的基础。研究汉语史，必须以文献为依据，以现代方言为映照，舍此别无他路。① 通过对这些充满地方特色的文献资源进行挖掘、抢救、搜集和整理，使其作用和价值得到凸显，必将极大地促进汉语史和方言史的学科发展，从而推动整个汉语语言学学科的繁荣和发展。当然，我们依托晋方言文献中的山西杂字材料进行晋方言语音史的研究，这应该是建立在对山西杂字文献进行全面校勘和整理的基础之上的。本文对《必须杂字》进行考释与整理，这项工作就是为了给学者提供一种山西杂字文献的文字定本，待今后其他杂字文献全面整理完毕后，再以现代晋方言为映照，进行历史文献的比较研究。

山西杂字不仅是晋方言语音史研究的第一手材料，同时还是近代汉字研究的第一手

①乔全生：《开展近代汉语方言文献的集成》，《暨南学报(哲学社会科学版)》2014 年第 7 期，第 101—102 页。

材料。近年来,近代汉字研究取得了长足进展,尤其在疑难字考释方面创获甚丰,但目前除了敦煌文献和历代字书的文字研究已经取得了较大的成绩外,其他文字材料的整理和研究都还很不充分。佛典、石刻、契约、医书、明清小说、域外汉籍、地方杂字等方面的文字材料亟需进一步的关注和研究。根据文字资料载体的不同,近代汉字的研究资料主要可分为简帛、石刻、写本、刻本四类,目前明清以后的近代汉字的研究材料主要是明清档案写本文献、明清戏曲小说的刻本、写本文献等,还没有广泛关注到同时代的杂字文献材料。山西杂字文献多不著录作者姓名,其创作者和学习者多为下层民众,通过对山西杂字文献文本进行初步测查,我们发现山西杂字文献贮存着大量形音义不明的字,这些字或为历史方言用字,或为异体俗字别字,因其字形变易难以识别、书写讹误难以发现而成为疑难字,如果脱离杂字文献本身的语言坏境,那么考释和判断这些疑难字将难之又难。根据山西杂字的文献用字情况(包括异文、语境、文例、语意等),遵循楷书汉字的形体演变规律和书写习惯,采取"形、音、义三者互相求"的办法,利用同时代的明清写本、刻本文献的字形材料文字编(如曾良、陈敏《明清小说俗字典》等),我们对山西杂字文献材料中有价值的疑难字进行考释和研究,这项工作有势必助于近代汉字学的构建与拓展。

参考文献

王建军:《传统社会民间蒙学读物——杂字文献研究述评》,《广西师范大学学报(哲学社会科学版)》2016 第 5 期。

李国庆:《杂字类函》(第四册),北京:学苑出版社,2009 年。

潘杰、刘涛:《山西杂字辑要》,太原:三晋出版社,2015 年。

汉语大字典编辑委员会:《汉语大字典》(第二版),武汉:崇文书局,2010 年。

戴元枝:《明清徽州杂字研究》,上海:上海教育出版社,2017 年。

顾月琴:《日常生活变迁中的教育——明清时期杂字研究》,北京:光明日报出版社,2013 年。

罗竹风主编:《汉语大词典》,上海:汉语大词典出版社,1995 年。

郑贤章:《汉文佛典疑难俗字汇释与研究》,成都:巴蜀书社,2016 年。

乔全生:《开展近代汉语方言文献的集成》,《暨南学报(哲学社会科学版)》,2014 年第 7 期。

曾良、陈敏:《明清小说俗字典》,扬州:广陵书社,2018 年。

The Explanation and Arrangement of *Bi Xu Za Zi*

—On the Literature and Linguistic Value of Shanxi Za Zi

Xin Ruilong

(Research Institute of Linguistics, Shanxi University)

Abstract: *Bi Xu Za Zi* belongs to a comprehensive literature of Shanxi za zi, which includes heaven and earth, nature, city, official position, human relations, Baixing, grain, stationery, fruit, vegetables, diet, groceries, agricultural tools, building materials and so on. It is a four-character miscellaneous word with neat sentence pattern. As far as I can see, *Bi Xu Za Zi* has at least six editions, namely, the new edition of Taishan Tang in Jingdu ont Bing Chen year, the new edition of Bing Xu year, the new edition of Yi Yuan Tang, the edition of Ju Yuan Tang in Tongzhi two years of the Qing Dynasty, the copy book of Zhang De Juan Yuan Tang in the Republic of China era, the transcript in the Thirty-four years of the Republic of China. By using the knowledge of philology, philology, exegetics, phonology, dialects and so on, the whole book of *Bi Xu Za Zi* is recorded and collated, and some difficult words stored in *Bi Xu Za Zi* are studied. Taking *Bi Xu Za Zi* as an example, this paper collates and studies Shanxi za zi, which is helpful to the research and development of Jin dialect phonetic history and modern Chinese characters.

Keywords: *Bi Xu Za Zi*; Shanxi za zi; Jin dialect phonetic history; modern Chinese characters

◎语法研究

新型构式"被+X"后续发展变化研究

刁晏斌　黄雅擎

(北京师范大学文学院;北京市广渠门中学)

提要:新型构式"被+X"在从产生到现在的十几年时间里,其结构及语义都发生了很大变化,前者主要表现在从[+双音节]到[±双音节],从[+不及物动词]到[±不及物动词],从[-扩展]到[±扩展];后者主要表现在从[-真实、自愿]到[±真实、自愿],从[+负面]到[±负面],从[+述人]到[±述人]。"被+X"的后续发展变化可以作为剖析当代语言现象发展变化的一只"麻雀",不仅有助于深化对该现象的认识,同时也对当代汉语研究具有多方面的启示。

关键词:"被+X";当代汉语;原型范畴;语言发展

一、"被+X"及其原型范畴

新型构式"被+X"在十余年前曾经很火了一把,就目前所知,虽然以前曾经出现过零星的类似用例(于全友、史铭琦 2011),但是这一形式进入公众视线,是始于2008年安徽的"被自杀"事件。不过,使这一形式为更多的人所知并且广泛流行的,却是2009年出现的"被就业"。在《咬文嚼字》杂志社公布的"2009年十大流行语"中,后者榜上有名,位列第四。在很短的时间内,"被就业"不仅迅速"窜红",而且还成为类推仿造的"模板",由此衍生了一大批"被+X"形式。

当时的草根名博"三峡在线"曾对"被+X"形式的使用及影响作过以下一段描述:

“被自杀”表示对一些非正常死亡案件的质疑。随后“被就业”“被平均”等多种“被+X”词语在网络上流行起来。于是,有人用“被时代”总结了:被代表、被捐款、被失踪、被自愿、被就业、被自杀、被开心、被小康等“被+X”的荒谬现象。

汉语学界对“被+X”的独特表现非常敏感,迅即开展了相关的研究,一时成果纷出,此后也是热度不减,一直持续到2015年前后。

总体而言,相关的研究大致可以2010年为界分为两个阶段:此前主要侧重于用例的归纳以及基本的结构、语义特征及其背后的社会文化心理等的分析,如王灿龙(2009),刘斐、赵国军(2009),郭立萍(2009),李强(2010),刘杰、邵敬敏(2010),何洪峰、彭吉军(2010),刘云(2010),彭咏梅、甘于恩(2010)等;此后则主要立足于不同的理论进行比较深入的分析与探讨,如丁力(2011),王寅(2011),池昌海、周晓君(2012),施春宏(2013),杨玉玲(2014),骆牛牛(2015)等。

我们把“被+X”从产生之初便具有的特征称为原型范畴,也就是一组典型的特征,它代表了这一新语言现象的“初始”面貌。从范畴角度看,它是最初、最典型的范畴;从类推衍生的角度看,它是后续“变异”形式产生的原型;从语言发展的角度看,它是后续演变的起点。因此,弄清“被+X”的原型范畴,可以为研究其发展演变搭建一个很好的“起始平台”。

最初的“被+X”在形式及构成方面比较简单,它由“被”与双音节动词构成,所以有人直接命名为“被 $V_{双}$”被动格式(彭咏梅、甘于恩 2010),而更多人则取“被 XX”之名,同样也是着眼于这一点;就“$V_{双}$”的最初构成来说,都是不及物动词(如“自杀、就业”)。

在语义表达方面,这是一种新兴的主观强加性贬义格式(刘杰、邵敬敏 2010),主要是强化其被动遭受的意味,以及传统“被”字句中没有或不明显的“被强迫、被愚弄、被做主”等附加意义(许艳平 2011),或者如有人所说,它具有[-自主][-自愿][+嘲讽]的语义特征(王振来 2011)。

在已有研究的基础上,结合我们自己对相关发展变化事项的考察与分析,可以归纳出以下一些“被+X”的原型范畴特征:

结构形式:[+双音节][+不及物动词][-扩展]

语义内涵:[-真实][-自愿][+负面][+述人]

以下将围绕上述两个方面,来考察“被+X”从产生之初到当下的发展变化。

二、“被+X”的后续发展变化

近些年来,笔者对当代的词汇、语法现象关注较多,对于一些比较“显著”的现象也作过一些研究。我们对当代汉语研究,秉持“开始做”以及“接着做”的理念,前者主要是指敏锐地抓住某些新语言现象,进行起始性的研究,来探究其基本内涵与特征,其产生的原因及背后的规律等;而后者则是对某些现象进行跟踪研究,以全面把握其发展变化,分析其内在机制与外部动因等。然而,就我们所见,几乎所有关于“被+X”的研究都是着眼于静态,对其产生之初的方方面面进行描写分析,鲜有立足于动态,对其产生以后,特别是近些年来的使用及发展情况进行后续的考察分析,也就是说,基本只有“开始做”而没有“接着做”。

“被+X”形式从开始流行到现在,已经过去了十余年,而它如今仍在使用,并且有一些表现与最初的原型范畴相差较大,这实际上就为我们提供了一个观察一种新语言现象从产生到当下完整生命过程的一个非常好的窗口,而本文就借助这样一个窗口,对其进行“接着做”式的观察。

2.1 结构形式的发展变化

就最初的原型“被自杀、被就业”等来看,其结构形式上的特点突出,王振来(2011)概括为以下三点:一是结构紧凑,不能扩展;二是语序固定,不可调整;三是对“X”有选择性(即选择双音节不及物动词)。我们认为这一概括基本准确,而这也就是我们以下讨论“被+X”形式上的发展变化的起点。

“被+X”形式上的发展变化体现为对上述三个特点一定程度上的突破。

1.“X”的音节:[+双音节]→[±双音节]

如前所述,双音节动词与“被”组合是“被+X”的原型范畴,侯敏、周荐主编的《2009年汉语新词语》(商务印书馆2010年)共收25个“被+X”形式,全部属于此类。然而,“X”的音节形式很快就有了变化,出现了三音节、四音节的用例,特别是随着“X”词性的拓展(详下),其用例数还有一定程度的增长。据曾丹、胡蝶(2011)的调查,“X”为双音节词或词组的占总数的94%,那么剩下的6%,大致就是此外的更多音节形式了。三音节的“X”多为一些凝固性较强的组合形式,如“涨工资、加工资、生孩子、献爱心、产业化”等;四音节的“X”有些具有一定的凝固性,如“寻衅滋事、热泪盈眶、增加收入、主动辞职、自动撤诉、一致同意”,但是也有不少属于语篇性的随机组合,如“买了房子、吃加碘盐”等。以下各举一个实际的用例:

(1)大妈“被搭错车” 演现实版人在囧途 (搜狐新闻 2012.1.28)

(2)未婚女被“三结三离”不可笑,可怕。(人民网 2014.5.7)

由此,“X”的一个重要原型范畴发生一定程度的改变,即由只能是双音节词语发展为也可以是三音节及四音节等的语言片断(更多音节形式的我们将在后边“扩展”部分讨论),所以我们用“[+双音节]→[±双音节]”来表示。

2.“X”的性质:[+不及物动词]→[±不及物动词]

最初用为“被+X”中“X”的只有不及物动词,所以王灿龙(2009)称之为“不及物动词的‘被’字句”。但是,在大规模、高频率的类推使用中,这一点几乎成为最先被突破的“规则”,很快就出现了名词、形容词,甚至及物动词等。这一点,几乎所有的研究者都会谈及,有的研究者还对各类词语所占的比例进行了调查,比如钱双进(2011)的统计结果是,动词(不及物和及物)占 40%,形容词 25%,名词 25%,其他 10%(所列举的如“G2、67%”);曾丹、胡蝶(2011)所作的调查结果是动词性成分占 58.3%,名词 22%,形容词 18.9%,数量短语 0.5%。由于调查范围不同,所以具体的数字及占比会有一定的出入,但是反映的这一方面的发展变化事实却是基本一致的:与音节形式仍以双音节词语占绝对优势不同,动词性的“X”只占相对优势,如果再扣除后增的及物动词,作为原型范畴的不及物动词所占比例还会更低一些,而这一点说明,在“X”的性质方面,“被+X”的发展变化是比较大、比较充分的。

3.“被+X”的结构:[-扩展]→[±扩展]

如前所述,“被+X”有结构紧凑、语序固定的特点,所以很多研究者都把它归入“新词语”的范畴,如汪敏锋(2011)指出,新格式“被 XX”是一个无法扩展,紧密度很高的动词性语言单位,而非黏着性的句法结构。然而,在实际的使用中,确实也有一些用例实现了一定程度的扩展,并且还不断有新的发展变化。

总体而言,“被+X”的扩展方式有三种,即中扩式和后扩式,此外还有以上两种结合在一起的形式,姑且称之为“复杂式”。以下分别梳理与分析。

A. 中扩式

即比照传统的“被”字句,在“被”与“X”之间插入施事者或其他成分。一些研究者着眼于最初的使用情况,均否认了中间扩展的可能性,比如孙琪(2010)指出,“新型被字句”的“被”后面不能带宾语;管志斌(2011)在把文中的例句“甘肃天水市农民被艾滋 4 年”变换为“甘肃天水市农民被(医院)艾滋 4 年”后指出:“我们发现,补充施事论元后,不仅语句讲不通,而且也显示不出言者的无奈和愤恨心理”;汪敏锋(2011)也明确指出“被捐款”不能扩展为“被XX捐款”,因为“它们是一个紧密的整体”。以上都是就“被”的宾语而言,而海常慧(2010)则进一步指出,“被+XX”中“被”与“XX”结合得相当紧密,目前没有发现中间有别的成分存在,则是排除了所有成分在这一位置上出现的可能性。

我们认为,上述观察都是正确的,但反映的基本只是“初期”的实际。随着“被+X”的发展,可以在中间有限插入其他成分,主要有三种类型,一是主体性成分,即如上所说“被”的宾语,二是“X”的状语性成分,三是其他成分。

先看第一种类型。插入主体性成分的用例如:

(3)深圳市同洲电子股份有限公司在深圳召开媒体见面会,公司董事长袁明,副董事长、董事会秘书孙莉莉,主管移动通信业务的副总裁张彤,“被媒体潜逃”的同洲电子旗下通信事业部总经理王国军,同洲法律部总监戎卫华、知识产权部总监李富山等多位公司高管集体亮相,驳斥“被潜逃”的严重失实报道。(中国广播网2010.4.24)

按,此例前边用“被媒体潜逃”,后边用“被潜逃”,前者显系后者的扩展。

很多“被+X”均出自媒体的不实报道,所以“媒体”在这一位置上的“插入率”相对较高,再如:

(4)秘鲁球员遭雷击奇迹生还,曾“被媒体死亡”。(新浪体育2014.12.10)

此外的其他用例再如:

(5)中国军力尽管过去一直“被”西方强大,但顾及基本事实,谁也不敢与美国相提并论。(乌有之乡2009.12.29)

此例所出文章的标题是《中国军力“被强大”是误国误民》,两相比较,“西方”显系插入的主体性成分即宾语。

(6)陈勇对于自己离婚后“被前妻负债”的情况十分气愤,同时又深深担忧自己要承担这笔债务的还款责任。(《达州日报》2018.5.22)

此外,我们所见还有“被别人贷款、被渣男分手”等,但是总体而言这样的用例还比较少见。

再看第二种类型。插入状语性成分的情况较为多见。比如以下一例:

(7)在福州,就有这样 15 名工人,在“被自愿离职”后,通过法律武器,成功要回了经济补偿金。(《福建法治报》2019. 2. 27)

我们认为,“被自愿离职”中的“自愿”就是插入的状语,因为更常见的同义形式是“被离职”。例如:

(8)黄光裕陈晓百日大战刚宣告结束,国美电器控股有限公司董事局主席陈晓又遭遇“被离职”。(《深圳特区报》2010. 12. 30)

在“被+X”的原型范畴中,[-自愿]是一个重要的语义特征,而它也成了能否构成“被+X”的一个重要依据。以下一例把这一点说得很清楚:

(9)一方面,梁小姐称此过程是无奈“被辞职”。另一方面,单位表示对梁小姐背景调查时发现其劳动手册被涂改、简历造假,她是自愿辞职的。(《劳动报》2017. 11. 22)

所以,有时为了突出或强调“无奈”,就会把“自愿”插入“被+X”中间,我们所见还有“被自愿辞职”“被自愿捐款”“被自愿加班”等。前边讨论“X”音节形式的扩展,举了一些四音节的例子,其中也有状中结构的,如“主动辞职、自动撤诉”,其他的再如“变相加班、主动辞职”等。

以下再举两个实际的用例:

(10)维权无间道:被“提前消费”的信用卡 (红网 2007. 1. 13)

(11)美国又对中国出手了! 中国被强行“发达国家” (环球网 2018. 4. 17)

后例中的“发达国家”虽然是名词性成分,但其所表达的意思却是“认做/认定为发达国家”,所以其前的“强行”依然是状语性成分。

最后看第三种类型。如前所述,在进一步的发展中,出现了不少名词性的“X”,其中有的属于“定语+中心语”,而有些定语也可以看作是在已有基础上添加的,因此也属于中扩性成分,只是这样的用例不多。例如:

(12)身份证被盗,一夜之间莫名其妙“被百万老板”。(微博语料 2014. 11. 11)

按,此例“被百万老板”意为“被当成身家百万的老板”,它的“原型”是“被老板”,用例时能见到,以下是我们看到的最早用例:

(13)讨论:魔兽世界G团现象 — 今天您被老板了吗?(腾讯游戏论坛 2010.4.12)

以下二例大致也可以归为此类:

(14)一时间,莫言的名字与文化产业、甚至与资本市场联系起来,而且升值的前景似乎指日可待,尽管这未必是他的本意,但“被产业化”,或者“被想象中的产业化”,已经是不争的事实。(《人民日报》2012.11.9)

(15)安徽一死者肝肾疑似被“假捐献”,6名医护人员涉侮辱尸体罪被捕。(《新京报》2019.8.19)

例(14)中的“被想象中的产业化”显系其前“被产业化”的扩展,而例(15)也是因为“被捐献”使用在前,所以才有了这里的“被假捐献”。

以上二例的共同特点是,中心语并非名词性成分,但是带上前加的修饰成分后,整个结构变为指称性的,所以我们依然认为前加的是定语性成分。

B. 后扩式

所谓后扩式,即在“X”后边附带添加了其他成分,构成一个内涵相对比较丰富的表达形式。相对来说,后扩展的例子更为多见,所添加的主要有补语和宾语两种成分。

后加补语形式似乎产生得更早一些,例如:

(16)为了应付上级领导浮光掠影的视察,一些地方可以用油漆刷绿荒山,让它们“被绿化”一番。(《东方早报》2009.8.16)

(17)“我已经被全勤很多年了。”网友“雪纺蛋糕”无奈道。(《深圳特区报》2009.8.25)

(18)上海师范大学天华学院毕业生王小姐遇到了一件怪事,今年1月毕业时她发现已“被就业”4年了。(《青年报》2010.4.15)

(19)珠海银沙滩“被违建”7年?工作人员称无数次报批均杳无音讯 (《南方都市报》2010.6.24)

我们所见,整体上充当“被+X”补语的,基本都是数量结构,主要表示其持续的时间。直到最近,这样的形式还时能见到,例如:

(20)男子丢失身份证被“坐牢”11年。(《北京晨报》2018.3.22)

(21)“被吸毒”7年难纠错,证明“这人不是我”原来这么难 (环球网 2019.11.12)

(22)ETC 入闸时间为 1970 年 车主“被”行驶 438480 小时 (红星新闻 2020.1.20)

多数情况下,后边的补语可以去除而不影响句子的完整性,如例(16)的“被绿化”;但有时补语为表义所必须,比如例(22),离开后附的“438480 小时”,则不能表达一个完整的意思。

所谓后加宾语,就是“X”与后附成分构成一个述宾结构,这样的用例如:

(23)信用卡还款晚 10 小时被上黑名单 法官称滥用权力 (《现代快报》2015.12.11)

按,“被上黑名单”的切分形式只能是“被/上黑名单”,即充当“X”的是“上黑名单”。如果说“上黑名单”有一定的习语性,因此还不是一个典型的后扩展形式的话,那么以下这些随机组合的形式就是比较典型的用例了,其中数量宾语相对多一些。例如:

(24)武汉江夏一家人的户口信息错得离谱,派出所硬是 6 年不给改,13 岁的女孩子是“被长大”10 岁。(《辽沈晚报》2009.8.10)

(25)48 岁男子“被欠债”数十万后改判 (红网 2016.10.11)

(26)骗子冒充外商 女大学生借出手机卡被贷款 9800 元 (《华商报》2017.5.29)

(27)“被负债”490 万 杭州女子困在帮前夫还债的噩梦中 (杭州网 2019.3.20)

此外,也有不少后附其他类型宾语的用例,如:

(28)媒体则忙着翻旧账,原来短短两年间,宋慧乔“被主演”了 11 部国产影视剧。(《楚天金报》2010.3.8,转引自曾丹、胡蝶 2011)

(29)如果核电站是建在人口比较密集的地方,那么可能会有很多人因为重大事故而一次性地“被增加”不少癌症概率。(《万万没想到》61 页,电子工业出版社 2015 年)

(30)鲍律师说,老谢等人为什么会无缘无故地“被工作”,“被发工资”,可以从他们的工资数目去分析。(《楚天都市报》2016.4.2)

(31)你在刷支付宝 2017 账单,可知“被同意”了《芝麻服务协议》?(搜狐新闻 2018.1.4)

(32)北京多个小区业主称地址“被空降”公司 (《新京报》2018.1.12)

(33)中部某县一名大学生村官“被加”了 120 多个微信工作群。(湖北日报网 2018.6.13)

与中扩成分一样，后扩成分的加入，也增加了“被+X”的容量，使之能够根据表达者的意愿提供更多的相关信息，满足了“由简单到复杂”的语用需求，因此我们认为其结构成分的添加以及由此导致的“被+X”原型范畴的改变，属于比较自然、正常的发展。

C. 复杂式

总体而言，上述两种扩展形式并不普遍，特别是中间插入宾语的形式，这样，集以上形式于一体的复杂式自然也就不会太多，但是也偶有所见。如果我们用A与B来代表中扩式和后扩式，则复杂式有“A+A”“B+B”和“A+B”三种类型，因为A与B都不单一，所以各类型的具体组合情况也比较复杂。

以下是“A+A”式，即在中间分别插入了宾语和状语，这类用例相对略多。例如：

(34)前段时间，山东一男子大闹珠海车管所，称自己花了65万买了一辆宝马X6，在买车险的时候却发现爱车被人非法过户！引起网友广泛关注。(澎湃新闻2019.5.25)

按，此例的标题是《爱车“被过户”？男子大闹车管所，真相：65万买了台套牌车》，两相比较，“被人非法过户”显系标题中“被过户”的扩展。类似的用例再如：

(35)实际俺去年毕业的时候学校就让我“被就业”了。被学校灵活就业。(天涯社区2009.7.28)

(36)被别人用身份证贷款怎么办？(华律网2019.3.1)

(37)被用人单位自愿辞职了怎么办？(百度贴吧2019.10.21)

“中扩+后扩”式的“A+B”相对少见，例如：

(38)据多名签字的干部回忆，签字的单子是一个制式表格。上面打印着“我自愿辞去现有职务”的内容。下面留着一个签字的空格。岳勇第一次见到辞职报告是制式的，六十多个人都被“自愿”辞去了职务。(《新京报》2013.12.2)

(39)赵本山被媒体死亡几回了。(娱乐新闻网2019.1.1)

以上二例中，前一例是中间添加了状语，后边附带宾语；而后一例则是中间添加宾语，后边附带补语。

三类中最少的是“宾语+补语”的“B+B”式，我们目力所见，仅以下一例：

(40)男子“被贷款”3万元近十年。(搜狐新闻网2018.5.5)

此外,还有几个比较复杂的用例,基本不在以上讨论的范围内,附列于此:

(41)入职以后被分配到西安市高新区一处站点工作,骑手李先生发现自己莫名被分期贷款买电动车。(新浪新闻 2018.8.23)

按,此例中,“分期”按我们以上的分析基本属于中间插入的状语,而后边还出现了一个述宾结构“买电动车”,它与前边的“贷款”构成一个连谓结构,而这也正是此句的复杂之处。

以下一例的“X”后边是一个述补词组,二者也构成一个连谓结构:

(42)男子身在外地“被寻衅滋事”羁押 14 天 警方回应 (新浪新闻 2019.4.1)

以下一例的“X”则是一个并列词组:

(43)妻子离世 丈夫发现自己“被离婚又复婚” (环球网 2019.10.29)

“被+X”的扩展,一方面使其语义内涵进一步严密、丰满,另一方面也使其形式不断丰富,比如“X”从受限到非受限,即由最初的双音节到三音节、四音节以至于更多的音节。

2.2 语义内涵的发展变化

除结构形式的发展变化外,“被+X”在语义上的原型范畴也有一定程度的发展变化,以下逐一举例说明。

1. 理性义:[-真实、自愿]→[±真实、自愿]

初始形式的“被+X”重要的语义特征为[-真实][-自愿],即“X”所表示的动作或状态等并未实现且违背主体的意愿,具有违实性和非自愿性,而这些以及相关的一系列特点与表现也成了其与传统“被”字式的最大区别所在。然而,在一段时间的集中、高频使用中,与此相关的语义特征也有一定程度的变化,具体表现就是出现了一些相反的用例。

以下是从[-真实]到[+真实]的用例:

(44)没到年龄莫名其妙“被退休” 市民吴先生莫名遭辞退 (人民网 2015.2.4)

按,与“被就业”表示“就业”并未实现,因此是[-真实]的不同,此例后句中的“遭辞退”表明前句的“被退休”已经发生,并且是[+真实]的。以下用例都是如此:

(45)两起幼儿园“被吃药”事件,相似的情节,重复得令人乏力。(《燕赵都市报》2014.3.17)

(46)在采访中,记者发现身处经济调整和转型升级时期,企业经营的“模式”与“组织”也都在进行大规模的调整与更新,在这个过程中,有些中年人因为种种原因“离职”或者“被离职”。(《宁波晚报》2017.4.20)

(47)长春市民张先生最近发现,他的新浪微博上,无故多了很多“已关注”。但据张先生描述,这些关注,根本不是他的意愿,怎么就“被关注”了呢?(《东亚经贸新闻》2018.1.23)

下面是从[-自愿]到[+自愿]的变化。以下一例说明后者是存在的:

(48)他反问记者,“不知情被就业和自愿被就业有区别吗?”(《中国日报》2009.7.27)

按,“不知情被就业”对陈述主体而言是[-自愿]的,而“自愿被就业”情况就不同了,只不过这里的“自愿”加在“被+X”之前,不属于我们讨论的范围。

属于我们讨论范围的是以下这样的用例:

(49)如今,杨德贵的梦想已经实现。马不停蹄地奔波于全国各地进行表演,享受着巨额出场费,以“遁术大师”的名义享受着粉丝的追捧——直到他的骗人把戏被揭穿。闹剧过后,我们再来看看:从农村青年到“遁术大师”,杨德贵是如何完成,或者说,“被完成”这样的蜕变。(《成都商报》2010.11.30)

按,此例如果按前句表述为“完成蜕变”,对叙述主人公杨德贵而言,这无疑是[+自愿]的;而“被完成蜕变”只是方式不同,即通过外力的推动(如媒体的宣传),但就其结果而言,依然是[+自愿]的。

以下一例中,这一意思更加明显:

(50)安徽省凤台县连续多年财政收入位居全省县财政收入的第一位,却仍然戴着“安徽省扶贫开发工作重点县”的帽子,为什么就这样心甘情愿地“被贫困”呢?(人民数据库2010.7.22)

按,此例的“心甘情愿”已经明示“被贫困”是[+自愿]的,而下一例中的[+自愿]义大致是由“X”提示甚至规定的:

(51)对于自己此番饰演的角色,张博笑称自己是“被英雄”的:“之前因为演了很多古装帝王戏就被影迷叫成‘帝王专业户’，最近又‘被英雄’了，净是些战争片找我演英雄人物。”（网易新闻 2013.5.15）

按，如句中提示，“英雄”是指在战争片中扮演英雄人物，这对于一名演员来说，应该不会是[-自愿]的，而这一行为已经是“过去时”，所以意思也是很清楚的，即属于[+自愿]（句中的“笑称”大致也能说明这一点）。以下一例大致也是如此：

（52）书画家当慎“被收藏”　（《人民日报》2013.10.20）

一般情况下，对书画家来说，作品“被收藏”无疑是[+自愿]的，而一个从旁规劝的“当慎”大致也能说明这一点。

以下用例中，[+自愿]意味是由语境显示的：

（53）阮可强：被选择，是一种幸福——在被选择中踏实前行——中国工程院院士阮可强口述实录　（《中国核工业》2013年第4期）

（54）村庄美了，村里人享受着“被旅游”带来的实惠。（人民数据库 2015.7.30）

按，前一例中的“被选择”与个人的主动选择相对，大致义同“被安排”，但是由句中的“幸福”及“踏实前行”等表述看，其对叙述对象而言，一定是[+自愿]的；下例中前有“享受”，后有“实惠”，所以“被旅游”（指在有关方面推动下兴办旅游产业并成为旅游目的地）的[+自愿]意味同样也是非常明显的。

2. 色彩义：[+负面]→[±负面]

这里的色彩主要是指感情色彩，这方面的变化往往跟其他方面的发展具有连带关系。比如，如果是[+自愿]的，那么同时就应具有[-负面]的特征，上引用例中的“被收藏”“被旅游”等就是如此。

从感情色彩的角度看，最初的“被自杀”“被就业”等均是负面的，此后在多数情况下也是如此，但是我们也确实看到一些突破这一限制的用例，如：

（55）（打印店）拷贝多家单位的公章，为毕业生制作假的实习报告和就业证明，每份只收3元钱。17名大学生就这样，在校内一家打印店里“被就业”。（《长江商报》2010.6.5）

按，此例中获取假实习报告和就业证明，是17名大学生的主动行为，所以，对他们而言，“被就业”一定程度上就是[+自愿]的，同时也是[-负面]的。当然，就事物本身的性质以及总体的社会认知而言,“被就业”毕竟还是[+负面]的,而我们这里想要指出的是,即使如此,在某些特殊的语境中和使用下,“被+X”的上述感情色彩也会有一定程度的“损耗”,甚至改变。

如果说上例只是“损耗”的话,那么以下一例的感情色彩已有变化:

(56)由于那些国家的医疗条件比较好,能够降低一些死亡率,加上防范措施毕竟也降低了感染率,最后社会将就着、磕磕绊绊着就这么走下去了,新冠疫情最终被主观上“重流感化”了。(环球网 2020.3.2)

按,此例因为中间插入了“主观上”,则表明是心有所愿:相对于新冠病毒感染,“重流感”要轻得多,即“两害相较取其轻”,所以“被重流感化”表示的基本是[+自愿][-负面]的语义。

如果说此例还属于“有条件”的变化,因此还不那么明显、直接,那么以下用例就不是这样的了:

(57)雅典奥运会:孙甜甜创历史 贾占波“被冠军” (《河南日报》2012.7.25)

在2004年雅典奥运会上,中国射击运动员贾占波由于对手的失误而意外获得冠军,而这就是“被冠军”所表达的意思。无论对于贾占波本人,还是本文作者或刊载本文的媒体而言,这都是“意外之喜”,因此自然是[+自愿][-负面]的。

以下一例也是如此:

(58)东北姑娘在日本“被出道”后,成异国偶像,曾因一首单曲红遍大江南北(东方资讯网 2018.8.29)

按,单看这个标题,“被出道”的语义特征模糊不清,而结合正文,意思就非常清楚了。正文中有这样一段话:“她参加了一个公司举办的华人卡拉OK比赛,并且一举拔得头筹,在这个时候,日本著名的制作人淳君注意到了这个拥有天使般美妙歌喉的女孩子,并果断和她签约”。此外,再结合句中的“成异国偶像”“红遍大江南北”,则“被出道”属[+自愿][-负面]义无疑。

以下一段话可以看作上述理性义和色彩义变化的一个佐证:

“被”现象是网络的产物,说的是不经意间,就会被……这个点点点有惊喜,也有无奈;有愤怒,也有得意。“被”怎么了,成了人生的一个个桥段,平静时回想起来,感

觉只有四个字——冷暖人间。(《当代工人》2010 年第 9 期)

这里的“无奈”与“愤怒”,大致反映的是原型范畴的语义特征,而“惊喜”与“得意”则是“去范畴化”(详后)的表现。

3. 语法义:[+述人] →[±述人]

“被+X”在产生之初,[+述人]的特点非常明显,如最早的“被自杀”“被就业”的陈述主体都是人,在此后的一段时间内,基本也都是如此。随着“被+X”使用范围的不断扩大,开始出现[-述人]的用例,从而开始了由[+述人]到[±述人]的转变。这样的用例如:

(59)这就是中国网民所谓“中国被强大”,也就是中国被赋予超过其本身能力的作用,被放大了其在国际事务的影响。(中国新闻社 2009.8.21)

(60)如何看待中国 GDP 屡被“世界第一” (搜狐新闻 2014.10.20)

(61)中国史“被消失”,台当局其心实可诛!(《人民日报》2017.7.10)

(62)笔者想说锤子的“被破产”的速度实在太快了,距离上次“被倒闭”也不过仅一个月时间而已。(深度财经 2018.11.14)

以上用例[-述人]的性质是由主语(显性或隐性)规定的,而以下则是由“被+X”的中心语显示的:

(63)“被暴利”的星巴克?(《中国青年报》2013.10.28)

(64)中国目前缴纳会费的金额为 1.53 亿美元,按照联合国某些机构提出的建议,此次中国“被增加”的会费约为 0.8 亿美元。(《北京青年报》2015.10.10)

从[+述人]到[±述人],表明“被+X”的陈述范围进一步扩大,实现了对述人与述物的全覆盖。

2.3 小结:“被+X”的去范畴化发展及其表现

如本文开头所说,我们把“被+X”初始形式所表现的基本特点概括为原型范畴,如果着眼于此的话,那么其后续发展而形成的一系列变化,则可以认为是其“去范畴化”的表现。陈勇、彭小川(2015)指出,语言层面上,去范畴化指在一定条件下范畴成员逐渐丧失范畴属性特征的过程,而认知层面上实际是一种思维创新方式和认知过程;去范畴化过程中存在几种典型的特征:一是句法形态上,某些典型的句法、语义特征逐渐消失;二是在语义内涵方面,存在着语义丧失、转指和抽象泛化现象;三是句法、语义功能的变化致使原有范畴产生一定的转移。以上三个方面的表现,在“被+X”的后续发展变化中都有一定程度的反映与表现。

具体而言,“被+X”去范畴化的第一个表现是形式上的一系列明显变化,包括“X”在形式上由双音节到三音节以及四音节甚至更多的音节,而在这一过程中,其内部原本的紧密结构也在一定程度上由封闭到开放,即可以有限度地插入“被”的宾语、“X”的状语等,另外由自足性使用到一定程度上不排斥、甚至依附连带成分,包括补语和宾语。形式上的另一个最明显变化,是“X”的词类拓展,由最初的不及物动词扩展到名词、形容词,以及及物动词等。

“被+X”去范畴化的另一个表现,是表义上的变化,在最初的研究成果中,人们花大量的篇幅讨论其在这方面的特点与表现,并各自作出归纳和总结。我们认为,该形式语义上的诸多特点有可能并不在同一个层次之上,另外着眼于发展变化,它们也有不同的表现。所以,我们最终结合以上两方面的情况,分别从理性义、色彩义和语法义三个方面,把去范畴化的表现概括为从最初的[-真实、自愿]到[±真实、自愿],从[+负面]到[±负面],以及从[+述人]到[±述人]。上述变化使一些“被+X”的典型性降低,与原型范畴拉开了一定的距离。

除以上谈到的两个方面外,“被+X”的去范畴化还有第三点表现,这就是由最初的只表陈述到后来的兼表指称,如果用以上表述模式加以概括的话,就是从[+陈述]到[±陈述]。

早在“被就业”最受关注、使用频率最高的时候,就出现了以下这样的指称性用例:

(65)造假就业协议怎样让“被就业”得以发生 (《中国日报》2009.7.27)

(66)女大学生遭遇莫名被就业 到手工作打水漂 (大众网 2012.1.13)

按,后一例中“被就业”作为中心语受“莫名”的修饰,然后充当“遭遇”的宾语,其指称性同样也是非常明显的。

由于“被+X”原本就是表示一种“遭遇”,所以在后来的使用中,其用作动词“遭”“遭遇”宾语的用例比较常见,而此时突显的都是其指称性。除上例外,再如:

(67)网签造假毕业生遭被就业 有钱就能随意办 (《青岛早报》2013.7.22)

(68)一旦遭遇“被贷款”,当事人要向相关银行或贷款机构进行核实,翻查贷款合同。(搜狐新闻 2018.3.29)

除此之外,其他的用例再如:

(69)乱收费的最高境界是“被自愿”——我不仅收了你的钱,还要让你感恩戴德、亲口承认是“自愿”的。(《扬子晚报》2009.7.20)

(70)最高法司法解释明确夫妻债务“共债共签”杜绝一方“被负债”　(中国日报网 2018.1.17)

以上三个方面去范畴化的表现,是在较高频率的使用中比较集中地产生的,由此又使得“被+X”可以表达更加丰富的意义内涵,并用之于更大的范围。

三、为什么要研究“被+X”的后续发展变化

“被+X”以旧有的形式表达了独特内涵,称得上是“言简意赅、别具一格”,也正因为如此,它才广受语言用户的青睐以及语言研究者的关注。与当代汉语中的不少“来得快,去得也快”的流行形式不同,“被+X”在经过了最初的红火之后,虽然使用频率有所下降,但却并未退出实际的使用,而是仍然向前发展,由此就呈现了从产生延续至今的完整生命链条与轨迹,因此也为我们提供了一个考察一个语言现象完整生命过程的极好窗口与载体。

具体而言,对“被+X”的后续发展变化进行考察与研究,大致会有以下几个方面的收益。

3.1 有助于深化对“被+X”的认识

通过上述考察与分析,我们对于“被+X”形式的认识至少在以下几个方面会有一定程度的提高与深化。

1. 关于“被+X”的性质归属

即它到底是“词语”还是“结构”。虽然最初两种观点都有,但是似乎认为其属于“新词语”的更多一些,就连前述 2009 年的榜单也是归为流行语的。按最初的使用情况,的确不易判断“被+X”的性质归属,但是结合其后来的发展变化,情况就不一样了。比如,其由[-扩展]到一定程度上的[+扩展],或者说总体上的[±扩展],则说明其不是“词语”,而是与原有“被”字式一样的结构(构式)。

2. 关于“被+X”的内涵

“被+X”的内涵并不单一,这里指的是除了一般人们归纳的那些内涵外,还另有一些其他的涵义。比如,“被就业”就是如此,以下一例把这一点说得很清楚:

(71)此前的“被就业”有两种形式,一种是被媒体广泛报道的“被要求就业”,即

学校要求没就业的毕业生自己随便找个章盖在协议书上证明自己就业,好算进就业率;一种是“被瞒着就业”的情况,毕业生自己不知情就已经“就业”了。(温州网2009.7.29)

最初被披露并引起社会关注的“被就业”是第二种,而前边例(55)说的则是第一种情况。就已知的情况来看,“被就业”最初的涵义是第二种,而第一种则是后出的,是该形式进一步发展的结果与表现,由此也丰富了该形式的内涵。此外,像上述由[-真实]到[±真实]的变化,也为“被+X”注入了新的内涵。

3. 关于“被+X”的形式标记

最初的“被+X”都是加引号使用的,这一点并不奇怪,因为很多新现象最初都是以此来突显其“新颖”或“独特”的。但是,一般的情况是,随着时间的推移,以及人们对该语言现象的认知度或认可度的提高,这个引号基本会慢慢脱落,而这也成为判定一个新现象发展阶段与程度的重要标志之一。“被+X”与一般新现象的不同之处,在于其引号几乎一直存在,一直到今天,我们看到的大多用例仍然如此。王淑华、杨仁君(2011)就此指出,新兴“被”组合一般都带有双引号,可以认为,双引号是一个外在标记,标明“被+X”是一种与传统常规用法不同的新兴用法,提示读者需要采用不同于传统用法的理解方式。这一点是非常有意思的:因为“被+X”与传统“被”字式在形式上缺少必要的区分度与辨识度,所以不得不借助于引号,即把它作为区分二者的重要手段和标识。随着“被+X”自身的发展(比如“X”可以由及物动词充当),在一定程度上造成了二者混同、难以区别的情况,这时候自然就更加倚重引号了,所以它才会作为“被+X”的形式标记一直存在。应该说,这一现象也是非常独特的,像这样的一直存在的“标点标记”,在其他新语言现象中是极少见到的,由此也拓宽了人们对新语言现象创造与使用的可能性与多样性的认知。

以下看两个实际的用例:

(72)妻子自导自演被绑架:想试探丈夫心里有没有我 (《广州日报》2016.2.29)

(73)黑中介自导自演“被收购” (《人民日报》2018.9.19)

以上二例中的“自导自演”各带一个“被XX”,但二者有是否加引号的区别,而由此告诉读者的信息是,前者是一般的“传统旧义”,而后者则是“后出新义”,叙述的是一种虚假的、欺骗性的动作行为。

关于“被+X”的形式标记,还有两点需要说明:

其一,就绝大多数用例来看,引号是加在整个“被+X”上的,但是有时也会加在“被”

及“X”上，由此显示出一定程度上的灵活性甚至随意性。两种情况的用例前边均已出现过，以下再各举一例：

(74)英国公务员加薪“被”幸福 （《中国财经报》2011. 12. 1）

(75)男子丢失身份证被“坐牢”11 年。（《北京晨报》2018. 3. 22）

其二，某些形式在高频的使用中，有时引号也会脱落，而时间越往后这样的用例越多。以下是对比形式的用例：

(76)农妇“被精神病”132 天。（网易新闻 2014. 5. 22）

(77)50 岁女子被精神病近 20 年！（《法制晚报》2017. 8. 5）

“加引号”规则的松动，大致可以说明，“被+X”的形式标记已经开始由“硬性”变为一定程度上的“弹性”，或者也可以说存在一个从[+引号]到[±引号]的过程，而这应该也是“被+X”在形式的发展变化的一个表现。

4. 关于“被+X”的语义负载问题

上述由[-自愿]到[±自愿]，由[-真实]到[±真实]的变化，都给“被+X”增加了新的语义内涵，从而使之表义更加丰富，使用范围进一步拓展；但是，这一发展同时也带来了一个问题，这就是在一定程度上降低了“被+X”的辨识度，而由此可能会造成解码者的识解障碍，比如前边所说“被就业”的两种涵义就难以分辨。

以下的“被离婚”更是可以表达三种不同的意思：

(78)女子发现自己“被离婚 5 年”，丈夫与别人结婚生子买车买房 （环球网 2019. 8. 6）

(79)六旬大爷新婚 2 个月“被离婚” 对方要求分一半房产 （《新文化报》2020. 1. 7）

(80)一直“被离婚”的黄晓明杨颖，为武汉做了这些！（腾讯新闻 2020. 2. 10）

第一例同于上述“被就业”的“被瞒着就业”义，即“被丈夫瞒着离婚”；第二例同于上述“被就业”的“被要求就业”，即“对方提出离婚”；第三例则是“被误（谣）传离婚”。三个“被离婚”的语义内涵大不相同，但是却都采取了同一个形式，由此就使得“被+X”产生语义负载过重的问题，这样有时无疑会造成受众解码的障碍或负担。

如果说“被就业”“被离婚”的上述差异属于“内部歧异”的话，那么还有一个“外部歧异”的问题，这就是“被+X”与传统“被”字式边界不清，甚至于混同。卢惠惠、刘斐

(2011)谈及"被双规"有两个含义,既可能是传统的意义,也可能是"新义",另外"被录取"也是如此。特别是当"X"由不及物动词变为及物动词时,就使得"被+X"与传统"被"字式的界限在更大程度上趋于模糊,由此而产生了更多的"两可"用例。比如,上文例(34)中的"爱车被人非法过户",标题中与之相对应的形式是"爱车'被过户'",由加引号的形式,再加上报道的内容,可以断定这里表示的是"被+X"的内涵,即"过户"是在叙述主体不知情的情况下发生的。

以下一例中也有"被过户",但是含义不同:

(81)卖车也被骗?车子被过户却未见卖车款,二手平台:我们也没钱!(商丘网2020.1.4)

此标题下的正文中,讲的是车主到车行卖车,车已经被车行卖出(即"被过户"),但却未收到卖车款项。这里的"被过户"如果按"传统"的意思来理解,没有什么问题;要如果按"新义"来理解,同样也说得通。

以下一例,也是难辨其意:

(82)车主没去车管所车就被过户 车管所回应手续齐全 (《华商报》2017.3.4)

由于"标点标记"并不是严格意义上的存在(即有时也存在脱落的情况,见前),所以此例的"被过户"虽然未加引号,但也不一定就是表示旧义而不是新义的。问题的关键是,实际上这里的"被过户"已经成为"两可"的,即可以有两种不同的理解。这样,我们就有理由说,"被+X"与传统"被"字式在一定程度上"合流"了,而这种由"分"到"合"的变化,也从一个方向或角度勾画了"被+X"的发展轨迹,同时也给研究者带来了事实发掘与理论探究的很大空间。

3.2 是剖析当代语言现象发展的"麻雀"

本文讨论的新型构式"从流行语模式逐渐演变为语言常态,并最终成为语言系统新成员"(朱华飞2013),这一过程本身是非常值得深入研究的。笔者长期从事"现代汉语史"研究,对各种语言现象的发展变化怀有持续而浓厚的兴趣,特别是对网络时代语言的发展变化尤为关注,也做过一些相关的研究。在我们看来,"被+X"现象正是一只可以用来剖析语言现象发展的"麻雀"。所谓麻雀,当然是指其虽小但却"五脏俱全",即具备作为理想研究对象的全部要素,具体而言,包括但不限于以下几点:

其一,"被+X"有明确的产生时间以及成为后来大量类推模仿的典型"初始样本",使我们可以比较容易地归纳出其原型范畴，作为考察其去范畴化发展的起始平台；

其二，“被+X”有一个不太长、但也不很短（对网络时代及融媒体时代而言）的沿用过程，在持续的使用中，它有充分的时间和条件朝各个方向延伸发展，从而形成一些不同于原型范畴的特点与表现；

其三，“被+X”的各方面发展变化事实明显、线索清晰，符合语言发展的一般规律，因此有较强的可解释性；

其四，以上几个方面，确定了“被+X”在当代汉语诸多新现象中具有较大的代表性，对它的集中考察以及由此形成的认识，在很大程度上可以举一反三，用之于其他新语言现象的发展变化研究。

3.3 由“被+X”的后续发展看当代汉语研究

立足于当代汉语研究，由“被+X”的后续发展考察分析，一方面给我们启发，另一方面也促使我们反思，而这两个方面都是我们进行这一研究的应有收益。

1. 当代汉语研究具有巨大优势

人们提出和普遍接受“当代汉语”这一概念，主要是着眼于现代汉语在当代的发展变化（刁晏斌 2014），其研究内容主要有二：一是已有形式在当代的发展变化，二是各种新现象，而就当前的状况来看，主要是后者（“被+X”的研究即是）。当代社会和技术条件突飞猛进的发展，为观察和研究语言现象及其发展提供了前所未有的便利条件，使相关研究与以前相比，具有巨大的、无与伦比的优势，具体而言主要表现在以下几个方面：

其一，就研究主体而言，作为“活在当下”的语言用户，往往是所研究语言现象产生的见证人与发展的亲历者，既具有真实的语感，又不乏切身的感受，这一点，以往的一般语言研究根本无法与之同日而语。

其二，就新语言现象的产生而言，在网络时代，新生语言现象通常都是产生于并首先传播于网络世界，而借助于功能强大的搜索引擎，它们都可以准确回溯，找到其最初的源头，并且时间可以精确到秒（陈敏哲，白解红 2012），这样一方面可以直接还原其产生时的语境和各种内外因素，从而很容易地建构其原型范畴，为观察其此后的发展建立一个起始平台，进行实时的跟踪调查和研究。

其三，就新语言现象的传播与发展而言，凭借着网络，可以在一夜之间传遍大江南北，甚至世界的每一个角落；而在高频的使用下，原本可能需要花费十几年、几十年、甚至几百年才有可能完成的某些变化，被浓缩在一个很短的时间内（如几天或几十天）既已实现。这样，研究者就可以比较容易地还原整个发展过程，梳理其每一个重要的节点，分析其内外的致变因素，从而形成完整的认识。

总之,在网络时代,或者是自媒体、融媒体时代,语言发展日新月异,很多新现象“井喷式”的高频使用,使其发展变化大大提速,发展过程具有强烈的浓缩性,很多变化在极短的时间内完成,也使得研究者有可能近距离、甚至零距离地观察,而互联网技术和手段则为此提供了极大的便利,而这也成了进行当代汉语研究的最大优势。这一优势怎么强调都不过分,应当充分利用,否则既是浪费。

2. 应注意共时中的历时研究

在当下的语言研究中,共时与历时相结合已经成为人们的共识,而我们更是认为,共时与历时是语言研究的两翼。虽然具体的研究可以有所侧重,但是对任何一个语言现象全面、完整的认识,一定要通过这两个方面的共同努力才有可能达成。比如,曾丹、胡蝶(2011)指出新兴“被 X”与常规“被 VP”的不同之处大致可以归纳为四点,其中第一点是“组合条件不同”,即能与“被”组合的“X”范围广泛,可以是动词(短语)、名词、形容词、数量短语,这显然不是就最初的“原型”而言的,换言之,是该形式产生后迅速类推、高频使用而形成的,是“被+X”发展变化的结果,而非一步到位。

萧国政(2001:25)指出:“区别历时和共时很重要,但是注意共时中的历时,也很重要。从这个角度讲,不仅共时的时间连续构成了历时,而且共时内部的差异,也包含和沉淀着历时。”萧书由此得出的结论是,应当注意并加强对共时平面的历时变化现象的研究,而在此之前,于根元(1999:359)也有类似的表述。以上表述都是立足于整个现代汉语阶段,来倡导共时中的历时及其研究的,而我们则进一步强调在当代汉语这样一个更短的共时阶段内的历时研究,认为其大有可为。因为上述巨大优势的存在,我们身处的时代给语言研究者提供了如此宝贵的资源,一定要充分利用。可以说,当下是研究语言发展及变异的一个难得的黄金时期。

然而,就目前已有的研究来看,对新语言现象基本都是立足于共时层面的考察与分析,如“被+X”研究就是如此。客观地说,这样的研究是不完整、不全面的,因为缺少了历时的考察与观照,必然会对共时状况的了解和认识带来局限。这一点,通过本文第二小节的讨论大致也可以看出。

所以,我们认为,进行当代汉语研究,既要立足于共时状况,对其进行深入细致的观察与描写;同时也要着眼于历时,关注其动态发展,考察其实时变化,二者合一的研究才是完整的。

3. 既要“开始做”,也要“接着做”

著名哲学史家汤用彤先生曾经把做学问概括为“开始做”与“接着做”两种境界,而我们认为,对于一个具体的语言现象,同样也可能存在这样两种选择。所谓“开始做”,就是指抓住新现象,来进行初始性的研究;而“接着做”则是指在此后接续别人或自己的已有研究,对同一现象做进一步的考察分析。就我们所见,在当代汉语诸现象的研究中,整体而言基本都是前者而极少有后者。我们能够看到的一般情形是,当某一新现象产生后,很快就会出现相关的研究成果,并且该现象越是受关注程度高、使用频率高,研究的人和成果就越多,而“热点”一过,就鲜少有人问津。我们所见,对不少新现象的研究都是如此。笔者曾经着眼于当代的新生词语指出,不能只研究它的产生以及共时的使用状况,同时还应当用发展变化的眼光来看待它们,关注它们的来龙去脉以及后续的、进一步的发展与变化(刁晏斌 2011),就是强调既要勇于“开始做”,也要善于“接着做”。

我们希望,对当代汉语新现象的研究能够少一点“蹭热点”,多一些“平常心”;同时,也应变“一窝蜂”为“长流水”。这样,才能充分利用时代为我们提供的优势,取得更多高质量的研究成果,并从整体上提高当代汉语研究的水平和层次。

参考文献

陈敏哲、白解红:《汉语网络语言研究的回顾、问题与展望》,《湖南师范大学社会科学学报》,2012 年第 3 期。

陈勇、彭小川:《汉语量词范畴“去范畴化”现象考探》,《汉语学习》,2015 年第 1 期。

池昌海、周晓君:《新“被+X”结构及其生成机制与修辞意图》,《福建师范大学学报(哲学社会科学版)》,2012 年第 4 期。

刁晏斌:《对当代词汇状况及其研究的思考》,《南京师范大学文学院学报》,2011 年第 3 期。

——:《试论当代汉语》,《河北师范大学学报(哲学社会科学版)》,2014 年第 1 期。

丁力:《变异“被”字句的异质感受与文化信息》,《汉语学报》,2011 年第 4 期。

管志斌:《超常规“被 X”结构体探析》,《毕节学院学报》,2011 年第 1 期。

郭立萍:《“被”字句超常搭配的零度与偏离》,《淮北煤炭师范学院学报》,2009 年第 6 期。

海常慧:《“(NP+)被+XX”与“(NP+)被+VP”之比较》,《现代语文(语言研究)》,2010 年第 3 期。

何洪峰、彭吉军:《论 2009 年度热词“被 X”》,《语言文字应用》,2010 年第 3 期。

李强:《“被+X”格式的语言学分析》,《阿坝师范高等专科学校学报》,2010 年第 4 期。

刘云:《新兴的“被 X”词族探微》,《华中师范大学学报(人文社会科学版)》,2010 年第 5 期。

刘斐、赵国军:《“被时代”的“被组合”》,《修辞学习》,2009 年第 5 期。

刘杰、邵敬敏:《析一种新兴的主观强加性贬义格式:“被 XX”》,《语言与翻译·汉文版》,2010 年第 1 期。

卢惠惠、刘斐:《从语法构式“被”字句到修辞构式“被组合”》,《南阳师范学院学报》,2011 年第 4 期。

骆牛牛:《论词素义的非范畴化——以“被 XX”的“被”为例》,《山东大学学报(哲学社会科学版)》,2015 年第 2 期。

彭咏梅、甘于恩:《“被 V 双”:一种新兴的被动格式》,《中国语文》,2010 年第 1 期。

钱双进:《从生态语言学解析“被××”格式》,《现代语文》,2011 年第 4 期。

施春宏:《新“被”字式的生成机制、语义理解及语用效应》,《当代修辞学》,2013 年第 1 期。

孙琪:《基于“被自杀”的新老“被”字结构对比研究》,《西安社会科学》,2010 年第 6 期。

汪敏锋:《新格式“被 XX”的词化及演进》,《安庆师范学院学报(社会科学版)》,2011 年第 2 期。

王寅:《“新被字构式”的词汇压制解析——对“被自愿”一类新表达的认知构式语法研究》,《外国语(上海外国语大学学报)》,2011 年第 3 期。

王灿龙:《“被”字的另类用法——从“被自杀”谈起》,《语文建设》,2009 年第 4 期。

王淑华、杨仁君:《关于“被自杀、被就业”等的语言学考察》,《宁夏大学学报(人文社会科学版)》,2011 年第 4 期。

王振来:《“被 XX”的结构特点及语义研究》,《辽宁师范大学学报(社会科学版)》,2011 年第 1 期。

萧国政:《汉语语法研究论》,武汉:华中师范大学出版社,2001 年。

许艳平:《另类“被+X”的结构特征及语用功能》,《中国石油大学学报(社会科学版)》,2011 年第 1 期。

杨玉玲:《从构式语法看新“被”字家族》,《首都师范大学学报(社会科学版)》,2014 年第 5 期。

于根元:《语言哲学对话》,北京:语文出版社,1999 年。

于全友、史铭琦:《“被”族新语与社会文化心理通论》,《文化学刊》,2011 年第 4 期。

曾丹、胡蝶:《新兴“被 X”结构的语法考察》,《青海民族大学学报(教育科学版)》,2011 年第 2 期。

朱华飞:《语言系统新成员——“被 XX”构式探析》,《东莞理工学院学报》,2013 年第 4 期。

Research on the Subsequent Development and Change of the New Construction of "被(bei)+X"

Diao Yanbin Huang Yaqing
(Beijing Normal University; Beijing Guangqumen Middle School)

Abstract: The new construction of "被(bei)+X" has undergone great changes in structure and semantics from its birth to the present for more than ten years. The former is mainly manifested from [+disyllable] to [±disyllable], from [+ intransitive verb] to [±intransitive verb], from [−extended] to [±extended]; while the latter from [− true, voluntary] to [± true, voluntary], from [+ negative] to [±negative], from [+ narrator] to [±narrator]. The subsequent development and change of the construction of "被(bei)+X" can be used as a "sparrow" to analyze the development and change of contemporary language phenomena, which not only helps to deepen the understanding of this phenomenon, but also has many implications for contemporary Chinese studies.

Keywords: "被(bei)+X"; contemporary Chinese language; prototype category; language development

再论汉语并列结构的中心语*

王　强

（重庆邮电大学外国语学院）

提要：文章在生成语法理论的框架下重新研究汉语并列结构的中心语，首先区分语义中心语和句法中心语，放弃并列结构无中心语论和双中心语论，再从语类再分词、唯一性等五个方面论证并列连词是，且只有并列连词是并列结构的句法中心语。基于封闭性词类、缺乏语义值、补足语唯一且不充当论元等六条理据，论证汉语并列连词属于功能语类，在并列结构中充当功能性中心语，且具有弱的中心语特征，总体上不同于核心功能语类。

关键词：并列结构；中心语；并列结构无中心语论；并列结构双中心语论；功能语类；功能中心语

并列结构是自然语言的一个大类，一直是语言结构研究的重要课题，也是很多语言学理论和假说的试金石。并列结构体现了句法结构的递归性和层级性，它是最基本、最原始的句法结构之一，是汉语意合的基本关系，也可以高度复杂化、多样化。

高名凯（1948：392）曾定义，"并列就是把占有同等语法价值的词或词群排列起来。"先生的这个定义甚为精辟，具有概括力，至今仍然适用。我们略举现代汉语中的几个并列结构，如下所示：

（1）小王和小张

（2）作诗跟画画

* 本文为 2019 年重庆市专业学位研究生教学案例库建设项目"新时代信息科技翻译教学案例库建设"的阶段性成果。

(3)南人食米,北人食面

(1)—(3)分属名词性、动词性和小句性并列结构。除此以外,还有修饰名词或动词的附加语性并列结构,如下所示:

(4)温馨而温柔的声音

(5)在城市里和在农村里的小孩

(6)轻易地、轻率地决定

(7)如何以及在多大程度上运用

(4)—(7)中的下划线标明了形容词性、介词性和副词性并列结构,作为附加语修饰后面的名词或动词。以上(1)—(7)中的并列项都具有同等的语法价值。

不同于定中结构,并列结构通常由并列连词和两侧的并列项组成,"和""跟""而""以及"等是常见的并列连词,尤以"和"最为常见。然而,有"和""跟"的结构并非都是并列结构,如"小王和小张打招呼"中的"和"充当介词,"我跟你走"中的"跟"充当动词,都不是并列连词,这种情况本文不予讨论。并列连词可以是显性的,如(1)、(2)所示,也可以是隐性的,如(3)、(6)所示。并列结构可以只有单层、一个并列连词,也可以有多层、多个并列连词,如(8)所示:

(8)信息传达的性质与语言的本质和语言的发展

多并列连词起到标识层级的作用,如(8)中有三个并列项,但不是在同一个层级上,其中,"语言的本质"与"语言的发展"是同一个层级上的两个并列项,组成一个并列结构后再作为一个并列项,与"信息传达的性质"构成一个更大的并列结构。

谈到一种结构,尤其是并列结构这种自然语言的大类,当然离不开研究它的中心语,或曰句法中心语。之所以如此重要,是因为中心语决定着整个结构的面貌,在整个结构的生成和推导过程中扮演着决定性的角色。本文在生成语法理论框架下,主要讨论以最常用的"和"为代表的典型并列连词充当并列结构中心语的情况,如(1)所示。首先论证并列连词是并列结构的中心语,再辨析其功能中心语的缘由和属性,最后总结全文。

一、并列连词的中心语地位

自从 Sweet(1891:16)提出"中心语"(head-word)概念以来,中心语一直是语言结构研究的重点之一。二十世纪三十年代以后,“中心语”成为了结构主义语言学和短语结构理论中的重要概念,通常和向心结构相提并论。结构主义先驱 Bloomfield(1933:205)指出,“在向心结构的短语中,有一个或几个词语与整个短语的形类一样,那么这一个或几个词语就是该短语的中心语”,并以 all this fresh milk 为例,说明 milk 是该短语的中心语;以 all this fresh bread and sweet butter 为例,说明 bread 和 butter 是该短语的中心语。显然,这里强调的是中心语的形类与整个短语的形类要一致,侧重的是语义中心语,即意义或信息表达的核心。Zwicky(1985)较明确地提出“语义中心语”概念,即在一个复合单位 X+Y 里,如果 X+Y 描述的是 X 所描述的东西(事物)中的一种或一部分,那么,X 就是 X+Y 的语义中心语。如此一来,N 是 Det+N 的语义中心语,如 those penguins 的语义中心语是 penguins;VP 是 Aux+VP 的语义中心语,如 leave 是 will leave 的语义中心语。虽然 Zwicky 也没有专门讨论并列结构的语义中心语,但是比 Bloomfield 的做法更具有概括性,因为按照 Zwicky 的定义也可以判定 all this fresh milk 和 all this fresh bread and sweet butter 的语义中心语。Hudson(1987)在对 Zwicky(1985)的观点作了述评之后,并没有直接定义中心语,而是认为中心语是一种语法关系范畴,并在 Hudson(1984)提出的词汇语法(Word Grammar)理论框架下,进一步讨论毗邻原则(Adjacency Principle)给中心语关系带来的句法影响,即如果 B 是 A 的中心语,那么 A 依存于 B,也从属于 B,并以 with great difficulty 为例说明这种语法关系。因此,与 Zwicky(1985)不同的是,Hudson(1987)认为 Det 是 Det+N 的中心语,Aux 是 Aux+VP 的中心语,而不再是语义中心语。Hudson 的这种观点实际上已经是生成语法的思想了,对分析并列结构的中心语有重要参考价值。

陆丙甫(2006)比较了不同学派的“核心”概念后指出,Zwicky(1985)的语义中心语或语义核心并不等于结构核心,语义核心的判断只是最终切分出结构核心的前提,每次切分都在上一次切分得出的两个直接成分中的表达核心部分进行,切分到表达核心是词为止,这个词就是整个结构体的“结构核心”,还区分了语序类型学的“结构核心”和生成语法的“功能核心”。我们欣赏这些观点,并认为“功能核心”相当于本文所指的“句法中心语”,语义核心对理解结构的意义重点和言语交际的确有帮助,但对结构的句法生成和推导几乎无益,因为在生成语法理论看来,Det+N 中的 Det 和 Aux+VP 中的 Aux 才是中心语,而类似于 all this fresh bread and sweet butter 的并列结构中的句法中心语正是本文要讨论的重点。因此,本文不讨论 Bloomfield(1933)、Zwicky(1985)所指的语义中心语。

那么,什么才是句法中心语呢?司富珍(2004)较系统地概括了生成语法理论对句法中心语的定义,即有一个短语结构 XP,如果其中所含的句法成分 A 的语法特性决定了整个 XP 的语法特性,那么 A 就看作是 XP 的中心语,例如,“这本书的出版”的中心语是其中的"的"。反过来说,中心语的语类特征决定了其所在的短语整体的语类特征。显然,这里强调的是中心语的语法特性与整个短语的语法特性要一致,这也是本文讨论的基础。生成语法理论重视结构的生成和推导,重视成分的语法特性。在生成语法理论看来,讨论一个结构的中心语,就是指它的句法中心语,因为整个结构的生成都是围绕着这个句法中心语展开的。

在中心语问题上,Hudson(1993)曾自问自答,具体如下:

a. 不提中心语,可以研究句法吗？不能,因为中心语是依存关系的基本中心。

b. 每个短语都需要中心语吗？是的,因为不存在离心结构。

c. 一个短语可以有多于一个的中心语吗？不能,原则上不符合"短语"的定义。

这些观点在当时是有说服力的,时至今日也不过时。讨论并列结构的中心语,需要解决三个类似的问题:第一,是否需要中心语？第二,如果需要,需要几个？第三,中心语是哪个或哪几个？

先回答第一问,是否需要中心语。这个问题并非荒谬,相反,是个很关键的问题,因为持"并列结构无中心语论"的观点大有人在。而且,如果对这第一问的回答是"否"的话,那么后两问就不用再回答了。以 Dik(1968:53-55)为代表的早期观点认为,并列结构是一种扁平的多分枝结构,所有的并列项和并列连词都处于同一个层次,这隐含地表示并列结构没有中心语,而 Peterson(2004:650f)从词汇功能语法角度更直接地说并列结构是没有中心语的(headless)结构。汉语学者钱乃荣(1990)认为,并列结构是平衡结构,结构体的各个语言单位并列地组合在一起,并列结构中不存在核心和非核心的区别。按照我们的理解,钱文所指的"语言单位"实际上是指并列项,而没有包括并列连词,但如果把并列连词考虑在内,那么结论就可能不一样了。各个并列项之间虽然没有核心与非核心之分,但有先后和轻重之别。而且,钱文所指的"核心"与"非核心"都是语义识解的问题。总体上看,这种扁平的"并列结构无中心语论",违反语言的基本特征——层级性(hierarchy),因为说语言是扁平的或单层的,那只是气流的表象,语言的层级性才是逻辑的、本质的,它为语法的生成和推导提供了保障(王强,2008),扁平的线序是外在化的感觉运动系统的属性或体现,是语言差异所在,也是不完美交际语的体现;结构层级性与内在化有关,是语言原则所在,也是完美思维语的体现(王强,2012)。司富珍(2008:15;20)也认为,线条性并非语言的根本特性,语言在本质上是有层级的而非平坦的纯线性结构。任何想要直接呈现这种"线性"序列的做法都将导致其语法理论无限庞大而没有任何实际的意义。具体到并列结构中,并列连词与并列项的地位是不同的,各个并列项之间的地位也是不同的,多层并列结构中更是如此。简言之,并列结构不是扁平的,也不是没有中心语的。

与“并列结构无中心语论”相反的观点分为两类，一类是认为并列结构有中心语，但属于语义中心语，以 Bloomfield（1933：204）、Lyons（1968：233）为代表，他们都明确指出，向心结构分为并列结构和从属结构两类。这意味着，并列结构向心，有中心语，也需要中心语。然而，上文已经分析过，结构主义所指的并列结构中心语实际上是语义中心语，不是本文要讨论的句法中心语。另一类也认为并列结构有中心语，且属于句法中心语，以生成语法的 X 阶标理论（Chomsky，1970；Jackendoff，1977）为代表，认为一个短语必须要有一个中心语，中心语体现了它所在短语的形态句法特征，决定整个短语的运作机制。X 阶标理论的核心概念就是中心性（headedness），这个中心就是句法中心语。

与 X 阶标理论基本一致的是，Kayne（1994：3–12）的句法反对称理论也认为一个短语不能没有中心语，原因在于线性对应公理（Linear Correspondence Axiom）施加的反对称性。对于任何短语标记 P，设 *A* 为所有不对称成分统制的非终端节点对的集合，*T* 为终端节点集合，则有线性对应公理如下：

(9) d(*A*)是 *T* 的线性排序。

它的意思是把层级关系（尤其是统领关系）归结为终端节点之间的线性关系，且两类关系之间存在对应或映射，这弥补了 X 阶标理论解释力的不足。如短语标记(10)所示：

(10)

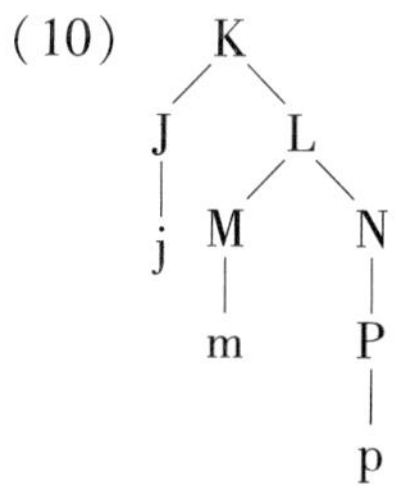

在这个一般的短语结构中，〈J，M〉、〈J，N〉、〈J，P〉和〈M，P〉构成 *A*，〈j，m〉、〈j，p〉和〈m，p〉构成 d(*A*)，它们构成集合{j，m，p}的线性排序，并符合线性排序的三个性质，即传递性、总括性和反对称性。按照 Kayne（1994：11–12）的定义，不统领其他非终端节点的非终端节点称为中心语。这样，m 是该短语结构的中心语。Kayne 还结合并列结构说明这一点，认为 the girl and the boy 的结构必然是[the girl [and [the boy]]]，说明并列结构内部是有层级的，且并列连词是并列结构的中心语，以使整个结构符合线性对应公理施加的反对称性。上文讨论的“并列结构无中心语论”，即并列结构是扁平的观点，在句法反对称理论看来也是不成立的。

马清华(2005:216)认为,当与其他成分结构对垒时,并列结构、偏正结构等是向心结构。徐杰(2001:115)、司富珍(2006)、石定栩(2007)都认为,纯粹意义上的“离心结构”是不存在的,所有的结构都可以分析为“向心结构”,句法结构都是向心结构。熊仲儒(2009)指出,在生成语法中,句法结构具有向心性与双分枝性,前者是用来限制可能的短语结构,后者是用来表达成分之间的不对称性。我们认为,这些观点虽然没有继续讨论这个“心”在哪,但已经说明汉语并列结构也需要有句法中心语。

再回答第二、三个问题,需要几个中心语以及中心语在哪,这两个问题可以一并回答。逻辑上讲,对于一个简单并列结构“A 和 B”,它的中心语可以有如下三种可能的方案:

甲:“A”和“B”同为中心语;

乙:只有“A”或只有“B”是中心语;

丙:“和”是中心语。

对于方案甲,上文讨论过的 Bloomfield(1933:205)就属于这种观点。此外,Williams(1994:11f.,转引自 Chametzky,2000:15)认为,并列结构和并列小句都有双中心语(doubly headed)。汉语界的前辈中,王力先生(1944)把“男孩和女孩”这样的并列结构称为等立结构,认为“男孩”、“女孩”是成员,都具有核心的地位,而连词则不是核心。赵元任先生(Chao,1968)认为,并列结构是一种有两个或更多中心的内中心结构,每个中心都有大致跟整个结构相同的功能。朱德熙先生(1984)将“长江黄河”之类的并列结构算作包含了两个核心的向心结构,并认为这类格式可以扩展成包含任意个核心的向心结构。李子云先生(1991:154)认为,并列是就句法(不是语义)而言的,凡并列的成分,在句法上地位平等。联合结构各并列项的语法功能与整个结构的语法功能基本相同,因此,联合结构属于多核心的向心结构。虽然李先生尝试从句法角度分析并列结构的中心语,但在生成语法看来,其最终还是属于语义范畴,因为它忽视了语言的层级性,尤其是并列项之间的句法不对称性。

传统观点认为,中心语一般落在实词上。总体上看,方案甲与这种观点有关。显然,这是从语义角度讨论并列结构中心语。对并列结构来说,尤其如此,即两个并列项对应于两个语义中心或重点。如果不包含显性并列连词,如“长江黄河”,这种语义中心的直觉就更明显,因为感觉不到并列连词的存在。我们认为,这种对语义核心的认定自有其合理的一面,对“男孩和女孩”、“长江黄河”一类的简单并列结构也许是适用的。然而,此中心语非彼中心语。犹如结构主义将 this fresh milk 中的 milk 视为中心语,而生成语法将其中的 this 视为中心语一样,两者并不矛盾,因为是在不同的层次上讨论问题——前者指语义中心语,后者指句法中心语。我们主张"将句法和语义剥离开来看"(司富珍,2004),之所以强调句法中心语,目的是为后续的并列结构的生成服务,因为基于双(语义)中心语的结构推导将违反一系列句法原则,而基于单(句法)中心语的结构推导则不会违反,并且会更加经济、高效。

吴云芳(2005)从语义相似性和相关性的角度考察并列结构中心语,认为对名词性并列结构,各并列成分的最右端一个词默认为是中心语,当并列成分是光杆名词时,其自身就是中心语。计算机操作过程中需要提取两个并列成分的中心语,并列标记之前是前一个并列成分的中心语,并列结构结尾处是后一个并列成分的中心语。显然,这也是认为并列结构的两个并列项都是语义中心,与方案甲类似,而不是讨论句法中心语,也没有讨论并列连词。当然,这样做有其特定的理论目的,将帮助计算机自动识别出文本中的名词性并列结构。

以上把并列项当作核心的"并列结构双中心语论",如果在 X 阶标理论和句法反对称理论中考察,则是缺乏根据的,如(11)所示:

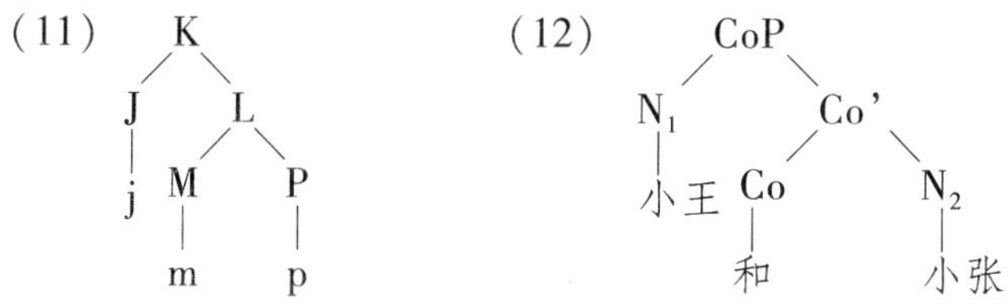

Kayne(1994:8)认为有两个句法中心语的短语标记(11)不合法,其中,d(A)={⟨j, m⟩, ⟨j, p⟩},虽然符合传递性和反对称性,但不符合总括性,最后无法使集合{j, m, p}形成一个线序,因而不合法。对于并列结构,也是如此。如果并列项都是中心语,那么简单并列结构"小王和小张"的短语标记就会变成如(12)所示。显然,"小王"、"和"与"小张"三者之间不能形成线序,即不能确定谁在谁的前面,造成最终的短语标记不合法或无法实现。因此,并列结构不允许两个并列项同时充当中心语。

Kayne 的这些西方语言学思想,其实在汉语界早已有朴素的表达。吕叔湘先生(1979:50-51)将结构关系大致分为四个大类、八个小类。其中,并列关系假定用"+"表示,衬附关系假定用","表示,如(13)所示。

从直接成分分析法、X 阶标理论或句法反对称理论来看,(13)都表明"和"是唯一中心语,而且并列结构是有层级性的,而不是扁平或平坦的。此外,还表明并列结构的合并顺序和方向,即"和"先与内并列项合并,再一起与外并列项合并。先生的观点的确富有远见。

其次,一般认为,如果考虑语义和语用因素,并列结构中并列项的先后是有顺序的,如时序性、正反性、同类型、视觉或认识显著性等等,即"焦点前置",如"大小、上下、贵贱、胜败、约定俗成(如 ladies and gentlemen)"等,但这些顺序不是由并列连词决定的。顺序还有较大的语用效果(周荐,1986;廖秋忠,1992;储泽祥等,2002:95-104;王成宇,2002;曾常红,2007)①,甚至还受语音的调节(吴阳,2003)。即便是在简单并列结构中,各并列项的语义地位也是不相等的,很多时候并列项之间的顺序是不能颠倒的,越靠前的越是核心,越往后核心地位呈递减趋势。在"小王和小张以及他们的鞋子"这种含有受约束代词的多层并列结构中,各并列项的语义地位就更不相等了。如此,并列结构中所谓的双(语义)中心语就很不明确。

综上所述,并列结构中不包含多个中心语,并列项既不是语义中心语,也不是句法中心语,如果认为有多个中心语(multi-headed),最终将导致没有任何中心语(non-headed)。"并列结构双中心语论"和"并列结构无中心语论"都不符合 X 阶标理论的不对称、单中心语(single-headed)的结构。如果说并列结构有句法中心语,那么一定是单中心语;如果说语义中心语,那么也一定不是双中心语,也许只有第一个并列项才勉强算得上是语义中心语。

迄今为止,没有发现把"和"和某一个并列项都当作中心语,或者把"A"、"和"、"B"三者都当作中心语的观点,以上对"并列结构双中心语论"的分析同样可以说明这些观点不成立。

方案乙认为只有"A"或只有"B"是中心语,现有文献中并没有出现,但仍值得分析。如果只把最后一个并列项"B"作为句法中心语,在句法上则是无法实现的,因为在 X 阶标理论和句法反对称理论中,最后一个并列项是并列连词的补足语,而把最后一个并列项作为句法中心语,其实是把补足语当作中心语,就有悖于句法反对称理论的一条原则,即中心语携带的补足语自身不能是中心语(Kayne,1994:8)。而且,如果把最后一个并列

①在数理语言学看来,只有在确定一个合取式的外延时,计算每个合取项外延的顺序才不重要。要证实 p&q,我们可以从 p 和 q 中的任意一个命题入手,所得结果将不会受到任何影响。(参阅 Partee et al.,1993:418)

项作为句法中心语，那么它就还需要一个补足语，可是在并列结构中再没有其他成分可以做它的补足语，即放在最后一个并列项后面，所以，把最后一个并列项“B”作为句法中心语是不合法的。虽然现有文献中也没有只把第一个并列项A当作中心语的情况，但如果有，也是不成立的，因为其后面的并列连词和第二个并列项B充当这个A的什么成分不得而知。在英、汉语中，中心语后面一般应是补足语，但并列连词不可能充当第一个并列项A的补足语。综上所述，方案乙在X阶标理论和句法反对称理论中都是不成立的。

对于方案丙，由并列连词充当并列结构的中心语。从直觉上看，按照二分支法，标准的X阶标图式已经告诉我们中间的并列连词是中心语，而第一并列项是标志语，第二并列项是补足语。直觉与事实有时是吻合的，有时则未必。语言研究不能仅依赖直觉，而是需要论证，但是直觉可以成为演绎法的起点。而且，这种方案符合句法反对称理论的基本观点，即任何短语都需要有，且只能有一个（句法）中心语。下面讨论并列连词充当并列结构中心语的理据，同时也就回答了上文提出的第三个问题，即并列结构只有一个中心语，即并列连词。

在并列结构的中心语问题上，Zwicky（1985）提出了语义论元或功能词、一致关系的决定语、形态句法的聚点、语类再分词、分布对等体、不可或缺性（强制性）和依存语法的尺度等判定标准，见Hudson（1987）和Fraser et al.（1993）的述评，Svenonius（1992）又增加了唯一性和语序决定语等判定标准。Johannessen（1998:74-96）逐一评价了这些标准，最后认为并列连词是并列结构的中心语。这些标准有的是针对语义中心语，有的也适用于句法中心语，但是采用的语料主要是英语、挪威语、德语等，未必适合汉语。鉴于此，我们批判地继承其中的合理部分，并借鉴其他研究成果，以汉语为语料，概括提出并列连词充当并列结构句法中心语的五条理据。

理据一，语类再分词，指并列连词可以语类选择不同的并列项。基于能否选择后接不同成分，是判断一个成分能否充当中心语的有效标准。Ouhalla（1999:147-148）认为，每个句法语类都有其特定的语类再分特征（subcategorization），而这些特征与最终的句法表征之间的关系就是投射，投射的起点就是中心语。早期生成语法理论已有先例，将宾语从句的引导词 whether 和 that 视为 C（即 complementizer），视为 CP（即 complementizer phrase）的中心语，也是基于语类再分词这个理据，因为 whether 和 that 后面跟的从句类型分别是疑问性和陈述性的。在汉语界，萧斧（1953，1956）观察到，并列连词“和”、“跟”、“而且”后面所跟的词类不同，呈互补分布。吕叔湘、朱德熙（2013:85-89）认为，虽然“和、跟、同、与、及、并”都是用在联合成分中间的连接词，但用法和意味不是完全一样的。“和、跟、同”用法相同，“与”是从文言里继承过来的，一般用于文章标题和书名之类，

“及”字不大能用“与”字去替代,而“并”字专门连接两个动词。其实,此类区分或讲究古已有之。据张玉金(2012)考证,出土战国文献中虽然“与”和“及”都可以作并列连词用,但“与”连接的并列项一般是名词性短语、定中短语或同位短语,而“及”一般连接名词语、谓词语或分句,由两者构成的联合短语的句法功能也不同。Zhang(2010:39-41)将并列连词分为有语类选择限制和无语类选择限制两类:前者本身具有语类特征,将决定整个结构的句法范畴,后者以英语的 and 为代表,and 型并列结构的句法范畴由外并列项的语类特征来决定。按照这种分类,汉语并列连词显然具有语类选择限制,决定整个结构的句法范畴,并选择不同的并列项或成分,并列连词就是中心语。

理据二,唯一性,指一个并列短语内只能有一个并列连词。因为每个短语都由唯一的语类投射而成(Brody,1998),即一个短语只能有一个中心语。句法反对称理论(Kayne,1994:8)也界定,有两个句法中心语的短语标记不合法,上文对(11)、(12)的分析表明两个并列项不能充当中心语。同理,紧邻出现两个并列连词一般是不合法的,如“爸爸和与妈妈”就不合法。但是,个别并列连词可以紧邻出现,这很有趣,如(14)、(15)所示:

(14)当此之时,诚使周公骄而且吝,则天下贤士至者寡矣。(《说苑·尊贤》,转引自李艳,2004:17)

(15)且说张顺与同安道全上得北岸,背了药囊,移身便走。(《水浒传》65 回,转引自李艳,2004:41)

(14)中,“而”、“且”连用,连接“骄”和“吝”,李艳认为“而”、“且”同时作为并列连词而连接这两个形容词。我们不赞同这种观点,因为把“而”、“且”都认定为并列连词,会违反句法反对称理论的原则,即任何中心语不能有其他中心语作为补足语附加其后(Kayne,1994:8)。我们主张把“而且”视为一个并列连词,视为一个整体,它们是汉语并列连词发展中的一个阶段,也是一种变体,现代汉语中的“而且”已是一个独立的并列连词,这是演变的结果。“骄而且吝”的目的还可能是为了追求四音节。同理,(15)中的“与同”也应视为一个并列连词。

佛经后常附有一首普为随喜助印及读诵辗转流通者回向偈,其中有一句,如(16)所示:

(16)所有刀兵劫 及与饥馑等 悉皆尽灭除

其中的"及与"同样不能视为两个并列连词,而是一个整体的并列连词,很可能是语法化的结果(参阅薛蓓,2011)。

唯一性同样适用于隐性并列连词,如"爸爸妈妈",其中的并列连词是隐性的,但也是唯一的。"又大又圆"类的结构,其中的两个"又"都属副词,而非连词(朱德熙,1982:156),仍没有违反唯一性理据。如果说一个并列短语内必须有一个并列连词,是并列短语形成的必要条件,那么这条理据就是充分条件——一个并列短语内有一个并列连词就足够了。

理据三,从管辖角度看。Chomsky(1986:86-87)基于以下(17a)和(17b)两例,为了解释(17a)的可接受性程度低于(17b),假设并列连词是并列项的管辖语(governor),但有些缺陷。

(17)a. I convinced (encouraged …) Bill and me [$_{CP}$ to α]

b. I expected (wanted …) [$_{IP}$ Bill and me to α]

其中,(17b)中的IP是me的管辖范围,IP包含了me的管辖语即并列连词,所以代词me满足约束条件B。相比之下,(17a)的管辖范围是整个主句,违反约束条件B。

虽然从上文树形图(12)似乎可见,并列连词"和"管辖内并列项"小张",其中,能够充当管辖语的必然是中心语,而充当受辖语的自然就是补足语。但是,为何Chomsky认为并列连词作为并列项的管辖语"有些缺陷"呢?我们认为原因有二:其一,在当时的研究背景下,只有动词和介词能够充当管辖语,而并列连词还没有列入管辖语;其二,不能只看Bill and me或"小王和小张"这样的并列结构,还要注意前面动词的性质,因为涉及到主句主语与并列结构里代词并列项之间的约束关系。鉴于此,我们认为这条理据有一定的局限性,但仍不失为一条辅助的理据。

理据四,从形式语义角度看。我们一般把音系学和形式语义学都纳入到句法学研究的大范畴,因而对形式语义的讨论就是对句法的讨论。Collins(1988)认为并列连词是逻辑算子,Munn(1993)将并列结构称为布尔短语(Boolean Phrase),把并列连词称为布尔算子(Boolean operator),由它充当其所在并列短语的中心语。蒋严、潘海华(1998:75)认为合取联合复句真值的运算过程完全由逻辑算子 & 的真值表确定,马清华(2005:217)认为,并列不仅是一种句法关系,还是一种逻辑语义关系。既如此,就可以辅助说明并列连词的中心语地位。但是,在这点上,我们比较保守,因为在逻辑和形式系统,尤其是命题逻辑中,& 并非完全对应于英语中的联结词and,and有时表达一种逻辑合取中不存在的时间含义,试比较John took a shower and he got dressed与John got dressed and he took a shower。而且，逻辑语言中没有 and 联结名词短语、动词短语的对应用法（参阅 Partee et al.，1993：100）。Hoeksema（1983，1987）、Johannessen（1998：245-250）都认为自然语言并列结构不总是布尔的，都反对将自然语言并列结构归结为布尔并列，例如：Henry and Lynne drank all my liquor 不能推导出 Henry drank all my liquor，但是 Henry ate and drank 却可以推导出 Henry ate。显然，这是从自然语言的语义角度来看的，不同于形式语义。而且，我们不是要把并列结构进行归结，而是在寻找并列结构的中心语。因此，我们认为 Partee、Hoeksema 和 Johannessen 的观点并不影响并列连词作为算子、作为中心语。

理据五，从韵律角度看。韵律和句法之间存在微妙的互动。Steinhaueret al.（2001）、Steinhauer（2003）（转引自许旭，2010：15-16）发现，韵律切分信息能够提供有效的解释线索，并在句法分析的早期起作用，引导听者进行正确的句法加工。尤其当韵律和句法边界一致时，句法加工的速度更快。另据曹剑芬（2003）不完全的观察分析，并立连词（如“和、及、跟、与”）之前和/或之后一般都会出现大小不同的停顿，而且，连词之前的停顿常常大于连词之后的。韵律上的边界基本上都是句法的边界（局部韵律词边界除外）。这从韵律角度说明了并列连词是内外并列项之间的分界线或整个结构的枢纽、中心，而且还说明了并列连词与内并列项的韵律关系更紧密，这从并列结构的句法切分可以看出，与生成语法中认为中心语与补足语通常不可分离的观点也是一致的。

Zwicky（1985）曾把分布对等体（distributional equivalent）也当作并列连词充当并列结构中心语的理据，认为并列连词可以取代整个并列短语，但我们发现汉语事实并非如此，汉语中由“与”构成的“与共”类短语比较有代表性，如（18）—（20）所示：

（18）中国共产党与$_{1}$各民主党派，肝胆相照，荣辱与$_{2}$共。
（19）他与$_{1}$我苦乐与$_{2}$共 / 患难与$_{2}$共 / 生死与$_{2}$共。
（20）各美其美，美人之美，美美与共，天下大同。（费孝通语）

“与”在（18）、（19）中都出现两次。为区别起见，标注了“与$_{1}$”和“与$_{2}$”。我们发现，由“与$_{1}$”构成的结构很普通，但由“与$_{2}$”构成的结构很蹊跷，其中“共”字作动词用，作宾语的两个名词已经前置，生成的基本结构是“宾语+主语（即 A+“与”+B）+共”。“荣辱与共”的派生过程可以描写为（21）：

（21）中国共产党与$_{1}$各民主党派共荣辱
→荣辱，中国共产党与$_{1}$各民主党派共
→中国共产党与$_{1}$各民主党派，荣辱与$_{2}$共

显然,前后两个名词“中国共产党”、“各民主党派”始终没有省略。“荣辱与共”不能单用,它的前面必须先交待两个名词,因此,我们不认为其中的“与$_2$”可以取代整个结构“中国共产党与各民主党派”。这不像生成语法理论已界定的其他中心语可以取代整个短语,如用 I wonder why 取代 I wonder why you left,其中的 why 作为标句词就是整个短语 why you left 的中心语。我们判定,(18)—(20)里的“与”都是充当共事介词,而非并列连词。因此,我们认为分布对等体这条理据不适合汉语并列结构。

讨论了以上五条理据之后,我们要正视针对把并列连词分析为中心语的若干质疑,其中有代表性的观点是 Borsley(2005),Borsley 站在短语结构语法、词汇功能语法和范畴语法角度反对 ConjP,反对把并列结构当作向心结构,反对把并列连词当作并列结构的中心语。Borsley 所讨论的并列结构的分布、多并列项并列结构及不平衡并列结构等话题,生成语法已有比较成熟的结论。而且,Borsley(1997)之前还反对本文所立足的 Kayne(1994)的句法反对称理论。理论框架和立足点不同,结论自然就不同。鉴于此,本文暂时搁置这些争议。

Andrew Radford(2017,个人通信)也对并列连词充当并列结构中心语提出了两点质疑:其一,如果把所有的并列短语都当作 &P,那么如何区分并列 NP 和并列 AP 呢? 其二,有些 and 短语没有与任何成分并列,如(22)所示:

(22) A: I'm off out tonight.

B: And me, what am I supposed to do?

我们认为,质疑一是个语义问题。的确,一个并列短语是 NP 还是 AP,不是由并列连词决定的,因为并列连词不携带[+N]或[+A]特征。而且,英语和汉语都允许两个并列项属于不同的语类,如“梦到蛇和被抓”,其中的“被抓”是 NP 还是 VP,有待判定,但是这并不影响把“和”当作中心语。把“和”当作中心语,目的是为了后续高效地进行并列结构句法推导。Zhang(2010:38-50)指出,并列结构没有特殊的句法范畴,而是投射为语类集合中既有的 NP、VP 等,也见杨萌萌、胡建华(2017)在《当代语言学》上发表的述评。质疑二(22)中的 and,虽然表面上看像个连词,但其实并没有起到并列连词的作用,因为不能转换成 You and me,(what am I supposed to do?)或其他并列结构。我们不妨把(22)中的 and 当作话语标记,类似于口语中常说的 So,它看上去像个因果连词,但其实并不表示因果关系。

综上所述,并列连词是,且只有并列连词是并列结构的句法中心语。

二、功能性中心语还是词汇性中心语?

在生成语法中,光说并列连词是并列结构的中心语还不够,还得进一步确定它是功能性的还是词汇性的。在传统语法中,连词属于虚词或封闭词类,表达的是一种功能语义。但是,传统语法中的实词和虚词并不完全对应于生成语法中的词汇语类和功能语类。虽然生成语法已确定的中心语都认为是功能性的,但作为虚词、作为功能性中心语大家族潜在新成员的并列连词是否是功能性中心语仍值得研究,因为在最简方案框架内,语言间的差异正是被限制在功能语类上。如果证明是功能性的,将对并列结构后续的推导生成起到基础性的作用。

早在古希腊,亚里士多德在柏拉图区分名词和动词的基础上,继续划分出连词,并认为连词包含不属于名词和动词这两大词类的所有词(转引自 Lyons,1968:11)。虽然现在看来,这种对连词包含范围的界定过于宽泛,但至少说明连词不同于以名词和动词为代表的实词,划清了连词与名、动等词汇语类之间的界限,观点十分深邃。

Fukui(1986)提出的语类投射理论较系统地区分了生成语法中的词汇语类和功能语类,认为词汇语类有词汇概念结构,而功能语类没有,但能够通过某种形式的"约束"和"一致"关系连接两个句法单位;词汇语类投射至 X',并支持任意递归,而功能语类投射至 X'',并携带唯一的标志语和唯一的补足语。Fukui 还将名、动、形、介词归入词汇语类,将限定词(DET)、屈折词(INFL)、标句词(COMP)归入功能语类,但没有明确将并列连词归入功能语类。Ouhalla(1991:8;14)认为功能语类是语法的核心,是语法信息的焦点,决定着句子结构的表征及语法过程,也决定着语言差异,跨语言词汇语类的特征是统一的,而跨语言功能语类的特征是有差异的。功能语类一个重要的形式特征,就是它的语类选择特征。除限定词(DET)、屈折词(INFL)、标句词(COMP)以外,Ouhalla 还把否定(NEG)、时制(TNS)、一致(AGR)、体貌(ASP)和被动语素(PASS)归入功能语类,但也没有明确将并列连词归入功能语类。徐杰(2007)比较系统地讨论了生成语法的语类系统和传统语法的词类系统之间的异同,把代词、助动词、限定词和附着词划入功能语类,名词、动词、形容词和介词划入词汇语类,并"暂不考虑量词、连词、感叹词、象声词和副词问题",也没有讨论并列连词是否属于功能语类。司富珍(2009)认为并列连词是功能性中心语,但没有说明原因。

实际上,Abney(1985,1987)较早地注意到功能中心语的特殊性,在于它是封闭性词类,缺乏与词汇语类相关的语义值,且总是选择唯一的补足语,并延伸至并列连词,比较明确地提出了并列连词属功能中心语的五条理据，但不都适用于汉语。我们综合 Abney（1985，1987）、Fukui（1986）和 Ouhalla（1991）对功能语类的界定标准，批判地继承其中的合理部分，将汉语并列连词属于功能中心语的理据概括如下：

理据一，封闭性词类，因为从古到今，汉语并列连词的数量一直是非常有限的，经过语法化之后，并列连词家族目前已经能够表达多种功能和意义，不再添加新的成员。

理据二，缺乏语义值，缺乏词汇概念结构，不是指称性的，没有描写内容。这不像充当介词的“和”和充当动词的“跟”，它们都有描写内容，词义较为实在。

理据三，只有一个补足语（即内并列项），该补足语不充当并列连词的论元，而且与补足语密不可分，这从并列结构的句法切分可以看出，如上文（13）所示。

理据四，具有音系和形态依赖性，这是“与补足语密不可分”的延伸，指并列连词附加（attach/cliticize）在内并列项前，即所谓的依赖性（dependence）。而且并列连词短小，不重读，有时为空。这与英语并列连词类似，与既有的其他功能语类也类似，如标句词 that、中心语“的”。

理据五，具有语类选择特征，不同的并列连词搭配的词汇语类或短语语类不同。这既是并列连词充当中心语的理据，也是充当功能性中心语的理据。

理据六，跨语言功能语类的特征有差异，如日语的并列连词や、し、と在合并方向上不同于汉语，语类选择特征与汉语的也不一致，英语的 and 几乎可以并列任何成分，而汉语的并列连词有比较明确的分工。而且，不同语言的功能语类是显性还是隐性实现可能存在不同，汉语的意合支持占优势的隐性并列连词，而英语和日语的并列连词一般是显性的。

这六条理据支持并列连词是一种功能语类。另外，杨萌萌、胡建华（2017）在《外语教学与研究》上发表的文章没有正面回答“和”是功能性中心语还是词汇性中心语，但是推测，作为真正句法并列结构的中心语，连接件（并列连词）不应是带有语类特征的词汇性中心语，否则整个理论体系就会崩溃。显然，如果认为并列连词不是词汇性中心语，那么自然就属于功能性中心语了。

与最简方案同属于生成语法理论发展新阶段，且与最简方案互相促进的句法制图（syntactic cartography）研究认为，自然语言各种短语内部存在丰富的功能中心语，功能中心语能够决定所在短语的分布和词汇语义特征，使短语突生出[+N]、[+V]一类的特征（彭家法，2013a，2013b）。结合并列结构，虽然并列连词本身不具有名词性、动词性，但具有特征突生（feature emergent）效应，可以决定整个并列短语具有名词性、动词性或形容词性等等。这种效应正是功能性中心语的显著特征，同时也解答了上文 Andrew Radford 提出的“如果把所有的并列短语都当作 &P,那么如何区分并列 NP 和并列 AP”的质疑。

一个功能语类往往包含若干个形式特征。作为功能语类,并列连词 Co 包括哪些形式特征? 这些特征是强还是弱? 推导过程中,这些特征是否需要核查? 我们认为,既然把 Co 当作中心语,那么自然就具有中心语特征,不妨用[+Conj]表示。但是,我们不认为 Co 具有任何[+EPP]特征,因为 Co 不是限定助动词,外并列项也不是 Co 的主语。[+EPP]特征更不是 Co 的标志语特征,虽然它不要求其标志语 SPEC 位置不能为空,因为外并列项可以为空。再来看 Co 的中心语特征[+Conj]的强弱。Chomsky(1995:232-233)认为,如果某个功能语类的一个特征是强的,那么该功能语类就是强的。强特征有两个性质,其一,在拼读(Spell-Out)之前触发显性移位;其二,引起循环性(cyclicity),即通过核查将该显性移位去除。现在看来,Co 可以是显性或隐性,但不能触发任何成分的任何移位,更不用说显性移位或循环性,因此,Co 的中心语特征[+Conj]是弱的,推导过程中也不需要核查。

也有把并列连词界定为词汇语类的观点。Moltmann(1992:28)把并列连词处理为内并列项的附加语,认为并列连词是包括 and、but 和 or 在内的词汇性语类,具有和附加语一样的句法功能,而没有其他任何特殊的句法功能。Zhang(2010:22-29)对此作了深入的剖析,认为并列连词不属于附加语,而是具有中心语的句法功能,整个并列结构是补足语结构(complementation structure),并列连词与内并列项构成中心语-补足语关系。我们赞同 Zhang 的观点,不把并列连词界定为词汇语类。

综上所述,汉语并列连词属于功能语类,在并列结构中充当功能性中心语。

那么,作为功能语类的并列连词与既有核心功能语类——时态 T、标句词 C 和轻动词 v*(Chomsky,1998)有什么区别呢? 我们认为,其一,核心功能语类适用于各种语言结构,而并列连词 Co 是并列结构特有的功能语类。其二,T、C 和 v* 属于屈折形态,而“并列”概念在某种意义上属于广义的外部形态。其三,C 和 v* 是语段中心语(Chomsky,1998,1999,2006),而 Co 不是。其四,核心功能语类都可以有[+EPP]特征(Chomsky,1998),而 Co 没有,上文已分析过。

近年来,越来越多汉语生成语法的研究把汉语的限定词 D、助词“被”、“把”和“的”等虚词当作功能语类和中心语,这种趋势的目的其实是为了研究语言的参数差异,例如上文提到的英、日、汉语并列连词的合并方向及语类选择特征各有不同,因为根据 Chomsky(1998,1999)的观点,语言间结构的差异是由功能语类的差异造成的,也见何晓炜(2004)的述评。把并列连词处理为并列结构的功能性中心语,有利于拓宽功能语类的范围,丰富生成语法的语类理论及探索语言间结构的差异。

三、结语

本文在生成语法理论框架下，主要讨论以“和”为代表的典型并列连词充当并列结构句法中心语的情况，区分语义中心语和句法中心语，放弃“并列结构无中心语论”，而是认为并列结构是向心结构，需要中心语；放弃“并列结构双中心语论”，并基于 Zwicky (1985)、Svenonius(1992)和 Johannessen(1998)对并列结构中心语的判断标准，概括提出五条理据，认为并列连词是汉语并列结构唯一的句法中心语。基于 Abney(1985,1987)、Fukui(1986)和 Ouhalla(1991)对功能语类的界定标准，概括提出六条理据，把并列连词刻画为一种功能性中心语，但区别于核心功能语类。对并列连词句法中心语地位及其属性的探讨，将有助于并列结构的句法推导研究。

参考文献

曹剑芬:《基于语法信息的汉语韵律结构预测》,《中文信息学报》,2003 年第 3 期,第 41—46 页。

储泽祥等:《汉语联合短语研究》,长沙:湖南大学出版社,2002 年。

高名凯:《汉语语法论》,上海:开明书店,1948 年。

何晓炜:《核心功能语类与汉英两种语言的结构差异研究》,《外国语》,2004 年第 5 期,第 2—9 页。

蒋严、潘海华:《形式语义学引论》,北京:中国社会科学出版社,1998 年。

李艳:《汉语并列连词的历史演变》,吉林大学硕士学位论文,2004 年。

李子云:《汉语句法规则》,合肥:安徽教育出版社,1991 年。

廖秋忠:《现代汉语并列名词性成分的顺序》,《中国语文》,1992 年第 3 期,第 162—168 页。

陆丙甫:《不同学派的“核心”概念之比较》,《当代语言学》,2006 年第 4 期,第 289—310 页。

吕叔湘:《汉语语法分析问题》,北京:商务印书馆,1979 年。

吕叔湘、朱德熙:《语法修辞讲话》,北京:商务印书馆,2013 年。

马清华:《并列结构的自组织研究》,上海:复旦大学出版社, 2005 年

彭家法:《“句法结构制图工程”研究进展及相关讨论》,《外国语》,2013 年第 4 期,第 47—52 页。

彭家法:《功能中心语的特征突生效应和“的”的特征》,《外语教学》,2013 年第 6 期,第 30—33 页。
钱乃荣:《试论现代汉语的结构分析法》,《汉语学习》,1990 年第 1 期,第 14—17 页。
司富珍:《中心语理论和汉语的 *De*P》,《当代语言学》,2004 年第 1 期,第 26—34 页。
司富珍:《中心语理论和“布龙菲尔德难题”——兼答周国光》,《当代语言学》,2006 年第 1 期,第 60—70 页。
司富珍:《语言论题——乔姆斯基生物语言学视角下的语言和语言研究》,北京:中国社会科学出版社,2008 年。
司富珍:《并列结构生成的数理基础》,《现代中国语研究》(日本),2009 年第 1 期,第 35—44 页。
石定栩:《向心结构与离心结构新探》,《外语教学与研究》,2007 年第 4 期,第 276—284 页。
王成宇:《并列型标题各并列项的信息量问题》,《语言文字应用》,2002 年第 3 期,第 15—22 页。
王力:《中国语法理论》,北京:商务印书馆,1944 年。
王强:《语法是生成的,不是合成的》,《天津外国语学院学报》,2008 年第 1 期,第 19—26 页。
王强:《刺激贫乏论诠释》,《当代外语研究》,2012 年第 4 期,第 20—26 页。
吴阳:《英汉并列结构的语序对比及翻译》,《四川外语学院学报》,2003 年第 1 期,第 120—122 页。
吴云芳:《并列成分中心语语义相似性考察》,《当代语言学》,2005 年第 4 期,第 305—315 页。
萧斧:《与类连词在多叠并列中的位置》,《语文学习》,1953 年第 3 期,第 39—44 页。
萧斧:《再说“与”类连词在多叠并列中的位置》,《中国语文》,1956 年第 8 期,第 37—38 页。
熊仲儒:《生成语法的结构理论与运算方式》,《天津外国语学院学报》,2009 年第 5 期,第 1—8 页。
徐杰:《普遍语法原则与汉语语法现象》,北京:北京大学出版社,2001 年。
徐杰:《生成语法的“语类”与传统语法的“词类”比较研究》,《对外汉语研究》,2007 年第 3 期,第 16—31 页。
许旭:《韵律对并列结构歧义的消解影响》,辽宁师范大学硕士学位论文,2010 年。

薛蓓:《并列连词“及与”的语法化》,《常熟理工学院学报(哲学社会科学)》,2011 年第 3 期,第 94—97 页。

杨萌萌、胡建华:《并列结构无特殊句法——〈并列句法〉核心观点述评》,《当代语言学》,2017 年第 2 期,第 272—279 页。

杨萌萌、胡建华:《何以并列? ——跨语言视角下的汉语并列难题》,《外语教学与研究》,2017 年第 5 期,第 719—731 页。

曾常红:《汉语名名并列序列的弱势词序原则》,《语言研究》,2007 年第 1 期,第 67—72 页。

张玉金:《出土战国文献中虚词“与”和“及”的区别》,《语文研究》,2012 年第 1 期,第 32—39 页。

周荐:《并列结构内词语的顺序问题》,《天津师大学报》,1986 年第 5 期,第 87—91 页。

朱德熙:《语法讲义》,北京:商务印书馆,1982 年。

朱德熙:《关于向心结构的定义》,《中国语文》,1984 年第 6 期,第 401—403 页。

Abney, Steven. *Functor Theory and Licensing: Toward elimination of the base component*. Cambridge, MA: The MIT Press. 1985.

Abney, Steven. *The English Noun Phrase in its Sentential Aspect*. Ph. D. dissertation. MIT. 1987.

Bloomfield, Leonard. *Language*. New York: Henry Holt. 1933.

Borsley, Robert. Relative clauses and the theory of phrase structure. *Linguistic Inquiry*, Volume 28: 629—647, 1997.

Borsley, Robert. Against ConjP. *Lingua*, Volume 115: 461—482, 2005.

Brody, Michael. Projection and phrase structure. *Linguistic Inquiry*, Volume 29: 367—398, 1998.

Chametzky, Robert, *Phrase Structure - From GB to Minimalism*. Cambridge, MA: Blackwell Publishers. 2000.

Chomsky, Noam. Remarks on nominalization. In R. Jacobs and P. Rosenbaum (eds.) *Readings in English Transformational Grammar*, Waltham: Ginn. 184—221, 1970.

Chomsky, Noam. *Barrier*. Cambridge, MA: The MIT Press. 1986.

Chomsky, Noam. *The Minimalist Program*. Cambridge, MA: The MIT Press. 1995.

Chomsky, Noam. Minimalist Inquiries: the Framework. MIT Occasional Paper in Linguistics 15, MIT. 1998.

Chomsky, Noam. Derivation by Phase. MIT Occasional Paper in Linguistics 18, MIT. 1999.

Chomsky, Noam. On Phases. In C. P. Otero et. al. (eds.), *Foundational Issues in Linguistic Theory*. Cambridge, MA: The MIT Press. 134—166, 2006.

Collins, Chris. Conjunction Adverbs (Part 1). Manuscript, MIT. 1988.

Dik, Simon. *Coordination: Its implications for the theory of general linguistics*. Amsterdam: North-Holland Publishing. 1968.

Fraser *et al.* Introduction. In Corbett *et al.* *Heads in grammatical theory*. Cambridge: Cambridge University Press. 1993.

Fukui, Naoki. *A theory of projection and its applications*. Ph. D. dissertation. MIT. 1986.

Hoeksema, Jack. Plurality and conjunction. In Alice ter Meulen, ed., *Studies in model-theoretic semantics*. Foris, Dordrecht. 63—106, 1983.

Hoeksema, Jack. The semantics of non-Boolean 'and'. Paper presented at the LSA/ASL meeting, Stanford, Calif.. July 1987.

Hudson, Richard. *Word Grammar*. Oxford: Blackwell. 1984.

Hudson, Richard. Zwicky on heads. *Journal of Linguistics*, Volume 23: 109—132, 1987.

Hudson, Richard. Do we have heads in our mind? In Corbett, G. Fraser, N & McGlashan S. (eds.) *Heads in Grammatical Theory*. Cambridge: Cambridge University Press. 266—291, 1993.

Jackendoff, Ray. *X-bar-Syntax: A Study of Phrase Structure*. Cambridge, MA: The MIT Press. 1977.

Johannessen, Janne. *Coordination*. Oxford: Oxford University Press. 1998.

Kayne, Richard. *The Antisymmetry of Syntax*. Cambridge, MA: The MIT Press. 1994.

Lyons, John. *Introduction to Theoretical Linguistics*. Cambridge: Cambridge University Press. 1968.

Moltmann, Friederike. *Coordination and comparatives*. Ph. D. dissertation. MIT. 1992.

Munn, Alan. *Topics in the Syntax and Semantics of Coordinate Structures*. Ph. D. dissertation. University of Maryland. 1993.

Ouhalla, Jamal. *Functional Categories and Parametric Variation*. London: Routledge. 1991.

Ouhalla, Jamal. *Introducing Transformational Grammar: From Principles and Parameters to Minimalism*. London: Edward Arnold (Publishers) Limited. 1999.

Partee, Barbara, Alice ter Meulen, & Robert Wall. *Mathematical Methods in Linguistics*. Kluwer, Dordrecht. 1993.

Peterson, Peter. Coordination: Consequences of a lexical-functional account. *Natural Language and Linguistic Theory*, Volume 22: 643—679, 2004.

Steinhauer, Karsten & Angela Friederici. Prosodic boundaries, comma rules, and brain responses: The closure positive shift in ERPs as a universal marker for prosodic phrasing in listeners and readers. *Journal of psycholinguistic research*, Volume 30: 267—295, 2001.

Steinhauer, Karsten. Electrophysiological correlates of prosody and punctuation. *Brain and Language*, Volume 86: 142—164, 2003.

Svenonius, Peter. The Extended Projection of N: Identifying the Head of the Noun Phrase. *Working Papers in Scandinavian Syntax*, Volume 49: 95—121, 1992.

Sweet, Henry. *A New English Grammar: Logical and Historical* (Vol. I). Oxford: Oxford University Press. 1891.

Williams, Edwin. *Thematic Structure in Syntax*. Cambridge, MA: The MIT Press. 1994.

Zhang, Niina Ning. *Coordination in Syntax*. Cambridge: Cambridge University Press. 2009.

Zwicky, Arnold. Heads. *Journal of Linguistics*, Volume 21: 1—30, 1985.

The Head of Chinese Coordinate Structures Revisited

Wang Qiang

(Chongqing University of Posts and Telecommunications)

Abstract: It revisits the head of Chinese coordinate structures in the framework of generative grammar. In the first place, semantic head is differentiated from syntactic head. Next, it gives up the argument that a Chinese coordinate structure is headless or doubly headed. Then, it argues that coordinator is, and only the coordinator is the syntactic head of a Chinese coordinate structure for five reasons such as that coordinator is a subcategorizer and unique. Finally, based on six reasons such as that coordinator belongs to closed categories, lacks semantic value and is followed by only one complement which does not act as an argument, it proposes that Chinese coordinator is one of functional categories and functional heads with weak head features, and that it is generally different from core functional categories.

Keywords: coordinate structure; head; argument from headless coordinate structure; argument from doubly headed coordinate structure; functional category; functional head

论事物性说明语篇中的存现句

徐爱改

（北京师范大学文学院）

提要:事物性说明语篇的主要特点为非施事性、非时间序列性、客观性、描写性、实体性。存现句与事物性说明语篇具有高度相容性,笔者拟在篇章语法理论指导下考察事物性说明语篇中的存现句。从存现句的构成成分看,主语部分绝大多数包含方位词;谓语部分以“有”“是”或动词加简单补语为主;宾语受数量成分修饰的占有一定比例。从语篇结构看,主干部分的存现句使用频率最高,且多在文本最为核心的位置;其次是引入部分;结尾部分很少用存现句。篇章功能方面,语篇引入部分的存现句凸显启下功能;主干部分和结尾部分的存现句主要用于描述。

关键词:事物性说明语篇;存现句;语篇结构;篇章分布;篇章功能

一、事物性说明语篇定位

事物性说明语篇是对实体事物进行介绍的一种语篇类型,是一种凸显静态性的语篇类型。Longacre(1983)用施事的主导性和时间的序列性两个维度将语体进行了四分:叙事语体、程序语体、说明语体、行为言谈语体。其中说明语体既不强调施事也不强调时间序列,事物性说明语篇同样符合这两个标准,可以看做是说明语篇内部的一个次类。下文将通过对比的方式对事物性说明语篇的具体特征加以解释。

1.1 非施事性

在 Longacre(1983)的系统中,施事性是区分语体的一个重要因素。说明语体为非施事性的,事物性说明语篇作为说明语篇的一个小类,因此也是非施事的。试比较下面两

个语言片段,同样是以熊猫为主体,前者具有施事性,后者不具有施事性:

(1)今天,盼盼要把鲜花送到城里去卖。卖花时盼盼发现最美的红玫瑰不见了,只见卡车上放着一个小红包。打开红包一看,上面写着:"盼盼,我把玫瑰花拿走了,这是给你的钱,请收下。"第二天,盼盼发现摘好的红玫瑰又不见了,又留下一个小红包。真奇怪!这到底是谁干的呢?(《熊猫盼盼》)

(2)大熊猫体态丰满,四肢粗壮,尾巴短秃,毛色奇特,头和身躯乳白色,而四肢和肩部黑色,头上有一对整齐的黑耳朵,还有两个黑眼眶,很像戴着一副八字形的黑眼镜。大熊猫长相俊俏,神态温驯,给人以优美、活泼的感受。(《国宝——大熊猫》)

两个语言片段中熊猫的身份明显不同。例(1)叙述的是一个事件,熊猫以"盼盼"的形式出现三次,以零形式出现一次,无论是显性形式还是隐性形式,熊猫"盼盼"都是以有意识的主体性形象展现的,充当的是一系列动作的主导者。该语言片段具有施事性,是叙事语篇。例(2)中"大熊猫"出现两次,均不充当施事;其他的,如"四肢""尾巴""头和身躯"等是熊猫身体部位名词,也没有涉及到施事能力,同样不是施事者身份。该语言片段不具备施事性,是事物性说明语篇。

需要注意的是,叙事语篇一定是施事性的,但是具有施事性的不一定就是叙事语篇,叙事语篇是施事性语篇中的一类。同理,不具备施事性的不一定就是事物性说明语篇,事物性说明语篇是非施事性语篇中的一类。

1.2 非时间序列性

在无施事主导的语篇内,根据是否具有时间序列性可以分出时间序列性语篇与非时间序列性语篇。试比较下面两个语篇:

(3)……第二步工作叫掐丝……于是轮到涂色料的工作了……现在该说烧的工作了……烧蓝工人把涂好色料的铜胎放在铁架子上,拿着铁架子的弯柄,小心地把它送到炉膛里去。只要几分钟工夫,提起铁架子来,就看见铜胎全体通红,红得发亮,像烧得正旺的煤。(《景泰蓝的制作》)

(4)……器盖部分均用釉里红的呈色原料绘制出以折枝花卉为主题……器钮绘上仰式莲瓣纹,并以云头环绕器钮一周……器体部分的装饰,均采用青花料渲染描绘。其方法是以回纹为口部边花,以双线绘制的如意云头作颈部装饰,肩部环绕绘制内填折枝花的上仰式变体莲瓣纹和朵云纹,同颈部云头上下呼应。器体腹部……器物底部……(《稀世之宝——元代青花釉里红盖罐》)

两个例子所描述的均是与器皿相关的内容，而且都不具备施事性。尽管如此，二者在具体表述上差异却很大。例(3)是对景泰蓝的制作过程进行纵向的、历时性的描述。叙述中出现大量表示顺承的词语，如“第二步”“轮到”“现在该说”等；在某一个步骤内部出现大量连贯性动作，如“放在”“拿着”“送到”“提起”等。该语篇具有明显的时间序列性，按照 Longacre(1983)的系统应归为程序性语篇。例(4)则是将器皿作为成品以静观的方式进行描述。从器盖、器钮一直到器物底部均是以样态的形式呈现的。整个语篇重在描述器皿是什么样貌而不凸显器皿的形成所经历的过程，该语篇是非程序性的。

1.3 客观性

在既不具备施事性又不具备时间序列性的语篇内部还有主观性与客观性的差异，按照主观性强弱又可以将语篇分为主观性语篇与客观性语篇。主观性语篇所描述的内容与言者的认知直接相关，所呈现出的某个观点不代表所有人的看法；客观性语篇所描述的内容是一种客观存在，即使是在解释一种现象，通常呈现出的也是一种共识，很少有言者自己的看法。比较下面两个例子：

(5)一个人若要有发现，有创造，就不应当畏惧错误。倘若你想把一切错误都关在门外，那你也必将永远被关在真理的门外；倘若你想避免任何失败，那你也必定永远得不到成功。……当然，这绝不是说不要努力去防止和减少错误，或者说可以对错误持满不在乎的态度，而是说不要因为惧怕错误而畏首畏尾，缩手缩脚。这也怕那也怕是成就不了事业的。(《畏惧错误就是毁灭进步》)

(6)一种叫做壶状腺，放出来的液体，遇空气凝结成丝，用以做最初的棚架和辐射线。一种叫做葡萄状腺，放出来的液体也固结为丝，用以做螺旋形的线；一种腺叫做腹合腺，放出来的液体不会凝结成丝，却是黏液，和前一种腺液同时放出来，附在丝下，因了物理作用，凝成一粒粒的细珠状，使丝很黏。(《蜘蛛》)

两个例子都是叙述一种观点，都具有比较严密的逻辑性。例(5)在叙述过程中多次出现带有言者主观认识的词语，如“不应当”“必定”“绝不是说”等。虽然从字面上看不到表达此观点的人物，但可以肯定该语篇的逻辑主要是通过言者自己的推理体现出来的，学界将这类语篇归为论证语篇。例(6)的叙述则多次用到专业术语，如“壶状腺”“凝结”等，而且在叙述的过程中没有言者主观性的痕迹，主要是通过科学知识来陈述一种原理，是纯客观的解释说明，为非论证语篇。

1.4 描写性

在非施事导向、非时间序列的客观性语篇内部根据行文是在述说一个道理还是在讲述一个事物可以分为两类:阐释性语篇和说明性语篇,分别如例(7)和例(8)。

(7)花儿为什么这样红?首先有它的物质基础。不论是红花还是红叶,它们的细胞液里都含有由葡萄糖变成的花青素。当细胞液是酸性时,花青素呈红色,酸性愈强,颜色愈红。细胞液是碱性时,花青素呈蓝色,碱性较强,成为蓝黑色,如墨菊、黑牡丹等便是。而当细胞液是中性时,则呈紫色。万紫千红,红蓝交辉,都是花青素在不同的酸碱反应中所显示出来的。(《花儿为什么这样红》)

(8)其中,如原产英国的喇叭水仙,花梗长一尺左右,顶上开花一朵,花冠淡黄色,副冠深黄色,花冠状如喇叭,很大很美。原产欧洲南部的口红水仙,也是每支花梗只开一朵花,开两朵的很少见,花冠和副冠都是白色的,但副冠的边缘带红色,所以叫口红水仙,颜色十分鲜丽。(《水仙花考》)

两个例子都是有关"花"的客观性表述。例(7)主要是在解释花儿红的原因,重在阐释,具有推理性。例(8)主要在描摹水仙花的样貌,重在对客观存在的描述,不强调推理性。据此,将例(7)称为阐释性语篇或非描写性语篇,例(8)为描写性语篇或说明性语篇。

1.5 实体性

在同时具备非施事性、非时间序列性、客观性、描写性的语篇内根据所描述的对象是否是实在的物体可以分为事物性说明语篇和非事物性说明语篇。事物性说明语篇所描述的对象具有实体性,是有形的、占有一定空间的、可视可感的物体;对抽象事物进行的描述属于非事物性说明语篇。试比较下面两例:

(9)标点符号是书面语中不可缺少的部分,用来表示停顿、语气以及词语的性质和作用。因此,必须重视标点符号的使用。

句号(。)

句号表示陈述句末尾的停顿。例如:

①北京是中华人民共和国的首都。

……

陈述句是用来说明事实的。

祈使句是用来要求听话人做某件事情的。语气舒缓的祈使句末尾也用句号。例如:

②请您稍等一下。

句号还有另一种形式,即一个小圆点(·),一般在科技文献中使用。(《标点符

号用法(节选)》)

(10)碑身四周围绕着双层汉白玉栏杆,栏杆的形状和天安门前玉带桥的汉白玉栏杆一样,美观朴素,洁白耀眼,使挺拔的碑身显得更加庄严、雄伟。碑的正面朝北,在一块60吨重、14.7米高的碑心石上,有毛主席题的“人民英雄永垂不朽”8个镏金大字,闪闪发光。这8个字是碑的主题。(《人民英雄永垂不朽——瞻仰首都人民英雄纪念碑》)

例(9)是有关标点符号的说明,尽管标点符号及其用法等是约定俗成的,但那是属于意念上的而非客观的实体;而例(10)中纪念碑是实在的物体,极具可视性。笔者称前者为非事物性说明语篇,称后者为事物性说明语篇,笔者所关注的是事物性说明语篇。

上述五组特征是有层次关系的,每一组特征都先将语篇类型一分为二,然后再进行下一个层级的划分,在次类层级中不再受上一层级分类标准的制约,一直分到目标语篇类型为止。在这种层级式的语篇分类中,事物性说明语篇的篇章定位图示如下:

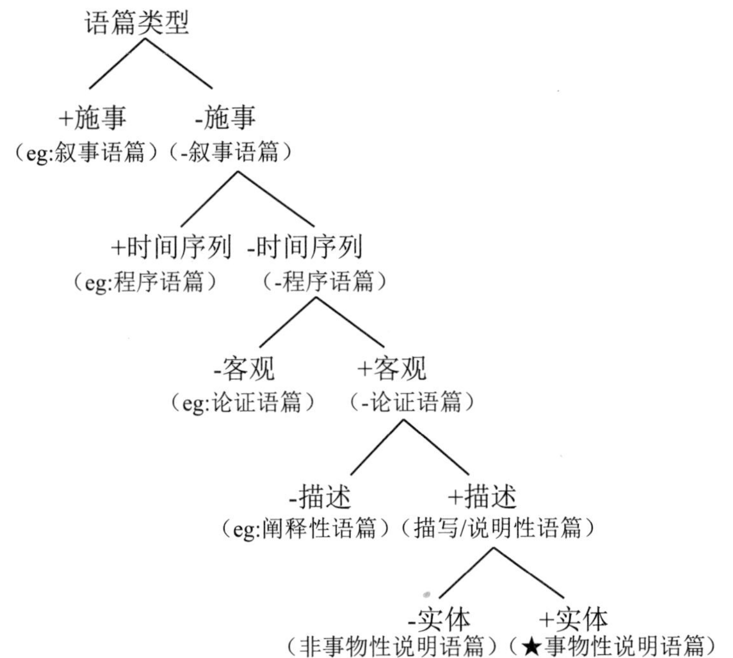

图一:事物性说明语篇的篇章类型定位

总结起来事物性说明篇的篇章特征为[-施事性-时间序列性+客观性+描写性+实体性]。若是将上述特征放到句式层面,在常见的句式中能够较大程度符合上述特征的比较典型的就是存现句。下文将具体考察存现句与事物性说明语篇的关系。

二、语篇内存现句类型

存现句的已有研究主要关注的是存现句的范围和分类、存现句的结构特点、存现句跟其他句型的变换等。具体的可参考张志公(1953)、范方莲(1963)、宋玉柱(1988、1991、1992)、郭继懋(2009)、雷涛(1993)、任鹰(2009)、张新华(2013)、卢英顺(2017)等。近些年出现了不少从功能、构式和篇章等角度研究的成果,如孙旭东(1995)、潘文(2003)、许余龙(2004)、任鹰(2009)、张新华(2013)、董成如、许明(2014)、钟小勇(2015)等。

笔者主要关注的是存现句与事物性说明语篇之间的关系。语料样本为17个事物性说明语篇①,语篇共计1229个小句,其中存现句159个,平均每7.7个小句中包含一个存现句。

按照谓语的形式可以将语料中的存现句分为"有"字存现句、"是"字存现句、"着"字存现句、动作动词(+补语)类存现句、零形式谓语存现句五类,下面逐一述之。

"有"字存现句指由"有"充当谓语核心的存现句。该类存现句在语篇中出现数目最多,共计56个。句子主语部分含有方位成分的共38个,占67.9%;宾语部分含有(数)量成分的27个,占48.2%。如②:

(11)苏州园林里都有假山和池沼。(《苏州园林》)

(12)我家屋后有一片空地。(《三棵银杏树》)

例(11)的核心谓语动词"有"之前具有表示范围的"都"修饰,主语部分含有方位词"里",宾语部分为两个并列的光杆名词;例(12)的谓语为光杆动词"有",主语部分含有方位词"后",宾语部分含有数量词"一片"。

"是"字存现句指谓语核心为"是"的存现句。该类句子在样本语料中共出现31个,其中有23个句子的主语部分中出现了方位词,占该类存现句总数的74.2%;宾语部分含有数量成分的9个,占29%。如:

①分别是:《鲸》《松鼠》《三棵银杏树》《爬山虎的脚》《卢沟桥的狮子》《赵州桥》《蟋蟀的住宅》《日月潭》《葡萄沟》《五彩池》《富饶的西沙群岛》《海底世界》《人民英雄永垂不朽——瞻仰首都人民英雄纪念碑》《颐和园》《雄伟的人民大会堂》《故宫博物院》《苏州园林》。

②文中所举的存现句末尾原有的标点既有句中标点,又有句末标点,为了整齐起见文中统一用句末标点。

(13)遍地都是鸟蛋。(《富饶的西沙群岛》)

(14)河上是五座精美的汉白玉石桥。(《故宫博物院》)

例(13)中谓语核心动词“是”之前具有表示范围的修饰成分“都”,主语部分不含方位成分但具有周遍的方位意义。例(14)的谓语为光杆动词“是”;主语“河上”为方位词组;宾语为复杂的名词词组,含有数量词组“五座”。

“着”字存现句指谓语由动词后附加“着”构成的存现句。这类存现句在样本语料中共出现38个,其中表示静态的35个,占总数的92.1%。句子主语部分含有方位成分的30个,占78.9%;宾语部分含有数量成分的12个,占31.6%。如:

(15)里面钉着许多木架子。(《葡萄沟》)

(16)每个柱子上都雕着狮子。(《卢沟桥的狮子》)

(17)湖面上还飘着薄薄的雾。(《日月潭》)

例(15)主语部分为方位词,宾语部分为含有数量成分的名词词组,整个句子为静态存现句。例(16)主语部分含有方位词“上”,宾语部分为光杆名词,句子为静态存现句。例(17)主语部分为方位词组,宾语部分为定中结构,不含数量成分,句子可视为动态存现句。

动作动词(+补语)类存现句在样本语料中共出现30个。这类存现句谓语或者是光杆动作动词或者是动作动词后附加简单的补语。因为动词后的补语简单,且与动词结合紧密,所以把带补语的谓语和光杆谓语放一起讨论。这类存现句主语部分中出现方位词的有18个,占60%;句子表静态的27个,占90%;宾语部分有数量成分的7个,占23.3%。如:

(18)阶砌旁边栽几丛书带草。(《苏州园林》)

(19)屋顶和墙内装置矿渣棉。(《雄伟的人民大会堂》)

(20)每年冬天赤裸的枝干上生出无数小粒。(《三棵银杏树》)

例(18)谓语为光杆动作动词“栽”,但句子为静态句;主语部分含有方位词“旁边”,宾语部分含有数量成分“几丛”。例(19)谓语为光杆动作动词“装置”,句子为静态存现句;主语“屋顶”含有方位义,宾语由光杆名词充当。例(20)的谓语核心“生”后附加有表示结果的补语成分“出”,为动态存现句;主语部分含有方位词“上”,宾语部分含有数量成分“无数”。

零形式谓语存在句在语料中共出现4个。该类存现句主语均由方位词充当。宾语

由光杆名词充当的3个,占75%;含有数量成分的1个,占25%。如:

(21)南面午门。(《故宫博物院》)

(22)里面一片草坪。(《雄伟的人民大会堂》)

例(21)主语为方位词,宾语为光杆名词;例(22)主语为方位词,宾语部分含有数量成分"一片"。

事物性说明语篇中存现句使用频繁,其中96.2%的存现句为静态句。统计发现71.1%的存现句主语含有方位成分,而且主语多是说明对象或者说明对象的构成成分。存现句在宾语部分含有数量成分的占35.2%,在形式上表明了所述对象的实体性和被描述性。

三、存现句的篇章分布

在考察存现句的语篇分布之前,有必要先对事物性说明语篇的结构进行简要分析。

3.1 事物性说明语篇的结构

有关说明性语篇结构的已有分析多是文章学写作学领域内的,如杨荫浒(1990)、王宏喜(1992)、朱国振(1993)等。语言学中讲的语篇类型与文章学中讲的文体有交叉但不完全相同,文章学对文本结构的分析可以借鉴但不可以完全照搬,笔者把事物性说明语篇的结构分为引入、主干、结尾三部分。

3.1.1 引入部分

事物性说明语篇的引入部分指篇首用来引入说明对象的内容。如:

(23)新疆吐鲁番有个地方叫葡萄沟。(《葡萄沟》)

该例子为《葡萄沟》一文的引入部分,由处所引出所要说明的对象——葡萄沟。说明对象引出,引入部分结束。

引入部分在事物性说明语篇中不是必不可少的环节,有些语篇其说明对象不经过引入这一环节而直接被进行介绍。如:

(24)松鼠是一种漂亮的小动物,驯良,乖巧,很讨人喜欢。(《松鼠》)

该例子为《松鼠》一文的第一自然段,松鼠作为语篇的说明对象在开篇就被直接进行介绍,没有被引入的环节,因此该语篇也就没有引入部分。

3.1.2 主干部分

事物性说明语篇的主干部分指语篇在明确说明对象之后直接针对说明对象进行介绍的内容。如:

(25)不少人看过象,都说象是很大的动物。其实还有比象大得多的动物,那就是鲸,最大的鲸有16万公斤重……

鲸生活在海洋里……

鲸的种类很多……

鲸的身子这么大,它们吃什么呢……

鲸跟牛羊一样用肺呼吸……

鲸每天都要睡觉……

鲸是胎生的,幼鲸靠母鲸的奶长大……(《鲸》)

该文本在篇首位置用大象引入说明对象——鲸,接着对鲸的形体、生活习性、种类等进行介绍,为语篇的主干部分。

由于有的语篇没有引入部分,因此语篇主干部分也可以从篇首算起,如:

(26)祖国的西沙群岛,是南海上的一群岛屿……

西沙群岛一带,海水显出种种色彩……

海底的岩石上有各种颜色的珊瑚……海参到处都是……大龙虾全身披甲……

海滩上有许多美丽的贝壳……最有趣的要算海龟了……

西沙群岛也是鸟的天下……(《富饶的西沙群岛》)

《富饶的西沙群岛》一文共六个自然段,例子为前五个自然段的部分内容,这些段落所介绍的海水、珊瑚、海参、大龙虾、贝壳等都是与说明对象——西沙群岛直接相关的,是文本的主干内容。该文本开篇直指说明对象进入文本主干部分,没有引入性内容。

3.1.3 结尾部分

结尾部分指在文本末尾立足整体对前文内容加以总结或者宣告文章结束,包括文本末尾的评论。如:

(27)我们花了一整天时间看完这座大厦的时候,万道霞光洒在外面苍翠的树丛上,洒在杏黄色的墙壁上,洒在天安门的红墙黄瓦上,放射出一片光辉灿烂的异彩。

（《雄伟的人民大会堂》）

上例是《雄伟的人民大会堂》一文最后一个自然段，是言者在参观完大会堂后对外部环境的描写。该段落所描述的对象为霞光，与文本的说明对象——人民大会堂不在同一个系统内，归为语篇的结尾部分。

以评论的形式结尾的如：

(28)赵州桥表现了劳动人民的智慧和才干，是我国宝贵的历史遗产。（《赵州桥》）

该例是作者在介绍完说明对象——赵州桥后的评论性内容，为《赵州桥》一文的结尾部分。

事物性说明语篇的结构除了主干必不可少外，引入和结尾均可有可无。

3.2 事物性说明语篇内存现句的分布

本节按照事物性说明语篇的结构分别考察存现句在文本引入、主干、结尾部分的分布情况。

3.2.1 引入部分的存现句

17 篇事物性说明语篇中出现引入性内容的有 11 篇，这 11 篇中有 7 篇用到了存现句，存现句出现率约为 63.3%(7/11)。

7 个引入部分内共出现了 12 个存现句，这些句子均是表静态的，包括“有”字存现句、“是”字存现句、“着”字存现句，其中“有”字存现句共 8 个，占 66.7%(8/12)。从结构上看，引入部分的 12 个存现句中主语部分中含有方位成分的有 10 个，占 83.3%(10/12)；宾语部分含有数量成分的有 8 个，约占 66.7%(8/12)，宾语部分的数量成分以“一”为主，包括省略的“一”在内，87.5%(7/8)的数量成分都与“一”相关。如：

(29)山上有个瑶池。（《五彩池》）

(30)学校操场北边墙上满是爬山虎。（《爬山虎的脚》）

(31)在天安门右前方，巍然耸立着一座雄伟壮丽的大厦。（《雄伟的人民大会堂》）

例(29)为“有”字存现句，主语部分在空间概念上大于语篇说明对象——五彩池，包含有方位成分“上”；宾语部分含有省略了数词“一”的数量成分“个”。例(30)为“是”字存现句，主语部分在空间概念上大于与篇说明对象——爬山虎的脚，含有方位词“上”；宾语部分为光杆名词。例(31)为“着”字存现句,主语部分含有方位成分“右前方”,主语的空间概念大于语篇的说明对象——人民大会堂;宾语部分含有数量成分“一座”。

事物性说明语篇的引入部分出现存现句的频率高于不出现存现句的频率。该语篇类型不凸显时间性,说明对象如果需要定位,那么从空间着手不失为一种好的选择,而存现句恰恰符合这个标准。由于语篇的引入部分还未真正开启对说明对象的介绍,因此该位置的存现句主语在空间概念上多是大于说明对象的处所。引入部分存现句的谓语多是非动作的光杆动词,以“有”字句为主。对比其他存现句,“有”字存现句一定程度上形式最为简洁、表义最为明确;“是”字存现句含有判断义,“着”字存现句和动作动词(+补语)类存现句在谓语部分都附加有描绘的含义;零形式谓语存现句尽管形式上比“有”字存现句简洁,但在表义的清晰度上不如“有”字存现句。从宾语的构成看,语篇引入部分的存现宾语多受与“一”相关的数量成分修饰,这是因为在语篇的起始位置,相关信息还处于比较模糊的状态,不适合用描摹性强的定语修饰也不便于以光杆名词形式直接出现。

3.2.2 主干部分的存现句

所考察的17个事物性说明语篇中除了《鲸》一文没有出现存现句外,其他16个文本都不同程度的出现了存现句,存现句在主干部分的出现率约为94.1%。事物性说明语篇的说明对象是客观存在的实体,实体都会占据一定的空间,说明对象的这种特性与存现句的空间性和存在性不谋而合,因此该语篇类型与存现句具有较高的相容性。主干部分是语篇的核心,与说明对象的关系最为密切,因此存现句的使用尤为频繁。

语篇主干部分共出现145个存现句,前文提到的五类存现句在该部分都有不同程度的使用,以“有”字存现句和“着”字存现句的使用最为频繁。如:

(32)桥面两侧有石栏。(《赵州桥》)

(33)每个柱子上都雕着狮子。(《卢沟桥的狮子》)

(34)灯的周围是70条瑰丽的光芒线和40瓣镏金的向日葵花瓣。(《雄伟的人民大会堂》)

(35)有的全身布满彩色的条纹。(《富饶的西沙群岛》)

(36)南面午门。(《故宫博物院》)

主干部分出现的存现句中,存现句主语部分含有方位词的占71%,居绝对优势。谓语部分为光杆动词的占42.1%;谓语前有状语或后有补语的占55.2%;4个零形谓语存现句均出现在主干部分,占2.7%。宾语部分含有数词或量词的占39.3%;宾语的修饰语为非数量词的占 28.3 %；宾语部分为光杆名词的占 31%；其他的情况只占 1.4%。

从语篇的引入部分和主干部分内部看，存现句主语部分凸显方位成分、宾语部分凸显数量成分是存现句的共性。对比来看，语篇引入部分和主干部分出现的存现句具有明显的差异性：首先，主干部分存现句主语多是说明对象自身，其方位的参照点主要是说明对象或者说明对象的构成成分；其次，存现句宾语部分的数量成分除了“一”之外还出现大量具体的数值和表数量的形容词，句子的精确性和描写性明显增强；另外，数据显示该部分存现句谓语为非光杆动词的情况明显多于谓语为光杆动词的情况。该部分存现句除了种类齐全外，在句子成分的复杂程度上也有明显提升。

3.2.3 结尾部分的存现句

说明语篇的结尾部分不擅长使用存现句。所考察的说明语篇包含结尾部分的共 12 篇，其中出现存现句的有 2 篇共计 2 个，存现句在语篇末尾的出现率约为 16.7%（2/12）。如：

（37）颐和园到处有美丽的景色（《颐和园》）

例（37）为“有”字存现句，主语具有处所义；宾语为非实体性的名词形式。该例不是典型的存现句，句子主语十分简单；宾语部分在核心名词前有修饰性成分，由于核心名称是抽象名词，因此虽有修饰语的限定，但特指性并不强。

综上，存现句在事物性说明语篇主干部分出现的频率最高，其次是引入部分，结尾部分存现句的出现率最低。无论是在引入部分还是主干部分，存现句在构成成分上都是凸显主语部分的方位义和宾语部分的数量义。在具有引入部分的说明语篇中，说明对象倾向于以存现句的方式引出，且以“有”字句为主导形式；主干部分存现句出现的频率最高，句子的形式也最为复杂；说明语篇的结尾部分一般不用存现句，出现的个别存现句也不是典型的形式。

四、存现句的篇章功能

存现句在事物性说明语篇中有重要的篇章功能，考察发现存现句在语篇内主要起引入和描述的作用，这两个功能在语篇不同位置凸显的程度不同。

4.1 引入部分存现句的篇章功能

统计得出，在事物性说明语篇引入部分出现的 12 个存现句中主语所表示的空间概念大于语篇说明对象，这主要用于引入语篇的说明对象。说明对象的引入包括直接引入和间接引入两种方式。如：

(38)河北省赵县的洨河上，有一座世界闻名的石拱桥。(《赵州桥》)

(39)在天安门右前方，巍然耸立着一座雄伟壮丽的大厦。(《雄伟的人民大会堂》)

例(38)宾语部分的“石拱桥”就是语篇说明对象，是存现句直接引出说明对象的情况。用存现句直接引入语篇说明对象的情况共出现5次。例(39)的宾语部分“一座雄伟的大厦”从表面看与语篇说明对象不直接吻合，但结合语境看该存现宾语所指称的概念确实是说明对象——人民大会堂，形式上的验证为：该存现句后面紧接着用“这就是人民大会堂”将存现宾语与语篇说明对象等同起来。笔者将诸如例(39)这类现象处理为间接引入说明对象的情况，该现象在语料中共出现3次。

上述两类存现句所引出的概念都是文本的说明对象，占引入部分中存现句总数的66.7%。说明对象贯穿整个文本，被回指次数最多。如果把一个概念第一次出现与最后一次出现之间的小句数目叫做最长回指距离，那么这些句子的宾语被回指的最长距离几乎是整个语篇的小句数目，因此语篇引入部分的存现句启下能力很强。

引入部分还有一类存现句，句子宾语不是说明对象，而是说明对象所处的地理位置，为了引出语篇说明对象，存现句的宾语在后面的小句中又作为主语①，用类似顶针的格式构成新的存现句引出说明对象。说明对象出现后其任务基本就完成了，这种情况共出现4次，如：

(40)西方有座昆仑山，山上有个瑶池(《五彩池》)

上例为《五彩池》一文引入部分中连续的两个存现句，第一个小句引出了说明对象——五彩池的地理位置，第二个小句的主语与前一小句的宾语同指，宾语部分引出语篇的说明对象。

不直接引出说明对象的存现句，在引出文本真正的说明对象后便不再被提及，其作用的范围小、篇幅短，因此不凸显启下性，这类句子占33.3%，远远低于直接引入说明对象的存现句比例。

4.2 主干部分存现句的篇章功能

事物性说明语篇主干部分的结构主要呈现为块状，块状内部再分层次，文本的进展

①有的在形式上会稍有不同，包括零形式。

路径层层嵌套。以《富饶的西沙群岛》一文为例，其主干部分的层次模式如下：

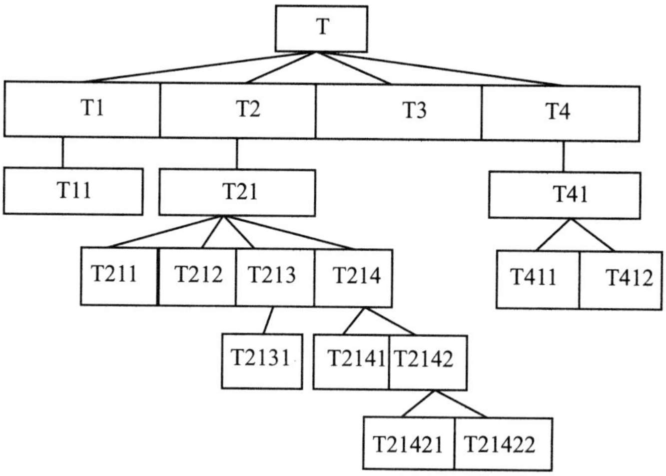

T
T1 T2 T3 T4
T11 T21 T41
T211 T212 T213 T214 T411 T412
T2131 T2141 T2142
T21421 T21422

图二:《富饶的西沙群岛》说明对象系统①

说明对象——西沙群岛除了以整体形式(T)出现外，还以构成成分的形式出现。就上图看，有关西沙群岛的介绍构成一个具有五层嵌套的系统。第一层共四个模块:T1、T2、T3、T4;第二层包括三个模块:T11、T21、T41。

由于不同语篇在组织结构详略上不同，本文对所考察的语料统一分到说明对象内部第二层级。在所考察的篇样本中切出第一层模块单元45个，其中2个模块单元的边界处出现了存现句，出现率为4.4%;第一层级模块内部分出次模块单元71个，这一级单元边界处是存现句的有12个，约占17%;第一层与第二层模块单元合计97个②，在这些模块内部出现存现句的有43个，出现率约为44.3%。

数据表明说明语篇主干部分各模块内部存现句的使用频率大于模块边界处存现句的使用频率。模块边界处的句子多与话题转换相关，非边界处的句子主要用于描述说明对象，这表明语篇主干部分存现句的主要功能是描述而非衔接或引入新的话题。

从存现句宾语被回指的情况看，154个存现句中64个句子的宾语在文本中被回指的最远距离为0，没有启下作用;30个句子的宾语被回指的最远距离为1个小句，被回指宾

---

①字母“T”代表文本中被描述的对象，字母后面不同的数字代表不同的对象，数字的位数代表被描内容的层级性，位数越少等级越高，位数相同则处于同一层级。如，“T1”与“T2”属于同一层级，“T11”属于“T1”的直接下位层级，“T111”属于“T11”的直接下位层级，以此类推。

②第一层模块内部的次模块数目加不包括次模块的第一层模块数目。

语所在的句子是有关宾语的简单说明①。17 个句子的宾语被回指最长距离为 2 个小句；7 个句子的宾语被回指最长距离为 3 个小句;5 个句子宾语被回指的最长距离为 4 个小句。被回指距离小于 4 的这些存现句多是对说明对象系统内较低层次的说明对象的介绍,或者所介绍的内容是作为过渡到后面环节的一个中介但该中介在下文并没怎么提起过。这些存现句的主要是在描述,如:

(41)遍地都是鸟蛋。(《富饶的西沙群岛》)

(42)上面刻着龙凤流云。(《故宫博物院》)

(43)海滩上有拣不完的美丽的贝壳。(《富饶的西沙群岛》)

例(42)是对西沙群岛树林里地面的描述,句子的宾语"鸟蛋"与说明对象——西沙群岛之间的关系比较远,而且下文没再出现过。例(42)描述的是故宫博物院中的景象,宾语"龙凤流云"与故宫博物院之间的联系需要经过汉白玉栏杆→每层台基边缘→三层台基→白石台基→三座大殿→紫禁城中心→故宫这些环节。因为例(42)比较靠近说明对象层级的末端位置,所以其启下能力弱,在这里也主要是描写,其被回指的最远距离为 0。例(43)的宾语"贝壳"在文中被回指的最远距离为 4,存现句后面的几个小句都是描写性的,"贝壳"也处于文本内不同说明对象层级的末端,不再引出新的环节,与前面被回指的最远距离为 0 的宾语在地位上差别不大。

语篇主干部分的存现句中有 18 个句子的宾语被回指距离明显比较长,这些存现宾语与说明对象的关系近了很多。存现宾语被回指距离长的句子其衔接性明显高于存现宾语被回指距离短的句子,而其描写性明显较弱。还有 5 个句子的宾语最远回指距离在 5-8 之间,数值比较居中。

总体上,在语篇主干部分存现句功能以描述为主,最远回指距离小于 5 的占该部分存现句的 84.8%。这些句子中宾语被回指的最远距离从 0 到 4 在数目上呈递减状态,以 0 到 1 之间的差值最大,充分表明了存现句在语篇主干部分凸显的是描写功能。回指距离明显较长的 18 个句子占该部分存现句总数的 12.4%,这些句子的衔接性较为凸显,具有引出新信息的启下性。

4.3 结尾部分存现句的篇章功能

事物性说明语篇结尾部分出现的 2 个存现句,它们的启下能力很低,其中一句被回距离为 0,另一句回被指的最长距离是 1 个小句,整体上体现为描述功能。

①其中有个别句子的宾语在文本后面有偶现现象,但不是以主语的形式出现。

综上,事物性说明语篇引入部分中存现句衔接性强,宾语被回指的距离也最长,其主要功能是引起下文。主干部分存现句更倾向于出现在模块内部,而非各模块的衔接处,主干部分存现句的主要功能与引入部分存现句的主要功能不同,该部分存现句的描述性强于衔接性,最凸显的功能是描述而不是启下。语篇结尾部分存现句很少,从仅有的2个存现句看其主要是描述功能,启下功能不凸显。

五、结　语

本文主要探讨事物性说明语篇中存现句的使用情况。事物性说明语篇的篇章特征为存现句提供了自由的空间。从构成成分看,存现句的主语绝大多数包含方位成分,凸显空间性;谓语以"有""是"或动词加"着"等简单补语为主;宾语的修饰语以数量成分为主。从语篇分布看,主干部分的存现句使用频率最高,且多分布在语篇核心位置;其次是引入部分;结尾部分很少使用存现句。在主干部分的存现句主要功能是描述;在引入部分的存现句宾语绝大多数是语篇说明对象,该部分的存现句主要功能是引起下文;结尾部分出现的个别存现句也主要是在描述。

参考文献

董成如、许明:《存现句的语篇功能研究》,《外语学刊》,2014年第6期。

范方莲:《存在句》,《中国语文》,1963年第5期。

郭继懋:《与组合性述补短语有关的三个问题》,《暨南大学华文学院学报》,2009年第2期。

卢英顺:《关于汉语"存在句"几个问题的新思考》,《语言教学与研究》,2017年第3期。

雷涛:《存在句的范围、构成和分类》,《中国语文》,1993年第4期。

潘文:《现代汉语存现句研究》,复旦大学博士学位论文,2003年。

任鹰:《"领属"与"存现":从概念的关联到构式的关联——也从"王冕死了父亲"的生成方式说起》,《世界汉语教学》,2009年第3期。

孙旭东:《现代汉语四种隐现句式的篇章制约因素》,《语言文字应用研究论文集(Ⅰ)》1995年。

宋玉柱:《略谈"假存在句"》,《天津师大学报(社会科学版)》,1988年第6期。

宋玉柱:《经历体存在句》,《汉语学习》,1991年第5期。

宋玉柱:《谈谈存在句系列》,《逻辑与语言学习》,1992年第3期。

许余龙:《篇章回指的功能语用探索——一项基于汉语民间故事和报刊语料的研究》,上海:上海外语教育出版社,2004 年。
杨荫浒主编:《文章结构论》,长春:吉林文史出版社,1990 年。
朱国振等编著:《文章结构的把握》,北京:语文出版社,1993 年。
王宏喜主编:《文章结构举要》,北京:经济管理出版社,1992 年。
张新华:《从存现宾语的形成看其结构原理》,《语言教学与研究》,2013 年第 1 期。
张志公:《汉语语法常识》,北京:中国青年出版社,1953 年。
钟小勇:《存现宾语话语指称性分析》,《语言研究》,2015 年第 4 期。
Longacre,Robert E. *The Grammar of Discourse*. New Yourk:Plenum, 1983.

On the Existential Sentences in *Shiwuxing*(事物性) Descriptive Discourse

Xu Aigai
(Beijing Normal University)

Abstract: The main textual features of the *shiwuxing*(事物性)descriptive discourse are non-agency, non-timeliness, objectivity, description and physical. This paper mainly discusses the usage of existential sentences in this type of discourse.

The main ideas are as follows: the subjects of existential sentences usually contain locative words,and the predicates are usually simple,many of which are consisted of "*you*"(有)," *shi*"(是)or verb plus "*zhe*"(着), and many objects contain quantifiers. Most of the existential sentences are at the core parts of the texts,and then in the introduction parts,but it is hard to find them in the ending parts of texts. The main function of existential sentences in the introduction parts is to introduce the new information. In the core parts and the ending parts of the texts, the main function of the existential sentences is to describe the given things.

Keywords: *Shiwuxing*(事物性)Descriptive Discourse; Existential Sentences; Discourse Structure; Textual Distribution; Textual Function

基于自然语料的广州人粤语代际差异研究(下)*

单韵鸣

(华南理工大学国际教育学院)

提要:本研究基于100名广州人近44小时约63万字的粤语自然会话语料,分上下两篇描写了广州人老年、中年、青年和未成年人粤语的代际差异。发现粤语与普通话、英语发生接触,产生了语码转换、词汇借用、干扰、融合、语法变异等现象,不同年龄段的表现不一样。普通话词汇借用在各个年龄段都存在;年龄和粤-普语码转换呈负相关;未成年人的粤语受到普通话的影响较大,他们有的粤语可被认为是一种粤普混合的形式。作为粤语的传承者,未成年人的语言状况值得关注。不同语法项目的代际变异各有特点,变化有快有慢,这正是语言演变的真实表现。

关键词:粤语代际差异;语码转换;词汇借用;语法变异

六、语法项目

通过自然话语研究语法变异有一定的难度。句法系统与音系系统有着本质的差别。音位的数目有限,在很短的话语中某个变项也可能被频繁地听到,而对于句法变项,我们就很难在一段自然发生的话语中反复听到某个语法变项。即便像否定标记这种在口语中出现频率很高的语言项目,Cheshire(1999)在数十个小时的访谈里面,总共才获得144个含有否定小句的例子。

我们结合过往的研究经验(单韵鸣2016),在记录转写录音语料的过程中,有意识关

* 本文是国家社科基金项目“粤语代际语料调查记录及变异、显危研究”(15YY056)的阶段性成果;亦是广东省公共外交与跨文化传播研究基地成果之一。

注了 7 个(组)语法项目在不同年龄段中的分布,得到惊喜的发现。这 7 个(组)语法项目是:(1)表示不确定、猜测的“啩(吧)”;(2)后置成分都带有一个“滞”字的“得滞(太)”、“乜滞(不大、没怎么)”和“咁滞(快、差不多)”;(3)连动句“V1+(工具/材料)+V2”(使用工具/材料做某事);(4)“畀(给)”字双宾语句;(5)差比句;(6)表小称“仔”;(7)介词“运(由、从)”。这些项目有鲜明的方言特色,涉及语气助词、后置副词、词尾、介词、约定句法结构等,较能全面反映粤语语法系统与普通话的差别。

单韵鸣(2015)建立了“广州话口语有声语料库”,语料为 2010 年广州电台制作的粤语清谈节目语料。该语料库是现有粤语语料库中语料最为接近当前粤语面貌的一个。因此我们会利用语料库对某些项目进行搜索对照,补充录音语料的发现。下面我们先来描述各个项目在不同年龄组的分布情况。

6.1“啩”

“啩”是粤语中表示揣测的语气助词,句法语义功能与普通话的“吧”表示揣测时相当。根据对转写文本语料的统计,“啩”和“吧”都出现在广州人的语料中,老中青三个年龄段对“啩”还是“吧”的选用,在人数比例上有较大差别,年龄越大,用“啩”更多,年龄越小更倾向使用“吧”。中年人选用“啩”还是“吧”的人数比例相当。从出现的总次数来说,老年人用“啩”多于“吧”,中青年人用“吧”多于“啩”,以青年人尤为明显。数据见下:

表 4 各年龄组使用“啩”和“吧”的数据统计表

	用过“啩”的人数(百分比)	用过“吧”的人数(百分比)	出现“啩”的次数	出现“吧”的次数
老年	7(23%)	3(10%)	14	5
中年	10(36%)	11(39%)	25	43
青年	7(22%)	16(50%)	12	76

在个人选用“啩”还是“吧”方面,老年人没有出现一人既使用“啩”又使用“吧”的情况。中青年有人既用“啩”也用“吧”。中年人同时使用“吧”和“啩”的人在使用次数上差别不见得非常悬殊,比如有 1 人用了 3 次“啩”、2 次“吧”;也有人用了 1 次“啩”、3 次“吧”。青年人同时使用“吧”和“啩”的大部分使用“吧”的次数多,使用“啩”的次数少,如一个案,一名女青年共使用了 15 次“吧”,却只用了 3 次“啩”。

很明显,“吧”从普通话渗入到粤语,多被青年人接受,在使用上已占主导地位,本土项目“啩”受到挤兑。“吧”和“啩”在中年人群体中的竞争比较激烈,倾向使用哪个变体因人而异;从统计数据来看,“吧”有胜出的迹象。老年人群体仍倾向使用“啩”。

在语料库里搜索,共筛选出 10 例表示揣测的“吧”(1 例来自中年人,其余 9 例来自青年人);10 例“啩”(4 例为中年人,6 例为青年人)。说明在 8 年前,“吧”和“啩”已经展开竞争。有趣的是,1 位青年电台主持人除了多次使用“吧”表示揣测,在提出建议时,句末也使用了“吧”:

(20)既然咁熟咯,噉就自己自说自话吧。(既然这么熟了,那就自己自说自话吧。)

(21)时间无多,我哋嚟作一个嘅选择吧。(时间不多了,我们来做一个选择吧。)

可见,“吧”的用法在粤语还有扩展的苗头,普通话“吧”表示建议的用法也被个别人挪用到粤语中来。

6.2“得滞”、“乜滞”和“咁滞”

后置成分“得滞”、“乜滞”和“咁滞”都带有一个“滞”字。“得滞”用于形容词后,表示程度过了头,达到了一个说话人认为已经不理想的状态了,相当于普通话“太”表示程度过分了的意思。“乜滞”与否定词共现,构成“[否]……乜滞”的句式,可修饰动词短语、形容词,相当于普通话的“不(没)怎么、不大”,表示对某个动作行为、情状的轻度否定。“咁滞”表示时间、数量、程度快要达到的一个程度或状态,对应普通话的“快要、差不多、几乎”。尽管三个后置成分语义和用法等似乎没有太大的联系,可因其形似(都带“滞”字)、都后置于谓词的特点而吸引了学者的目光(邓思颖 2006;单韵鸣 2012)。单韵鸣(2012)做了“得滞”、“乜滞”和“咁滞”变异状况的调查,发现三者面对和前置修饰成分强有力的竞争,在使用上已经不占优势;而“得滞”用作词尾,和形容词的粘合度更高,受到前置成分的冲击,抵御性比“乜滞”和“咁滞”稍强一些,褪变程度没那么厉害。

在自然语料中我们发现老中青三组均有个别人还使用“得滞”,但“乜滞”和“咁滞”只在中老年人里找到少量用例,在青年人里均绝迹。如:

老年人:

(22)(电饭煲)买唔落手,贵得滞。(电饭锅买不下手,太贵了。)

(23)冇去万佳乜滞。(没怎么去万佳。)

(24)都遮唔到太阳乜滞嘅。(都不怎么能遮到太阳。)

(25)经过嘅地方都系种蔗咁滞嘅喇。(经过的地方都几乎种甘蔗的了。)

中年人:

(26)个个都话佢宜家留低嗰个伙计唔得,倔得滞。(个个都说他现在留下那伙计不行,太倔。)

(27)我唔食嗰啲饭餸乜滞㗎。(我不怎么吃那些饭菜的。)

(28)你个名咁特别,边有人有乜滞吖?(你的名字这么特别,哪有什么人有啊?)

(29)佢都请晒(假)咁滞喇。(他都差不多把假请完了。)

青年人:

(30)我装得多得滞,宜家好容易漏出嚟。(我装得太多了,现在很容易漏出来。)

三个词语使用人数和出现次数的统计见下表:

表 5 各年龄段使用“得滞”、“乜滞”和“咁滞”的数据统计表

	用“得滞”的人数(次数)	用“乜滞”的人数(次数)	用“咁滞”的人数(次数)
老年	4(8)	2(3)	2(4)
中年	2(4)	4(5)	1(1)
青年	2(4)	0(0)	0(0)

语料库搜到的“得滞”只有 3 例,“乜滞”0 例,“咁滞”1 例,语料更少。

6.3 连动句“V1+(工具)+V2”

使用某工具/材料来做某事,粤语用连动句“V1+工具+V2+(宾语)”。充当“V1”的往往是“搵(找)”或“攞(拿)”。老中青年组都找到“攞/搵+(工具)+V2”的语料:

青年:(31)搵纸巾贴住呢个位。(用纸巾贴着这个位置。)

(32)攞啲绿色喺旁边涂。(用一点绿色在旁边涂。)

中年:(33)搵水浸就系炒薯仔丝啰。(用水泡就是炒土豆丝了。)

(34)攞藤条焖佢。(拿藤条来打他。)

老年:(35)搵条干净布贴膜。(用一条干净的布来贴膜。)

(36)攞只鞋车个后脑枕。(抡起鞋来打[他的]后脑勺。)

让人欣喜的是,中年组有 1 例来自 48 岁的女性,在“V1”和“V2”之间使用较虚空的动词词组“摵嚟[$k'ai^{33}$ $lɐi^{21}$](拿来)”作为连接成分:

(37)攞啲泉水摵嚟冲茶。(用泉水来冲茶。)

"揻"[k'ai[33]]表示"拿",该成分在粤语历史文献资料库(主要为19世纪近代粤语语料)中找到相关语料,现在已非常少见。此外,中老年组还发现"V1"用"畀(给)"的例子,如:

(38)中年:燶嗰啲我畀较剪剪咗出嚟喇。(焦的那些我用剪刀剪出来了。)
畀水冲(糊仔)(下水去冲米糊。)

(39)老年:畀个煲蒸下。(用锅去蒸一下。)
煲汤畀啲杞子,又畀啲元肉……畀多啲水落去煮(煲汤下多点枸杞,再下点桂圆肉……下多点水去煮。)

Chin, Andy Chi-on(钱志安)(2011)认为"畀"在此作为工具标记(instrumentalmarker),指出香港老年人会这么说,青年人则很少,但在19、20世纪的粤语语料里却找到不少用例。现在我们发现广州中老年人也有这样的用法。中老年人"畀"用作工具标记以及中年人使用的连接成分"揻嚟"都让连动句"V1+(工具)+V2"保留了粤语较为古老的方言特征。

6.4"畀"字双宾语句

粤语"畀(给)"字双宾语句"直接宾语+间接宾语"的位置和普通话恰好相反。这是粤语和普通话句法区别性特征之一。老中青年"畀"字双宾语句都体现出直接宾语在前,间接宾语在后的特点。如:

(40)老年:我工友成日畀公仔你啦。(我同事总是给你毛娃娃的啦。)

(41)中年:畀翻钱你。(还你钱。)

(42)青年:畀多啖汤你吖。(多给你一些汤。)

有学者研究认为,粤语"畀"字双宾语句宾语顺序的形式源自指人宾语前与格介词的省略,被省略的介词最早是"过",然后是"畀"(钱志安2008)。我们在语料里找到保留介词的用例,"过"在老年人的语料中找到,"畀"出现在中年人语料中。如:

(43)老年:畀定钱过佢。(预先给他钱。)

(44)中年:畀多碗畀我。(多给我一碗。)

青年组没有发现上述类似例子。

语料库"畀"字双宾语句绝大部分都是"畀+直接宾语+间接宾语"的语序,发现青年人有 4 例双宾语位置和普通话一致的情形：

(45) 唔畀你 QQ 密码。(不给你 QQ 密码。)

(46) 你或者畀女主角一个悬念呀嘛。(你或者给女主角一个悬念嘛。)

(47) 呢啲係畀自己一条退路啊。(这些是给自己一条退路啊。)

(48) 觉得係呢个对人生嘅一个纪念,或者畀自己一个礼物啰。(觉得这个是对人生的一个纪念,或者给自己一个礼物呗。)

第一句是否定句,相应的肯定句在语料库里也找到,语序遵循粤语"畀"字双宾语句原则：

(49) 我都可以畀我 QQ 密码你㗎。(我也可以给你我的 QQ 密码呀。)

否定句语序变成和普通话一样,原因尚不清楚,可能仅仅是说话者个人的自由变体。例(46)到例(48)直接宾语都是"一个+名词"的结构,句式结构比较特别,是否已形成"畀+人+一个+名词"的构式有待再考察。总体来说,在大量用例中撇除少数例外,老中青年的"畀"字双宾语句主要体现粤语的方言特色。

6.5 差比句

粤语表示比较常用"过"字句。它的语序"主体+比较项目+比较标记+基准"和普通话的"比"字句语序安排有别。随着普通话对方言的渗透,"比"字句逐渐用于粤语,前人对粤语中"过"字句和"比"字句的分布和较量作过研究。余霭芹(1997)、潘小洛(2000)发现"比"字句通常和非口语词一起出现,多用于书面语或新闻报道等语域,流行于知识分子和年轻学生的圈子里。数年后张双庆、郭必之(2005)分别归纳出使用"比"字句和"过"字句各具优势的句法语用原则,指出在大部分情况下,两种句式不分优劣,形成自由变体的状态。

我们记录了各年龄段使用"过"字句和"比"字句的用例,结果显示两句式在所有年龄段里都共存共用,每个年龄段都既能找到"过"字句,也能找到"比"字句,"比"字句突破了非口语的语域限制,出现在广州人的口语当中。从使用人数的比例和使用次数来看,在老中年群体中,"比"字句还是处于劣势,在青年群体有较大增长,几乎能和"过"字句分庭抗礼。统计数据见下表：

表6 各年龄组使用“过”字句和“比”字句的数据统计表

	用“过”字句人数（百分比）	用“比”字句人数（百分比）	出现“过”字句的次数	出现“比”字句的次数
老年	16(54%)	8(27%)	37	15
中年	15(54%)	4(14%)	44	6
青年	11(34%)	10(31%)	29	22

在三个年龄组都能找到同一人两句式自由使用的情况：

—老年人G：(50)实在讲身材咧佢就高大过嗰个小静〈口格〉。（说实在的，论身材呢，她就是比那个小静高大。）

(51)佢个面型比宋慧乔要好啲。（她的面型比宋慧乔要好些。）

—中年人C：(52)嗰个污糟过我哋依个泳池。（那个比我们这个泳池脏。）

(53)你系咪觉得画画比学钢琴好啊？（你是不是觉得画画比学钢琴好呀？）

—青年人S：(54)(佢)靓仔过以前。（(他)比以前帅。）

(55)我只脚系比以前肥咗好多。（我的脚比以前胖了很多。）

有意思的是，人们在使用“过”字句和“比”字句时大概有成分共现的选择倾向，“比”倾向与“要”搭配，形成“A比B要+比较项目”句式；比较项目受“仲”修饰时，比较标记就更多使用“过”。如：

(56)佢要比平时一般嘅移动硬盘要快。（它要比平时一般的移动硬盘要快。）

(57)大学城仲危险过城区。（大学城比城区还要危险。）

“比”字句在青年组还找到两个有趣的用例，“比+基准”在句末以续补成分的身份出现：

(58)佢做多几年嘢㗎啦比我。（他比我工作做多了几年。）

(59)香港人买係好平㗎比我哋买，唔一样㗎。（香港人买是很便宜的，比起我们，不一样的。）

第一句“比+基准”还可回复到谓语前，第二句续补成分前是一个完整句子，不能再插入“比较标记+基准”，“比+基准”在这儿只能后附于句末位置。两句话的“比+基准”无论如何也不能用“过+基准”替换，因为“过+基准”在“过”字句中本身就处于谓语后、靠近句后端的位置,但又必须在语气助词前,而"比+基准"作为续补成分则用于语气助词后。"比+基准"能够移位的原因及演变路径值得探讨,我们猜测是受到了英语语法的影响,英语的"compared with X"可用于句末。

以上发现得到语料库语料的支持。比较项目前有"要"的,全是"A 比(起)B 要+比较项目"的例子,如:

(60)宜昌应该至少佢嘅各行各业都比广州要发达。(宜昌应该至少它的各行各业都要比广州发达。)

比较项目受"仲"修饰时,更倾向使用比较标记"过":

(61)仲矮过我嗰啲人都可以入去。(比我还矮的那些人都可以进去。)

有 2 个例外,其中 1 个出自新闻报道:

(62)而家一斤嘅薏米係卖到成十五蚊〈口格〉,比鸡鸭鱼呢仲贵㗎。余勇报道。(现在一斤薏米卖到 15 元了,比鸡鸭鱼还要贵呢。余勇报道。)

"比+基准"作为后附标记也找到 1 例,同样出自青年人:

(63)呢个好,好大嘅进步啊呢个係,比以前嚟讲啊。(这个好,很大的进步啊这个是,比起以前来说。)

6.6 表小称的词缀"仔"

粤语表示小有两个重要的语法手段,一是小称变调,二是在名词后加词缀"仔"。自然语料中的"仔"使用活跃,广泛分布在各年龄段里,用例多近百个,带"仔"的名词或名词短语呈现多样化的特征。语义丰富,可表示小、少,轻视、蔑称或表示喜爱的情感。"仔"多数作为构词语素的词语出现,如:

雀仔(小鸟)、男仔(男孩)、薯仔(土豆)、古仔(故事)、阁仔(阁楼)、耳仔(耳朵)、公仔(娃娃)、糊仔(米糊)

另一部分是名词或名词短语后再加"仔",构成短语。如:

饼仔(小饼干)、B 仔(小 B(B 是一男婴的小名))、舅父仔(小舅)、利是仔(小利

是)、一嚿仔(一小块)、股东仔(小股东)、肥妹仔(小胖妹),司机仔(对司机的蔑称),朋友仔(小小朋友(对孩子说的话))

还有一些含构词语素"仔"的词语和其他词语组合成短语,如:

薯仔丝(土豆丝)、公仔书(故事书)

再看不用"仔",用形容词"小"表小的例子就很有限,只记录到"小朋友"、"小店铺"和"小寡妇"等用例,其中"小朋友"说得较多,老中青年三组都有人使用。词缀"仔"在粤语中强势和它作为构词语素与其他语素相结合,继而词汇化有关。语言成分之间的粘合度更高更紧密,在语言竞争中抵御性会更强(单韵鸣 2012)。"小朋友"能够渗入到粤语中,较为常用,也是因为它由词组"小+朋友"固化为专指"小孩(对应粤语的"细路")的一个词语。

6.7"运"

表示空间、范围、时间的起点或经由的路线,粤语老式的说法用"打",现在广州人几乎不用了,在语料里没有找到相关用例。表示经由的路线,还有"运"一说,我们只在老年人的语料里找到 1 例,在其他年龄段的话语里已完全消失:

(64)可以运嗰块板嗰度捅出嚟。(可以从那块板那里捅出来。)

"打"和"运"对应普通话的"从"、"由",它们现已进入粤语,作为常用成分在老中青年龄段里都被使用,如:

青年:(65)由大到细都扯我头发。(从大到小都扯我的头发。)

(66)人哋从英国飞到中国喇,我仲喺度考紧试。(人家从英国飞到中国了,我还在考试。)

中年:(67)由呢度去。(从这里去。)

(68)呢个司机……准备从机场翻去嘞。(这司机……准备从机场回去了。)

老年:(69)由头到尾都唔觉。(从开始到最后都不觉得。)

(70)从头摸到脚。(从头摸到脚。)

七、归纳总结

我们整理了七个(组)语法项目在各年龄段里的分布,得到下表:

表 7 语法项目在各年龄段的分布表

编号	(1)	(2)	(3)	(4)	(5)	(6)	(7)
项目	啩	得滞;乜滞;咁滞	V1+(工具)+V2	畀+双宾语	差比句	仔	运
青年	吧》啩	得滞	攞/揾 +(工具)+V2	畀+直接宾语+间接宾语〉畀+间接宾语+直接宾语	过字句〉比字句;"比+基准"作续补成分	仔》小	由、从
中年	吧〉啩	得滞;乜滞;咁滞	攞/揾/畀+(工具)(揻嚟)+V2	畀+直接宾语+(畀)间接宾语	过字句》比字句	仔》小	由、从
老年	啩》吧	得滞;乜滞;咁滞	攞/揾/畀+(工具)+V2	畀+直接宾语+(过)间接宾语	过字句》比字句	仔》小	由、从》运
编号	(1)	(2)	(3)	(4)	(5)	(6)	(7)

说明:(1)"A、B"表示 A 和 B 两种形式互为变体。

(2)"A〉B"表示在某年龄段现有语料中,A 和 B 两个变体,A 比 B 数量多,使用"》"表示远多于。本文"远多于"的标准设为"多于两倍以上"。

语法项目在不同年龄段的分布差别很大,貌似无章,梳理以后却又有章可循。由上表我们得到以下发现:

(一)从现有语料来看,老年人使用粤语方言特色的语法项目最多,我们选取观察的所有项目都得到了一定程度的保留。有的保留程度高一些,如项目(3)(4)(6);有的和来自普通话的项目互为变体,但仍以本土项目占优,如项目(1)(5);有的虽然保留下来,但用例少,正处于褪变阶段。如项目(2)(7)。

从老年、中年到青年,使用方言特色语法项目依次减少,即使仍在使用,保留程度也有所降低。中年人比老年人保留的项目少了(7),项目(1)受到外来竞争对手"吧"较大的冲击,项目(2)的用例也很少。青年人项目(1)(2)(3)只在较低程度上保留或不完全保留。更多本土项目在青年群体中受到来自普通话项目的冲击,如项目(4)发现和普通话语序相同的用例,项目(5)"比+比较基准"用法功能有了拓展。在青年群体中只有项目(6)得到较好的保留。

(二)中年人处于中间过渡区间,兼具相邻两年龄段的特征。中年人有的语法项目分布和老年人趋同(项目2,3,5,6),有的又和青年接近(项目1,6,7)。可见,语言的变化源自变异,变化是渐变的过程,是一个连续统,代际差异向我们展示语言进行中的变化。在七个项目中,项目(1)的代际变化轨迹比较清晰。老年人多说本土语气助词"啩",少说外来词"吧";中年人"吧"与"啩"竞争激烈,略显优势;青年人说"啩"少,转而倾向使用"吧"。

(三)横向比较语法项目在各个年龄段里的分布可揭示它们在各自变化轨迹中所处的不同阶段。表示小称的"仔"在老中青人当中还相当活跃,谈不上有太大的变异,变化最慢。"畀"字双宾语句结构在大部分广州人里也相对稳定,只在某些青年人里出现轻微的变异,这些变异能否扩大范围或加快速度有待观察。"比"字句突破了使用群体和语域的限制,渗透到各个年龄段的群体里。而"过"字句和"比"字句分别倾向与某些语言成分共现,使两者在竞争中将呈现胶着的状态,"过"字句的使用目前仍然占上风,"比"字句要有进一步发展必须获得更多有利的句法环境或使用新人群。我们发现"比+基准"在青年群体里可用作续补成分,是"比"字结构句法功能的一个突破。"啩"正处于变化速度加快的阶段,在老年人群体里被保留使用,到了中年出现"吧"和"啩"的激烈竞争和转变的态势,在青年群体则向"吧"转变。"得滞"、"乜滞"和"咁滞"已用得不多,处于褪变阶段,但"得滞"没有"乜滞"和"咁滞"的褪化程度厉害,在老中青三个年龄段还能找到用例。"运"只在个别老年人里使用,它已经处于变化末端的阶段,即将被"由、从"等成分完全替代。

八、余论和结语

在全球化时代的背景下,广州作为南方国际大都市,地域方言粤语不可避免地与普通话、英语发生接触和竞争,并在此过程中产生变化。帕普拉克将语言接触现象分为语码转换、词汇借用、不完全第二语言习得、干扰、语法融合、语体简化、语言死亡等几种。(转引自徐大明,2007:235)本文基于粤语自然语料,详细描写了老年、中年、青年和未成年人在语音、粤语-普通话/粤语-英语语码转换、标记性成分和若干语法项目分布方面的代际差异,发现粤语与普通话、英语接触产生了语码转换、词汇借用、干扰、融合、语法变异等现象,不同年龄段的表现程度不一样。

概括起来,普通话词汇借用在各个年龄段都存在;粤-普语码转换比粤-英语码转换多;老年人的语言面貌最能体现方言特色,随着年龄的降低,人们语言的方言特色随之被消磨。未成年人的粤语受到普通话的影响较大,表现在干扰和融合等方面。虽然他们的语言面貌还没最后定型,但作为粤语的传承者,未成年人的语言状况值得关注。在语言变化的长河中,每个语言项目都处于不同的变化过程和阶段,这恰恰是语言演变的真实表现。

自然语料是一个富矿,它全面向我们展示人们的语言状况。在不同年龄群体的语料中能捕捉到语言接触和语言变化在微观层面的证据。由于精力和水平所限,研究还存在不少疏漏之处,比如数据统计的严密性、挖掘语言内部因素等方面还有待完善。不过在国内学界对此领域的研究相当缺乏之际,它仍不失为一次有意义的尝试。

参考文献

邓思颖:《粤语「得滞、乜滞、咁滞」是否属于同一个家族?》,《中国语文研究》, 2006 年第 1 期。

潘小洛:《广州话的比较句式》,《第七届国际粤方言研讨会论文集》,北京:商务印书馆, 2000 年。

钱志安:《粤语的两个间接宾语标记》,第十三届国际粤方言研讨会(香港)论文, 2008 年。

单韵鸣:《广州话后置成分"得滞"、"乜滞"和"咁滞"的变异》,南方语言学(第 4 辑),甘于恩(主编),广州:暨南大学出版社,2012 年。

单韵鸣: 广州话口语有声语料库 https://huayu. jnu. edu. cn/corpus6/index. aspx, 2015 年。

单韵鸣:《广州话语法变异研究》,北京:商务印书馆, 2016 年。

徐大明:《社会语言学研究》,上海:上海人民出版社, 2007 年。

余霭芹: Syntactic change in progress—Part Ⅰ: The comparative construction in Hong Kong Cantonese,《桥本万太郎纪念中国语学论集》,东京:内山书店, 1997 年。

张双庆、郭必之:《香港粤语两种差比句的交替》,《中国语文》, 2005 年第 3 期。

Cheshire, J, Taming the vernacular: Some repercussions for variation and spoken grammar, *Cuadernos de Filologia Inglesa* 8. 1999.

Chin&Andy Chi-on, Grammaticalization of the Cantonese double object verb [pei35] 畀 in typological and areal perspectives. *Language and Linguistics* 12(3): 529-563. 2011.

On the Intergenerational Differences among Cantonese People in Spontaneous Speech (Part II)

Shan Yunming
(South China University of Technology)

Abstract: This paper describes the intergenerational differences among 100 Cantonese people at different ages in their spontaneous speech which adds up to approximately 44 hours and are made up of 630,000 words. Code-switching, lexical borrowing, grammatical variation, interference and integration of Mandarin can be found in the speech due to the language contacts with Mandarin and English, but vary among people at different ages. Lexical borrowing from Mandarin occurs in all age groups. Code-switching is correlated to the age. The Cantonese of the under-aged is influenced substantially by Mandarin, some of which can be regarded as a hybrid of Cantonese and Mandarin. As the key transmitter of Cantonese, both language competence and performance of the under-aged deserve attention. The variation of each grammatical item bears its own features with certain speed of the on-going change, which is the manifestation of the language evolution.

Keywords: intergenerational differences; Cantonese; code-switching; lexical borrowing; grammatical variation

从认知角度看语义最小论的研究*

黄林慧　杜世洪

（南宁师范大学外国语学院；西南大学外国语
学院外国语言学与外语教育研究中心）

提要：意义和语境的研究一直是语言哲学关注的焦点。哲学家们围绕语境论与语义最小论之间关于语义系统模块化、句子的意义与其真值条件的关系等问题展开了各种研究，其中不乏各种实验研究。本文聚焦语义最小论，从认知角度出发，阐释语境论与语义最小论争论的焦点，旨在通过回顾相关的实验研究，并结合语言哲学中对最小论问题的研究动态和发展趋势作一些简要评述，表明最小论的研究不适合直接进行实验测试。在今后的实验研究中研究者需要对语法和语境的各自作用作出更加详实的描述，比如界定语境的性质等。

关键词：认知结构；语境论；最小论；语境敏感性

一、引言

二十世纪语言哲学的历史可以被描述为一种连续尝试捍卫字面论的过程，字面论一直是语言哲学关注的问题。字面论和语境论长期围绕语义系统模块化、自然句子的意义是否是其真值条件内容、句子本质上是否是语境敏感的等问题争论不休。时至今日，已经逐渐演变成最小论与语境论之间的争鸣。语境论者认为，语境敏感性在语言中无处不在，极大地影响话语内容、语言语义内容的方式、数量或质量等。相比之下，语义最小论（以下简称“最小论”）者却尽量限制语境中语境敏感性的影响，认为话语内容似乎以非传统的方式依赖语境，只有由已经熟悉和认可的语义因素触发时，语境敏感性才能影响

* 本文为重庆市人文社科重点研究基地重点项目（项目编号 16SKB049）的阶段性成果。

句子内容;不能归因于传统形式的语境敏感性的所有影响都将被追溯到语言语义的不同层次。句子的真值条件内容与其常规含义不同,但是只有当句子本身根据其常规含义诉诸于语境时,才能提供一些指示语表达式的值或需要饱和的自由变量。

从认知角度来看,语境论与最小论之间的争论是围绕人类语言能力的组织和在普通对话交际过程中如何和何时使用语义和语用的心理资源而展开的。由此可见,这在一定程度上是关于认知结构及语言处理的争论,依赖于语言和心理语言学的理论和方法。

近年来,国内也掀起了对最小论和语境论研究的热潮,陆续有学者发表相关研究论文,比如张绍杰(2010)、费定周(2012)、张瑛(2015)、刘利民和傅顺华(2017)、叶闯(2018)、黄林慧和杜世洪(2018)等。从现已发表的论文来看,少有人从认知角度入手做一定的梳理。为了更深入了解最小论,本文聚焦语境论与最小论在认知领域中的研究,对国外近年来的相关资料进行收集整理,力图通过回顾已有的研究,分析现有研究成果和启示,梳理两者在该领域争论的主要焦点及语言哲学家主要采取的研究形式,旨在帮助国内学者更及时地了解国外语境论与最小论的研究进展,弄清楚其当前研究发展态势,进而为下一步深入具体研究寻找崭新的思路与方向。

二、最小论在认知领域受到的质疑

当前,国外持最小论观点的主要代表人物有 Borg(2004,2012)、Cappelen & Lepore(2005)以及 Stanley(2007)等。在认知领域,最小论主要受到语境论的质疑。双方争论的范围涉及语用处理中语义处理的自主程度,主要集中在理解而不是在语言处理产出的结果上。究其本质就是针对以下两点展开:一是在话语理解中语义内容是否是有用的;二是语义内容是否是完整的、有真值条件的命题。在这种背景下,语境论与最小论就语义系统模块化、句子的意义与其真值条件的关系等方面进行辩论。

2.1 关于语义系统模块化

最小论者 Borg(2004,2012)认为语言系统是一个模块,其内部运作涉及子模块,不受语境信息的影响。最小论者的模块化思想受到两方面的影响:一是受 Fodor(1983)的影响,认为我们的思想包括独立的部分——心理模块,每个模块作为激活和执行的源泉,负责执行确定的认知任务。二是受 Chomsky(1997)的影响,认为人类的思想包括一个自主的语言空间,即语言能力。

最小论者为了扩展和充实这种观点,认为听众对字面义的理解是模块化的现象,因为句子字面义的理解是按照组成原则将文字语义值分配给逻辑形式。论证的步骤如下:

第一，认知系统是模块化的。模块是天生的，封装的信息体系，只处理该信息的过程，负责实现给定的认知功能。鉴于这个模块的概念，在模块中发生的进程种类可以在计算模型即纯粹的形式转换中体现。因此，如果我们认为一个施事掌握自然语言句子的字面义是一种应用模块化解释的能力，那么支撑这种能力的过程应该是计算过程。第二，模块化语言加工支持最小论。心理机制的研究表明，语言的加工是通过自下而上或模块化（信息封装的，领域特定的和功能上可分离的）的过程进行的。所以语言字面义的产生不依赖于自由充实的自上而下的语用过程。人们通过使用各种语义规则计算操作来认知话语的字面义。第三，字面义的语言加工是模块化的。因为如果字面义的加工是一个自下而上的过程，那么人们在淘汰说话人某些语用能力后将无法理解说话人的意思，而不是无法理解话语的字面义。简而言之，最小论与语义和语用能力之间存在功能性的离散性完全一致，因为它使句子的字面义对自由语境充实最为不敏感。

语境论者对此提出质疑，认为即使 Borg 假设存在一种“模块化”语言理解的观点是对的，负责确定听者对句子的字面语言意义的理解，但这种理解只有在背景和百科全书假设的背景下充实，才能作为真正的真值条件被理解，而语言能力可以提供的推定语义模块将只是一个语义框架。在句子理解中，语境信息与语音、语法、语义、信息结构和话语层面信息等相互作用，以产生句子所表达的内容。比如 Searle 所认为的“猫在垫子”和“关上门”这类句子，在语义上是不确定的，需要语境自由的充实以表达一个完整的内容。其次，语境论者可能认为，没有办法解释语言意义的生产性和系统性，如果从特定的观点来看，语言的理解根本就不具有生产性和系统性，因为语境论者认为，语言内容不会因为避开语言控制的语用影响而被确定。当然，语境论者必须解释语用学如何设法影响每个句子在语境中表达的命题，以及听众如果不能连接语言信息和一系列突出的非语言知识时，他们如何能够快速、看似轻松地理解任何句子的字面上真值可评估内容的能力。

最小论者 Borg 捍卫语义研究的形式框架，认为形式语义学通过将逻辑形式的句子作为输入并构成字面语义值逻辑形式的元素，真值条件意义作为句子意思。也就是说，根据语言能力本身的语义模块的计算操作，语言理解是有生产性和系统性的，受到语境的影响最小，仅限于逻辑形式本身，可称之为句子的字面语义内容，是有真值条件的内容。这个论点与所有关于语境论者想要否认的观点显然是冲突的。最终，语义模块以形式语义学方式输出的内容是真值可评估的意义。

简而言之，最小论者对语境论者的质疑所采取的回应是坚持认为相对于语境及相对于句型的计算或解码过程的结果，存在一些最小语义内容。这些计算独立于在语境中找到的成分但是在话语中没有阐述，而且这个过程与语用解释产生的其他类型的命题是分离的,例如产生含义或更多语境充实的命题。语言使用者通过自下而上的模块化过程,解释句子的语义特征。

2.2 关于句子的意义与其真值条件的关系

最小论者与语境论者围绕句子的意义与其真值条件的关系也展开了讨论。最小论论者认为语言表达式逻辑表征是命题表征。通常假定逻辑表征已经在结构上和词汇上被消歧,所以将会有与输入字符串可能的词汇结构分析一样多的不同的逻辑表征。而语境论者认为,句子的逻辑表征不能等同于句子的命题表征。比如像"在下雨""钢不够牢固""李华准备好了""小明的书是灰色的"等,尽管消除了句子语义内容的歧义,但指示成分的饱和仍然无法表达一个完整的命题,因此不能确定一个说话者的意思能在命题程度上表现出来。为了使句子的语义内容表达一个完整的命题,那么对说话者所说的命题必须进行充实、扩展、调制的过程(Carston,2002)或语用转移(Recanati, 2010)。这些过程不是强制性的,也不是由语言中的任何逻辑元素引发的,而是由会话语境中可用的信息触发。这些过程与指示性解决的过程有很大不同。后者是语义控制的。

Carston(2002:19-20)认为即使句子的语义内容确实确定了一个真值条件,但是它并没有表达说话者的意思,也就不能表达命题或思想,不能被理解为完整的,永恒的真值实体。为此,Carston(2002)通过列举以下例子来证明她的观点:(1)表示个人/私人内容(见 Frege,1918/1956)。例如,我的每一个想法都是自我的意识和概念,是特有的,与其他人的不同。例如当李华自己说"我受伤了"时的内容和私人感觉,与他日你说"陈雪受伤了"的内容不同,因为不是所有的人都认识你所指的陈雪,因此在这种情况下,陈雪所说的和你所表达的内容是不一样的。(2)态度内容的"视角",只能借助"我","在这里"或者"现在"的指示语来表达。换句话说,当语言使用者一旦使用人称代词"我"时,就建立了一个自我视角,具有主观性,"我"的指称是受制于语境的、暂时的指称。只有在具体的个人话语语境中才能知道"我"的指称。(3)不完整的描述。例如在句子"房子很漂亮"中,"房子"没有具体指哪座房子。(4)完整明确的描述。这类句子的指称可能会因说话者和她的听众相互共享的对话假设而有所不同:例如,如果相互假定 A 是董事长,可以使用"现任的公司董事长是个强硬派。"来指代 A。然而,如果说话者知道观众认为董事长是 B,那么她可以用相同的定义来描述 B。由于即使有明确描述的指称也可能会根据共同的假设而有所不同,反之亦然。这种情况在专名中也存在(参见 Carston,2002:38; Recanati,1994,2010)。(5)量化。量词对话语的真值条件作用可以根据语境而变化,其真值取决于量化领域。例如,"每瓶酒"可以指示你家冰箱里的每瓶酒,或超市货架上的每瓶酒(Carston,2002:39;Recanati,1994)。(6)谓项。不确定谓项通常导致话语的真值条件的变化。例如,"我买了一只黑笔",其真值可根据语境背景而变化,在对话中若要突出外表,则这句话的意思是"它从外表上看是黑色的",但若对话中要突出墨水是黑色的,则此句的意思为"我买了一支有黑色墨水的钢笔"。因此,谓词可以根据语境选择不同的属性(Travis, 2008)。综上所述,Carston 认为语言一般不能确定为完全可评估的命题。

还有学者对多义词进行了研究。Hofstadter & Sander(2013)认为由于多义词的理解是通过与之前相关、相似的情况作出类比,因此多义性的理解也是属于这种类型的理解。Carston(2002)也认为所有开放类词语(例如名词,动词和形容词)在某种程度上都是多义词。对多义词的理解是通过假设这种开放式词汇的编码含义是概念图式而不是完整的概念来解释的。因此,需要使用语境来确定说话者想要通过使用在特定会话语境中进行交际的概念。还有更激进的观点认为,在产生任何句子层面意义之前,语用过程也可以局部的方式来调制单词或短语的含义,那么如果逻辑表征的概念属于模块化语言处理概念,则无法完全清楚逻辑表征所扮演的角色,因为这样的表述是语言系统在概念意图系统界面上的输出。

三、与最小论相关的一些实验研究

3.1 字面义实验研究

针对是否如字面义论者所认为的语义基本上是由句子的语法驱动的,没有"语用入侵"的观点,不少学者展开了实验研究。Gibbs & Moise(1997)为测试被试者能否依靠直觉区分字面义和扩展义,使用了离线实验的方法进行了四个实验,测试的句型包括五种类型的句子:数字型、所属型、等级型、时空型、即时关系型。(Gibbs &Moise, 1997:68)实验表明,听者凭直觉选择扩展义为话语的字面义。这一实验结果没有体现字面义在话语理解中的作用。实验结果支持关联理论的观点,即语用因素既影响会话含义,也影响字面义的理解。

Nicolle & Clark(1999)也对上述实验进行了部分重复,但却得出了与之相反的结果:相对于最小含义和扩展义来代表的字面义,字面义背后的特殊会话含义更受人们青睐。Bezuidenhout & Cutting(2002)又使用相似的实验材料进行了重复研究,实验表明在认知中虽然最小含义与扩展义同时产生,但往往是扩展义最先被试识别出来。针对语言使用者对字面义和事实上已经被判断为字面义之间的联系是否是一致的问题,很多都是通过有意识的、直观的判断来检测额外的语境敏感性,通过比较评估字面义与非字面义言语的范例来进行。

Grice(1975:312)指出,反语、隐喻等都是源于说话人有意违反会话的质量准则而产生的。若想全面研究非字面义,那么对以上现象的研究则是必不可少的。Gibbs(1994)总结了他和同事在这方面进行的一些早期的实验研究,包括讨论成语,反语和隐喻的话语,以及间接的言语行为(例如间接的请求,例如“你能打开窗户吗?”)的处理,发现句子在支持语用意义的语境中阅读速度最快。

Gibbs(1994)的研究遭到了各种质疑,比如他对实验文本的控制,导致某些表达方式被频繁和成功地用于传达隐喻和反语的内容,使其成为表达这些内容的标准化形式(例如“律师是鲨鱼”)。其次,Giora(2003,2004)做了大量关于反语的研究,表明 Gibbs 的发现不符合新的反语。Giora(2003,2004)提出分级显著假设,认为反语处理是根据信息的相对显著性等级进行的,即最显著的意义将被首先访问。所以即使在相关语境下处理新的反语时,字面义可能更突出,导致理解新的反语反而需要更长的加工时间。

还有不少学者对隐喻和转喻进行了研究。相关性大的隐喻研究有 Glucksberg(2003, 2004)。Glucksberg 的实验表明隐喻意义能被快速理解,甚至在某些条件下比字面义更容易获取,可用于支持语境论框架。Frisson & Pickering(2007)对转喻进行了研究,发现熟悉的名词如“阅读狄更斯”的理解速度与字面义控制的语句“遇见狄更斯”一样快。

3.2 等级含义实验

最近在实验语用学中越来越关注等级含义(SIs)的研究,比如 all、most、many、some、few,或者 always、often、sometimes 等。主要是针对 SIs 的三种类型:包含“一些”的句子;包含数字的形容词组的句子;包含“或者”的句子。

关于 SIs 的实验研究主要针对三种理解 SIs 的模型展开的:

(1)默认模型,即其中 SIs 是由听者在遇到 SI 触发时自动导出的默认推理。默认推理模式假设人们先认知词项的等级含义,但若无法获得恰当的意义时,则转而参照语境撤销等级含义,进行语用理解并认知出其特殊会话含义。新格赖斯派认为等级含义属于广义会话含义(GCI),是正常自然交际语言中某词语形式通常带有的无标记的、高频使用的甚至是默认的含义,比如句子“Some people find it hard to finish the task.”中,“some people”传递的等级含义是“不是所有的人”,否定了高于该词语的意义等级值的其他词语,这时识别含义的过程不需要特殊的语境知识。除非遇到特殊语境将其撤销或阻止其产生,否则 GCI 将是此词语形式首选的乃至默认的含义。人们对 GCI 的理解依赖的是“默认语用推理”(default pragmatic inferences),默认模型与新格赖斯派的工作有关,特别是与 Levinson(2000)和 Chierchia(2004)的观点有关。此外,Grodner 等人(2010)赞成默认推理概念。

(2)语境模型,即如果对话语境能成为 SIs 的依据,才能获得 SIs。这类模型认为 SIs 具有语义不确定性,即语义多样性,SIs 具体语义的选择和确定依赖于具体的语境,具有语境依赖性,等级含义的产生是通过对语义不确定性的逻辑表达进行局部(非整句意义上,仅限于局部词汇表达)的语用扩展和填充来完成,比如句子“这只兔子很大”,这个句子语义上是不确定的,因为没有指定比较的类别,所以这个可分级表达式需要通过未言说成分的充实才能表达可真值评价的语义内容。语境模型与关联论者的研究有关,如 Sperber & Wilson(1995)。

(3)结构模型,即 SIs 的获得取决于结构或语法因素的结构模型。比如,Panizza & Chierchia(2011)设计了调查问卷、进行了阅读任务实验并用眼动仪记录实验,整个实验都涉及数字和不同语境类型之间的关系。他们认为结构或语法因素系统地影响 SIs 上行和下行的解读,比如下面的句子:(1)“如果我参加比赛,我会买 4 个球拍。”;(2)“如果我买了 4 个球拍,我就不会再用我那个已经脱线了的旧球拍。”他们认为句子(1)是一个上行的衍推,即“我最多会买 4 个球拍”。而句子(2)的含义是下行的衍推,即“如果我买了 4 个球拍或者更多的球拍,我就不会再用……”。(Panizza & Chierchia,2011)

很多研究者对上述框架进行了实验研究。例如,Bezuidenhout & Morris(2004)使用眼动仪来测试哪种模式更符合大脑的认知过程;Breheny 等(2006,2013)利用实验来测试被试对 SIs 认知模式,试图检验出在不支持等级含义或与等级含义不相关的语境中,人们是否还会优先识别出等级含义。

也有一些针对字面义的处理模式展开实验,研究字面义处理是分阶段处理还是语用处理的多重约束。例如,Noveck & Posada(2003)、Bott & Noveck(2004)的实验表明,先检索到字面义之后才能得出语用推论,支持分阶段处理模式。

此外,等级含义的研究范围也不断扩展,以往通常在简单子句中的 SIs 触发,现在慢慢转向在嵌入式子句中研究了这些触发因素。Chemla & Spector(2011)认为等级含义是一种语法现象,其实验研究表明人们有时计算嵌入式等级含义。Chemla & Bott(2013)使用了 Bott &Noveck(2004)类似的验证任务来测试预设。可以看出,现在的研究范围涵盖了广泛的语用现象,包括词汇语用学,量词范围分配,指称处理,儿童语言习得的隐喻和反语处理等。此外,一些作者已经使用现有的实验文献来捍卫他们的语境论观点(参见 Bezuidenhout,2010)。

但是,由于实验材料和方法的不同,得出的实验结果也千差万别。因此,实验原理还需探讨论证,实验材料和实验方法还有待反复推敲和深入研究,以保证结果是科学可靠的。

四、关于语义最小论的思考

虽然最小论受到了来自很多方面的质疑，但从认知角度看，最小论有助于人们思考语言形式表达意义的性质、语言意义生成、表达与理解的机制等语言学的重大问题。在认知领域中，最小论与语境论辩论的实质可以说是围绕语言处理是分阶段的还是语用处理多重约束之间的争论，即围绕语言加工是连续的，先加工语义语法信息，再加工语用信息，还是语言处理是一个必须同时考虑多个约束的过程之间的辩论。

上面所列的各种实验正是源自对解决语境论与最小论争鸣的问题而开展的，从上述的字面义实验结果和等级含义实验结果来看，传统的语义观点已经不适合用来解释这一现象。从认知视角审视最小论，促使我们思考以下方面：

第一，对语义不明确句子的语境敏感性描述，我们赞同 Belleri(2014)的观点，即主要采取语义的形式框架来解释，因为这是对最小命题跨语境交际存在的最佳解释。如果语义解释能成立，那么所有下列句子的解释就只是规约和组合问题，确定这些话语的内容只需要指出意义的组成是句子组成部分的属性，源于它们长期使用的语言意义，而且语义解释能确保各种不同类型话语之间解释的连续性，比如解释(1)语境不敏感的句子，如“曹雪芹是《红楼梦》的作者”，根据现存的规约对“曹雪芹”的专名赋予指称；(2)语境敏感的句子，通常包含指示语和指示词，如“我很累”或“这很美”，根据其常规的语言含义指定“我”或“这”的指称；(3)语义不明确的句子，如“天晴了”，需要通过观察动词词组“天晴”的含义通常相关联的语义要求来填充“天晴了”的真值条件(比如，时间、地点)。

第二，从认知的角度探讨最小论，促使我们再一次思考语境的概念。从上文的讨论中可以看出，最小论与语境论之间的争论正是由于对语境概念的不同概念化造成的，其辩论实质是如何划分语义与语用之间的争辩，比如“所言”与“含义”之间的区别。语用与语义之间的区别既是处理语言意义的问题，也是语言学最基本的问题，但就语义与语用界面来说，语境只是一个理论概念，很难达成一致的看法，所以很多研究者试图通过实验解决这一问题。最小论的观点是，最小命题内容和交际的命题内容是有区别的。交际的命题内容才涉及语用的推理，需要掌握说话人在特定的语境中所要交际的意向，而句子的最小命题内容反映了句子的组成性和句法结构。最小论只承认指示语是语境敏感的，所以最小论并不是完全否定语境。最小论是处理句子真值的理论，但是没有被真值条件捕捉到的意义方面还是由语用学来处理的。语用学可以帮助听者识别说话人的意图、根据各种因素来决定是否要诉诸于语境，等等。因此，严格划分语义语用的边界没有多大意义。语义学与语用学相互作用，最小论或语境论都有一定可取之处，意义受到多个方面的影响。

第三，语境论与最小论之间许多分歧实际上仅仅是术语层面的分歧，因为各方使用术语的方式不一致。比如 Bach（1994）的“激进命题论”，认为句子可能有一个以上的命题，即使任何句子在指示语的问题得到解决后也都不具有真正的真值条件意义，比如“她已经准备好了”中的“准备”与其他可分级形容词（比如，“高”、“快乐”，等等）的表达方式相同，即使句中的“她”的指称确定了，这个句子也是无法判定其真值的。同样，句子“张三很高”的内容无法评价为真或假，因为句子语义上是不确定的，没有指定相比较的类别，如果就相比较的类别在语境中得到补充，那么补充后的句子才能表达一个完整的命题，这里相比较的类别是一个未言说的成分。Bach 的这种极端的最小论的观点与激进语境论非常类似，因为激进语境论认为自然语言句子都不具有真正的真值条件，自然语言表达都是语境敏感的。因此，这些观点之间的许多差异看起来只是术语上的不同，或者最多只是在语义语用界面的不同解释而已。

第四，虽然 Fordor（1983）的“模块化”思想由于其理论内部存在许多矛盾，一直受到很多批评，但是这并不意味着这种经验假设一无是处。上述针对最小论和语境论之间争论所展开的实验，在一定程度上证实了交际者在交际过程中的心理，交际和认知能力是相互作用的，语义模块化认知方法对解释这一现象具有促进作用。在日常交际中，说话人和听者各司其职。说话者发出话语的目标是让听者理解她的意思，并说服听者相信。与之相应的，听者的任务是理解说话人的意思，并决定是否相信。这些任务涉及语用能力，通过识别明显的预期认知效应，听者从语言和语境线索推断说话者的意义，也涉及人们的认知能力，这有助于听者避免意外或故意误导。Carruthers 等（2006）提到了模块化的人类认知方法，认为人类认知系统包括大量的特定领域程序，具有不同的发展轨迹和分解模式，在不同情况下可能或多或少被高度激活，并且其激活水平可能会根据不同的情况而改变。因此，最小论所推崇的意义系统模块化的观点为我们理解语义指明了一条新的前进之路。

综上所述，对最小论在认知领域受到的质疑，我们认为对其直接进行实验测试已经不适合了。但由于语义论者和语境论者都依靠直觉来捍卫各自的观点，实验研究能为二者之间的辩论提供更多可靠的实证证据，不失为一种很好的研究方法。最小论受到的质疑体现了语义学与语用学界观点的交锋，今后的研究可对更广泛的语言现象进行实证研究，但在进行实验研究时，研究者需要对语法和语境的各自作用作出更加详实的描述，比如界定语境的性质等。此外,语义最小论给语言研究带来了启示,比如,在信息传递时,人们使用的语句和语境敏感性两者如何有效整合以解决信息传递的实践问题?如何从更深维度解读语境敏感性现象,为政策文本读写译的实践提供一定的指导作用?我们认为这是今后语言研究应该思考的问题,也是未来研究探索的方向。

参考文献

张绍杰:《后格赖斯语用学的理论走向——语义学和语用学界面研究的兴起》,《外国问题研究》,2010 年第 1 起,第 3-11 页。

费定周:《对语境敏感性的不完全论证的辩护》,《南京社会科学》,2012 年第 11 期,第 48-52 页。

张瑛:《论语义最小论的三项测试》,《现代哲学》,2015 年第 3 期,第 58-62 页。

刘利民,傅顺华:《语义何以足够最小:非语境敏感语义学的新进展》,《四川大学学报》(哲学社会科学版),2017 年第 1 期,第 47-54 页。

叶闯:《语义学的语境敏感性概念》,《中国高校社会科学》,2018 年第 1 期,第 34-42 页。

黄林慧,杜世洪:《语义最小论:问题与反思》,《当代语言学》,2018 年第 3 期,第 3 86-400 页。

Borg, E. *Minimal Semantics*. Oxford: Oxford University Press. 2004.

Borg, E. *Pursuing Meaning*. Oxford: Oxford University Press. 2012.

Cappelen, H. & Lepore, E. *Insensitive Semantics: A Defense of Semantic Minimalism and Speech Act Pluralism*. Oxford: Blackwell. 2005.

Stanley, J. & Jeffrey, J. C. 2007. Semantics, Pragmatics, and the Role of Semantic Content. In *Language in Context: Selected Essays*. Oxford: Clarendon Press. Pp. 133-181.

Fordor, J. *Modularity of Mind*. Cambridge, MA: MIT Press. 1983.

Chomsky, N. *The Minimalist Program*. Cambridge, MA: MIT Press. 1997.

Carston, R. *Thoughts and Utterances: The Pragmatics of Explicit Communication*. Oxford: Blackwell. 2002.

Frege, G. The Thought. *Mind*, 1918, 1956, 65:pp259, 289-311.

Recanati, F. *Truth-Conditional Pragmatics*. Oxford: Clarendon Press. 2010.

Nunberg, G. D. Transfers of meaning. *Journal of Semantics*, 1995, 12: pp109-132.

Travis, C. *Occasion Sensitivity*. New York: Oxford University Press. 2008.

Hofstadter, D. & Sander, E. *Surfaces and Essences: Analogy as the Fuel and Fire of Thinking*.

New York: Basic Books. 2013.

Gibbs, R & Moise J. Pragmatics in understanding what is said. *Cognition*, 1997, 62: pp51-74.

Nicolle, S. & Clark, B. Experimental pragmatics and what is said: A response to Gibbs and Moise. *Cognition*, 1999, 69: pp337-354.

Bezuidenhout, A. & Cutting, J. C. Literal meaning, minimal propositions and pragmatic processing. *Journal of Pragmatics*, 2002, 34: pp433-456.

Grice, H. P. Logic and conversation. In Cole, P. & J. Morgan, J. L. (eds.) Syntax and Semantics, Vol. 3: *Speech Acts*. New York: Academic Press. 1975.

Gibbs, R. *The Poetics of Mind: Figurative Thought, Language, and Understanding*. New York: Cambridge University Press. 1994.

Giora, R. *On Our Mind: Salience, Context, and Figurative Language*. New York: Oxford University Press. 2003.

Glucksberg, S. On the automaticity of pragmatic processes: A modular proposal. In Ira N. & Dan S. (eds.), *Experimental Pragmatics*. Basingstoke: Palgrave, 2004: pp72-93.

Frisson, S. & Pickering, M. The processing of familiar and novel senses of a word: Why reading Dickens is easy but reading Needham can be hard. *Language and Cognitive Processes*, 2007, 22: pp 595-613.

Levinson, S. C. *Presumptive Meanings: The Theory of Generalized Conversational Implicature*. Cambridge: MA: MIT Press. 2000.

Chierchia, G. Broaden your views: Implicatures of domain widening and the "logicality" of language. *Linguistic Inquiry*, 2006, 37: pp535-590.

Grodner, D., Klein, N., Carbary, K., & Tanenhaus, M. "Some", and possibly all, scalar inferences are not delayed: Evidence for immediate pragmatic enrichment. *Cognition*, 2010, 116: pp 42-55.

Sperber, D. & Wilson, D. *Relevance: Communication and Cognition*, 2nd edn. Oxford: Blackwell and Cambridge, MA: Harvard University Press. 1995.

Panizza, D. & Chierchia, G. Numerals and scalar implicatures. In Jörg Meibauer & Steinbach, M. (eds.), *Experimental Pragmatics/Semantics*. Amsterdam: John Benjamins, 2011: pp129-150.

Bezuidenhout, A. & Morris, R. Implicature, relevance and default pragmatic inferences. In

Dan S. & Ira N. (eds.). *Experimental Pragmatics*. Basingstoke: Palgrave Macmillan, 2004: pp257-282.

Breheny, R., Ferguson, H., & Katsos, N. Investigating the time course of accessing conversational implicatures during incremental sentence interpretation. *Language and Cognitive Processes*, 2013, 28: pp443-467.

Noveck, I. A. & Posada, A. Characterizing the time course of an implicature: An evoked potentials study. *Brain and Language*, 2003, 85: pp203-210.

Bott, L. & Noveck, I. Some utterances are underinformative: The onset and time course of scalar inferences. *Journal of Memory and Language*, 2004, 51:pp437-457.

Chemla, E. & Spector, B. Experimental evidence for embedded scalar implicatures. *Journal of Semantics*, 2011, 28: pp359-400.

Chemla, E. & Bott, L. Processing presuppositions: Dynamic semantics vs. pragmatic enrichment. *Language and Cognitive Processes*, 2013, 28: pp241-260.

Bezuidenhout, A. Contextualism and information structure: Towards a science of pragmatics. In Baptista, L. & Rast, E. (eds.), *Meaning and Context*. Bern: Peter Lang, 2010: pp65-96.

Belleri, D. *Semantic Under-Determinacy and Communication*. Basingstoke: Palgrave Macmillan. 2014.

Bach, K. Conversationalimpliciture. *Mind & Language*, 1994, 9(2): pp124-162.

Carruthers, P., Laurence, S., & Stich, S. *The Innate Mind*, vol. 1: *Structure and Contents*. Oxford: Oxford University Press. 2006.

Semantic Minimalism: From the Perspective of Cognitive Structures

Huang Linhui　Du Shihong

(Nanning Normal University; Southwest University)

Abstract: The research of meaning and context has always been the focus of philosophy of language. Semantic minimalists and contextualists have competing answers as to the issues of modular linguistic processing, the relationships between meaning of sentences and their truth-value conditions, etc.. Philosophers have carried out various researches on them, among which are many kinds of experimental researches. This paper focuses on the semantic minimalism from the perspective of the cognitive structure, amplifies the debate between contextualism and semantic minimalism, and aims to review the relevant experimental researches. Combined with the linguistic philosophy researches and trends about semantic minimalism, the paper gives some brief comments on the researches of semantic minimalism, indicating that the research of the semantic minimalism is not suitable for direct experimental testing. In the future experimental research, the researchers need to make a more detailed description of the respective roles of grammar and context, such as defining the nature of context and so on.

Keywords: cognitive structure; contextualism; semantic minimalism; context sensitivity

概念功能导向的“容纳”概念构建及语义类型分析*

宫领强　王宜广

（鲁东大学国际教育学院）

提要：研究语言的组织形式如何表征概念的概念研究范式与认知心理过程相契合，顺应认知心理的概念研究范式是概念构建的基本方法。论文以此为理论指引，运用概念研究范式，通过概念结构的分析构建“容纳”概念，并探讨“容纳”概念的三种语义类型：弥散性容纳、离散性容纳和数量性容纳。

关键词：概念；概念结构；容纳

一、引言：理论指引和研究范式

叶斯柏森在《语法哲学》（1924）一书中提出了进行语法研究的两种思路：从意义出发去研究形式，或者从形式出发去探究意义①。吕叔湘的《中国文法要略》（1944）则是运用由意义到形式这一研究思路研究汉语语法的典范。运用这两种研究方式研究汉语语法只是研究角度的不同，并无高低优劣之分，但是两者并不是平衡发展的，着力亦是不均，而且更不能忽视这两种研究方式所存在的适用性差异。现实情况是由形式到意义这一

* 本文受国家社会科学基金后期资助项目“概念结构视野下动趋式的语义框架及其二语教学”（14FYY012）、教育部社会科学青年基金项目“中国语言概数表达的类型学研究”（18YJC740017）和山东省社会科学规划基金项目“词汇-语法界面下的动词基础句组块规则研究”（17CYYJ04）的资助。另外，论文经评审还获得了“第十届现代汉语语法国际研讨会”（2019. 10. 日本大阪）二等奖资助。由衷感谢匿名审稿专家对论文提出的修改意见，文中错谬概由作者负责。

①叶斯柏森著，何勇等译：《语法哲学》，北京：商务印书馆，2010 年，第 28—30 页。

研究方式在汉语语法研究中占据主流,影响也比较大。

由意义到形式这一研究方式,既有认知研究的支撑,也有心理研究的支撑,更与汉语的本质特征相契合。从整个语言的层面来看,主要存在三种研究范式:形式研究范式、概念研究范式和心理学研究范式①。心理学研究认为语言的产出经过三个过程:概念化过程、言语组织过程和发音阶段或文字输出阶段。首先说话者用言语表达什么概念;然后为所表达的概念选择适当词汇,建立词汇的语法结构或语音结构;最后将选择的词汇通过一定的肌肉运动程序用外显的声音或文字表达出来②。因此,研究语言如何构建概念内容的概念研究范式是与更普遍的认知范畴和认知心理过程相契合的。

语法是语言中组词成句的规则及规则系统,既可包括形态层面的规则,也可包括语义和语用层面的规则,还可包括音韵层面的规则③。故而不同语言句子的组织方式也存在差异,或者是形式递归方式,或者是语义递归方式。研究形式递归法则的形态型研究范式"缺乏语言习得和语言教学(第一语言教学和第二语言教学)的可证性(证实和证伪)"④。张黎(2017)认为汉语是意合型语法,所采取的组词成句的策略是不同于形态型语法的,汉语语法的规则是根植于常识结构中,即语义—认知结构,归根结底是语义范畴、语义特征间的组合规则系统⑤。基于以上分析和认识,顺应认知心理的概念研究范式是概念构建的基本方法。

依托认知心理视角探求汉语语法的"概念—语义"结构,既符合语言的认知心理产出过程,也符合语言习得过程。Talmy(2000)对概念结构的研究既包括概念系统的构建,也包括概念构建的类型及过程⑥,国内运用概念结构理论主要用来分析汉语动词的词汇化类型⑦和动结式(包括动趋式)的事件构成(包括运动事件、结果事件和廓时事件)⑧。运用概念结构范式探讨词汇习得主要涉及词汇使用知识体系的构建。词汇知识体系⑨中的

---

①Talmy, L. , *Toward a Cognitive Semantics Vol, I: Concept Structuring System*. Cambridge (Ma.): The MIT Press. 2000. p. 1.

②参看《大百科词条(稿)》【语言理解】,载微信公众号"今日语言学",2018 年 3 月 22 日。

③张黎:《汉语意合语法学导论——汉语型语法范式的理论建构》,北京:北京语言大学出版社,2017 年,第 1 页。

④张黎:《汉语意合语法学导论——汉语型语法范式的理论建构》,2017 年,第 2 页。

⑤张黎:《汉语意合语法学导论——汉语型语法范式的理论建构》,2017 年,第 4—6 页。

⑥Talmy, L. , *Toward a Cognitive Semantics Vol, I: Concept Structuring System*. 2000. p. 1.

⑦马云霞:《汉语路径动词的演变与位移事件的表达》,北京:中央民族大学出版社,2008 年,第 2—5 页。

⑧宋文辉:《现代汉语动结式的认知研究》,北京:北京大学出版社,2007 年,第 41—47 页。

⑨依据 Nation(2001)词汇知识体系包括九个方面:形式,包括口语发音、书面拼写和组成部分;意义,包括形式和意义、概念和所指、联想;使用,包括语法功能、搭配和使用限制。参看 Nation, I. S. P. , *Learning Vocabulary in Another Language*. Cambridge: Cambridge University Press, 2001.

词汇使用知识主要包括功能分布知识、词语的搭配知识、词语的频度信息和词语的使用框架①,该体系主要立足于句法功能和接受性角度。因此,运用顺应认知心理学的概念研究范式来指导词汇使用知识的研究,无疑既契合语言习得的心理过程,也凸显词汇的产出性特征。就研究范式而言,则是以概念为视角,探求语义框架结构和语义组织法则。就具体的分析方法而言,可以采取“构式—语块”分析法。该分析方法兼具构式和语块的优点,陆俭明(2010、2016)运用该方法分析了存在构式:存在处所—存在方式—存在物②。

与“容纳”概念相关的研究主要有两个方面,一是“容器”的概念隐喻,并运用这种隐喻方式研究了表达位移事件的趋向动词“进”类和“出”类③。“V进/出”类动趋式的概念语义框架为“主体-V进/出-容器”,表达的是“主体”以“容器”作为参照的位置移动变化。二是容纳与被容纳数量关系构式④,其所概括的句子是“一锅饭吃了十个人”或“十个人吃了一锅饭”,即“QP_1+V了/能V/V不了+QP_2”。该构式的语法意义是表达动词前后两个数量结构之间的数量关系,构成的是数量关系构式,其概念结构是:容纳量—容纳方式—被容纳量。数量结构关系表达的“容纳”概念,其核心是动词前后的两个数量结构之间具有容纳关系,而且是一种隐喻化的“容纳”。然而,QP_1 和 QP_2 分别是具有何种语义性质的数量名结构,及其与容纳方式的类型之间具有何种配搭方式,都未明确。基于以上分析,本文主要研究“容纳”概念的构建,并分析其语义类型。

二、“容纳”概念的构建及其语义类型

2.1 概念内容与概念形式:“容纳”概念的构建

语法研究注重形式与语义的相互验证,尤其是以语义范畴为出发点,更注重寻求形式的验证。同理,概念的构建则需要语义框架结构的支撑和验证,是概念内容和概念组织形式的融合。然而范畴与概念并不相同,范畴是语法意义关系的融合,通过不同的语

①邢红兵:《汉语作为第二语言的词汇习得研究》,北京:北京大学出版社,2016年,第54页。

②陆俭明:《“构式—语块”句法分析法——一种汉语句法研究的新思路》,《汉语语法语义研究新探索(2000-2010演讲集)》,北京:商务印书馆,2010年,第171页;陆俭明:《句类、句型、句模、句式、表达格式与构式——兼说“构式—语块”分析法》,《汉语学习》,2016年第1期。

③卢英顺:《“进”类趋向动词的句法、语义特点探析》,《语言教学与研究》,2007年第1期;王宜广:《现代汉语动趋式语义研究述评》,《汉语学习》,2013年第3期;王宜广:《现代汉语动趋式的语义框架及其扩展路径研究》,北京:中国社会科学出版社,2016年,第26—27页。

④陆俭明:《句类、句型、句模、句式、表达格式与构式——兼说“构式—语块”分析法》,《汉语学习》,2016年第1期。

法形式来表达;概念是一种认知系统,通过语言的组织形式来构建①。因此,不同的语言组织形式构建不同的概念认知系统。概念认知系统首先由其概念结构来表征,而且每一个概念都具有独属于自身的一个“身份证”,即语义框架。就如同“存在”概念的“身份证”是“存在处所—存在方式—存在物”一样,“容纳”概念也有自己的“身份证”,即“空间容器—容纳方式—容纳物”。换句话说,“空间容器—容纳方式—容纳物”是“容纳”概念的认知表达框架②。因此,概念认知系统与概念语义结构之间是支撑与验证的关系。

具体到概念系统的构建,则是语法形式和词汇形式共同作用的结果,就如 Talmy(2000)而言,语法形式的基本功能是构建概念框架,而词汇形式的基本功能是为之提供概念内容③。作为存在方式的“V 着”是“存在”的概念形式,而存在处所和存在物则是“存在”的概念内容。同样,容纳方式是“容纳”的概念形式,而空间容器和容纳物则构成其概念内容。

概念形式与概念内容虽同为概念的构建要素,但两者的功能并不相同:概念形式为概念的构建提供框架,而概念内容则以概念形式构建的框架作为句法“安置点”。就“容纳”概念而言,作为概念形式的容纳方式让空间容器和容纳物分别占据由其构建的并与概念内容相适应的句法位置。“容纳”概念所体现的是空间容器与容纳物之间的相容关系,容纳物是以空间容器作为范围边界,根据容纳方式的差异,两者之间的关系主要呈现出三种情形:一是以述补式复合词“充 X”类(如“充满④、充溢、充盈、充斥”⑤等)为容纳方式,空间容器与容纳物是一种弥散性容纳关系,如“教室里充满了咖啡的香味”等;二是以述补式短语“V 满”为容纳方式,空间容器与容纳物是一种离散性容纳关系,如“书包里

---

①有关“范畴”的分析可以参看吕叔湘:《吕叔湘文集》(第 1 卷),北京:商务印书馆,1990 年,第 129 页;邵敬敏:《汉语语义语法论集》,上海:上海教育出版社,2007 年,第 25—40 页。有关“概念”的分析参看 Talmy,L. ,*Toward a Cognitive Semantics Vol,I:Concept Structuring System*. 2000. p. 1-19.

②容纳概念的语义框架“空间容器—容纳方式—容纳物”是其典型语义结构,并不否认实际使用中因为容纳方式的差别而导致三种语块之间的语序变化,如“容纳物—容纳方式—容器”或者“容器—容纳物—容纳方式”,以及隐含“容器”这一语块而产生“容纳物—容纳方式”。

③Talmy,L. ,*Toward a Cognitive Semantics Vol,I:Concept Structuring System*. 2000. p. 16-19.

④“充满”具有两种属性,一是动词,是一种动补式复合词,呈现的是一种状态,不能变换为“把”字句;另一是短语,是一种动结式述补短语,呈现的是一种动作及结果,可以变换为“把”字句,如可以说“他把车胎充满了气”“他把手机充满了电”等。因此,一种强调充盈的状态,一种强调往里充的动作。根据下文的分析,这里其实是两种不同的容纳型关系,前者是弥散性容纳,后者是离散性容纳。

⑤《现代汉语词典》(第 7 版)对“充斥”“充溢”和“充盈”的释义中均含有“充满”这一义位,因此这里此种容纳方式称之为“充满”类。另外还可以看出“充满”类具有相近的语义特征和概念功能,其差异主要表现在空间容器及其所容纳物的差别上。

装满了零食"等;三是以"V(得/不)下"、"V(得/不)开"、"容纳"等为容纳方式,空间容器与容纳物是一种数量性容纳关系,如"这张小床躺不下三个人"等①。

2.2"容纳"概念的类型及其语义结构

三种容纳类型在容纳方式、空间容器与容纳物之间的关系上具有各自的语义特征。然而,就"满"而言,第一和第二种容纳类型体现了虚与实的差别,即"充满"实际上是一种主观的虚量,而"V满"是一种客观的实量。第二种和第三种容纳类型体现了大概量与具体量的差别,即"V满"是一种"满"量,以至于后面还可以补上大概的猜测量;而"V下"等是一种具体的量,可以直接出现表示具体量的数量短语。因此,从这个意义上来看,"容纳"概念所表示的容纳关系也具有一种空间量②的性质。下面我们一一来看:

2.2.1 弥散性容纳

弥散性容纳是以已经词汇化的"充满"类述补复合动词作为容纳方式,在由其所构建的概念框架内,作为概念内容的空间容器和容纳物也存在着性质差异。这种性质差异是由空间要素的隐喻化这一基本认知演化手段带来的,具有普遍性。比如,由空间到时间的隐喻演化、由物理空间到心理空间的隐喻演化,以及由典型(或具体)到非典型(或抽象)的演化等。基于空间要素隐喻化过程,空间容器具有不同的认知演化表现:物理空间、心理空间、泛空间和超空间。因此,下文便依此分析思路,逐一分析表征"充满"类容纳方式的"充满、充斥、充盈、充溢",在空间容器和容纳物的性质方面存在的异同。

1.以"充满"为容纳方式

第一、物理空间+充满+弥散性容纳物

表征概念形式的"充满"类容纳方式中物理性质的空间容器具有非拓扑几何性质③,即跟物体之间的位置关系无关而与形状和大小有关。就形状而言,一是要求空间容器具有立体性而非平面性,使得"教室、车厢"类的立体空间可以,而"马路、黑板"等不可以;二是要求空间容器的构成具有完全或部分连续性而不能是非连续性,以至于"房间、山谷"类的事物可以,而"鸟笼、渔网"类的事物不可以。就大小而言,主要是以能否给观察

①评审专家认为"进、进入"也跟容器隐喻相关,也应该是实现容器隐喻的重要手段之一。的确如此,然而"进、进入"表达的是动态位移事件,是"位移"概念的实现手段,"容器"是位移的衬体;而"容纳"概念是一种静态相容关系,"容器"为容纳物提供空间范围。

②空间量、主观量和虚量作为汉语量范畴系统的不同类别,其内涵可参阅李宇明:《汉语量范畴研究》,武汉:华中师范大学出版社,2000年,第40页、第111页和第75页。

③将几何学中的拓扑结构特点用于认知语义学中概念系统的构建可以参阅 Talmy, L., *Toward a Cognitive Semantics Vol, I: Concept Structuring System*. 2000. 翻译本可以参阅李福印等译:《认知语义学(卷I):概念构建系统》,北京:北京大学出版社,2017年,第3—25页。

者提供立足之地作为区别标准。相对而言,具有较大空间的"天空"、相对较大空间的"山谷、房间、车厢"等均可以让观察者置身其中,因而可以与"充满"配搭;而具有较小空间的"气球、试管、盒子"等无法让观察者置身其中,因而一般不可以与"充满"配搭①。所容纳物主要是"声音类"(例(1)(2))、"气味类"(例(3)(4))、"烟雾类"(例(5)(6)),以及抽象含蓄的"意味、韵味"(例(7))、"气氛、气息"(例(8)(9)(10))等,具有弥漫性,往往无常形,不可数,其情感色彩积极、消极和中性皆可。例如:

(1)仪式结束后,苏珊女士那个别墅式的小楼里充满了过节般的笑声。(《报刊精选》1994)②

(2)女佣进厨房了,母亲小声地说着什么,孩子们走动着,屋内充满了清晨忙碌的声音。(张清平《林徽因》)

(3)据目击者介绍,加斯韦克湾昨夜的空气里充满着强烈的原油气味,人在几英里之外就能闻到。(《人民日报》1993)

(4)房间里充满了烟味。(《宋氏家族全传》)

(5)水山把老东山的被子掀开,屋子立时充满烟雾。(冯德英《迎春花》)

(6)东方泛著灰光,但他们看不见太阳升起的样子,空气中充满了雾气,眼前的大地充斥著烟雾,他们走在大道上,缓缓前进。(《魔戒》2)

(7)爱好书法的谢军从家里带来了笔、墨和宣纸,房间里充满了东方文化的韵味。(《人民日报》1993)

(8)我们实地访问了VVC,办公室里充满活跃气氛。(《人民日报》1998)

(9)南京机场壁垒森严,充满了恐怖气氛。(《作家文摘》1997)

(10)嘹亮的歌声、悠扬的琴曲、婀娜的舞姿,校园里充满青春气息。(《人民日报》2000)

另外,操场、运动场等场地,或者加油站、马路等场所,虽然不具有完全封闭性,有的是半封闭性、甚至有的无封闭性,但具有连续性和范围性,同样可以作为弥散性事物的容纳场所。例如:

①通过查询北京大学CCL语料库和北京语言大学BCC语料库均未发现这种配搭,其中有如下用例"气球充满气后,下端又开始漏气",此例中的"充满"是动结式述补短语。

②本文用例主要来自北京大学CCL语料库和北京语言大学BCC语料库,均已标明出处。因对比分析需要有少数用例自拟,也已标明。

(11)整个战场充满了疯狂的杀戮声,士兵们的耳朵完全被人声和炮声塞满了。(《银河英雄传说》02)

(12)加油站一带充满了喇叭声和斥责声。(新华社2003年4月份新闻报道)

(13)天黑了,路灯亮了,马路上充满各种喧闹的声音,风从开着的车窗吹进来,带着一股夏季的闷热气息。(豆豆《遥远的救世主》)

(14)全城充满烟雾,没有一处干净,正如阿根廷蚂蚁一样的弥漫各处。(《读书》)

第二、心理空间+充满+情感性容纳物

心理空间是指人的情感存在和呈现的内心、眼睛、身体、面容等器官(例(15)(16)),以及人表达情感的动作、眼神、表情等方式(例(17)(18)),甚至人表达情感的载体“声音、话语、作品”等等(例(19)(20)(21))。喜怒哀乐、认知情感等皆是情感性的容纳物,又可分为两种类型:一种是本人自身情感由内而外的散发呈现,另一种是来自他人对外物的感知觉认知。例如:

(15)处于事件中心的苏耕田内心充满了矛盾与痛苦。(《人民日报》1995)

(16)少年以为是身体上有危险,顿时全身充满了惊异和紧张,凝视着监护人。(《银河英雄传说》02)

(17)她的体操动作充满艺术的美感,富有表现力。(《中国儿童百科全书》)

(18)此时,唐龙正在门外,隔着玻璃目不转睛地盯看像一只白精灵在舞池中飘来飘去的邱洁如,面部表情充满着悲苦和绝望。(柳建伟《突出重围》)

(19)这温温的话语充满了对晚辈的爱,令她激动,令她振奋,令她终生难忘。(《作家文摘》1994)

(20)他的热情话语充满了感染力。(阿加莎·克里斯蒂《目的地不明》)

(21)郁达夫早年曾留日,早期作品充满伤感和颓废,后期作品稍带欢乐希望的色彩。(《作家文摘》1994)

第三、泛空间+充满+感知性容纳物

任何存在的客观事物,本身就占据着一定的空间,具有空间属性。然而,这是就事物而言,不涉及内部是否可以容纳。因此,可以将具有空间属性但不涉及内部容纳的客观事物称作泛空间。这是观察事物两个不同的角度,从客观存在属性而言,具有具空间性;从事物本质属性来看,具有泛空间性。具空间性,关注其内部空间;泛空间性,关注其事物本质。从容纳概念的角度来看,某一事物可以被认为是泛空间,即仅仅指事物本身,而不涉及该事物所具有的空间属性。拿一本书来说，这本书作为客观存在的事物，占据一定的空间；而就这本书本身特征而言，其封面设计、语言、内容等都是一种泛空间。就“充满”而言，凸显的是其泛空间属性，如“这本书充满了魔幻色彩”，容纳物则是抽象的感知觉认知特征；就“V满”而言，凸显的是其具空间属性，如“这本书里夹满了百元钞票”，容纳物则是具体的客观事物。例如：

(22)金饰设计充满怀旧色彩、传统气息、民间风情。(《人民日报》1994)

(23)其中一顶是万历孝端皇后的凤冠，冠高26厘米，冠上饰有三条龙，龙口含着宝珠，两羽翠蓝凤凰上缀满珍珠，冠上还有八朵珍珠宝石镶嵌的牡丹花。(《中国儿童百科全书》)

(24)只要有玛丽在身边，狄更斯就感到愉快，全身充满活力。(《作家文摘》1997)

(25)由于是回水处，他身上挂满了烂草、污泥。(《报刊精选》1994)

例(22)凸显金饰本身所具有的设计特色，例(23)则凸显两羽翠蓝凤凰作为珍珠的附着之所。例(24)凸显狄更斯自身充满活力的感受，例(25)则凸显他身上作为烂草、污泥的附着之所。

另外，泛空间还可以指“市场、社会、机关、单位、家庭”等由人与人构成的具有社会关系属性的概念。之所以称之为泛空间，是因为这些社会关系的呈现方式并不是凸显其空间性，而是凸显其内部构成关系，即本质上是人与人的各种关系。与之相配搭的容纳物则体现着人与人之间的关系：利益关系、情感关系、人际交往关系等等。例如：

(26)到了60年代初，美国社会充满了各种矛盾和问题，造成了社会动荡和不安。(《报刊精选》1995)

(27)在房改新政策的推动下，上海的住宅市场充满生机。(《文汇报》2000-6-8)

(28)21世纪，全球医药市场充满竞争和挑战。(《人民日报》2001)

(29)有的基层单位充满活力，有的充满勾心斗角。(《人民日报》2000)

(30)他的家庭充满团结的乐趣和劳作的愉快，劳动的竞争心和自尊心。(孙犁《“帅府”巡礼》)

例(26)—(30)中，无论矛盾、问题，生机、活力，竞争、挑战，勾心斗角，还是乐趣、愉快等，直接或间接呈现的都是人与人之间的各种关系。

第四、超空间+充满+感知性容纳物

客观事物的存在占据着一定的空间，而事件的发展过程虽然也是发生于空间，但此时凸显的是其发展过程中的时间属性。因此，超空间并不凸显空间要素的存在，而是空间概念的隐喻性扩展，凸显事件的过程性或时间性。就过程性而言，事件占据着一定的时间段；就时间性而言，凸显时间的时段性，而非其时点性。因此，无论过程性还是时间性，均以时间段作为隐喻性的空间容纳概念。

过程性容纳对容纳物存在匹配性要求，即需要凸显某一事件过程的感知性特征，就一场比赛而言，其过程可能沉闷、枯燥，也可能恐怖、激烈。例如：

(31)在今晚的比赛中，土耳其队并没有表现出对巴西队一役的战术水平，整场比赛充满了沉闷与枯燥。(新华社2002年6月份新闻报道)

(32)(反美武装人员6日在巴格达以北的萨迈拉市和美伊联军玩了一场血腥的“猫捉老鼠”游戏)这场游戏看上去并没有戏剧性，倒是充满了恐怖色彩。(新华社2004年11月份新闻报道)

时段性容纳主要表现为具有时段特征的时间词，如“未来、二十一世纪、节日”等；对容纳物的语义匹配要求则是该时间段具有的感知性特点，如“未知数、希望、竞争、喜庆”等。例如：

(33)怜情的未来充满了未知数，而且似乎还充满了危险，柯豪实在是不放心啊！(季薇《阿哥怜情》)

(34)今天总要过去，明天充满未知，自己活得快乐没有遗憾就好。(微博)

(35)在他的记忆中，老北京的春节充满了艳丽的色彩、诱人的气味和喧闹的声响。(新华社2004年1月份新闻报道)

2.“充斥、充溢、充盈”等充满类容纳方式

“充斥、充溢、充盈”均是充满类的容纳方式，除了包含[充满]这一语义特征外，还各自具有特有的语义特征，即“斥、溢和盈”。从容纳物的差异来看，其中“充斥”的容纳物主要是会带来消极性感受的人或事物，如“假货、酒味、嘈杂声、谎言”等；“充盈”的容纳物主要是具有积极性感受的心理情感，如“温馨、暖意、骄傲”等；“充溢”的容纳物主要是具有积极性感受的心理情感，还可以是消极情感，如“悲伤、痛苦”等。当然三者在空间容器方面也存在差异，具体来看：

首先,“充斥”容纳方式下的空间容器主要是物理空间(例(36)(37))、心理空间(例(38)(39))和泛空间(例(40)—(43))。例如:

(36)大厅里充斥着痛苦的尖叫声,每个人看上去都很惊恐。(《哈利·波特》6)

(37)房里充斥着一股酒味,不论是床、灯或窗,所有的摆设都透着一股宾馆特有的俗气。(村上春树《挪威的森林》)

(38)那个代表着我全部憧憬的姑娘,神情茫然地看着周围的人,她的眼睛里充斥着哀求和苦恼。(余华《在细雨中呼喊》)

(39)眼下,他脑海里充斥着这些令人可怖的念头。(《人性的枷锁》)。

(40)文化变成工业,艺术变成商品,许多东西可以被无限制地复制,商业广告和大众传媒里充斥着伪艺术品。(《读书》)

(41)各国的报纸、杂志上充斥着对义和团的各种诬蔑攻击言论。(当代网络语料)

(42)民间艺术品遭到大量仿冒抄袭,市场上充斥着伪劣商品。(新华社2003年5月份新闻报道)

(43)我们这个社会充斥了太多的虚假和谎言。(《分裂的真相——关于钱云会案的对话》)

其次,“充溢”容纳方式下的空间容器主要是物理空间(例(44))、心理空间(例(45)(46))和泛空间(例(47)—(49))。例如:

(44)梁家宽敞的宅院里,充溢着喜洋洋的气氛。(张清平《林徽因》)

(45)整本书中字里行间充溢着作者对那些生灵们的挚爱情愫。(奥尔多·利奥波德《大雁归来》)

(46)悲伤时,她的心中充溢着悲伤。(张清平《林徽因》)

(47)诗里充溢着江南的田园诗情。(《现代汉语词典》第6版)

(48)他的山水画,情韵叠出,笔力雄劲厚拙,充溢着运动、力感和速度。(《人民日报》1993)

(49)市场充溢着买涨不买落的投机气氛。(当代网络语料)

最后,“充盈”容纳方式下的空间容器主要是物理空间(例(50)—(52))和心理空间(例(53)(54))。例如:

(50)街头巷尾的空气里,都充盈着中国人的骄傲。(张剑《世界100位富豪发迹

史》)

(51)满屋子充盈着让人慵倦的暖意。(《人民日报》1993)

(52)剧场里充盈着欢快的笑声。(《现代汉语词典》第6版)

(53)芮小丹不时地侧脸看一眼丁元英,心里充盈着忐忑的温馨。(豆豆《遥远的救世主》)

(54)他的每一幅作品都深深烙上了他自己的心迹,在他的画作中,弥漫着忧郁与哀伤的情调,充盈着思索与探索的精神,洋溢着不屈与抗争的信念。(《报刊精选》1994)

就“充盈”类容纳概念而言,其概念结构还存在其他语序类型:容纳物—容纳方式—容器(例(55)(56))、容器—容纳物—容纳方式(例(57))。例如:

(55)时下,各种营养口服液充盈市场。(《报刊精选》1994)

(56)焦躁、企盼之情充盈字里行间。(《报刊精选》1994)

(57)不知不觉间,那两只大眼睛里已泪水充盈。(《报刊精选》1994)

2.2.2 离散性容纳

“充满”类容纳与“V满”类容纳,虽然都有“满”这一特征,但在容纳物上存在截然相反的两种类别。前者主要是具有弥散性的声音、烟雾和气味,以及人的感知觉和认知情感等,后者主要以客观存在的具有离散性的人或事物为主。弥散性容纳类的容纳物因无形而不受制于空间容器,而离散性容纳类的容纳物因有形而受制于空间容器。以致于后者即使还有空间剩余,但是再也无法装下同样的事物了,便可称为“装满”等。因而,与“V满”配搭的空间容器主要具有立体三维特性,更重要的是其还可以具有平面二维特性。而且,具有这种特性的空间容器并不具有拓扑性特征,与性状、大小无关。另外,需要指出的是,由于“容纳物”往往是客观存在的、具有离散性的事物,因此可以作为动作处置的对象,即可以变换为“把”字句①。

具有三维立体特性的空间容器如下:

(58)碗中装满了清水。(金庸《天龙八部》)

①“容纳”概念功能的表达结构(或构式)既可以是与概念结构一致的结构形式,即基本的“LP+VP+NP”(书包装满了零食),也可以是仅凸显其中某些语义特征的结构形式,如这里可以是“把”字句“使事+把+NP+V满”凸显空间容器(他把书包装满了零食)或容纳物(他把零食装满了书包)。

(59)大堂里十多个铁笼子装满了蛇。(新华社 2001 年 1 月份新闻报道)

(60)剧场里坐满了观众。(《人民日报》1996)

空间容器也可由容器性容纳向范围性容纳扩展。具有二维平面特性的空间容器如下:

(61)驻地军营里的各种板报栏上写满了有关蛇的传说、蛇的知识。(新华社 2001 年 1 月份新闻报道)

(62)莫斯科火车站,月台上站满了为宋庆龄送行的人。(《宋氏家族全传》)

(63)体育馆外沿街墙上贴满五颜六色的供求信息。(《人民日报》1995)

2.2.3 数量性容纳

“数量性”容纳主要是就容纳物的数量而言,通过数量名结构来表达,凸显空间容器所能容纳的容纳物的具体数量。实际上,离散性容纳“V 满”本质上也是一种数量,是一种约量,凸显的是数量多,甚至没有多余的空间了。数量性容纳既可以表达空间容器在数量上的容纳能力,还可以表达事物作为整体在数量上的容纳能力。因此,根据空间容器性质差异,数量性容纳主要存在两种类型。

一是空间性数量容纳。首先可以是物理空间,该容纳类型的典型语义结构是“空间容器-容纳方式-容纳物量”,容纳方式主要是表示容纳能力的“V 得/不开”、“V 得/不下”、“能/可+容纳”。例如:

(64)黑洞虽小,堵西汀可是常常带着朋友来聚谈,屋子里坐不开五六个人,所以有时候大家就须立着商议他们的事。(老舍《蜕》)

(65)扑翼机上坐不下三个人。(王晋康《类人》)

(66)中心足球场看台可容纳 1.6 万名观众。(《文汇报》2000-1-14)

其次还可以是超空间,主要是具有过程性的比赛活动,该容纳类型的典型语义结构是“超空间-容纳方式-容纳时量”,容纳方式主要是由跟比赛活动有关的躯体动作动词构成的“V 满”表达。例如:

(67)那场比赛打满了十二个回合。(《人民日报》1993)

(68)下半时打满 45 分钟。(新华社 2001 年 2 月份新闻报道)

(69)孙继海踢满了 90 分钟。(新华社 2002 年 9 月份新闻报道)

上述三例均是表达比赛活动所容纳的时量,其中,例(67)“十二回合”每一回合均有固定的时间,可以看作是时量。例(69)因前文语境的管辖,表示过程性的超空间成分隐含,使动作行为的主体出现在主语位置,不过,因语境而隐含的“这场比赛”是可以补出来的。

二是整体性数量容纳。该容纳类型的语义结构是“总体容纳量-容纳方式-被容纳量”,表达“总体容纳量”可以容纳多少“被容纳量”。“容纳”概念中的空间容器往往具有整体性而作为被容纳物的空间限制成分,即使被容纳物可以置于句首,但其与置于句末的空间容器仍是容纳与被容纳的关系。因此,数量性容纳概念中“总体容纳量”与“被容纳量”之间的语义关系仍然具有容纳与被容纳的关系。从概念属性来看,表示整体容纳量的事物本身要么具有空间容纳性,要么具有时段容纳性;而表示被容纳量的人或事物本身并不具有容纳性,仅仅是具有可数性的个体。例如:

(70)a. 一锅饭吃10个人。

b. 10个人吃一锅饭。(陆俭明例)

(71)a. 一个月吃1000块钱。

b. 1000块钱吃一个月。(自拟)

上述两例中“一锅饭”和“一个月”分别表达空间容纳性和时段容纳性,而与其相配搭的“10个人”和“1000块钱”分别表达空间或时段所能容纳的人或事物的量,而且还可以互换句法位置而语义关系不变。呈现容纳方式的动词与数量名成分中的名词具有论元关系,与论元“饭”和“人”匹配最自然的便是“吃”,与“月”和“钱”匹配的可以是“吃”“花”“卖”等。

必须要指出的是,当空间容纳性数量名成分与时段容纳性数量名成分,分别置于动词前后的句法位置时,同样存在合法的容纳关系,只是无论哪种成分置于动词前,都承担的是容纳角色;无论哪种成分置于动词后,均承担的是被容纳角色。根据例(70)(71),可以造出如下例子。

(72)a. 一锅饭吃一个月。

b. 一个月吃一锅饭。

(73)a. 一里路走一小时。

b. 一小时走一里路。(自拟)

例(72a)表达吃掉一锅饭所需要的时间是一个月,以至于还可以是两个月、三个月等;(72b)表达一个月所需要吃掉的是一锅饭,以至于还可以是两锅饭、三锅饭等。(73a)和(73b)亦可如此分析。只是两种情况都已不再凸显其容纳性,即使置于句首的分别是“三锅饭”或“三个月”,置于句末的分别是“三个月”或“三锅饭”。由此,我们需要进一步思考,若动词前后的数量名成分均不包含容纳关系,那还是不是表达容纳性数量关系呢?

(74)a. 10 个人吃了 1000 块钱。

b. *1000 块钱吃了 10 个人。(自拟)

例(74a)中“10 个人”并不具有容纳属性,主要表达人数和钱数之间的数量关系,可以看作是一种非容纳性数量关系构式。而且例(74)与例(70)—(73)还有一个不同之处是,动词前后的数量名成分无法互换。陆俭明(2011)在运用“构式—语块”分析法分析数量关系构式时只举了如例(70)这样的用例①,并未明确指出如何确定容纳性数量关系构式与非容纳性数量关系构式之间的差别。因此,数量关系构式体系可以分为容纳性数量关系构式和非容纳性数量关系构式两类,而容纳性数量关系构式又可分为空间容纳性数量关系与时段容纳性数量关系。

最后,必须要指出的是,对同一个具有容纳性的事物,其空间属性具有多样性。拿“房子”来说,就其内部容纳而言,可以凸显其弥散性容纳、离散性容纳和数量性容纳;就其作为一个整体的客观事物的本质特征而言,主要凸显其离散性容纳;就其作为客观事物的外在特征而言,主要凸显其弥散性容纳。而且同样是在凸显弥散性容纳特征时,其容纳物也存在差别,可以是弥散性的声音、气味或烟雾等,也可以是该事物具有的特征、风格、色彩等感知觉认知特点。例如:

(75)每年的这个时候,德罗海达遍地都是玫瑰,因此,房子里充满了花香。(《荆棘鸟》)

(76)这房子充满了引人入胜的神秘气氛,仿佛暗示楼上有许多比其他卧室都美丽而凉爽的卧室。(《了不起的盖茨比》)

(77)那边房子堆满了旧家具。(《雪国》)

(78)我说原先我在北影住筒子楼时,只有十二平米一间朝北的房子,摆不开一张写字的桌子,常在暖气上垫块板儿炮制小说。(大陆作家:梁晓声)

---

①参看陆俭明:《在探索中前进——21 世纪现代汉语本体研究和应用研究》,北京:北京师范大学出版社,2011 年,第 176—189 页。

基于上述理念和分析，“容纳”概念的构建便是建立在“概念功能—概念结构—语义结构—句法结构(或构式)”一体的概念研究范式基础之上。具体框架图示如下：

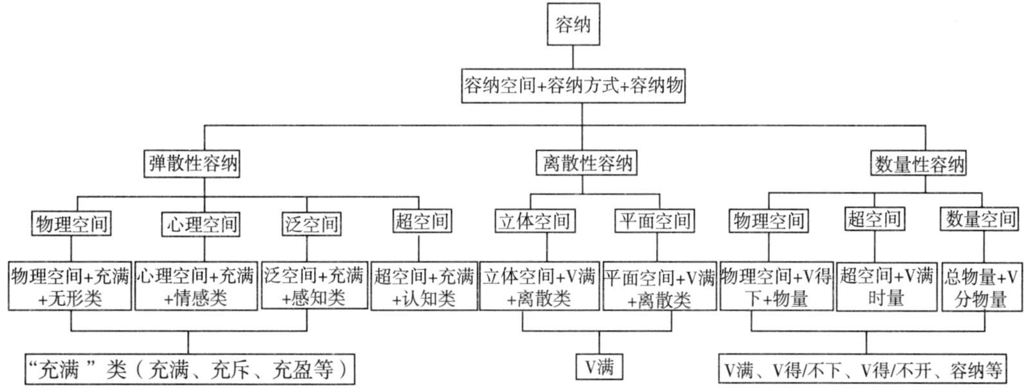

三、结语

“概念”之所以成为自身，是以其特有的概念结构为表征，其研究范式是通过概念内容与概念形式相结合的方式来探究概念的语言组织形式。就“容纳”概念而言，其概念结构“空间容器—容纳方式—容纳物”是其特有表征，概念内容之空间容器和容纳物的性质和配搭则受制于概念形式之容纳方式。

容纳方式作为概念形式，构建的是概念框架，就容纳方式的差异而言，主要存在“充X”类、“V满”类和“V得/不下”等三类，由此表征的“容纳”概念存在三种语义类型：弥散性容纳、离散性容纳和数量性容纳。每种语义类型中，空间容器和容纳物构建的是概念内容，根据空间容器的性质差异，弥散性容纳内部存在隐喻性扩展：物理空间到抽象空间、物理空间到心理空间、空间到时间；离散性容纳内部存在立体三维与平面二维两种空间性质；数量性容纳内部又存在空间性与时段性两种类别。

Construction and Semantic Type Analysis of the Concept of "Accommodation" Guided by Conceptual Function

Gong Lingqiang Wang Yiguang

(Ludong University)

Abstract: The paradigm of conceptual research on how the organizational form of language represents concepts corresponds to cognitive psychological processes, the paradigm of conceptual research in conformity with cognitive psychology is the basic method of conceptual construction. By using the paradigm of conceptual research, this paper constructs the concept of "accommodation" through analyzing the conceptual structure, and points out three semantic types of the concept of "accommodation": dispersive accommodation, discrete accommodation and quantitative accommodation.

Keywords: Concept; Conceptual structure; Accommodation

◎辞书研究

汉字知识的编码重构

——谈作为语文课程资源的学生字典的编纂创新*

王丽英　王东海

（鲁东大学图书馆；鲁东大学国际教育学院）

摘要：在中小学语文教学中，字典属于语文课程教学资源范畴。探讨字典的编纂，离不开语文课程资源视角。字典编纂创新的本质是对汉字知识进行创新性的编码重构。本文以《新编学生字典》（第2版彩图本）为主要解剖样本，系联《新华字典》《新华多功能字典》《现代汉语词典》等经典中小型辞书，从课程资源的角度剖析学生字典编纂创新的三大核心：字典个性体例、查全率与词典规模的平衡、释义的通俗性与经验性的结合。

关键词：学生字典　教学资源　编纂创新　编码重构

在中小学语文教学中，字典属于语文课程教学资源范畴。学生字典的编纂创新的本质就是针对中小学生学习实际，对汉字知识进行创新性的编码重构。探讨字典的编纂，离不开语文课程资源视角。当前辞书市场以“学生”命名的字、词典多而杂乱，良莠不齐，间有大量粗制滥造的作品，缺少有公信力的“权威出版社、权威编者、权威评价”的学生字词典。人民教育出社的《新编小学生字典》（修订至4版）以及在此基础上扩充独立出的《新编学生字典》（修订到2版），体现了很多编纂理念和编纂方法上可贵探索，展示着积极型、生成型、教学型辞书理论和编纂方法的创新萌芽、创新亮点，较好体现了“三个权威”的特色。

本文以《新编学生字典》（第2版彩图本，以下简称《新编》）为解剖样本，系联《新华

* 课题：国家社科规划项目“百年汉语语文词典谱系的词典考古研究”（19BYY015），国家社科重大项目“基于辞书信息数据库的中国汉语辞书理论史研究”（18ZDA302）

字典》(第 11 版)、《新华多功能字典》(曹先擢等主编,商务印书馆)、《现代汉语词典》(第7 版)等经典中小型辞书,从课程资源的角度剖析学生字典编纂创新的三个核心:字典个性体例、查全率与词典规模的平衡、释义的通俗性与经验性的结合,这三个核心其实就是汉字信息在字典中编码方式的创新。

一、学生字典的语文课程资源角色定位和服务对象定位

1. 课程资源角色定位

字典是工具书的核心类型之一,在中小学语文教学中,属于核心语文课程资源。2011 版《义务教育语文课程标准》(以下简称"新课标")和 2017 版《普通高中语文课程标准》都对其在语文教学中的应用有明确的规定。

"新课标"要求:"(教师要)积极开发、合理利用课程资源",并且把"工具书"明确列入语文课程资源。"新课标"对工具书(很多地方明确为"字典""词典")提出三个应用目标:一是掌握其用法,如"学会使用常用的语文工具书""会运用音序检字法和部首检字法查字典、词典";二是借助工具书消除阅读障碍,如"能借助工具书阅读浅易文言文","(培养)借助字典、词典等工具书查检字词的能力","能借助字典、词典和生活积累,理解生词的意义";三是借助字、词典独立识字,如"能熟练地使用字典、词典独立识字"①。

2017 版《普通高中语文课程标准》要求:"引导教师开发语文课程资源",强调要灵活运用工具书,例如"学会灵活使用常用语文工具书和网络";强调工具书在独立文本研读中的应用,例如"引导学生借助注释、工具书独立研读文本"等②。

从辞书学和语言规划的角度看,字词典、教材一直被认为是语言文字的准规范。但不同于刚性的语言文字规范,其主要靠内容、编纂者、出版者的权威性对规范未覆盖到的语言文字知识起规定和引导作用,体现出柔性特点。刚性的语言文字规范和柔性的字、词典准规范基本可以满足中小学语言文字应用方面的需求,因此字、词典一直是中小学老师和学生最重要的教学和学习助手,也是最重要的课程资源,任何师生都不可能离开字、词典而全面、顺利完成全部教学和学习任务。

---

①中华人民共和国教育部:《义务教育语文课程标准(2011 年版)》,北京:北京师范大学出版社,2012 年。

②中华人民共和国教育部:《普通高中语文课程标准(2017 年版)》,北京:人民教育出版社,2018 年。

2. 服务对象定位

作为课程资源的学生字典，其服务对象决定了其编纂宗旨和编纂方法。

从服务对象角度，主动型字典有学习型和学生型之分。学习字典是面向所有学习本字典语言文字知识、用本字典的语言文字进行交际的用户，用户定位是泛对象，包括正在学习者或有潜在学习需求的所有对象（含外国人或外族人），其义项、用例都是面向全民语域的共核语言文字知识，描写的是适用于全民生活交际情况的语言文字要素及语言文字属性。

学生字典有明确的学生用户定位，可为小学生、中学生等不同层级的学生有针对性地提供知识服务。其特点有三：首先，内容以教材语料中的义项和语用为核心，追求最大程度逼近学生的阅读边界，在阅读范围内提取字头、词头、义项及用例；其次，其内容与教学大纲或课程标准有一致性和对应性；最后，其内容的丰度、深度和广度，表述的难易度、专业度等都要符合学生的接受心理。

以中小学生为服务对象的学生字典，要体现“学生需求导向、汉字知识服务”，以让师生满意为最高追求，其具体表现为“三个满意，三个口碑”：学生（含教师）等直接用户满意、辞书学界的学者满意、应用推广的市场满意。一部学生字典，满足了学生的使用需要，教师自然满意，形成良好的用户口碑；辞书界专业用户满意，会通过辞书评论从专业角度推介字典，也会将其作为学术研究的解剖样本，形成良好的专业口碑；用户口碑和专业口碑上去后，市场口碑自然也就提升了。这样，一部学生字典就成为经典辞书样本。

3. 小结

从语文课程资源和服务对象的角度来反观学生字典的编纂创新，会有很多新的启发。以下简要梳理学生字典在个性体例创新、平衡性、通俗性与经验性结合三方面的创新探索。

二、学生字典的编纂要体现出区别于词典的体例创新

不同的辞书类型是汉语汉字知识的不同编码方式和知识服务方式的体现。要编纂一部让学生、老师、辞书学家、市场都满意的学生字典，首先要有个性体例创新，表现出其不同于易混淆的同定位词典的鲜明特征和编纂方法。

1. 中小型字典与词典的区分度不高问题，对学生字典编纂提出体例创新需求

在汉语辞书的类型研究中，字典与词典的区分一直是一个比较大的问题。大型字典和词典的区分度比较大。如《汉语大字典》中的字义的丰富度和各种古文字字形、复杂的字际关系等信息，远超《汉语大词典》，而后者收录的复音词、义项及书证的丰富度又要远

超前者,二者区隔比较明显。

但收字头数与收复音词词目数差距不大的中小型字典和词典的区分度较小,其宏观和中观结构基本一致,微观结构均为三段式:一是以字头(语素头)立目;二是对汉字代表的语素进行释义和设例(字典中俗称“字义”,词典中的语素义分为成词语素义和不成词语素义);三是字头下收以该字(语素)为首字(语素)构成的复音词,并进行释义和设例。这种体例的趋同性在中小型字词典中尤为明显。

西方辞书没有字典类型,以收录核心词为主的小型词典销量很大,但在汉语辞书中,小型词典几乎没有市场。因为小型辞书面向的主要是小学生,小学阶段以汉字教学为主,进而以字带词,字词共进。小词典的功能基本被字典取代。而中型语文辞书在教学领域主要面对的是中学生,此期汉字教学不是重点,词汇积累、选择、运用是核心教学任务,所以中型词典又几乎取代了字典。这种情况均因字、词典的编纂体例区分度过小而造成。这给学生字典提出了体例创新需要。

《新编》作为一部学生字典,必须体现出足够的与词典的区分特征,才有存在的价值,才不会被《现代汉语词典》(以下简称《现汉》)等著名词典取代,在辞书市场获得一席之地。

2. 用四个体例创新充分体现学生字典与词典的区别

(1)多音字的编排上采用“音、义、用随字走”的原则,区别于词典的“字随音(节)走”的原则

多音字(素)是字典和词典共同的关注对象。在处理多音字(素)编排体例方面,音节优先是查考型字、词典的处理方法,体现的是音序检索的方便性。其对多音字(素)多采用“参见”系统标注,多音字(素)以“一音一目”的方式散见于字词典的不同音节之中。这种做法就导致字典与词典的区别度不高。

《新编》对多音字采用的是“音、义、用随字走”的“字形优先”原则,照顾到的是汉字学习的集中性、系统性。例如“和”有四个音,《新编》用㊀-㊃进行了标志,分四个语段进行解释,都列于“和”字头下,然后各读音下分别释义和设例。展一字形,而所有音、义、例备至,体现出学生字典的系统性特点。

这种处理方式可能会存在根据多音字的某个读音、在相关音节下检索不到相关字的问题。为解决此问题,在坚持以字带音的体例下,《新编》仍延续了传统字词典的“参见”标注,在主读音外的次读音节部分也立字头,但不出释义,只标注音节和参见主条提示。例如:“省”主读音节下,出所有读音:

省:㊀shěng……

㊁xǐng……

又在 xǐng 次读音节部分，也立“省”字头，但并不释义，用参见的方式标注：xǐng 见 407 页“省”㊁

这种方式很好体现了汉字知识呈现的系统性与字典检索的方便性的统一。

(2)在非完全异体字的处理上，采用“字随义走”的原则

学生的阅读范围有文言文及其他类型的古籍，虽然很多文本已经转写为简体字、规范字，但有时为了存真、存古，还要保留一些非完全异体字(含繁体字)。

汉字简繁字关联中存在简异(繁)的一对多问题。例如“面——面孔、麵包”，二词中“面”的语素义无任何联系，因简化而形成同形同音语素。《新编》对这类异体字的标注非常细致，例如“和”“咊”“龢”为非完全异体字。“和”后括注：“1-2 义项，对应字形‘咊’，1-3 义项对应字形‘龢’”。“龢”释为“旧同‘和’1-3”，后新加一义项：“用于人名，如‘翁同~’”，之所以要增立这个义项，主要是学生的阅读材料中回避不开“翁同龢”这个历史人名，对其读音，学生有索解需要，所以要将相关信息进行出示，而对应的查考型词典则无此详细的标注。

(3)同声符字聚集编排

《新编》根据比同原则，在同一个音节内，同一声调内，将同声符的字都编排在一起，各声调下再按笔画从少到多顺序编排，同笔画的字再按中小学生语料中的字频排列。如“fēi”中“非、菲、啡、騑、绯、扉、蜚、鲱”依次排列，“féi”中出“腓”，“fěi”中“匪、菲、悱、棐、斐、榧、蜚、翡、篚”依次排列，“fèi”中“剕、痱”依次排，这种方法更能体现汉字学习的类比学习的思路。

(4)复音词的三层次出示及处理体例

字典和词典的区别还在于复音词的收录和处理上。字典收录复音词要求少而精，将主要文本篇幅用于解释汉字的形、音、义、用等属性。字典以字头为微观结构的核心，字下单独立目的复音词有三个作用：一是证明汉字作为语素构词能力；二是起例证作用，证明所释语素义在最小构词语境中的存在性；三是描述语素义在复音词中与其他语素组合时的语义变化，这些变化可能会超出字头的语素释义。

词典则以收录语素义及复音词为主要编纂目标。作为词头立目的复音词与作为字头立目的语素地位等同，此时字头的作用除了转化为构词的语素或单音词，进入词汇层面，还起到检索入口和“路标”作用，便于检索其作为第一语素构成的复音词群。

但从形式上看，传统的字、词典的这种复音词处理方式的趋同性很难体现出足够的类型区别。《新编》采用三级方式处理复音词的做法颇有特色。

一是以词例带复音词。在汉字各语素义义项下，列出大量复音词例，例如“刚”“1：硬；坚强。~强|~直|~柔并济|以柔克~。”补充少量短语例，较少用句例，风格简明。

这种做法可以标明此复音词中的某个语素义的义项归属，与词汇教学中的先释语素、再串讲词义的教学思路一致，这种处理方式与周士琦编著的《实用解字组词词典》①相类，易于解决一些语素义难明的复音词的教学难题。

二是以词群汇聚复音词。《新编》在部分构词能力强的字头下设置了构词词群，词群内的词分正序和逆序两种方式排列，体例清晰。这批词有三个特点和作用：

首先，大多具有见词名义的特点，词义和字面义有比较高的关联度，因此不必单独立目释义，只需要罗列词形。这一做法控制了词典的规模，同时也培养了学生根据关键语素义推测整词词义的能力。其次，学生在进行口语交际训练及书面语作文时，掌握的词汇量越大，语言交际就越多样化、越丰富多彩，词群极大地扩大了学生的词汇量，有力地支持了语言交际。最后，词群可以提供由共同的词根语素构成的意义关联的主题词场，可以训练学生进行词汇联想，也能间接起到扩展思路的作用，最能体现我们所说的辞书的“辅助表达”元功能的②。例如“恩”下列：

正序：恩将仇报　恩若再生　恩同父母　恩威并重　恩怨分明　恩重如山

逆序：背恩忘义　感恩戴德　千恩万谢　忘恩负义　义断恩绝　知遇之恩

以一个“恩”语素串起语义有关联的四字固定语，方便在交际时进行词汇联想和词汇选择，体现了突出的学习性特点。

三是立条突出特色词。以字头为首字构成的复音词中，如果有一些特殊情况，如：有特殊疑难点需要解释；包含特殊的用法或词义；字面义与词义相去甚远，产生比喻义、文化义、特殊附加色彩而无法从字面意义进行全面准确的推定等，《新编》则对其立目释义。

例如“恩”字头只立“恩赐”词头，释为：“原指帝王赏给臣下财务，现指因可怜某人而给予好处（多含贬义）。”这一释义中包含了语源义、旧义、现代转义、特殊的贬义色彩等，释义的信息量远大于字面义信息，且均不能从字面语素义完全推导出来的。因此单独立目解释。

这种三级复音词处理方式，围绕字与词在构词、意义和语用方面的联系，体现了“以字带语素，以语素带词，字、素、词共进”的学习思路，学生可全面掌握字义在一个复杂合

①周士琦：《实用解字组词词典》，上海：上海辞书出版社，1986 年。

②参王东海：《基于五大元功能的汉语语文词典类型新探》，《民俗典籍文字研究》，2014 年第 1 辑；王丽英、由明智、王东海：《表达词典辅助学生语言能力提升研究》，《辞书研究》，2015 年第 2 期。

成词中的意义支点或锚点作用,体现了学生字典这种语文课程资源的独特的辅助教学价值。

(5)小结

以上四种处理方式有三个优点:一是拉开了字典与词典的区别;二是增加了字典的信息量,提升使用价值;三是方便对一个汉字的属性进行系统学习,体现了汉字形、音、义、用、(字)理属性的紧密关联性、融合性。

三、学生字典的编纂要保证查全率与词典规模的平衡性

学生学习中的生字词障碍产生了巨大的索解需求。只有阅读文本中的生僻字词障碍解决了,才能通语理,进而通文理,再升华义理。一部能让所有用户满意的字典,核心是要保证"查全率",提供足量的汉字知识信息,完满响应学生的文字知识求解需求。也就是说,一个成功的字典查检行为应该是能顺利找到字典收录的目标字,如果学生查检不到该字,则难能满意。

但查全率是一个理想化的概念,即使收字海量的《汉语大字典》,很多学生在课外阅读时,接触到古籍异体字、人名或地名用字时,仍会遇到查不到、未收录的生僻字。更为重要的是:如果全面满足用户过高的查询需求,极度追求查全率,必然会导致字典规模和成本的大增。很多辞书编者都纠结于这个矛盾性的问题。《新编》较好地把握了查全率与词典规模之间的平衡性。主要表现在以下方面:

1. 字种、字量的平衡性

在"新课标"的五大教学模块中,口语交际、写作(话)教学两个模块所用的主要是3500常用字,与识字写字教学模块具有一致性。在识字认字教学模块,"新课标"附录了300基本字,它们多为独体字、最常用字,很多为其他合体字的构件,进而扩展到附录的3500常用字,这些字也是其他四个教学模块的基础字,是全民语言交际中的共核核心字,无疑是学生字典所收的中心字。综合学习活动模块虽然可能涉及比较生僻古籍、地方方言文献、野外碑刻文本等材料,但其涉及的文本材料随机强性,以对字典收字的字量和字种影响并不大。

阅读教学模块中涉及的阅读材料边界决定了字典收字的范围和层次,对学生字典的收字立目影响最大。阅读教学提倡大范围、大数量阅读,文本材料面广量大,涉及的有查检需求的汉字有不可预知性,常突破收字立目的边界。例如"新课标"就要求:"……(义务教育阶段)低段课外阅读总量不少于5万字,中段不少于40万字,高段不少于100万

字,合计不少于 145 万字。”①即使是教材用字也会出现生僻字,例如人民教育出版社五年级上册《语文》(2005 年版)中的课文片段:“当仓颉把造的字写给人们看时,……远看这些字,有如鸿(hóng)鹄(hú)群游,迂(yū)回绵延;……”②此段文本中的生僻字词证明:小学生识字量、文本理解力鉴赏力要求并不逊于成年人。高中阶段的阅读面和阅读量扩展得更大,而且文言量急剧增大。新的“统编本”语文教材提倡教读、自读、课外阅读结合,提倡群文阅读、主题阅读、个性阅读、比较阅读、整本阅读等,共同点都是海量阅读,其中涉及有索解需求的生字词远超 3500 字的范围。

学生字典的目的是学习汉字、了解汉字,所以,“保证足够的内容覆盖面”这个编纂核心不能动摇。一个覆盖高中、初中、小学三类学生的字典收字量到底多少为宜呢?

已出版的中小字典中,《新华字典》第 11 版收录立目单字 13000 多个;《现代汉语词典》共收各类单字 13000 多个,基本与《新华字典》在字量上持平;《新华多功能字典》是一部多功能字典,收立目字头 14245 个。学生字典不同于查考型的大字典,不需无限追求收字量的加大,《新编》收立目字头 8267 个是比较科学的。

考虑到中小学是语言文字规范推广的主舞台、主阵地,因此,《新编》将国家《通用规范汉字表》(以下简称“《字表》”)的 8105 字作为重点参照系。《字表》收字时已经经过大量的调研,字量、字种、字形都经过严格论证,而且已经考虑到《字表》最主要的应用舞台——语文教学的汉字教学实际状况和需要。《新编》将此表所收字与教材以及语料库中提取的用字对比去重,形成主体收字范围;再补充由民政部、公安部、国家测绘局及全国科学技术名词审定委员会提供的地名、姓氏人名及科技用字;最新的修订 2 版还增收了“统编本”语文教材的一些《字表》失收字。经过以上操作,最后确定 8267 个立目字头。在这 8267 个字以外的汉字主要是和这批字有通、同、繁等字用关系的异体字,加上繁体字、异体字等非立目字的关联标注,《新编》涉及的单字数扩大到 11180 个,基本覆盖了中小学生阅读范围内有索解需求的僻字或特殊字。

《新编》是中等规模的字典,收字量并不大,但查全率并没有受到太大的影响,这得益于这批立目字的典型性——收字多有权威信息源的有力支撑,而且又得到语料库实际字用数据的支持,既有代表性,又减少了争议。这种处理方式在字典规模与查全率之间基本保持动态平衡。

---

①中华人民共和国教育部:《义务教育语文课程标准(2011 年版)》,北京:北京师范大学出版社,2012 年。
②《有趣的汉字》,《语文》(五年级上册),北京:人民教育出版社,2005 年。

2. 词汇量的平衡性

前文提到,《新编》采用的是“三级出词”的创新思路,在此重点讨论收词量和收录教材词的问题。

一部中型词典的收词量目前共识是在5万~7万词之间,例如,《现代汉语词典》由早期版本的5.6万左右词增加到第七版的7万左右词,国家语委绿皮书《现代汉语常用词表(草案)》(李行健主编,商务印书馆)以及《现代汉语规范词典》(第3版,李行健主编,外语教学与研究出版社)的收词量基本也在5万~7万词的范围内。《新华字典》以字统词,收带注解的词语3300多个。

《新编》作为学生字典,虽然立目词只有6000多条,但采用三级复音词处理法,出示的总复音词大约在5万条左右,词量已经触及中型词典立目量的范围了。4万多条非立目词集中于见字明义的构词词群、释义的词例中,这些词基本可由字面义推得基本词义核心,对于中国学生来讲,大多不须释义即可判断大体词义。这一处理方式缩短了字典与词典在复音词查全率方面的差距,同时很好地控制了规模。

对于学生字典来讲,6000多条立目词量能否满足学生对字典中复音词的查询需要?《汉语水平词汇与汉字等级大纲》(俗称“旧HSK词表”)收词8821个(含单音词),新的HSK的1-6级词表基于“字本位”理论的收词,将词汇量降到了5000词(含单音词)。这些收词量均经过反复论证和语料库覆盖面的测查印证。因此《新编》6000词的立目量是合适的。

但外向型的HSK词表与内向型的学生字典收的词种并不同,前者收录的词包括见字明义的常用词,而《新编》中立目词则主要是有特殊意义或者转义的词,除了普通的语文词外,还增收新词,保证了其语义内容的时代性;同时,新增了大量学习传统文化的古代天文、地理、官制、文学、哲学、教育等文化类词语,这与当前提倡的传承国学、重视传统文化等教改主旋律是一致的。另外,还有“离离原上草”中的“离离”、“歌声振林樾”的“林樾”等教材词,体现了独特的“以学生为本”的特点。

这种收复音词的方法在保证字典规模不膨胀的情况下,提升了查升率,较好地满足了学生的多样化查询需求。

3. 义项量的平衡性

字典的“义项”俗称“字义”,指的是字所代表的最小音义结合体语素或最小运用单位单音词的意义。复音单纯词中(如“犹豫”“玫瑰”“彷徨”“奥林匹克”等)中的拟音汉字,不在我们讨论的范围。

义项数量问题只涉及多义字。汉语中单音语素(尤其常用字代表的语素),大多具有高构词能力,高构词力表明其搭配功能多样,另外,成词语素成词后承担的语用任务多,

因此单音语素中的多义性就比较突出。但义项收录过多,词典的规模可能失控。影响义项数量的关键问题有下面谈到的两个问题:

一是义项分立与合并

在一部共时性的字典、词典中,语素义释义是其核心,字典和词典在收语素义项的数量方面差异不大。以"怪"为例,《新华字典》(第11版)、《现代汉语词典》(第七版)、《新编》的义项数量有细微出入,但也只是处理方式的不同。《新华》标4个一级义项,《现汉》除姓氏义项外,立5个,《新编》立6个。可见,在同类性质、同等规模的辞书中,一个常用语素的意义边界在不同辞书中基本已经得到共识,不会有大的变化。最难解决的问题的各个义项的分立与合并。

对于中小学生来讲,"怪"是一个时尚用语。"搞怪(怪异的事物)""打怪(游戏,"怪"是"妖怪"的缩略)""老怪"(怪异的人)这三个用法在中小学的阅读文本和语言交际中使用频度高,中小学生有潜在的检索需要。

《新华》的义项设置体现出层级性:"2. 怪物,神话传说中的妖魔之类(连·妖-)。喻性情乖僻的人或异样的东西。"用喻列出二级义项,最大的优点是能体现义项内容的逻辑关系,形成引申义列,这是《新华》在体例上的创新。

《现汉》和《新编》是常规性的义项排列。《现汉》采用了整合释义的方式,将有关联性的义项整合为一个义项,减少了义项数。"5. 名 妖怪;怪异的人或事物:鬼~|京城一~。"一个义项包含了三个意义重点,这与《现汉》的描写性、规范性词典的类型定位有关。

《新编》将三个意思分解为两个独立的义项:"5. 传说中的妖魔:~物|妖~|鬼~。6. 非常奇异古怪的人或事物:扬州八~|见~不怪。"只将一个意义重点作为义项5独立出来,这样既限制了义项的膨胀(并非一个变三个),又符合中小学学生用字的实际情况。

二是义项失收与增收

漏收学生所需要查询的义项,会让学生因查询失败而对字典的查全率产生负面评价。《新编》利用人民教育出版社在教材等关联性课程资源研究方面的雄厚力量,增加了很多中小学课本中存在但其他学生字、词典漏收的义项,包括一些疑难字词的释义和普通字词的新义、新用法。

例如增收了杜牧《山行》诗中"停车坐爱枫林晚"的"坐"的专门义项:"9. 书。因为:停车~爱枫林晚";根据苏宝荣①的梳理,"咬牙切齿""切中要害""深切"中"切"的语素

①苏宝荣:《适应小学生的特点 彰显素质教育特色——〈新编小学生字典〉第4版评介》,《辞书研究》,2011年第3期。

义很多通行字词典未收，此字典分别有针对性地增列“摩擦”“击中”“深”三个义项，满足学生学习课文时的查检需求。

再如《新编》：“书：1. 装订成册的著作：~本|~籍|图~。2. 写：~写|大~特~。3. 文字：~面|仓颉作~。4. 字体：楷~|行~|隶~|草~。5. 书法：~家|~画|~圣。6. 文书；文件：聘~|说明~|保证~|申请~。7. 信件：~信|家~|两地~。

《新编》“书”的义项增收了《现汉》《新华》中都不立的“文字”一义。这一义项虽不常见，却是学生阅读或老师教学范围内遇到的义项，这一义项的漏收，可能会导致有的老师把“书面语”中作“文字”讲的“书”错讲成“著作、书本”。这个义项《新编》增收得好，提升了查全率以及学生用户查询后的获得感和满意度。

可见，学生字典《新编》在以上这两个问题的处理上做得比较得当，维护了义项查全率与词典规模之间的平衡。

四、学生字典的释义、设例要体现通俗性与经验性的结合

释义是学生字典的灵魂，例证是释义的延伸。学生字典的释义既要符合以易释难（僻字、难字等）、以普释方（方言字）、以今释古（古语词）、以通释专（术语、行业语、隐语等）的通用要求，还要体现用户导向、用户意识，后者在学生字典中，表现为释义风格的通俗性和经验性。

针对学生（特别是小学生）认知能力、抽象能力有限的现状，宜采用直观、直觉的简明释义法。例如《新编》释常用字“走”，没有如《现汉》那样释成：“人或鸟兽的脚交互向前移动”，而直接释为“步行”，再举“走路”“行走”两个语例进行示范说明，这种浅显的解释符合小学生的认知和接受心理。

对于百科字词，释义应突出通俗易懂性，释文中尽量避免出现难理解的词、成语和术语，而且更注意生活化。如《新编》“艾：1. 草本植物，叶子有香气，可做药，点着后烟能熏蚊蝇，还可制艾绒（灸法治病的燃料）。民间有端午节在房门上插艾叶辟邪的习俗。又称艾蒿。”这一生活化的释义与学生对世界的认知水平和已有经验进行了有效对接。

为体现这种通俗性，应在义项描写时突出能激发学生经验共鸣的语义细节。“新课标”的“实施建议”部分，对于汉字学习的建议是：“识字教学要注意儿童特点，将学生熟识的语言因素作为主要材料，结合学生的生活经验，引导他们利用各种机会主动识字，力求识用结合。”对于教材的编写，建议：“教材应符合学生的身心发展特点，适应学生的认知水平，密切联系学生的经验世界和想象世界，有助于激发学生的学习兴趣和创新精

神。”①字典和教材一样，都属于语文课程的教学资源，其编纂要求具有一致性。

每个学生都有自己的生活体验，这本身就是一笔巨量的教学资源，学生字典编纂时如何挖掘、表达、唤醒学生的生活经验，直接影响到学生字典的使用效果。可以说，学生查字典对某个条目的释义和设例不满意、不满足，往往就是没有唤起其经验共鸣。

《新编》的释义和例证力争让学生了解这个字和词是如何与自己的经验和体验相联系，努力唤起学生的经验共鸣。

例如“倒”释为：“站立的人或竖立的东西躺下来：跌～|卧～|梯子～了。”这里“倒”的动作对象有两个：一是人类，姿态是“站立”；二是事物，“竖立的东西”。释义的核心词“躺”。后面的三个例证前二者主要针对人，第三个针对竖立的东西。它们既是对词义的一种经验性的演示与证明，也构建了三个“倒”的生活情境，在这个情景中，学生很易联系自身对“躺”这个动作的体验，形成经验对应，进而产生共鸣。

“躺”和“死”“失败”有经验的关联性，学生就容易由已有经验推理理解“倒闭”“倒台”“倒阁”等例证中“倒”的引申义项，其相关经验性形成一个经验链，也可以推导出字典没有收录的口语、网络语言语境中的用法——“胃口倒了”“人设倒了”等的意义，从而起到由字典知识向字用进行有效迁移的效果。

再如“饱：吃得足（跟‘饿’相对）：吃～|温～|酒足饭～。”

“饱”最具经验共鸣性。释义中，“吃”限定了对象及义域范围，“足”代表程度，用关联性对立词“饿”加深这种体验性。例证“温饱”体现出另外一个与之关联的身体感受——“温”；而“酒足”与“饭饱”相连，用搭配伙伴词来加深或唤醒一种更高层次的精神层面的“饱”的体验。这些释义易于与学生的生活经验形成共鸣。另外，“饱”的程度释义用词“足”，很易让学生联系到太饱时吃撑的体验，进而对“饱”的“过之”“充足丰富”引申义有更全面的了解，再理解“饱经风霜”“饱读诗书”中“饱”的状语用法，就更容易多了。

有的字的释义能给学生提供新的经验。新经验的描述是基于旧经验，由旧到新的描述过程要让学生觉得有趣，有一种发现新信息的喜悦感。例如在《新编》中，“醍醐：古代指从牛奶中提炼出的精华，佛教用来比喻最高妙的佛法或智慧。”“醍醐”是生僻的联绵语素。字典的释义体现出知识的新鲜感，填补了学生已有知识体系中的空白，产生字典释义与学生已有知识的信息差，学生产生了对字典这一无声的老师的信服感。“醍醐”的

①中华人民共和国教育部：《义务教育语文课程标准（2011 年版）》，北京：北京师范大学出版社，2012 年。

查阅行为结束后,学生在阅读材料中如遇到“醍醐贯顶”“如饮醍醐”等词,在此释义提供的已有经验的基础上,将其与伙伴词“贯顶”“饮”的词义相结合,建构起对这两个四字词的词义和语用情境的全面的知识体验,产生知识获得感和喜悦感,提升了对此字典的满意度。

因此,释文的通俗性和经验性是学生字典释义风格的“一体两面”——带有经验共鸣与经验兴趣吸引力的释义和设例才是真正的通俗性释义。

五、结语

在当前的共时词典、规范词典、学习词典等词典类型的理论创新方面,海外的“六大词典家族”(牛津、剑桥、柯林斯、韦伯斯特、麦克米伦、钱伯斯)遥遥领先,我们很难在短时间内有所突破。字典是表意文字圈才有的辞书类型,在欧美发达的词典理论体系中没有字典的位置,以其为突破口,进行编纂手段和方式创新,进行语言文字信息编码重构,最易实现我国辞书理论的“弯道超车”,形成能输出海外并得到世界认可的原创性辞书理论。本文对字典编纂创新的研究还仅是开始,未来还需要在这方面做更多深入探讨。

参考文献

李红印:《学生用工具书如何发挥好学习和教育功能——〈新编小学生字典〉(第 4 版)评介》,《辞书研究》,2010 年第 6 期。

刘玲:《继承、突破、提高与创新——〈新编小学生字典〉修订回顾》,《辞书研究》,2011 年第 3 期。

谢仁友:《〈新编小学生字典〉第 4 版的字词处理和释义方法》.《辞书研究》,2011 年第 3 期。

沈大安:《一本实用而精美的小学生字典——评〈新编小学生字典(第 4 版)〉》,《出版发行研究》,2010 年第 8 期。

Coding Reconstruction of the Knowledge of Chinese Characters: On the Innovation of Learner's Dictionaries Compilation as Chinese Curriculum Resources

Wang Liying; Wang Donghai

(Ludong University)

Abstract: In the teaching of Chinese in primary and secondary schools, dictionaries belong to the category of curriculum resources. The compilation of dictionaries cannot be discussed without the perspective of curriculum resources. The essence of the dictionary compilation's innovation is the creative coding reconstruction of the knowledge of Chinese character. Connected with *Xinhua Dictionary*, *Xinhua Multi-functional Dictionary*, *Modern Chinese Dictionary* and other classical small and medium-sized dictionaries, the present paper takes *The New Student Dictionary* (*2nd edition*, *color illustrated*) as a sample, analyzes the three cores of the compilation innovation of learner's dictionaries from the perspective of curriculum resources: the characteristic style of dictionaries, the balance between the recall rate and the size of dictionary, the combination of popular and empirical definition.

Keywords: learner's dictionary; curriculum resources; compilation innovation; coding reconstruction

《励耘语言学刊》征稿启事

《励耘语言学刊》是北京师范大学文学院主办的学术集刊，为半年刊，主要刊发汉语言文字学领域的研究成果。创刊于 2005 年，2017 年起由中华书局出版。

本刊的宗旨是：继承、弘扬中国传统语言文字学的理论、方法和求实的学风，积极吸取现代语言学的最新成果，关注新兴学科的发展和语言文字的社会应用，追求学术真理，提倡探索创新。

本刊常设栏目主要有：特稿、文字学研究、音韵学研究、训诂学研究、汉语史研究、《说文》学研究、章黄学术研究、现代汉语研究、语法研究、词汇语义学研究、语言学理论研究、方言调查与研究、学术动态等。

本刊一贯秉持学术的公正性，采用匿名审稿制度，在语言文字学界享有良好的声誉。属于《中文社会科学引文索引(CSSCI)》(2017—2018)来源集刊。本刊现已被"中国学术期刊网"(CNKI)、"万方数据""维普网"等文献数据库收录，如作者不同意收录，请在来稿中注明，否则均视为同意。被收录文章的著作权使用费已包含在刊物稿酬中。

本刊诚邀海内外同仁赐稿。稿件相关事项如下：

(一)刊物实行匿名审稿制度，采用、修改或退稿的意见或通知，由编辑部转达作者。审稿时间一般为三个月。审稿期间，请勿一稿多投。三个月内未收到用稿通知，可另投他刊。除特别转载的文章，本刊只发表第一次发表的稿件。

(二)稿件字数以 10000 字以内为宜，就重要或复杂理论问题的探讨，不受字数限制。刊物使用简化字，文中的古文字，请扫描成像。

(三)来稿请附 300—400 字的中文提要，以及 3—5 个关键词，并译成英文。提要请指出本文的主要结论、观点和方法，主要创新点。在正文导语中说明本文研究课题的前人研究情况，本课题研究的必要性。基金项目等请在标题下以" * "注释形式标注。另页附作者简介及联系方式(工作单位、通信地址、电子邮箱、手机号码)。

（四）正文、标题一概使用宋体五号字，引文用仿宋体，左侧缩进 2 字符。请规范、准确使用标点符号。文章内所分各节，小标题序数大写（一、二……）；各节内若再分小节，用阿拉伯数字（1.1、1.2……）；注释采用页下注，每页重新编号。常用古籍可不注，其他注释及参考文献格式请参考以下格式，同一篇内再次引用可省去出版社及出版年：

[清]戴震：《书〈广韵〉四江后》，《戴震文集》，北京：中华书局，1980 年，第 84 页。

吕叔湘：《疑问 · 否定 · 肯定》，《中国语文》，1985 年第 4 期。

中国社会科学院语言研究所词典编辑室编：《现代汉语词典》（第 7 版），北京：商务印书馆，2016 年。

Fangkui Li, *Languages and Dialects of China. Chinese Linguistics*, Volume 1, 1973.

Chomsky&Halle, *The Sound Pattern of English*. New York: Harper and Row, 1968.

引文用仿宋体，左侧缩进 2 字符，引文出处请于句后注明。如：

（1）牧获羌。（《合集》39490）

（2）游文于六经之中，留意于仁义之际。（《汉书 · 艺文志》）

（3）黯然销魂者，惟别而已矣。（《文选 · 别赋》）

（五）来稿从网上提交电子文本，请同时以 word 格式和 pdf 两种格式附件发送至编辑部电子邮件地址：liyunyuyan@126.com。如有特殊情况，也可提交纸质稿件。纸质稿件请寄：北京新街口外大街 19 号北京师范大学文学院《励耘语言学刊》编辑部，邮编：100875。